3 Wochen bis zur Wahrheit

KATE PEPPER
3 WOCHEN BIS ZUR WAHRHEIT

THRILLER

Deutsch von
Tanja Handels

Weltbild

Die englische Originalausgabe erschien 2007 unter dem Titel
„Here She Lies" bei Onyx / NAL, A Division of Penguin Group, New York.

Besuchen Sie uns im Internet:
www.weltbild.de

Genehmigte Lizenzausgabe
für Verlagsgruppe Weltbild GmbH,
Steinerne Furt, 86167 Augsburg
Copyright der Originalausgabe © 2007 by Kate Pepper
Copyright der deutschsprachigen Ausgabe © 2007
by Rowohlt Verlag GmbH, Reinbek bei Hamburg
Übersetzung: Tanja Handels
Umschlaggestaltung: Johannes Frick, Augsburg
Umschlagmotiv: Millennium Images, London (© Alexandre Cappellari)
Gesamtherstellung: CPI Moravia Books s.r.o., Pohorelice
Printed in the EU
ISBN 978-3-8289-9387-7

2012   2011   2010   2009
Die letzte Jahreszahl gibt die aktuelle Lizenzausgabe an.

Immer für Oliver, Eli und Karenna

Danksagung

Ein großer Dank gilt meiner Lektorin Claire Zion, die dieses Buch von Anfang an mit ihrem Einfühlungsvermögen, ihrem Geschick und ihrer Geduld geprägt hat, sowie meinem Agenten Matt Bialer, der jede neue Fassung mit großem Verständnis und zahlreichen Ermutigungen entgegennahm. Dank geht auch an Matts Assistentin Anna Bierhaus, die eine frühe Fassung des Romans gelesen und kommentiert hat, an Dr. med. D. P. Lyle für fachlichen Rat hinsichtlich der forensischen Aussagekraft von Blutspuren und an meinen Anwalt und Freund Michael Fay, der mich mit juristischen Unterlagen bombardiert hat, in der Hoffnung, dass ich das alles auch tatsächlich lese. Ein ganz besonderer Dank gebührt Jessie Lief für ihre wertvollen Anregungen und den blitzgescheiten Mitarbeitern bei New American Library und Penguin für ihren Einsatz und all ihre harte Arbeit. Und last but not least geht ein ganz großer Dank an meinen Mann Oliver, der den gesamten Entstehungsprozess dieses Romans mit seiner Bereitschaft zum Zuhören, seinen Ratschlägen, seiner Lektüre und seinen Kommentaren begleitet hat.

Teil eins

Kapitel 1

Durch den bunten Glaseinsatz unserer Haustür fiel Sonnenlicht herein und malte einen impressionistischen Regenbogen auf den Boden der Diele. Meine beiden großen Koffer standen bereit. Sie enthielten alles, was ich in den nächsten paar Monaten brauchen würde, und dazu Kinderkleidung in verschiedenen Größen, in die Lexy hineinwachsen konnte. Ich stand daneben, ganz benommen von der Erkenntnis, dass das alles wirklich geschah. Ich war im Begriff, es zu tun: Ich würde meinen Mann verlassen. Da stand ich, gefangen in einem Augenblick, der mir viel zu lang und viel zu lastend vorkam, hin- und hergerissen zwischen dem Wunsch, meine Tochter in Ruhe ihr Morgenschläfchen beenden zu lassen, und dem Impuls, sie einfach aufzuwecken und zu gehen.

Schließlich beschloss ich, sie zu wecken, weil wir sonst das Flugzeug verpassen würden. Wenn ich ehrlich war, hatte ich auch Angst vor einer weiteren Auseinandersetzung mit Bobby. Unsere Streitereien waren inzwischen reine Füllmasse geworden, wir kauten das alles seit Monaten durch, immer und immer wieder, und kamen trotzdem keinen Schritt weiter. Aber noch bevor ich an der Treppe war, hörte ich seine gleichmäßigen Schritte von der Küche her. Ich drehte mich um und sah ihn an.

»Was wird das denn?«, fragte er.

»Ich kann nicht mehr.«

Da stand er, mein gutaussehender Ehemann. Hellbraunes

Haar, noch ganz verwuschelt vom Schlafen. Karierte Schlaf-
anzughose und ein altes T-Shirt mit dem Logo einer Zahn-
arztpraxis aus Oregon. Meerblaue Augen, die mich prüfend
musterten. Er war schockiert, dass ich meine Drohung, ihn zu
verlassen, nun tatsächlich wahr machte. An der Wange hatte
er etwas Druckerschwärze, er hatte wohl in der Küche Zeitung
gelesen. Am liebsten wäre ich in Tränen ausgebrochen. Aber
ich ließ es. Bobby war die große Liebe meines Lebens – selbst
jetzt, wo wir in dieser Sackgasse steckten, wollte ich eigentlich nur auf ihn zugehen. Ich wollte seine Hände auf meiner
Haut fühlen, mein Gesicht an seinem Hals vergraben und
seinen Atem am Ohr spüren. Aber er hatte eine Affäre, mit
irgendeiner Frau, die offenbar Hals über Kopf in ihn verliebt
war. Er führte sie in teure Restaurants aus, überschüttete sie
mit romantischen Geschenken – lauter Dingen, die ich ihm
während unserer kurzen Romanze nicht wert gewesen war.
Und er bezahlte das alles mit unseren gemeinsamen Kreditkarten, wodurch es so offensichtlich wurde, dass er sie ebenso
gut zum Abendessen mit nach Hause hätte bringen können.
Er hatte die Affäre abgestritten und weit von sich gewiesen,
all die phantasielosen Ausgaben gemacht zu haben (Gedicht-
bände, Blumen, Pralinen, nicht ein originelles Geschenk darunter, aber dennoch …). Und ich hatte ihm glauben wollen,
ich hatte es wirklich versucht. Aber wenn er tatsächlich die
Wahrheit sagte, warum tauchten derartige Ausgaben dann
auch auf den Abrechnungen unserer neuen Karten wieder auf,
nachdem wir die alten hatten sperren lassen? Warum schrieb
sie ihm immer noch, gerade heute erst wieder?

»Annie, ich bitte dich.« Er machte einen Schritt auf mich
zu. Ich schüttelte nur den Kopf.

»Lies das.« Ich öffnete meine Handtasche, die auf dem einen
Koffer stand, zog die E-Mail hervor, die ich frühmorgens aus-
gedruckt hatte, und gab sie ihm. Er mochte Computer nicht,

checkte seine Mails fast nie selbst. Und in letzter Zeit, seit das alles angefangen hatte, hatte ich diese Aufgabe ganz für ihn übernommen.

Ich stand mitten in einer Pfütze aus buntem Licht und sah ihm dabei zu, wie er den Brief las. Es war der schmerzhafteste bisher, ohne jeden Zweifel: Er enthielt detaillierte Beschreibungen von Bobbys Körper, von seinen Schlüsselbeinen, die sich wie Flügel auszubreiten schienen, wenn er beim Sex oben war. Beim ersten Lesen hatte mir die Vorstellung von ihm über *ihr* so heftigen Schmerz bereitet, dass ich den Blick vom Bildschirm abwenden musste. Nach dem dritten oder vierten Mal berührte es mich schon kaum noch, und nach dem fünften Mal Lesen sah ich ihn in meiner Vorstellung auf seinen Flügeln davonfliegen. Sie sprach ihn in der Mail mit seinem Spitznamen aus der Kindheit an, Bobbybob, und unterschrieb mit einer wahren Salve an Intimität, die mir zugleich ihren richtigen Namen verbarg: Lovyluv.

Bobby ließ den Brief sinken. »Wie oft soll ich es dir denn noch sagen? Ich habe nicht die leiseste Ahnung, wer mir diese E-Mails schickt.«

»Ich hätte nie gedacht, dass du mich so belügen kannst.«

»Tue ich doch auch gar nicht.«

»Diese ganzen Liebesbriefe sind also reine Erfindung?«

»Bitte, Annie ...«

»Und die Kreditkartenabrechnungen?«

»Warum willst du mir denn nicht glauben?«

»Eins will ich dich schon lange fragen«, sagte ich. »Und sag mir bitte die Wahrheit: Hättest du mich überhaupt geheiratet, wenn ich nicht schwanger geworden wäre?«

»Das führt doch zu nichts, Annie.«

»Es würde mir aber helfen, es zu wissen.«

»Ich habe dich nicht geheiratet, weil du schwanger warst. Ich habe dich geheiratet, weil ich dich liebe. Die Schwangerschaft hat alles nur ein bisschen beschleunigt.« Er kam noch näher, fasste mich am Arm und sagte: »Geh nicht.«

Instinktiv wich ich ihm aus, stolperte dabei über den vorderen Koffer und fiel gegen die Haustür. Dabei stieß ich mit dem pullovergepolsterten Ellbogen gegen die Buntglasscheibe. Mein erster Gedanke war, wie empfindlich diese Scheibe doch sein musste, deren Bleieinfassung schon unter diesem leichten Druck nachzugeben schien. Dann dachte ich: *Wer könnte eine solche Scheibe wohl reparieren?* Und dann richtete ich mich wieder auf und trat einen Schritt von der Tür weg. Eine Reparatur war nicht mehr mein Problem. Ich würde ja bald fort sein.

»Und was ist mit Kent?«, fragte Bobby. »Wann willst du es ihm sagen?«

Draußen stimmte ein Vogel sein abruptes, bebendes Frühlingslied an. Ich gab mir Mühe, meine Stimme leise und ruhig zu halten. Was ich jetzt sagte, würde ihm endgültig klarmachen, wie ernst ich es meinte. »Ich habe bereits gekündigt, Bobby. Ich habe Kent noch heute Morgen zu Hause angerufen. Schließlich denke ich schon eine ganze Weile darüber nach. Und ich habe auch schon eine neue Stelle in New York in Aussicht.«

Sein Gesicht, ohnehin noch blass vom Winter, wurde aschfahl. Bobby arbeitete seit neunzehn Jahren im Staatsdienst, als Physiotherapeut. In einem guten Jahr würde er sich mit einer großzügigen, lebenslangen Rente zur Ruhe setzen können. Ich selbst hatte erst zwei Jahre hinter mir, aber mir war inzwischen ohnehin alles egal. Nach Lexys Geburt hatte ich nur sechs Wochen Pause gehabt, bevor ich wieder in die Tretmühle zurückmusste. Unser Arbeitstag im Gefängnis begann um sieben Uhr morgens. Ich hatte genug davon, mein Kind frühmorgens, im Stockdunkeln, in der Kinderkrippe abliefern zu müssen.

»Verlass mich nicht, Annie.« Es tat mir weh zu hören, wie gepresst seine Stimme klang, wie verzweifelt, wie sehnsüchtig.

»Ich werde einen Weg finden, dir zu beweisen, dass du dich irrst.«

Dann beweis es mir doch!, wollte ich rufen. Aber ich schwieg. Die ganze Zeit hatte ich diese Bitte gebetsmühlenartig wiederholt, und dennoch: nichts. Ich wollte nicht noch länger warten. Die heutige Mail hatte das Fass zum Überlaufen gebracht. In letzter Zeit hatte ich häufig darüber nachgedacht, ob er die andere vielleicht kennengelernt hatte, als ich mit Lexy schwanger war, gegen Ende, als wir nicht mehr miteinander schliefen. Meine Zwillingsschwester Julie hatte erzählt, einer Freundin von ihr sei genau dasselbe passiert: eine glückliche Ehe, ein Wunschkind, und dann konnte der Mann sich plötzlich nicht mit ein paar Monaten sexueller Abstinenz abfinden und war auf *Abwege* geraten. Für mich klang das irgendwie nach einer Kuh, die durch einen kaputten Zaun von der Weide lief. Bobby hätte ich so etwas niemals zugetraut. Niemals. Aber auch das ging Julies Freundin genauso – wahrscheinlich ist es einfach immer so.

»Ich gehe sie jetzt wecken«, sagte ich. »Sonst verpassen wir noch das Flugzeug.«

»Wo wollt ihr denn hin?«

»Zu Julie.«

Sein Gesicht verkrampfte sich, als ich ihren Namen sagte. Das wunderte mich nicht. Eigentlich hatte ich immer vermutet, dass er ganz tief drinnen eifersüchtig war auf meine enge Beziehung zu meiner Zwillingsschwester.

Als ich zur Treppe ging, kam er mir nach. »Annie, bitte... bitte nimm mir Lexy nicht weg.«

»Es tut mir leid«, sagte ich. Das stimmte sogar. Es tat mir leid. Ich war traurig. Aber ich war mit meinem Latein am Ende. Und ich konnte nicht ewig weiter um etwas betteln, wozu er offensichtlich nicht in der Lage war: mir einfach nur die Wahrheit zu sagen und diese Affäre zu beenden.

Ich ging nach oben, um Lexy zu holen. Der helle Teppich im Flur, den Bobby und ich gemeinsam ausgesucht hatten (ein unpraktischer, aber wunderschöner Champagnerton), schluckte meine Schritte. Ob er *sie* jetzt wohl herbringen würde? Er musste sich doch einsam fühlen, so ganz allein in diesem Haus. Selbst ich spürte die Leere schon, dabei war ich noch gar nicht fort. Ich war immer noch hier, Lexy lag immer noch schlafend in ihrem eigenen Bettchen. Noch konnte ich mich umentscheiden. Wir konnten immer noch bleiben. Bleiben …

Der Türknauf von Lexys Zimmer lag kühl in meiner Hand, er klickte leicht, als ich ihn drehte.

An den Rändern der heruntergelassenen Jalousien drang das Morgenlicht herein und erfüllte den Raum mit einem silbrigen Halbdunkel. Ich hörte Lexys gleichmäßige, tiefe Atemzüge, das ganze Zimmer roch süß nach Baby. Es war ein geräumiges Zimmer, butterblumengelbe Wände mit weißen Zierleisten. Zwei Einbauregale in den Zimmerecken enthielten die Habseligkeiten, die Lexy in ihrem fünfmonatigen Leben bereits angesammelt hatte: Puppen, Bücher, kunterbunte Objekte, die alle möglichen Töne von sich gaben, wenn man sie bewegte.

Im obersten Fach des einen Regals standen die winzigen, mundgeblasenen Glaskatzen und -kätzchen aus dem Sommer, als unsere Eltern mit uns nach Italien gefahren waren. Julie und ich waren sieben gewesen. Es war der Sommer vor der Scheidung, ein letzter, dramatischer Versuch, die Ehe doch noch zu retten. Für uns war es trotzdem ein schöner Sommer gewesen: Die ehelichen Gewitterwolken in den jahrhundertealten Steinwänden des florentinischen Sommerschlosses, wo wir ganze vier Wochen verbrachten, hatten Julie und mich nicht daran gehindert, unbeschwert zu spielen. Als Kinder sorgten wir uns nur um etwas, wenn es gar nicht mehr anders ging, und wir glaubten fest daran, dass unser Zwillingsband uns vor allen Übeln schützen würde. (Möglicherweise glaubten wir das auch heute noch, mit dreiunddreißig.) Wenn wir zusammen waren, war das wie eine Zuflucht vor jedem Sturm.

Als unsere Eltern uns schließlich sagten, was los war, lief das folgendermaßen ab: Dad ging aus dem Haus, und Mom zitierte uns ins Wohnzimmer. Wir trugen unsere identischen rosa Nachthemden, das neue Schuljahr hatte noch nicht angefangen. Dann verkündete sie uns in ihrem gewohnten, fröhlichen Ton: »Daddy und ich haben beschlossen, dass es genug ist. Von jetzt an wird es keinen Streit mehr geben.«

Noch vor Weihnachten waren sie geschieden. Unter dem Weihnachtsbaum lag in jenem Jahr ein Päckchen für mich, lila Geschenkpapier und grünes Geschenkband, in das unsere Mutter meine Glaskatzen verpackt hatte. Julies Katzen waren in grünes Geschenkpapier mit lila Band eingewickelt. Im Sommer hatten wir fasziniert zugeschaut, wie der Glasbläser die winzigen Katzen und die noch viel winzigeren Kätzchen hergestellt hatte, wir hatten aber keine Ahnung gehabt, dass unsere Eltern anschließend noch einmal zurückgegangen waren, um sie für uns zu kaufen.

Jetzt wickelte ich meine Glaskatzen in ein paar Kosmetiktücher und schob das weiche Päckchen in die Tasche meiner Wolljacke. Streng genommen war es Julies Jacke. Sie hatte sie bei ihrem letzten Besuch im März hier vergessen, und ich hatte sie jetzt angezogen, um sie ihr am Abend zurückgeben zu können. Es war eine wunderschöne Jacke, ein teures Stück von Oilily, mit pink- und orangefarbenen Blüten. Je nachdem, wie das Licht darauf fiel, gewann entweder die eine oder die andere Farbe die Oberhand. Das Ganze hatte eine fast psychedelische Wirkung. Es erinnerte mich an die alten, bunten Cheerios-Schachteln, die Julie und ich früher beim Frühstück immer angestarrt hatten, um je nach Blickrichtung noch ein weiteres, unsichtbar schwebendes O darauf zu entdecken. Plötzlich merkte ich, dass einer der sechs großen, auffälligen, blütenförmigen Knöpfe der Jacke abgefallen war. Kurz geriet ich in Panik, aber ich hatte jetzt wirklich keine Zeit mehr, nach einem Knopf zu suchen.

Lexy lag auf dem Bauch, obwohl ich sie auf den Rücken gelegt hatte. Sie hatte erst vor kurzem gelernt, sich im Liegen umzudrehen. Ich strich ihr sanft mit der Hand über den Rücken, damit sie spürte, dass Mama da war, dann hob ich sie vorsichtig hoch und legte sie so an meine Schulter, dass sie noch weiterschlafen konnte. Ihre Lider flatterten kurz, schlossen sich aber gleich wieder. Ein letztes Mal trat ich in mein Zimmer, um sicherzugehen, dass ich auch nichts vergaß, und stellte fest, dass da tatsächlich noch etwas war: das Buch, das ich gerade las, *Der talentierte Mr. Ripley*. In den letzten Tagen hatte es mich auch spätabends noch wach gehalten und mich von meinen Problemen abgelenkt – ich musste es unbedingt fertig lesen. Ich hielt Lexy mit einer Hand fest, bückte mich und hob das Taschenbuch mit der freien Hand auf.

Unten reichte ich Lexy an Bobby weiter, damit er sie noch ein Weilchen halten konnte, während ich das Gepäck in den Kofferraum des Wagens verfrachtete. Das war ich ihm schuldig, fand ich. Erst schien er gar nicht mit nach draußen in den sonnigen Morgen kommen zu wollen und blieb lieber in der Diele, während unser Baby entspannt an seiner Schulter schlief. Der Kirschbaum stand in dieser Woche in voller Blüte, rosa Blütenblätter sprenkelten den Rasen des Vorgartens zwischen den Schattenflecken. Vielleicht bereiteten die perfekte Schönheit des Baumes und der helle Sonnenschein Bobby ja mehr Schmerz, als er im Augenblick verkraften konnte. Er tat mir wirklich leid. Aber ich musste einfach gehen.

»Also«, flüsterte ich ihm zu. »Ich nehme sie jetzt wieder.«

Er rührte sich nicht von der Stelle. Ich sah genau, dass er sie förmlich in sich einsog, ihren Geruch, wie sie sich anfühlte. Einen Augenblick Zeit ließ ich ihm noch, ehe ich die Hände unter ihre Achseln schob und sie wieder an meine Schulter hob. Diesmal wachte sie richtig auf, gähnte ausgiebig und schmiegte sich enger an mich.

»Ich stelle den Wagen auf den Langzeitparkplatz und lege den Parkschein unter die Fußmatte, dann kannst du ihn wieder abholen«, sagte ich.

»Und wie soll ich ohne Wagen zum Flughafen kommen? Ich bin jetzt ganz allein.« Tränen traten ihm in die Augen, und zum ersten Mal entdeckte ich ein bisschen Grau an seiner linken Augenbraue, nur ein einzelnes Haar. In den letzten Monaten war er schon an den Schläfen grau geworden, und sein Gesicht war eine wahre Landkarte der Sorge. Er war zwölf Jahre älter als ich, es war nur natürlich, dass er früher alterte. Das hatte ich von Anfang an gewusst, und es hatte mich nie gestört. Jetzt fragte ich mich, ob diese Affäre vielleicht eine Art Midlife-Crisis war. Ging es am Ende wirklich nur darum?

»Ach, Bobby, du wirst schon eine Lösung finden. Du kannst ja einfach irgendwen bitten, dich hinzufahren.«

Er wusste, wen ich meinte. *Sie*. Die geheimnisvolle Frau. Lovyluv.

»Du machst einen ganz großen Fehler«, sagte er. »Wir sind verheiratet. Wir haben ein Kind.«

Aber wenn er keine Affäre hatte, wenn diese Liebesbriefe, die Posten auf den Kreditkartenabrechnungen, tatsächlich nur Teil irgendeines bösen Streichs waren, dann hätte er doch auch einen Weg finden können, mir das zu beweisen. Davon war ich überzeugt. Selbst jetzt hoffte ich noch darauf, dass er etwas tun würde. Noch in dieser letzten Minute, als ich Lexy schon in ihrem Kindersitz festgeschnallt hatte, wartete mein Herz darauf… Aber als ich in den Wagen stieg, drehte er sich einfach nur um und ging ins Haus zurück. Er hielt den Blick starr auf den gepflasterten Weg gerichtet und würdigte den Kirschbaum keines Blickes. Ich fuhr los. Im Rückspiegel sah ich, wie sich sein Brustkorb krampfhaft hob und senkte.

Er weinte. Und ich weinte auch.

Dann machte er die Haustür zu.

Ich bog aus unserer Straße ab und begann die lange Tagesreise von unserem Heim in Lexington, Kentucky, zum Haus meiner Schwester in den Berkshire Mountains von Massachusetts.

Es war bereits fünf Uhr, als ich am Flughafen von Albany mit meinem zappeligen Baby aus dem Flugzeug stieg. Auf der Damentoilette wechselte ich Lexy die Windeln, bürstete mir das Haar und trug hellrosa Lippenstift auf. Sonst schminkte ich mich kaum, doch Lippenstift war für mich ein vollkommen irrationaler und dennoch wirksamer Quell der Zuversicht. Wie oft hatten wir unserer Mutter dabei zugesehen, wie sie sich vor dem Spiegel die Lippen nachzog: der gespannte Mund, der konzentrierte Blick, der weiche Schwung, mit dem sie die Farbe auftrug.

Als ich fertig war, holte ich das Gepäck und nahm mir zwanzig Minuten Zeit, um Lexy zu stillen. Mein Handy hatte so weit im Osten kein Netz mehr, also suchte ich mir eine intakte Telefonzelle, um Julie Bescheid zu sagen, dass wir pünktlich gelandet waren.

»Du kannst gegen sieben mit uns rechnen. Aber nicht mit dem Abendessen warten, ja, Julie?«

»Vor sieben esse ich sowieso nicht.«

Ich war nur noch an spätnachmittägliche Abendessen gewöhnt (Bobby und ich lagen immer schon um halb neun im Bett, um dann um fünf aufstehen, um halb sieben bei der Kinderkrippe und um sieben bei der Arbeit sein zu können), und ich hatte längst das Gefühl dafür verloren, wie verschoben mein Rhythmus eigentlich war. Vor Kentucky, Bobby und Lexy und der Arbeit beim guten alten Vater Staat hatte auch ich nie vor sieben oder acht zu Abend gegessen, manchmal auch erst um neun.

»Wenn wir angekommen sind, muss ich erst mal Lexy stillen und sie dann so schnell wie möglich ins Bett verfrachten. Iss also einfach, wenn du hungrig bist. Hast du das …«

»Das Bettchen steht bereit, und ich habe auch eine total süße Bettwäsche gefunden.«

Ich hatte Julie gebeten, für den Sommer ein Babybettchen zu leihen. Aber da sie nun einmal Julie war – sie arbeitete freiberuflich als Marketingberaterin und war damit ungeheuer erfolgreich, eine Art Guru anscheinend, alle Welt riss sich um sie –, war sie natürlich sofort losgezogen und hatte eins gekauft.

»Und hast du sie auch …«

»Ja, Annie, ich habe die Bettwäsche vorher gewaschen. Steig einfach ins Auto und komm her, okay?«

Als wir vor dem Mietwagen standen, hatte Lexy längst genug vom Reisen und wollte sich nicht in den Kindersitz setzen lassen. Sie wollte viel lieber auf dem Fußboden herumkullern und üben, nach ihrem Spielzeug zu greifen.

»Es dauert nicht mehr lange, meine Süße, versprochen.«

Ich fuhr ihr mit der Hand durch das flaumweiche Haar, küsste sie auf die Stirn, auf beide Wangen, auf das Grübchen am Kinn und auf ihre kleine Stupsnase. Sie lachte, fing aber unmittelbar danach an zu weinen, und als sich ihr kleines Gesicht so plötzlich verzog, kamen mir selbst die Tränen. Mir war schon seit Stunden zum Heulen zumute, aber im Flugzeug hatte ich keine übermäßige Aufmerksamkeit erregen wollen. Ich hatte ohnehin schon den ganzen Tag das Gefühl, dass alle Welt mir ansah, was ich getan hatte. Ich war eine Ehefrau, die ihren Mann verlassen, eine Mutter, die ihrem Kind den Vater genommen hatte. Eine Frau, die von einem Mann enttäuscht worden war. Sah man mir das wirklich an? Von nun an würden alle, die von den Goodmans sprachen, das nur noch mit dem Zusatz tun: »Die Familie ist ja leider zerbrochen.« Noch war ich Anais (Annie) Milliken-Goodman — *Anna-iis*, französisch ausgesprochen: Unsere Eltern hatten uns aus einer romantischen Laune in den ersten, glücklichen Jahren ihrer Ehe Anais und Juliet genannt. Sollte ich das »Goodman« jetzt aus meinem Namen streichen und auch den nutzlosen Bindestrich verschwinden lassen? Alles wieder auf Anfang stellen? Wenn ich das tat, würden Lexy und ich offiziell als Alexis Goodman und Anais Milliken firmieren. Dabei hatte ich doch immer denselben Nachnamen haben wollen wie mein Kind. Vielleicht konnten wir ja unsere Nachnamen ganz ablegen, dann wäre sie nur noch Lexy und ich nur noch Annie. Wir könnten eine Band gründen. Ein Schluchzer fing sich in meiner Kehle und bahnte sich als Schrei den Weg nach draußen. Ich kam mir vor wie die letzte Idiotin. Was hatte ich nur getan?

Als ich den Motor des kleinen blauen Autos anließ, merkte ich, dass ich Kopfschmerzen bekam. Immerhin beruhigte die tuckernde Anfahrt Lexy, und ich war dem plötzlichen, enervierenden Motorenlärm auf eine seltsam schuldbewusste Weise dankbar. Arme Kleine. Wie mochte das alles auf sie wirken? War ihr klar, dass ihr gerade etwas Schwerwiegendes widerfuhr? Dass dieser Tag einen Einschnitt darstellte, der unser beider Leben in ein Vorher und ein Nachher unterteilte? Vielleicht täuschte ich mich ja, aber ich hatte das Gefühl, dass sie dieses Ereignis, diese Trennung, genauso tief empfand wie ich.

Warum hatte Bobby das nur getan? War ich ihm denn nicht genug gewesen? Es hatte einmal eine Zeit gegeben, da hätte ich meine Seele darauf verwettet, dass wir füreinander bestimmt waren, er und ich. Mit ihm hatte ich mich fast so vollständig gefühlt wie mit meiner eineiigen Zwillingsschwester: ein Mensch in zwei verschiedenen Körpern.

Ich schaltete das Radio ein, und wir verließen Albany zu den Klängen klassischer Musik, in Anfahrt auf die Grenze zwischen den Staaten New York und Massachusetts. Als Lexy tief aufseufzte, spürte ich, wie auch ich mich ein klein wenig entspannte. Dann sah ich im Rückspiegel, dass sie eingeschlafen war, und hauchte ein tonloses »Danke« gegen die Windschutzscheibe. Wir brausten über die Autobahn und näherten uns mit jedem Kilometer Great Barrington und damit auch Julie. Obwohl ich ihr neues Haus noch gar nicht kannte, hatte ich das Gefühl, auf dem Heimweg zu sein. Ich konnte es kaum erwarten, endlich dort anzukommen. Es war wie von der Arbeit heimzukehren, wie nach einem langen Tag ins Bett zu fallen. Wie eine Geburt nach den Wehen, wie Liebe nach langer Einsamkeit, wie ein Entschluss nach langem Zweifel.

Nach Wochen der Qual hatte ich endlich eine Entscheidung getroffen. Ich konnte nicht einfach bleiben, weiter mit Bobby zusammenleben, neben ihm schlafen, Tag für Tag mit ihm zusammenarbeiten und mich die ganze Zeit fragen, wer *sie* wohl war. Ich war einfach nicht fähig, Schwarz für Weiß oder Weiß für Schwarz zu erklären, während ich selbst doch nur verschiedene Graustufen sah. Und auf keinen Fall würde ich denselben Fehler machen wie meine Mutter, die die Lügen meines Vaters jahrelang hingenommen hatte, bis sich ihr Verdacht schließlich doch als berechtigt erwies. Er hatte sie betrogen. Es war furchtbar gewesen mit anzusehen, wie sie darum rang, sich von dem ganzen Selbstbetrug zu befreien, von der eigenen Bereitschaft, seinen Lügen zu glauben. Und es war ihr auch nie gelungen, das alles ganz loszuwerden – der Krebs war schneller gewesen. Wir waren erst zehn, als unsere Mutter starb, und ich blieb mit der festen Überzeugung zurück, dass man als Frau keine Zugeständnisse machen durfte, wenn es um die Wahrheit ging. Und als wir zwölf waren und unser Vater ganz unerwartet bei einem Autounfall ums Leben kam, lernte ich, dass im Grunde nichts real oder von Dauer war, bis auf das, was man selbst im Herzen trug. Man musste sich seine eigene Wirklichkeit erschaffen, an die man glaubte, aus der man Kraft ziehen konnte. So wurde das alte Sprichwort, dass das Leben zu kurz ist, um es zu verschwenden, zu einer ständigen Mahnung für mich, immer sofort zu handeln, wenn ich von etwas überzeugt war.

Solange Bobby mir nicht die Wahrheit sagte, gab es auch keinen Weg zurück.

Auf der Fahrt fiel mir wieder ein, wie Julie einmal zu mir gesagt hatte, dass wir beide uns so nah seien, wie zwei Menschen einander nur sein konnten. Näher noch. Und dass selbst eine Ehe damit nicht zu vergleichen sei. Es war am Tag meiner Hochzeit gewesen, ein kühler Mainachmittag in Kentucky. Ich war im zweiten Monat schwanger. (Vor nicht ganz einem Jahr... Bobby und ich hatten es nicht einmal bis zu unserem ersten Hochzeitstag geschafft.) Am Abend zuvor hatte Julie mein Hochzeitskleid anprobiert, das ihr zu weit gewesen war. Ich hatte bereits zugenommen, auch wenn man noch kaum etwas sah, und zum ersten Mal in unserem Leben hatten wir nicht mehr dieselbe Kleidergröße. Und als ich dann selbst in meinem Hochzeitskleid dastand und auf den musikalischen Einsatz wartete, um zum Traualtar zu schreiten, hatte sie mir die Hand auf den Bauch gelegt und gesagt: »Noch näher.«

Meine Hochzeit. Unsere erste. Julie hatte im Jahr zuvor ihre Verlobung gelöst und war in die Single-Szene zurückkatapultiert worden, wo es immer erbarmungsloser zuging, je älter man wurde. Als ich dann schwanger wurde und Bobby und ich beschlossen zu heiraten, freute sich auch Julie an unserem Glück. Mit der tiefen, unaussprechlichen Intuition einer Zwillingsschwester spürte sie, wie sehr ich Bobby liebte. Letztlich ließ sich nur das Muttersein mit der absoluten Verbundenheit vergleichen, die Julie und ich miteinander teilten. Romantische Liebe war schwindelerregend. Und reiner Schwindel. Ich hatte Mitleid mit allen, die keine Zwillingsschwester hatten, mit der sie verschmelzen konnten, wenn das Leben ihnen einmal zu viel abverlangte, keine solche Liebe, keine gemeinsamen Erinnerungen, aus denen sie immer wieder Kraft schöpfen konnten. Und ich beschloss, dass ich kein Recht auf Selbstmitleid hatte, nicht einmal an einem solchen Tag. Schließlich hatte ich ja eine Tochter *und* eine Zwillingsschwester. Unser Leben lang hatten Julie und ich in jeder Lage zusammengehalten. In gewisser Weise hatten wir uns sogar gegenseitig großgezogen: in dem grauenvollen Internat auf Long Island, in das unsere unsensible Tante Pru, die die Vormundschaft für uns übernommen hatte, uns gleich nach der Beerdigung unseres Vaters steckte, in den Feriencamps, in die sie uns jeden Sommer für zwei Monate schickte, und während der einen trostlosen Woche, die wir alljährlich bei ihr in Kalifornien verbrachten. Das alles hatten wir gemeinsam überstanden. Ich würde auch das hier überstehen.

Als wir die Grenze zwischen New York und Massachusetts überquerten, waren wir schon mehr als zwei Stunden unterwegs. Von den siebenundfünfzig Minuten, von denen das mit Saugnäpfen an der Windschutzscheibe befestigte GPS gesprochen hatte, konnte keine Rede sein. Trotz Navigationssystem hatte ich es geschafft, mich gleich zweimal zu verfahren. Eine kurze Pause, um Lexy zu stillen und zu wickeln, war zu einer längeren Essenspause geworden, weil ich plötzlich gemerkt hatte, wie hungrig ich war. Und als wir endlich in die Division Street, Julies Straße, einbogen, hatte sich die sanfte, ländliche Abenddämmerung bereits in das tiefe Dunkelrot verwandelt, das dem Einbruch völliger Dunkelheit direkt vorausgeht. Es war fast acht Uhr. Mein ganzer Körper schrie nach Schlaf – und Lexy hinter mir schrie ebenfalls.

Julie hatte mir gesagt, dass die alte Scheune, die sie im Jahr zuvor gekauft und den ganzen Winter hindurch umgebaut hatte, sich an der Kreuzung Division Street/Alford Road befand. Ein rotes Haus, das man unmöglich übersehen könne. Die Division Street war lang, kurvig und stockfinster, wie es sich für eine Straße auf dem Land am späten Abend gehört. Doch plötzlich lichtete sich das Dunkel nach und nach, als hätte jemand Licht über der Straße ausgegossen – ein Licht, das sich langsam auf mich zu bewegte. Wie eine Welle schwappte es über mich, füllte den ganzen Wagen. Und wie die ruckelnde Anfahrt am Flughafen, so schien auch die plötzliche Helligkeit Lexy zu beruhigen. Ihr Geschrei verstummte abrupt, als wir hineinfuhren in blinkende Bögen aus rot-weiß-blauem Licht.

Die Lichter eines Streifenwagens.

Als ich hinter dem letzten der drei Einsatzwagen hielt, die vor der großen, roten Scheune standen, spürte ich, wie etwas in mir nachgab, wie sich eine schreckliche Angst in mir ausbreitete. Ich sah einen Krankenwagen. Ein paar körperlose Kameras blitzten auf. Ein gedrungener Mann mit einer Red-Sox-Baseballkappe wickelte gelbes Absperrband um einen Baum und sah sich dann suchend nach einem weiteren um. Aus dieser Nähe blendeten uns die blinkenden Lichter jedes Mal, wenn sie den Wagen streiften.

Kapitel 2

Als ich die Fahrertür öffnete, drang süße Landluft ins Auto, Landluft und eine eigentümlich gedämpfte Geräuschkulisse aus redenden Stimmen, zirpenden Grillen und meinen eigenen Gedanken, die surrten wie ein kaputtes CD-Rom-Laufwerk. Was war hier bloß los?

Lexy drehte sich zur Seite, kniff vor dem grellen Licht die Augen zu. Ich hatte schon einen Fuß auf den Boden gesetzt und hielt mit einer Hand noch das Steuer umfasst. Natürlich wollte ich mein Kind nicht allein im Wagen lassen, ich wollte es aber auch nicht mitnehmen, in eine Situation hinein, die zwar undurchsichtig, aber doch sehr schlimm zu sein schien. Am Straßenrand konnte ich ein Grüppchen von Leuten erkennen, einige standen, andere hatten sich hingehockt. Sie schienen alle auf denselben Fleck zu starren.

»Mama ist gleich wieder da«, flüsterte ich Lexy zu. »Schön brav sein, hörst du?«

Ich ging dorthin, wo ich das Zentrum des Geschehens vermutete. In einem mit straff gespanntem, gelbem Band abgesperrten Areal drängten sich Uniformierte und ein paar Polizisten in Zivil, die trotzdem sehr offiziell wirkten. Das lag vor allem an ihren Mienen: ernst, konzentriert, im Einsatz. Vor der Absperrung standen mehrere Leute, vermutlich Nachbarn. Im Gegensatz zu den Polizisten schienen sie in heller Aufregung zu sein.

Ich trat so weit zur Seite, dass ich sehen konnte, was hinter dem Absperrband vor sich ging. Gleichzeitig löste sich jemand aus dem zusammengedrängten Grüppchen, und jemand anders trat zur Seite. Und dann sah ich, was auch sie sahen. Auf der Straße lag eine Frau. Sie rührte sich nicht. Ihre Augen standen offen, die Pupillen blickten groß und starr, das eine Bein war eigenartig verdreht, der Kopf theatralisch nach hinten gebogen, und auf dem Hals schien ein Schatten zu liegen. Oder nein ... das war gar kein Schatten ... es war ... der Hals selbst, aufgeschlitzt mit kalter Präzision, ein Spalt in ihrem Fleisch, voll mit dunklem, glänzendem Blut. So ungeheuer viel davon! Sie lag mitten in einer Blutlache, die immer größer wurde.

Ich verspürte ein furchtbares Gefühl der Vertrautheit, fast wie ein Déjà-vu, nur war ich mir ganz sicher, eine solche Szene noch nie erlebt zu haben. Sie war mir völlig fremd und vollkommen verkehrt. Und dann begriff ich plötzlich, woher die eigenartige Reaktion kam. Diese Frau ... das waren *wir*. Ein Schrei brach aus mir heraus: »Julie! *Julie*!«

Das Stimmengewirr ringsum verstummte, aller Augen waren plötzlich auf mich gerichtet. Ich wusste selbst nicht, ob ich mich bewegte oder still dastand – ich fühlte mich von einer bleiernen Schwere erfüllt, die ich kaum beschreiben kann. Dann, als der Schock ein wenig nachließ, erkannte ich die Unterschiede zwischen dieser Frau, dieser Toten da auf dem Boden, und uns. Sie hatte kräftigere Beine als wir, ihr ganzer Körper war rundlicher, das Haar dichter, obwohl es ganz genau unseren rötlichbraunen Farbton hatte.

Einer der Uniformierten richtete sich auf und kam zu mir herüber. »Alles okay mit Ihnen, Ms. Milliken?«

»Ich bin die Zwillingsschwester.«

»Oh.« Er bedachte mich mit dem prüfenden Blick, den ich schon hundertmal gesehen hatte, wenn jemand in seiner Überraschung an uns zweifelte.

»Wer ist das?«, fragte ich.

»Eine Frau aus der Gegend. Sie hat für ein paar Leute hier in der Straße geputzt.«

»Und was ist passiert?«

»Sie wurde umgebracht.«

Umgebracht. Das klang fast noch zu freundlich. Man hatte dieser Frau die Kehle durchgeschnitten, ihr Blut ergoss sich auf die Straße, und so, wie sie dalag, wie hintenübergefallen, musste man annehmen, dass der Angreifer von hinten gekommen war und ihr damit nicht nur das Leben genommen hatte, sondern auch jede Möglichkeit zu wissen, wie ihr geschah. Es war das Schlimmste, was ich je mit eigenen Augen gesehen hatte.

»Wann?«

»Keine Ahnung. Kann aber noch nicht lange her sein. Hören Sie, Ma'am, Sie sollten ein bisschen Abstand halten. Schauen Sie, da drüben ist Ihre Schwester.« Er deutete über meine Schulter, zu meinem Auto. Ich drehte mich um und sah Julie, die sich gerade zur hinteren Tür hineinbeugte und ihre Nichte aus dem Kindersitz nahm.

Mein Herz klopfte heftig, als ich Julie sah, und füllte sich mit Sehnsucht beim Anblick von Lexy, die inzwischen wieder brüllte. Ich konnte nicht recht sagen, wie viel Zeit vergangen war. Wahrscheinlich nur ein, zwei Minuten, doch mir kam es sehr viel länger vor. Mein armes kleines Mädchen war erschöpft und hatte sicher Angst. Julie hob sie hoch in die Luft, um sie aufzuheitern, doch Lexy zappelte und fühlte sich sichtlich unwohl. Ob sie wohl glaubte, Julie sei ich, eine Mama, die aussah wie Mama, es aber doch nicht war? Eine Mama, die ein ganz klein bisschen anders roch, ein ganz klein bisschen anders klang und ein ganz klein bisschen dünner war, ansonsten aber in nichts von der eigentlichen Mama zu unterscheiden? Mama und doch nicht Mama. Nach diesem langen, schwierigen Tag musste das doch wie ein Schlag ins Gesicht für sie

29

sein. Sie war noch viel zu klein, um zu begreifen, was eineiige Zwillinge waren. Ich eilte hinüber, um sie in die Arme zu nehmen und sie zu trösten.

Ich küsste Julie auf die Wange, während Lexy schon zu mir hinstrebte. Nie zuvor in meinem Leben hatte jemand Julie und mich so klar voneinander unterscheiden können, wenn wir direkt nebeneinander standen. Es erfüllte mich mit tiefer Befriedigung, dass Lexy so gar nicht zögerte. Trotzdem sagte ich zu Julie: »Erst hat sie gedacht, du bist ich.« Julie konnte keine Kinder bekommen, ich dagegen schon – wir würden also auch das teilen müssen.

»Hat sie nicht«, sagte Julie. »Aber es ist lieb, dass du das sagst.« Sie lächelte Lexy an, die sichtlich verblüfft von einer zur anderen schaute. Dann legte Julie einen warmen Arm um mich, und ich spürte ihren einzigartigen, vertrauten Duft, halb Parfüm und halb sie selbst, ein warmes Moschusaroma, das mehr ein zärtliches Gefühl war als ein konkreter Duft. Es bedeutete, dass ich zu Hause war.

»Was ist da passiert, Julie?«, fragte ich. »Das ist ja schrecklich.«

»Ich kann es selbst noch gar nicht glauben. Die arme Frau. Kannst du dir so was vorstellen?«

»Wer ist sie denn?«

»Sie heißt Zara Moklas«, sagte Julie. »Sie ist … *war*, meine ich natürlich … Ungarin, eine Einwanderin. Sie hatte einen Teilzeitjob als Sekretärin im Ort, außerdem hat sie hier in der Straße geputzt. Ich habe selbst schon darüber nachgedacht, sie einzustellen. Eine Nachbarin hat gerade erzählt, sie wohnt bei ihrem Bruder, der in alle möglichen zwielichtigen Bauvorhaben verwickelt ist. Er soll sogar mit der Mafia zu tun haben.«

»Was, hier?«

»Würde man nicht denken, oder?«

»Und die Schwester, Zara, musste jetzt dafür bezahlen?«

»Wer weiß das schon?«

»Auf jeden Fall ist es schrecklich«, sagte ich.

»Ja, schrecklich«, echote Julie.

Schweigend sahen wir zu, wie die Sanitäter Zaras Leiche auf eine Bahre legten, sie mit einem Tuch zudeckten und sie dann hinten in den Krankenwagen schoben. Julie streckte die Hand aus und strich mit dem Finger über Lexys unglaublich weiche Wange. Dann sah sie mich an. »Du weißt ja noch gar nicht, wer sie gefunden hat.«

»Du?«

»Nein. Bobby.«

»Bobby ist hier?«

Julie nickte und verzog dabei einen Mundwinkel. Ich wusste nur zu gut, was das bedeutete: unglaublich, aber wahr.

»Was will er denn hier?«, fragte ich.

»Dreimal darfst du raten.«

»Und wie ist er überhaupt so schnell hergekommen?«

»Er hat das Flugzeug gleich nach dir genommen«, sagte Julie. »Dann hat er sich ein Auto gemietet und ist direkt hierhergefahren. Er ist schon seit einer halben Stunde hier. Warum hast du denn so lange gebraucht? Hast du wieder Pausen gemacht?«

Es war eine rhetorische Frage, also antwortete ich nicht. Ich machte immer Pausen bei meinen Autofahrten, das wusste sie.

»Glaubt der etwa, ich kehre einfach um und komme mit ihm zurück, nur weil er hier auftaucht?«

»Und, machst du's?«

Mein Herz rief *Ja*, mein Verstand *Nein*. »Wo steckt er denn?«

»Drinnen, im Haus. Ich habe ihm einen Drink gemacht. Er ist völlig fertig.«

»Dann hat er die Frau also gefunden? War sie da schon …?«

31

Julie nickte. »Ja, gerade erst. Hör mal, Annie, bevor du ihn siehst, solltest du wissen, dass er hier draußen ziemlich ausgeflippt ist. Deshalb sind überhaupt die ganzen Nachbarn zusammengelaufen. Bobby war völlig außer sich.«

»Wie meinst du das?«

»Er hat dasselbe gedacht wie du.«

»Er dachte, du wärst es?«

»Nein, er dachte, *du* wärst es.«

Vor einer halben Stunde musste es gerade angefangen haben, dunkel zu werden. Die Dämmerung, jener Moment zwischen Tag und Nacht, in dem man am allerwenigsten sieht, dieser seltsame, zartlilafarbene Augenblick halber Erblindung. Bobby musste gerade so hier angekommen sein, dass das Zwielicht ihn zum Narren halten konnte, als er die Frau am Boden erblickte. Ich konnte förmlich fühlen, wie er mich dort liegen sah, diese innere Kälte, die auch ich gespürt hatte, als ich glaubte, Julie dort in ihrem Blut liegen zu sehen.

Der Krankenwagen fuhr davon, die Nachbarn kehrten langsam in ihre Häuser zurück. Ein paar Polizisten schlenderten umher und erledigten die letzten Handgriffe. Plötzlich war die Nachtluft empfindlich kühl.

Mit Lexy auf dem Arm lief ich über den Rasen zum Haus. Julie ging neben mir, und ich wusste, was sie dachte: dass ich ja nicht einmal wusste, wo die Haustür war. Und ich hatte auch tatsächlich keine Ahnung. Schließlich war das ja kein herkömmliches Haus, sondern eine umgebaute Scheune. Sie führte uns um eine Hausecke zu einer Veranda mit zwei Stufen und einer Fliegengittertür, durch die ich einen verschwommenen Blick auf genau die Sorte hochmoderner Küche erhaschte, die man bei Julie vermuten würde. Julie ging als Erste hinein und hielt uns dann die Tür auf. Wir betraten einen großen Raum mit Mahagonischränken, steinernen Arbeitsflächen und Haushaltsgeräten aus Edelstahl, allesamt glänzend und nagelneu. Auf dem Küchentresen stand ein kleiner Flachbildfernseher, der zu einem Holztisch unter dem von Dunkelheit erfüllten Fenster gedreht war. Hier verzehrte Julie dann wohl ihre einsamen Mahlzeiten in Gesellschaft des Fernsehers. Der Anblick dieser schicken, kaum genutzten Küche stimmte mich besorgt. Es war ein großer Schritt für Julie gewesen hierherzuziehen: Sie hatte die Scheune ganz spontan gekauft, während eines Herbstwochenendes auf dem Land, das sie von ihrem Liebeskummer ablenken sollte, hatte sie vollständig umgebaut, alle Verbindungen zu ihrem bisherigen Leben in Connecticut gekappt und ganz allein dieses riesige Haus bezogen. Sie war noch nicht lange genug hier, um neue Freunde gefunden zu haben, und aus unseren Telefonaten wusste ich, dass sie eigentlich nicht viel mehr hatte als ihre Arbeit, gelegentliche Treffen mit alten Freunden und Internet-Flirts, die den virtuellen Raum allerdings nie verließen. Und mich.

Julie ging durch eine Tür, die aus der Küche hinausführte, und ich folgte ihr. Trotz der Eile merkte ich doch, was für ein wunderschönes Haus es war. Wir durchquerten ein mit antiken Möbeln ausstaffiertes Esszimmer, einen kleinen Salon mit einem vollkommen quadratischen Fenster ohne Vorhänge und gelangten schließlich in ein großes, gemütliches Wohnzimmer mit einem kuscheligen, mokkafarbenen, L-förmigen Sofa, einem großen quadratischen Couchtisch voller Zeitungen, Zeitschriften und Bücher, einem offenen Kamin und einem großen Flachbildfernseher, der darüber an der Wand befestigt war. Dazu verschiedene Sessel, Beistelltischchen und Lampen. Und ein großer Strauß Frühlingsblumen.

In der hintersten Ecke, wo sich zwei Fenster an der Nahtstelle zwischen den beiden Wänden trafen, saß Bobby mit einem fremden Mann an einem kleinen, runden Tisch. Bobby redete, der Fremde hörte zu und machte sich Notizen.

Lexy versuchte inzwischen nachdrücklich, an meine Brust

zu kommen, und ich musste sie sehr festhalten. Es war mir gar nicht recht, sie warten zu lassen, doch erst musste ich Bobby begrüßen, der aufgestanden war, als er mich sah. Er trug Jeans und das rote Sweatshirt mit dem aufgedruckten Fisch, das wir letzten Sommer im Urlaub in Cape Cod gekauft hatten. Er kam auf uns zu und nahm Lexy auf den Arm. Der fremde Mann folgte jeder seiner Bewegungen mit den Augen. Lexy schmiegte sich kurz an Bobbys Brust, während er ihr über den Rücken strich, doch dann drehte sie sich um und streckte die Arme wieder nach mir aus.

»Am besten stillst du sie erst mal«, sagte Bobby. Seine leise, leicht kratzige Stimme erfüllte mich mit Sehnsucht. Ich hatte ihn verlassen. Wir waren getrennt.

»Geht's dir gut?«, fragte ich.

Er sah mich mit furchtbar trauriger Miene an und gab keine Antwort. Ich hörte ihn aufseufzen, als ich mich umdrehte und mich neben Julie auf das Sofa setzte, die bunte Jacke aufknöpfte und mich so drehte, dass sie mir heraushelfen konnte. Julie legte die Jacke auf ihrem Schoß zusammen, und ich ließ Lexy an meine Brust. Sie trank begierig, die kleinen Hände gegen meine geschwollene Brust gepresst, und ich spürte, wie die warme Milch aus meinem Körper heraus in ihren floss, mir Erleichterung und ihr Befriedigung verschaffte. Julie sah aufmerksam zu, während ich Lexy stillte. Ich hörte, wie der Fremde hinter uns aufstand und um das Sofa herumkam, bis er vor mir stand.

Er war nicht besonders groß und eher schmal. Sein Haar, das er offensichtlich färbte, war zerzaust und pechschwarz, und der Kontrast zu seinem blassen Teint ließ ihn älter wirken, als er vermutlich war. Ich schätzte ihn auf etwa fünfundfünfzig. Seine grauen Augen blickten müde, aber er hatte einen freundlichen Zug um den Mund. Er schenkte mir ein halbes Lächeln und schien etwas sagen zu wollen, wusste aber

offenbar nicht recht, wie man mit einer stillenden Frau ein
Gespräch anfängt. Er bemühte sich, nicht direkt auf meinen
nackten Busen zu schauen. Lexy allerdings hatte offenbar gemerkt, dass er hinter ihr stand, denn sie ließ einen Augenblick
von meiner Brust ab, um ihn zu mustern. Dann wandte sie
sich wieder meiner freiliegenden Brustwarze zu und dockte
erneut an. Errötend stellte der Mann sich vor. »Detective Gabe
Lazare, von der Polizei in Great Barrington.«

Natürlich: ein Polizist.

»Ich bin Annie«, sagte ich.

»Das hatte ich mir schon gedacht.« Er streckte die Hand
aus, zog sie aber gleich wieder zurück, als ihm klar wurde, dass
ich ihm mit Lexy im Arm nur umständlich die Hand geben
konnte.

Hinter mir wanderte Bobby auf und ab. Detective Lazare
setzte sich an das andere Ende des Sofas, in einigem Abstand
zu Julie und mir. Er wirkte ruhig, vollkommen ruhig, und
ich spürte, wie die angespannte Atmosphäre im Zimmer in
eine eigenartige Gelassenheit umschlug. Irgendwie vermittelte
dieser Mann mir den Eindruck, ein guter Polizist zu sein, mit
dieser Fähigkeit, die ganze Stimmung zu verändern, indem er
sich nur neben uns setzte, einfach da war und wartete. Worauf
wir wohl warteten? Darauf, dass der Mörder dieser Frau he-
reinspaziert kam und uns zurief: *Da bin ich! Sorry, dass ich
euch so viele Umstände mache?* Das würde ja wohl kaum passieren. Es waren bereits mehrere Minuten verstrichen, ohne dass
jemand ein Wort gesagt hätte. Das konnte eine ganz schön
lange Wartezeit werden. Und je länger ich darüber nachdachte,
desto mehr fragte ich mich, was das Ganze überhaupt mit uns
zu tun hatte. Die Frau war im Vorgarten meiner Schwester ermordet worden … oder nein, am Straßenrand vor ihrem Vorgarten. Der offiziell gar nicht mehr zum Grundstück gehörte.
Es war eine furchtbare Geschichte – die arme Frau war wirk-

35

lich zu bedauern. Aber für uns würde das Ganze, nüchtern betrachtet, morgen schon wieder vorbei sein.

Lexy trank inzwischen langsamer, sie seufzte und hing weich und schläfrig in meinem Arm. Als ich ihre zunehmende Entspannung fühlte, entspannte auch ich mich ein wenig. Im Chaos unserer Ankunft hier war in der Dunkelheit alles ineinandergeflossen, doch jetzt nahm ich nach und nach einzelne Details wahr. Ich sah, dass Julie ihr übliches Outfit trug: Designer-Jeans und enganliegendes T-Shirt, dazu braune Cowboystiefel, die abgetragen aussahen, aber noch neu sein mussten, weil ich sie noch nie an ihr gesehen hatte. Neben meiner schlanken Schwester kam ich mir fett und unförmig vor, und in einem schlimmen Moment der Klarheit erkannte ich, wie sehr ich seit Lexys Geburt aus dem Leim gegangen war. Ich fühlte mich völlig fehl am Platz: eine Mama aus Kentucky in einem eleganten Wohnzimmer oben auf einem schicken Hügel, neben einer anziehenden Frau, die mir offenbarte, wie ich früher einmal ausgesehen hatte. Aber dann dachte ich an Zara, die arme Zara, die gerade gestorben war, und plötzlich fühlte ich mich ungemein lebendig, glücklich sogar, weil ich hier mit meiner Familie saß. Mit einem Schaudern des Entsetzens rief ich mir das Bild von Zaras Leiche wieder vor Augen: so grauenvoll regungslos, so gewaltsam verunstaltet. War sie tatsächlich gezielt ermordet worden? Oder war es einfach ein Unglück gewesen – der blinde Zufall, zur falschen Zeit am falschen Ort zu sein? (Was, wenn ich früher angekommen, was, wenn Julie nach draußen gelaufen wäre? Hätte es dann nicht ebenso gut *unser* Blut sein können, da auf der Straße?) Ich strich mit der Hand über Lexys weiche Haut, und gerade, als ich dachte, dass ihr vielleicht kalt sein könnte, nahm Julie die Jacke und deckte sie damit zu.

»Hübsche Jacke. So schön bunt«, sagte Detective Lazare und gab mir damit das Gefühl, dass er sie keineswegs schön fand, sondern einfach nur auffällig, weil sie so bunt war. »Ich nehme nicht an, dass eine von Ihnen beiden das Opfer näher kannte.«

»Gar nicht.« Julie beugte sich vor, die Hände auf den eng zusammengepressten Knien verschränkt. »Oder zumindest fast gar nicht. Ich habe einmal mit ihr telefoniert, sie klang nett. Ich wollte sie als Putzhilfe einstellen. Wir hatten ausgemacht, dass sie mich zurückruft, um einen Termin zu vereinbaren, damit ich ihr genau sagen kann, was zu tun ist.«

»Und, hat sie zurückgerufen?«

»Nein.«

»Kann es vielleicht sein, dass sie heute Abend vorbeikommen wollte?«

»Das kann ich mir nicht vorstellen. Ich meine, das wäre doch irgendwie seltsam gewesen, sie wollte doch vorher anrufen. Vielleicht hat sie heute bei irgendwelchen Nachbarn gearbeitet und war gerade auf dem Heimweg. Soviel ich weiß, hatte sie kein Auto.«

»Haben Sie sie vorbeigehen sehen?«

»Nein«, sagte Julie. »Ich war oben, beim Arbeiten, und bin erst nach draußen gekommen, als ich Bobby schreien hörte.«

»Ist Ihnen heute sonst etwas Außergewöhnliches aufgefallen?«

»Nein, gar nichts. Ich war die meiste Zeit am Computer und bin überhaupt nicht vor die Tür gekommen.«

»Wie schade. Da haben Sie einen schönen Frühlingstag verpasst.«

»Ich weiß.« Julie seufzte. Frühlingstage und andere schöne Dinge zu verpassen war seit langem der Preis, den sie für ihren Erfolg zahlte. »Ich würde zu gern wissen, wer so etwas tut. Ich wohne noch nicht lange in der Gegend, aber irgendwie hatte ich doch den Eindruck, dass solche Dinge hier nicht passieren.«

»Normalerweise stimmt das auch«, sagte Lazare.

»Es tut mir ehrlich leid, dass ich heute nicht aufmerksamer war. Ich wünschte wirklich, ich könnte Ihnen weiterhelfen.«

Der Detective lächelte, zeigte uns dabei seine schiefen Zähne und sagte: »Machen Sie sich keine Gedanken.«

Unter den gegebenen Umständen fand ich diese Bemerkung ein wenig eigenartig. Trotzdem war es nett von ihm, Julie keine Vorhaltungen zu machen, weil sie zu sehr in ihre Arbeit vertieft gewesen war, um mitzubekommen, was um sie herum vorging. Sie war schon immer ein Computerfreak gewesen, lange, bevor das chic wurde. Das war mit ein Grund, warum sie kaum neue Leute außerhalb des Internets, aus Fleisch und Blut kennenlernte.

Lazare drehte eine Runde durchs Zimmer und gab jedem von uns eine Visitenkarte. »Falls Ihnen noch etwas einfällt, können Sie mich jederzeit anrufen.« Dann blieb er vor Bobby stehen, der seinerseits innehielt, wie fixiert vom Blick des Polizisten. »Wie wäre es, wenn Sie gleich mitkommen? Dann könnten wir unser Gespräch heute noch beenden.« Es war im Grunde keine Frage, auch keine Aufforderung, sich wieder an den Tisch in der gemütlichen Zimmerecke zu setzen. Er zitierte Bobby aufs Polizeirevier, und zwar noch heute Abend.

Kaum waren Julie und ich allein im Haus, fingen wir an zu reden.

»Es ging alles so furchtbar schnell«, sagte Julie. »Es war ganz still draußen, wie immer, und dann steht plötzlich Bobby vor dem Haus und brüllt herum.«

Ich konnte seine qualvollen Schreie direkt hören, als er geglaubt hatte, mich tot dort liegen zu sehen. Es war ein furchtbarer Gedanke, dass er jetzt auf ein fremdes Polizeirevier gebracht wurde, in einer Stadt, in der er noch nie gewesen war, um dort von einem Polizisten verhört zu werden.

»Warum kann dieser Detective Lazare denn nicht morgen

weiter mit Bobby reden?«, fragte ich. »Er ist erschöpft und fertig mit den Nerven, und es ist doch schon so spät.«

»Wahrscheinlich, weil er sie gefunden hat, die …«

»Stimmt, er hat sie gefunden, die …«

Die Leiche. Wir brachten das Wort beide nicht über die Lippen.

»Ich kann gar nicht glauben, dass das wirklich passiert«, sagte Julie. »Wenn ich nur einmal aus dem Fenster geschaut hätte oder rausgegangen wäre, irgendwas. Wenn jemand zugeschaut hätte, hätte der Kerl es vielleicht gar nicht getan.«

Ein sorgenvoller Schatten zog über ihr bleiches, ovales Gesicht. *Unser* Gesicht. Und weil man in Augenblicken großer Belastung seltsamerweise oft die unwichtigsten Details bemerkt, fiel mir auf, dass sie sich die linke Augenbraue ein bisschen zu schmal gezupft hatte. Außerdem hatte sich ihr kastanienbraunes Haar teilweise aus dem Pferdeschwanz gelöst – *unser* Haar, dicht und leicht lockig, das an guten Tagen, wenn die Mischung aus so unterschiedlichen Faktoren wie Wetter, Shampoo und vielleicht sogar Stimmung ganz perfekt war, wunderschön rotgolden schimmerte. Und ihre bloßen Arme waren von einer Gänsehaut bedeckt. All diese Einzelheiten fanden sich in meinem Herzen zu dem Wunsch zusammen, sie zu trösten, so wie sie es früher immer mit mir gemacht hatte, als wir noch Kinder waren und ich stets als Erste und besonders tief ins Unglück stürzte. Heute war das Unglück über ihr Haus hereingebrochen, und jetzt war es meine Aufgabe, für sie stark zu sein. Am liebsten hätte ich mich zu ihr gebeugt und ihr mit den Händen über die Arme gerubbelt, damit ihr wieder wärmer wurde. Doch Lexy lag schwer in meinem Arm.

»Du kannst doch wirklich nichts dafür, Jules«, sagte ich. »Es war einfach Pech, dass es ausgerechnet hier passiert ist. Vielleicht ist es sogar besser, dass du ihn nicht gesehen hast …

sonst hätte er dich ja schließlich auch gesehen.« Ich musste an die fürchterlichen Sekunden denken, als ich überzeugt gewesen war, es wäre Julie, die da in ihrem Blut auf der Straße lag, und versuchte, den Gedanken gleich wieder beiseitezuschieben. Doch stattdessen spannte mein Gehirn die beiden unterschiedlichen Ereignisse zusammen, und Bobbys Schreie, die ich gar nicht gehört hatte, hallten durch meine Erinnerung.

»Da hast du sicher recht«, sagte Julie. »Es war reiner Zufall, dass er sie gerade vor meinem Haus erwischt hat. Fünf Minuten später, und es wäre ein anderes Haus gewesen.« Sie versuchte sich an einem tapferen Lächeln, das die Unruhe jedoch nicht aus ihren dunkelbraunen Augen vertreiben konnte. Ich erwiderte ihren Blick mit meinem eigenen Paar dieser Augen, nahm ihre Schuldgefühle in mich auf und teilte sie mit ihr.

»Weißt du, Jules, was ich die ganze Zeit denke, wenn ich ehrlich bin? Wenn ich Bobby heute Morgen nicht verlassen hätte, dann wäre er niemals in die Lage geraten, sie zu finden. Er hätte sein Leben weiterführen können, ohne auf ewig dieses Bild im Kopf zu haben.«

»Die arme Frau«, sagte Julie. »Ich sehe sie auch immer noch vor mir.«

Ich lehnte mich an ihre Schulter, und wir blieben ein paar Minuten lang schweigend so sitzen. Dann streckte Julie die Hand aus, strich Lexy sanft über die Stirn und flüsterte: »Sie ist eingeschlafen.«

»Bringen wir sie ins Bett.«

Julie nahm Lexy die Jacke ab und zog sie selbst über. Langsam und vorsichtig verließen wir das Zimmer.

Es gab zwei Treppen im Haus. Julie ging mit mir zu der hinteren, die gleich neben dem Wohnzimmer direkt nach oben in eine Art Loft hinaufführte. Auf dem Boden lag eine breite Doppelmatratze mit einer mexikanischen Tagesdecke, daneben stand ein kleiner Schreibtisch mit einem Computer unter einem vorhanglosen Fenster. Ein Raum, wie Teenager ihn lieben – ein Erwachsener würde es darin notgedrungen maximal eine Nacht aushalten. Von dort aus führte ein kleiner Flur in ein hübsch möbliertes Zimmer, das ganz in Hellbraun und Weiß mit ein paar Tupfern Hellblau gehalten war. Die aufeinander abgestimmten Möbel wirkten, als hätte man sie als Set bei einem Versandhaus für Landhausmöbel bestellt. Ich hatte immer davon geträumt, einmal so eine gebühren-freie Bestellnummer anzurufen und *alles von Seite vier* zu or-dern, aber dafür fehlte mir immer das nötige Geld. Als Julie mich durch diesen Teil ihres neuen, großen Hauses führte, verspürte ich eine Art stellvertretende Genugtuung über ihre finanzielle Unabhängigkeit. Meine Schwester, die ganz allein auf sich gestellt war, hatte das alles geschafft!

»Das ist das Gästezimmer.« Sie merkte, wie ich mich nach dem Babybettchen umschaute. »Aber Annie, du bist doch kein Gast. Du hast dein eigenes Zimmer. Komm mit.«

Während wir einen zweiten Flur durchquerten, deutete Ju-lie auf ein paar weitere Türen: »Bad, Wäschekammer, Abstell-kammer, noch ein Gästezimmer.«

Die Tür des zweiten Gästezimmers war nur angelehnt, und ich blieb stehen, um einen Blick hineinzuwerfen. Trotz des Dämmerlichts sah ich, dass der Raum recht klein war. Die Wände waren hellgrün gestrichen, und es standen zwei Mes-singbetten mit Tagesdecken darin. Die beiden Fenster waren von Vorhängen in einem dunkleren Grünton umrahmt, die an Gardinenstangen mit gusseisernen Blattornamenten befes-tigt waren. Zwischen den Fenstern hing in einem vergoldeten Rahmen das Bild eines riesigen Pinienzapfens an der Wand, zwischen den Betten lag ein ovaler Webteppich, und an der Wand gegenüber stand eine hohe Kommode aus dunklem Holz. Ich war erstaunt darüber, wie vollkommen symmetrisch das Zimmer wirkte, und plötzlich wurde mir klar, warum: Es sah aus wie ein Zimmer für ein Zwillingspärchen – für Zwillingsbrüder allerdings.

»Dein Zimmer ist gleich hier drüben«, sagte Julie zu mir. »Ich dachte mir, du möchtest Lexy sicher bei dir haben.«

Das Gelbe Zimmer. Es war wunder-wunderschön! In der hintersten Ecke stand ein Doppelbett mit einer schweren, weißen Jacquarddecke. Das Zimmer hatte fünf Fenster, zwei nach Osten und drei nach Süden hin. Vor jedem Fenster hing ein hauchzarter, hellgelber Vorhang, dahinter schauten die troddelbewehrten Schnüre schwerer Jalousien hervor, die alle nur halb heruntergelassen waren. Die gelbe Tapete war übersät mit winzigen roten Rosenknospen. Kein Teppich lag auf dem hellen, lackierten Holzboden, nur ein Bettvorleger aus Chenille. Das Kopfteil des Bettes, die Nachtschränkchen, die Leselampe, die Kommode, ja, selbst der Stuhl an der Wand passten perfekt zusammen (*einmal Seite sieben, bitte*), und alles war in Gelb-, Cremeweiß-, Messing- und Bronzetönen gehalten. Auch das weiße Babybettchen und der Wickeltisch passten dazu. Das Bettchen stand frei mitten im Raum, sodass es von allen Seiten leicht erreichbar war, der Wickeltisch befand sich in einer Ecke, halb hinter der Tür. Julie hatte ihn bereits mit Windeln der richtigen Marke und Größe, mit Reinigungstüchern, Cremes und Puder ausgestattet: Es war alles da, was wir brauchten. Trotzdem beschloss ich, Lexy jetzt nicht noch einmal zu wickeln, um sie nicht aufzuwecken.

Die Seitenwand des Bettchens war bereits heruntergeklappt, die Decke zurückgeschlagen. Ich bettete die Kleine sanft auf das Laken, hellrosa, mit liebevoll gezeichneten, cremeweißen Schäfchen darauf. Die Seitenwand ließ sich problemlos nach oben schieben und befestigen. Ich nahm das Stofftier, einen süßen, gelben Hasen, den Julie in eine Ecke des Bettchens gesetzt hatte, und legte ihn Lexy in die rundliche Armbeuge. Mit einem Seufzer rollte sie sich halb darauf.

Ich drehte mich um und umarmte meine Schwester. »Was für ein schönes Zimmer. Tausend Dank.«

»Du kannst natürlich alles so verändern, wie du es gern hast.«

»Nein. Es ist genau richtig so.«

»Was ist denn da in der Tasche?«

Julie löste sich von mir und tastete nach ihrer Jackentasche, in der ich vor vielen Stunden die Glaskatzen verstaut hatte. Ich griff hinein, zog das Päckchen heraus und faltete es auf. Dann legte ich Julie die Katzen und die Kätzchen eins nach dem anderen auf die Handfläche.

Julie lächelte. »Ich habe meine auch noch.«

»Ich hebe sie für Lexy auf«, sagte ich.

»Wahrscheinlich kriegt sie meine auch, ich werde ja schließlich keine eigenen Kinder haben.«

»Du kannst immer noch welche adoptieren.«

Das hatte ich ihr schon hundertmal gesagt, seit sie ihre Verlobung gelöst hatte, und sie hatte mir immer wieder dasselbe geantwortet: »Allein?«

»Du kannst dir das doch problemlos leisten, Jules. Im Ernst, du brauchst nicht auf einen Mann zu warten. Das ist heutzutage gar nicht mehr nötig.«

In Wahrheit war es natürlich deutlich komplizierter. Julie konnte keine Kinder bekommen, weil sie sich an der Uni mit Chlamydien infiziert hatte und dadurch unfruchtbar geworden war. Der Uni-Arzt hatte ihr damals sinngemäß erklärt: *Pech gehabt, Kleine, da kann man jetzt auch nichts mehr machen* – ein wenig sensibles Verhalten, das zeigte, dass er die Nase gestrichen voll hatte von diesen jungen Leuten und ihrer sexuellen Freizügigkeit. Julie hatte sich stoisch in ihr Schicksal gefügt, und wir hatten daraufhin die Karten neu gemischt und beschlossen, dass ich für uns beide Kinder bekommen würde. Da unsere DNA wohl genauso identisch war wie un-

43

sere Gesichter, konnte auch Julie rein genetisch als Lexys Mutter gelten. Meine Schwester würde sich nicht mehr den Kopf darüber zerbrechen müssen, dass sie ihr Erbgut nicht weitergab: Das würde ich einfach für uns beide tun. Und um selbst ein Kind großzuziehen, konnte sie eines adoptieren. Alles kein Problem. Bis zu dem Moment, als sie mit Paul verlobt war und sie bereits kurz davorstanden, die Hochzeitseinladungen zu verschicken. Da hatte er einen Nervenzusammenbruch gehabt und ihr gestanden, wie sehr er sich nach leiblichen Kindern sehnte und wie sehr es ihn quälte, dass er diese Möglichkeit nicht mehr haben würde, wenn er sie heiratete. Julie hatte ihn freigegeben, und er war gegangen. Vergangenes Jahr hatte er eine andere Frau geschwängert und geheiratet, inzwischen erwarteten sie schon das zweite Kind.

»Na ja…« Julie warf einen letzten Blick auf Lexy. »Wir werden sehen. Sag mal, bist du eigentlich hungrig? Oder willst du lieber gleich ins Bett?«

»Ich habe unterwegs gegessen, und ich bin todmüde. Aber ehrlich gesagt glaube ich nicht, dass ich schlafen kann.«

»Ich weiß genau, was du meinst.«

»Lass uns auf Bobby warten.«

Julie schloss die Hand – unsere langen Finger – um die Glaskatzen und sagte: »Dann zeige ich dir jetzt mein Zimmer.«

Ich ließ die Tür angelehnt – das Babyphon würde ich einstöpseln, sobald ich das Gepäck nach oben gebracht hatte – und ging hinter Julie zurück auf den Flur. Sie öffnete eine Tür gleich neben dem Zimmer mit dem Pinienzapfen, die mir vorher gar nicht aufgefallen war. Von einem kleinen Treppenabsatz führten zwei schmale Treppen weg, eine nach oben, eine nach unten.

»Die da führt direkt in die Küche hinunter«, erklärte Julie. »Und die hier führt rauf zu mir.«

44

Die Treppe zu ihrem Zimmer beschrieb zwei Kurven, ehe man am Ziel war. Ich musste wieder an Italien denken (vielleicht ja auch wegen der mundgeblasenen Kätzchen?), wo wir einmal hinter unseren Eltern eine uralte, steinerne Wendeltreppe hinaufgeklettert waren, mit nichts als einem Pfeiler in der Mitte und leerem Raum ringsum. Es gefiel mir nicht, so weit nach unten schauen zu können, diese unausweichliche Höhe machte mir Angst, und auf dem Weg nach oben musste ich ständig gegen den Impuls ankämpfen, einfach stocksteif stehen zu bleiben. Aber das tat ich natürlich nicht, ich war ja ein braves Mädchen und kämpfte mich tapfer weiter. Und dann, am Ende dieses Treppenbands, war da... gar nichts. Das war wirklich eigenartig gewesen: Die Treppe hörte einfach auf, als wären dem Architekten plötzlich die Ideen ausgegangen. Wir stiegen wieder hinunter, und das war's. Während ich noch daran dachte, fiel mir Zara Moklas wieder ein, deren Leben heute vor diesem Haus genauso abrupt geendet hatte wie die steinerne Treppe in jener alten italienischen Ruine, von der man nicht wusste, was sie einmal gewesen war (zumindest ich hatte das niemals erfahren).

»Jules? Was glaubst du, wer hat sie umgebracht?«

Julie war ein paar Stufen vor mir und drehte sich um. Es war so dunkel auf der Treppe, dass ich ihr Gesicht kaum erkennen konnte. Nur auf ihre Hand auf dem Holzgeländer fiel Licht. Ich konnte nicht erkennen, woher dieser Lichtschein kam.

»Das hatte ich mich auch gerade gefragt«, sagte sie. »Ich kann einfach nicht aufhören, daran zu denken.«

»Ich frage mich, ob es wohl um etwas Persönliches ging, irgendetwas mit ihrem Bruder, oder ob es etwas anderes war.«

»Manche Leute hier in der Gegend sind ziemlich reaktionär. Aber vielleicht war es ja auch jemand auf der Durchreise. Reiner Zufall. Glaubst du nicht?«

Ein zufälliger Mord ... diese Vorstellung machte mir am allermeisten Angst. »Da wäre es doch noch besser, wenn es etwas Persönliches war. Oder? Jemand hat ganz gezielt sie umgebracht.«

Julie zögerte. »Weißt du, Annie ...«

Ich wusste, was sie sagen wollte: Zara Moklas sah so aus wie wir.

»Ich weiß schon«, sagte ich. »Das geht mir auch nicht aus dem Kopf.«

Julie öffnete eine Tür oben an der Treppe, und dann standen wir in dem riesigen, offenen Raum ihres Zimmers. Die hohe Decke sah aus wie die obere Hälfte eines Achtecks (das alte Scheunendach), darunter kreuzten sich lange, freischwebende Balken. Lichtspots erleuchteten den unteren Teil des Zimmers und schienen die Dunkelheit und die Schatten in den abgetrennten oberen Teil zurückzudrängen. Von den Balken abwärts war alles weiß gestrichen, die Möbel aber waren schwarz und bildeten einen scharfen Kontrast. Statt Bildern, Zeichnungen oder anderen hübschen Wandverzierungen hingen lauter Spiegel an Julies Wänden, in allen Formen und Größen. Sie reflektierten die hellen Lichtstrahlen und ließen den ganzen Raum glitzern.

Und noch zwei weitere Überraschungen hielt dieses loftartige Zimmer direkt unter dem ländlichen Himmel bereit: ein riesiges Bad, in dem man locker noch ein Sofa untergebracht hätte, und ein Büro, das sogar noch ultramoderner war als die Küche. Es war geräumig, hatte vier Fenster, die zur Rückseite und den beiden Seiten des Hauses hinausgingen, und ich vermutete, dass es tagsüber sehr hell war. Auf einem breiten Schreibtisch vor einer rotgestrichenen Wand lagen ihre Arbeitsunterlagen, wie immer äußerst akkurat gestapelt, neben einem Computer, auf dessen Monitor die dreidimensionalen Bälle des Bildschirmschoners umherhüpften. An der Wand gegenüber stand ein großes Bücherregal mit Marketing-Literatur, Sammelbänden von Branchenzeitschriften und den Biographien, die sie so gern las. Dazwischen standen ein paar Auszeichnungen, die sie im Lauf ihrer Karriere bekommen hatte. Eine kannte ich noch nicht: eine goldene Statuette, die ein schimmerndes gläsernes Dreieck in den erhobenen Händen hielt.

»Ist das dein Stevie?«, fragte ich, konnte mir die Frage dann aber schon selbst beantworten, als ich Julies Namen auf der goldenen Plakette am Sockel sah. Der Stevie Award gehörte zu den wichtigsten Preisen der Branche und wurde alljährlich an selbständige Unternehmer verliehen, die sich im Bereich Marketing besonders hervorgetan hatten.

»Herzlichen Glückwunsch, Jules.« Ich umarmte sie. »Ich bin ja so stolz auf dich.«

»Danke.« Sie versuchte, möglichst unbeteiligt dreinzuschauen, aber bald wurde ein Grinsen daraus.

Auf der anderen Seite des Zimmers stand ein kleinerer Schreibtisch. Er wirkte unbenutzt, bis auf ein Notebook, das zugeklappt und uneingestöpselt darauf stand. Julie las meine Gedanken.

»Das war für einen Mitarbeiter gedacht«, erklärte sie. »Aber irgendwie habe ich dann doch niemanden eingestellt.«

»Wie kommst du denn dann zurecht?« In ihrem alten Büro in Connecticut hatte sie eine Vollzeitkraft zur Unterstützung gehabt.

»Ich lasse mich ungern ablenken. Außerdem habe ich Pete und Sue aus Indien entdeckt.«

»Pete und Sue? Aus *Indien*?«

»Die heißen natürlich nicht wirklich so. Sie legen sich Pseudonyme zu, um es für unsereins leichter zu machen. Man nennt das Online-Assistenten. Ist gerade überall der letzte Schrei. Sie machen alles, was ein normaler Assistent auch tun

47

würde, brauchen aber nur halb so lang dafür. Außerdem sind sie billiger, und man braucht sie nicht zu fragen, wie das Wochenende war.«

»Klingt nach Ausbeutung.«

»Aber nein, das ist einfach effizient. Inzwischen kann man sich sogar schon Online-Assistenten fürs Privatleben zulegen, die einem das Geschenkekaufen und solche Sachen abnehmen.«

»Ist nicht dein Ernst. Hast du so was auch?«

»Wozu denn? Mein Privatleben besteht im Grunde nur aus euch, und für euch Geschenke zu kaufen macht mir Spaß.«

»Ich weiß.« Ich hakte mich bei ihr unter und führte sie hinaus aus diesem Büro, wo die böse Arbeit sich ihrer so sehr bemächtigt hatte. Ich nahm mir vor, sie bei diesem Besuch so oft wie möglich von der Arbeit abzulenken, sie emotional etwas mehr auszufüllen. Lexy würde mir ganz sicher dabei helfen.

Ich steuerte eine Ecke ihres Zimmers an, wo sie mit zwei schwarzen Polstersesseln und einem kleinen Tisch aus Edelstahl und Glas eine Sitzgruppe eingerichtet hatte. Aus der Nähe sah ich, dass es ein Vitrinentisch mit abnehmbarer Platte war. Drinnen befanden sich Julies Glaskatzen und ein Sammelsurium aus anderen Erinnerungsstücken: der Ehering unserer Mutter (ich hatte den von unserem Vater), ein kleines Emailledöschen mit unseren Milchzähnen und zwei identischen Locken Kinderhaar, ein Ring mit einem Opal, den ich noch nicht kannte, drei alte Spielzeugautos (die Überbleibsel eines früheren Sammelversuchs), ein paar Haargummis und ein Glasschälchen mit Ohrringen, zwischen denen ich auch die Brillantstecker entdeckte, die ich ebenfalls besaß. Es waren natürlich keine echten Brillanten, sondern Zirkonia, aber wenn man den Kopf im Licht drehte, glitzerten sie genauso schön. Julie hatte sie kurz nach Lexys Geburt gekauft, als Baby-Geschenk für uns beide.

»Ist es nicht unpraktisch, den Schmuck da aufzubewahren?«, fragte ich.

»Meistens sitze ich abends hier und lese, und du weißt ja…«

Ich wusste. Wir hatten beide schon immer die Angewohnheit gehabt, unseren Schmuck und manchmal auch das eine oder andere Kleidungsstück abzulegen, wenn wir uns entspannen wollten.

Julie stellte meine Glaskätzchen auf den Tisch, sodass sie über ihren zu schweben schienen. »Wollen wir sie mischen?«, fragte sie. »Wie früher, als wir Kinder waren?«

Ich musste lächeln. »Ja, warum nicht?«

Sie hob die Tischplatte ab, und gemeinsam setzten wir meine Kätzchen zwischen ihre. Dann ließ sie sich in einen der schwarzen Sessel sinken und zog erst den einen Cowboystiefel aus und dann den anderen. Darunter kamen Socken in Neonpink zum Vorschein. Ich setzte mich in den anderen Sessel, streifte ebenfalls meine Schuhe ab und zog dann auch die Strümpfe aus, bewegte die Zehen und genoss die kühle Luft an der Haut. Dann griff ich in den offenen Tisch, nahm ein blaues Haargummi heraus und band mir die Haare zu einem hohen Pferdeschwanz zusammen. Schließlich zog ich noch meine Zirkonia-Ohrstecker aus und legte sie ganz instinktiv in Julies Ohrringschälchen. Sie schien kurz zusammenzuzucken, als ich das tat.

»Was denn?«, fragte ich. »Sie sind doch genau gleich, so wie die Katzen.«

»Ich hatte nur neulich eine Entzündung am Ohr. Habe ich dir das nicht erzählt?«

»Nein.«

»Und ich habe meine Ohrringe einfach noch nicht desinfiziert.«

»Gut, dann desinfiziere ich sie morgen einfach alle. Was hältst du davon?« Ich lächelte sie an, um sie zum Zustimmen zu bewegen.

»Ja, okay.« Sie lehnte sich mit einem Seufzer zurück. »Aber beim nächsten Mal fragst du vorher.«

Ich störte mich nicht daran. Wieso auch? Sie hatte schon recht: Wir waren eben keine kleinen Mädchen mehr, wir waren erwachsen, und gewisse Grenzen mussten eingehalten werden. Plötzlich bereute ich es, die Glaskatzen vermischt zu haben, weil ich doch *meine* für Lexy vorgesehen hatte.

»Weißt du noch, unser altes Spiel?«, sagte ich zu Julie. »*Ich wünsche dir eine Sturmflut an den Hals...*«

»Die Hexenflüche. Daran habe ich ja seit Jahren nicht mehr gedacht.«

Wir hatten uns das Spiel in der Zeit ausgedacht, als unsere Mutter vergeblich gegen den Krebs ankämpfte. *Ich wünsche dir eine Feuersbrunst an den Hals! Ich wünsche dir eine Hungersnot an den Hals! Ich wünsche dir die Pest an den Hals!* Wir wünschten uns gegenseitig alles Schreckliche, was uns nur einfiel, und je länger wir spielten, desto stärker und mutiger wurden wir. *Ich wünsche dir Zerstörung! Ich wünsche dir Verfall!* Nur nicht den Tod: Der war es schließlich, wogegen wir uns wappneten. Schon mit zehn, als wir zusehen mussten, wie unsere Mutter immer weniger wurde, erkannten wir, dass der Tod unser Erzfeind war. Als sie dann gestorben war, wünschten wir einander auch den Tod auf den Leib, um ihm mehr entgegensetzen zu können.

»Eigentlich hat das doch nie funktioniert, nicht, Jules? Es hat nichts abgehalten.«

»Nein. Aber es hat uns durch schwere Zeiten gerettet.«

Da hatte sie recht: Irgendwie war dieses Spiel doch ein Schutzschild gewesen, wenn auch nur in unserer Phantasie. Ich war so froh, hier bei Julie zu sein. Sie war die Einzige, mit der ich in knappen Worten über unsere gemeinsame Vergangenheit reden konnte, ohne dass der Tod unserer Eltern alles mit seiner unausweichlichen Tragik überschattete. Es war ja auch eine große Tragödie, aber vorher waren wir eine Familie mit einigermaßen normalen Problemen gewesen. Und vor der Scheidung, lange vorher, waren wir möglicherweise sogar einmal glücklich gewesen, wenn ich mich recht erinnerte. In jedem Fall hatten unsere Eltern uns geliebt, uns geradezu vergöttert. Sie hatten uns jeden Abend vorgelesen, uns mit heißem Kakao empfangen, wenn wir vom Schneeburgenbauen im Garten unseres Hauses in Connecticut zurückkehrten, sie hatten bei allen Schulaufführungen applaudiert und waren mit uns ins Museum oder zum Essen nach New York gefahren. Als wir noch klein waren, zog unsere Mutter uns immer gleich an, doch später, mit etwa neun, begannen wir eine gewisse Individualität zu entwickeln. Und während des letzten Jahres mit ihr ließ sie uns nicht nur so sein, wie wir jeweils waren, sondern bestärkte uns noch darin, indem sie unterschiedliche Charakterzüge an uns bemerkte und sie bewusst hervorhob. Julie war ruhig, ich leicht aus der Ruhe zu bringen. Julie war standhaft, ich impulsiv. Julie kleidete sich praktisch, ich trug Kostüme (oder das, was meine Mutter so für Kostüme hielt – für mich waren es umwerfende Kreationen, die es wert gewesen wären, fotografiert zu werden). Julie war die Kluge, ich die Hübsche.

Diese Unterscheidung – klug und hübsch – beeinflusste uns am meisten, bis wir alt genug waren, um zu begreifen, dass wir als eineiige Zwillinge ohnehin mehr oder weniger identisch waren. Unsere Mutter hatte uns die Möglichkeit bieten wollen, uns als Individuen zu fühlen. Inzwischen war mir das klar. Aber da sie gestorben war, ohne uns das richtig erklären zu können, floss ein Großteil unserer pubertären Energie in den Versuch, unsere scheinbaren Defizite auszugleichen. Bevor

51

Julie an die Uni ging, um ihr Wirtschaftsstudium zu absolvieren, verbrachte sie ein Jahr mit mir in der New Yorker Wohnung, die wir von unserem Vater geerbt hatten, trug wallende Röcke, verfasste schlechte Gedichte und gab sich alle Mühe, äußerlich wie innerlich *hübsch* zu sein. Irgendwann gab sie gelangweilt und völlig abgebrannt auf, machte ihren Abschluss mit Auszeichnung, legte sich ein paar elegante Hosenanzüge zu und startete ihren rasanten beruflichen Aufstieg.

Und ich? Ich hatte eigentlich Fotografin werden wollen. Aber anstatt meinem Herzen zu folgen und die Leute auf der Straße in ihren ganz eigenen Modekreationen zu fotografieren, was mich eigentlich interessierte, wandte ich mich Gebäuden zu, um zu beweisen, dass ich ernsthaft und *klug* sein konnte. So verbrachte ich sechs magere Jahre damit, langsam und schmerzvoll als freischaffende Architekturfotografin zu scheitern, bis ich schließlich eine Ausbildung zur Physiotherapeutin begann. Mir war klar geworden, dass ich mit Menschen arbeiten, einen Eindruck bei ihnen hinterlassen wollte. Als Physiotherapeutin konnte ich sie im Wortsinn berühren und die Ergebnisse meiner Arbeit sofort sehen. Die Stelle im Gefängnis sollte mein Sprungbrett in eine neue berufliche Laufbahn sein.

Seit Julie und ich erwachsen waren, hatten die Konzepte *klug* und *hübsch* einiges an Bedeutung verloren. Wir hatten beide begriffen, dass jede von uns mindestens genauso hübsch und klug war wie die andere. Schließlich waren wir ja eineiige Zwillinge. Die Unterschiede zwischen uns waren hausgemacht. Das ganze äußere Drumherum, unsere jeweiligen Entscheidungen – all das unterschied uns zwar voneinander, aber es machte uns nicht aus, und das würde auch niemals so sein. Julies Augen waren auch meine, und meine waren ihre. Und als ich jetzt ihren Blick spürte, wusste ich genau, was sie dachte.

»Wenn Mom und Dad jetzt hier wären«, sagte ich, »würden sie uns Milch und Kekse bringen und uns sagen, dass alles wieder gut wird. Sie hätten Bobby gemocht, glaubst du nicht? Und sie hätten gewusst, dass er nichts mit dem Mord an dieser Frau zu tun haben kann.«

Julie ließ das Bein, das sie über das andere geschlagen hatte, wieder zu Boden rutschen und beugte sich im Sessel vor. »Ich weiß das auch, Annie.«

»Dieser Detective. Im Großen und Ganzen scheint er ja in Ordnung zu sein. Aber ich glaube wirklich, er verschwendet mit Bobby nur seine Zeit. Meinst du nicht auch?«

»Klar.«

»Ich meine, Jules, dass er mich betrügt, steht auf einem anderen Blatt. Aber Mord? Auf gar keinen Fall.« Beim Gedanken an Zaras aufgeschlitzte Kehle lief mir ein Schauer über den Rücken. »Was weißt du denn sonst noch über sie?«

»Eigentlich nicht viel. Sie war etwa in unserem Alter, ein bisschen jünger vielleicht. Die Nachbarn, für die sie gearbeitet hat, haben sie alle gemocht. Sie war fleißig. Und alle sagten, sie sei ehrlich. Von dem zwielichtigen Bruder habe ich heute Abend zum ersten Mal gehört.«

»Wäre es nicht total verrückt, wenn … aber nein, das ist ein alberner Gedanke.«

»Wenn was?«, fragte Julie.

Ich hielt den Blick auf ihre Cowboystiefel gerichtet, auf die paar Lederstreifen, die an den Knöcheln in einem Messingring zusammenliefen. Dann sah ich sie an. »Ich wollte sagen: Was, wenn sie nun die Frau war, mit der Bobby geschlafen hat?«

»Stimmt, das ist wirklich ein alberner Gedanke.«

»Ich weiß auch nicht, wie ich darauf komme.«

»Du bist einfach durcheinander«, sagte Julie. »Das war ja auch ein schlimmer Tag.«

53

»Ich frage mich, was ein Geschwisterpaar aus Ungarn wohl nach Great Barrington verschlägt.«

»Wahrscheinlich gefiel es ihnen einfach auf dem Land. Vielleicht hatten sie ja auch Freunde hier.«

»Das wird der Detective sicher bald herausfinden.«

»Je mehr Erfahrungen ich mit Menschen mache«, sagte Julie, »desto mehr komme ich zu dem Schluss, dass sie einfach völlig unberechenbar sind.« Sie runzelte die Stirn, und ich entdeckte ein paar Falten. Eine Alterserscheinung. Wurden wir einfach nur älter und hatten doch noch längst nicht alles begriffen? Vielleicht war das ja gerade die Sache: Man musste begreifen, dass man eben nichts begriff.

»Ich weiß, ich habe ihn verlassen. Aber trotzdem war Bobby nie unberechenbar. Er ist nicht wie die meisten Leute.«

»Ich meinte ja auch nicht Bobby«, verbesserte mich Julie. »Sondern Zara.«

Für mich war Zara Moklas ganz und gar berechenbar. In meinem Kopf würde sie immer so weiterexistieren, wie ich sie zum ersten und einzigen Mal gesehen hatte: hingestreckt auf einer dunklen Straße auf dem Land, in den Widerschein der dreifarbigen Lichter getaucht, inmitten einer Lache ihres roten Blutes. Ich würde nie etwas anderes von Zara erwarten, als dass sie tot war.

»Die Nachbarn sagen alle, dass sie so wahnsinnig nett war«, sagte Julie. »Und vielleicht war sie das ja auch. Aber vielleicht auch nicht. Mehr will ich damit gar nicht sagen.«

»Ich verstehe schon. Wir können es einfach nicht sicher wissen.«

»Genau. Wir können es nicht wissen. Vielleicht hat sie ja hinter ihrer ach so netten Fassade mit Drogen gedealt, und jetzt hat es sie erwischt, weil sie jemandem Geld geschuldet hat oder so.«

»Würde ich fast hoffen«, sagte ich. »Das würde dann ja bedeuten, dass der Mörder es speziell auf sie abgesehen hatte. Aber wieso sollte sie als Sekretärin und als Putzfrau arbeiten, wenn sie ihr Geld mit Drogen verdient?«

Julie grinste verschmitzt. »Guter Einwand. Dann war vielleicht das Putzen nur die Fassade, sie war eigentlich Puffmutter, und eins ihrer Mädchen ist durchgedreht.«

Ich stellte mir die typische Klischee-Nutte vor, die mit einem Messer in der Hand vor Julies Haus auf dieser idyllischen Landstraße auf der Lauer lag. Wir mussten beide lachen. Und dann fing ich plötzlich an zu weinen.

Julie kam zu meinem Sessel herüber und nahm mich in die Arme, und kurze Zeit später weinte sie auch. Sie tastete mit den Händen nach meinem Gesicht, um mir die Tränen wegzuwischen.

»Das ist gar nicht komisch«, sagte sie.

»Nein, es ist furchtbar«, bestätigte ich.

»Wir sollten das nicht machen, oder.« Sie ließ es nicht wie eine Frage klingen, weil es keine Frage war. Wir hatten uns über etwas Schreckliches amüsiert, über das Unglück eines anderen Menschen gelacht. Wieder einmal hatten wir einen Graben rund um die Burg unseres Wirs ausgehoben, die uns immer Schutz geboten hatte. Als Kinder hatten wir uns nie etwas dabei gedacht, wenn wir uns so von den Dingen distanzierten, aber seit wir erwachsen waren, wussten wir es besser. Wenn wir jetzt wieder einmal Gefahr liefen, in unsere isolierte Abwehrhaltung gegen den Rest der Welt hineinzurutschen, hatten wir gleich ein schlechtes Gewissen und hörten sofort auf damit. Oder versuchten es zumindest. Andererseits wussten wir ja beide, dass ich zu Julie gekommen war, um mich zu ihr, in sie, mit ihr zu flüchten. Das war ein tiefverwurzelter, unwiderstehlicher Instinkt unseres Zwillingsdaseins.

»Vielleicht sollten wir jetzt meine Koffer hochholen?«, schlug ich vor.

»Na los. Packen wir's an, damit du ins Bett kommst.«

»Aber erst muss ich noch hören, wie es Bobby geht.«

Ich rief auf dem Polizeirevier an und wurde fünf Minuten lang in die Warteschleife gehängt, nur um dann zu erfahren, dass der Detective uns ausrichten lasse, es lohne sich nicht aufzubleiben. Ich überlegte, ob er das wohl wirklich so formuliert hatte: *Es lohnt sich nicht aufzubleiben.* Schon nach dieser einen kurzen Begegnung kam es mir so vor, als würde Detective Lazare so etwas nicht sagen. Er hätte es wahrscheinlich vorsichtiger formuliert. *Sehen Sie zu, dass Sie ein bisschen Schlaf bekommen. Er ist bald wieder bei Ihnen.* Das passte besser zu ihm. Dann fragte ich mich plötzlich, wo Bobby wohl schlafen würde, wenn er wiederkam. Würde er zu mir ins Gelbe Zimmer kommen? Unter meine gelbe Bettdecke kriechen? Nach meinem Körper tasten? Würde die meilenweite Distanz zwischen uns auf die schlichte Tatsache zusammenschmelzen, dass wir einander liebten? Würde er mir endlich entweder die Wahrheit sagen oder mir einen überzeugenden Beweis präsentieren, der mein Misstrauen verschwinden ließ? Oder würde er meine Entscheidung, ihn zu verlassen, einfach respektieren und in einem der Gästezimmer schlafen? Ich selbst wusste nicht einmal, was davon ich eigentlich wollte. Natürlich würde es tröstlich sein, ihn im Dunkeln neben mir zu spüren, aber es würde mich völlig durcheinanderbringen, am Morgen neben ihm aufzuwachen. Jemanden aus tiefstem Herzen zu lieben, der noch dazu nicht Julie war, und dennoch zu spüren, dass es nötig war zu gehen: Diese verwirrende Erfahrung hatte ich einfach noch nie gemacht. Aber zu den vielen Dingen, die ich durch den Tod meiner Eltern gelernt hatte, gehörte auch das Wissen, dass man ein Durchtrennen der Lebensader der Liebe am Ende doch überleben kann.

Nachdem Julie und ich mein ganzes Gepäck nach oben gewuchtet hatten, standen wir nebeneinander im silbrigen

Dunkel meines stillen Zimmers und sahen Lexy beim Schlafen zu.

»Sie ist wunderschön«, flüsterte Julie.

Ich rief es ihr noch einmal in Erinnerung: »Sie gehört uns beiden, Jules.« Mit einem Arm zog ich sie zu mir heran, während wir dastanden und meine geliebte kleine Tochter betrachteten.

Nach einiger Zeit ging Julie wieder nach oben, und ich ging ins Bett. Ich war überzeugt, nicht einschlafen zu können, doch dann schlief ich schon nach wenigen Minuten. Ich schlief sechs Stunden tief und fest, bis mich das Klingeln des Telefons aus einem Traum riss, den ich bereits vergessen hatte, als ich die Augen aufschlug. Durch die dünnen gelben Vorhänge sah ich die zarten Farben der frühen Morgendämmerung. Das Telefon klingelte weiter, und weil ich fürchtete, Lexy könnte davon aufwachen, nahm ich den Hörer ab. In der Leitung hörte ich Julies heisere Morgenstimme, die bereits mit einer anderen Frau sprach. Offenbar hatten wir fast gleichzeitig abgenommen.

»Langsam, Carla. Was für ein Van?« Carla, das wusste ich noch vom Abend zuvor, war die Nachbarin, die Julie am nächsten wohnte. Sie war mindestens siebzig und offenbar eine extreme Frühaufsteherin.

»Ein weißer Van. Er stand am Straßenrand, direkt vor Ihrem Haus. Ich habe ihn gestern zweimal bemerkt, da lagen vielleicht zwei Stunden dazwischen.«

»Mir ist nichts aufgefallen. Aber ich war auch den ganzen Tag im Haus und habe im Büro gearbeitet.«

»Es war ein weißer Van, er stand einfach nur da, und am Steuer saß ein Mann. Richtig unheimlich war das. Als ich wieder zu Hause war, habe ich mir die Nummer notiert, soweit ich mich noch daran erinnern konnte. Ich weiß, das klingt verrückt, aber es ist mir gerade erst wieder eingefallen. Ich war

57

eben dabei, mir meinen Tee zu machen, und wie das so ist in meinem Alter, da ist es mir wieder eingefallen.«

»Haben Sie den Detective angerufen?«

»Natürlich. Er hat sich bei mir bedankt. Ich kann das überhaupt nicht fassen, Julie. Ein echter Mord, hier bei uns in der Straße!«

Kapitel 3

Wir saßen in Julies Garten, auf stoffbezogenen Klapplie-gestühlen unter einem fleckigen Morgenhimmel, der mit Regen drohte. Detective Gabe Lazare stellte sein hohes, blaues Glas mit Eistee auf dem Boden ab, wo es leicht wack-lig auf einer unebenen Schieferplatte zu stehen kam. Mir war schon aufgefallen, dass er immer darauf achtete, erst ein biss-chen Smalltalk zu machen, ehe er zur Sache kam, und ich war ganz dankbar für diesen sanfteren Übergang vom rüden, mor-gendlichen Erwachen. Julie und ich waren schon seit Stun-den auf den Beinen, seit Carla wegen des weißen Vans angeru-fen hatte, und hatten uns auf das Schlimmste vorbereitet. Ich hatte bereits gelernt, wie die Fenster verriegelt wurden – wir hatten vor, uns von nun an jede Nacht einzuschließen – und wo sich Taschenlampen und Kerzen befanden, falls der Strom ausfiel, durch Fremdeinwirkung oder warum auch immer. Als Julie gerade dabei war, mir die Alarmanlage zu erklären, hatte Detective Lazare angerufen und gefragt, ob er vorbeikommen könne. Das war seine höfliche Art, uns mitzuteilen, dass er auf dem Weg zu uns war.

»Sehr guter Eistee.« Er nickte Julie anerkennend zu.

»Dafür müssen Sie sich bei meiner Schwester bedanken. Sie ist die Köchin, nicht ich.«

»Eistee fällt zwar nicht unter Kochen«, sagte ich, »aber es freut mich, dass er Ihnen schmeckt.«

Ich hatte das Babyphon neben mir, und jedes kleinste Geräusch ließ mich zusammenfahren. Jeden Moment konnte Lexy aufwachen, ihr Morgenschläfchen dauerte jetzt schon zwei Stunden. Doch im Augenblick hörte ich nur Bobby, der auch endlich aufgewacht war, seine Schritte im Flur, vermutlich auf dem Weg ins Bad. Irgendwann spät in der Nacht hatte er das Polizeirevier endlich verlassen dürfen, und als wir im Morgengrauen vom Telefon geweckt worden waren, hatte er noch tief und fest in dem Zimmer mit dem Pinienzapfen geschlafen.

»Die Autonummer, die sich Ihre Nachbarin teilweise notiert hat, hat sich als ausgesprochen nützlich erwiesen.« Lazare beugte sich zur Seite, zog ein Blatt Papier aus seiner ledernen Aktentasche und reichte es Julie. Ich sah sofort, was es war, als sie es an mich weitergab: ein körniges Fax mit dem Polizeifoto eines etwa fünfzigjährigen Mannes mit Bürstenschnitt und einem verlebten Gesicht, das ihn älter wirken ließ, als er vermutlich war. Er hatte die Augen zusammengekniffen, als würde er normalerweise eine Brille tragen. »Das ist Thomas Soiffer, der Besitzer eines weißen Vans, zugelassen in Massachusetts. Wohnhaft in einem Vorort von Springfield. Laut der dortigen Mautstelle ist er gestern Vormittag auf der I-90 quer durch Massachusetts gefahren.«

»Und?«, fragte Julie.

»Was wollte er hier?«, fuhr ich fort.

»Alles, was wir über Mr. Soiffer haben, wissen wir aus seiner Akte. Er arbeitet als Klempner, ist aber bereits mehrfach straffällig geworden. Nicht gerade das, was man einen mustergültigen Bürger nennen würde. Er saß ein paar Jahre im Gefängnis, weil er seine Freundin verprügelt hat. Er hätte sie fast umgebracht.«

»Dann lässt er sich also bei einer Mautstelle registrieren, um sich anschließend hier vor meinem Haus zu postieren und einen Mord zu begehen?«, fragte Julie. »Der scheint ja nicht besonders helle zu sein.«

Lazare musterte Julie einen Augenblick lang, und ich konnte förmlich sehen, wie sein Polizistenhirn versuchte, eine diplomatische Brücke zu schlagen zwischen unserer behaglichen, laienhaften Ahnungslosigkeit, an deren Umzäunung die offensichtlichsten Vorurteile entlangpatrouillierten wie schießwütige Grenzposten, und seinem eigenen berufsbedingten Instinkt, sich immer wieder in neue, unbekannte Gefilde vorzuwagen.

»Nun ja, die Spurensicherung hat neben dem Blut von Zara noch weitere Blutspuren gefunden«, erklärte er. »Wir wissen aber noch nicht, ob sie zu Soiffer oder zu jemand ganz anderem gehören. Wenn wir eine Mordwaffe hätten und eine DNA-Probe von ihm in der Akte wäre, würde das die ganze Sache enorm vereinfachen. Aber wir haben nichts dergleichen. Deshalb müssen wir jetzt einen Schritt nach dem anderen machen. Im Augenblick versuchen wir vordringlich, ihn zu finden.«

In diesem Moment stieß Lexy einen reichlich dramatischen Seufzer aus, und ich rutschte auf meinem Stuhl nach vorn, um sofort aufspringen und zu ihr laufen zu können. Doch auf den Seufzer folgte nur die leise knisternde Stille des Babyphons. Offenbar war sie wieder eingeschlafen.

»Thomas Soiffer... sagt Ihnen der Name vielleicht etwas?«, fragte Detective Lazare.

Julie und ich erklärten übereinstimmend, dass wir den Mann auf dem Foto noch nie gesehen und auch seinen Namen noch nie gehört hätten. Es war der Name eines Fremden, auch wenn wir ihn jetzt ganz sicher nicht mehr vergessen würden. Ein Fremder mit Vorstrafen, ein gefährlicher Mann, der sich gestern, nur wenige Stunden vor dem Mord, vor Julies Haustür herumgetrieben hatte.

»Bisher hat auch noch keiner der Klempner, Installateure und anderen Handwerker vor Ort angegeben, ihn zu kennen«, fuhr Lazare fort. »Aber wir hören uns weiter um, vielleicht kommen wir ja in den nächsten Tagen noch auf etwas.«

»Detective.« Ich beschloss, den gedanklichen Sprung zu wagen. »Halten Sie es für möglich, dass jemand Zara mit einer von uns verwechselt hat? Ich meine nur, sie sah uns ja doch ziemlich ähnlich.«

»Möglich ist alles.« Lazare sah mich mit einem halben Lächeln an. »Warum fragen Sie? Sie kennen den Namen nicht zufällig doch aus Ihrem Gefängnis in Kentucky? Er hat dort zwar nicht selbst eingesessen, aber diese Knastbrüder kennen sich ja oft untereinander. Und meistens reden sie auch sehr viel.«

»Ich sagte doch schon, ich habe den Namen noch nie gehört«, erwiderte ich. »Zumindest kann ich mich nicht daran erinnern. Aber ich habe auch mit sehr vielen Strafgefangenen zu tun, es müssen schon mehrere hundert gewesen sein. Bobby arbeitet seit zehn Jahren in diesem einen Gefängnis, bei ihm sind es vermutlich mehrere tausend.«

Wir arbeiteten in einem Gefängniskrankenhaus. Manche der Strafgefangenen brauchten tatsächlich eine Physiotherapie, andere nutzten das als Möglichkeit, den Gefängnisalltag ein wenig aufzulockern. Meistens merkte man sehr schnell, wer echte Schmerzen hatte und wer sich einfach nur langweilte. Mit den Unruhigen arbeitete ich besonders ungern: Ich knetete ihre Muskeln, ein durchaus intimer Akt, während ihre Blicke ununterbrochen durch den Behandlungsraum wanderten, auf der Suche nach … ja, wonach eigentlich? Nach einem Fluchtweg? Einer Waffe? Die Insassen dieses Gefängnisses waren meist keine Schwerverbrecher, sondern in der Hauptsache Kleinkriminelle, doch die Haft konnte einen Menschen verändern, eine gewisse Lust an der Gewalt in ihm wecken. Und der Detective hatte recht: Sie redeten tatsächlich sehr viel, endlos mitunter und häufig mit einer geradezu absurden, selbstgerechten Empörung.

62

»Wir werden uns im Gefängnis erkundigen«, sagte Lazare. »Und wir werden auch herausfinden, ob irgendwelche kürzlich entlassenen Strafgefangenen möglicherweise etwas gegen Sie haben könnten.« Er zog ein Notizbuch aus der Tasche und schrieb sich etwas auf. »Julie, Sie haben das Haus hier letztes Jahr umbauen lassen, ist das richtig?«

»Ja.« Sie hatte die Scheune vollkommen entkernen und den Innenraum von Grund auf neu bauen lassen. »Mein Bauunternehmer heißt Hal Cox. Er hat eine ganze Menge weiterer Arbeiter angeschleppt. Ich bin mir aber nicht sicher, ob ich die Namen noch alle zusammenkriege, ich wohnte damals ja noch in Connecticut.«

»Können Sie mir vielleicht die Kontaktdaten Ihres Bauunternehmers mailen? Und die aller anderen Personen, die sonst noch an der Planung beteiligt waren?«

»Natürlich«, sagte Julie. »Der Bauunternehmer hat alles direkt mit der Architektin geklärt, ich kann Ihnen gern auch deren Kontaktdaten schicken.«

»Das wäre sehr hilfreich.«

Julie nickte. »Und Bobby steht jetzt also nicht mehr unter Verdacht?«

Ein penetranter Ausdruck, dieses *unter Verdacht stehen* – er setzte sich sofort in meinem Kopf fest.

»Bobby und ich haben uns lange unterhalten«, sagte Lazare, »aber an diesem Punkt der Ermittlungen steht offiziell niemand unter Verdacht.«

»Nicht einmal Thomas Soiffer?«, fragte ich.

»Streng genommen nein. Vorläufig wollen wir nur mit ihm reden.« Er setzte ein dünnes, ausweichendes Lächeln auf.

»Und was ist mit Zaras Bruder?«, fragte Julie. »Der soll auch in der Baubranche tätig sein. Ich habe gehört, er ist kein besonders netter Kerl.«

»Das habe ich auch gehört«, bestätigte Lazare, »und ich bin

63

der Sache natürlich sofort nachgegangen. Zaras Verwandte leben alle in Ungarn – der böse Bruder war also nur ein böses Gerücht. Das ist in solchen Fällen gar nicht ungewöhnlich: Irgendwie heizt ein gewaltsamer Tod die Phantasie der Leute an. Das erschwert uns natürlich die Arbeit, aber so sind Menschen nun mal, da kann man nichts machen.«

»Und wie geht es jetzt weiter?«, fragte Julie.

»Abwarten. Sie beide haben eigentlich keinerlei Grund, sich Sorgen zu machen. Es ist sehr wahrscheinlich, dass das Ganze reiner Zufall war. Aber zu Ihrer Beruhigung werde ich eine Sicherheitsstreife hier vor dem Haus postieren. Ein Zivilfahrzeug, eine braune Limousine, sie wird draußen auf der Straße stehen. Es ist das Beste, wenn Sie den Kollegen gar nicht weiter beachten. Schauen Sie also nicht bei ihm vorbei, bringen Sie ihm keinen Kaffee oder so was. Das erregt zu viel Aufmerksamkeit.«

Ich war ein wenig erstaunt darüber, von dieser vermutlich recht kleinen örtlichen Polizeistaffel so viel Unterstützung zu bekommen. Aber Lazare hatte ja selbst gesagt, dass sie sonst äußerst selten mit solchen Verbrechen konfrontiert waren. Wahrscheinlich taten sie da lieber zu viel als zu wenig. Genau wie ich.

Julie und ich dankten ihm wie aus einem Mund, und diesmal lächelte er richtig. Der Zwillingspärchen-Effekt – wir kannten das schon.

»Wie lange bleibt er?«, fragte Julie.

»So lange, wie Sie ihn brauchen. Schauen wir einfach, wie sich die Sache anlässt.« Lazare bückte sich und hob sein leeres Glas auf.

Dann zögerte er plötzlich, setzte sich wieder und sah mich an.

»Ich hoffe, Sie nehmen mir die Frage nicht übel, Annie. Aber warum haben Sie Ihren Mann gestern verlassen?«

Die Formulierung schockierte mich. *Meinen Mann verlassen* – das klang so furchtbar endgültig.

»Das wissen Sie doch sicher längst, Sie haben ja mit Bobby geredet«, sagte ich.

»Ich würde es aber gern noch einmal in Ihren Worten hören.« Er drückte ein paar Mal auf seinen Kugelschreiber, sodass die Mine hinein- und wieder heraussprang, und wartete offensichtlich auf eine Antwort.

»Bobby hat mich betrogen.«

»Das wissen Sie ganz sicher.« Es klang nicht wie eine Frage, aber ich antwortete trotzdem.

»Ja.« Ein klares Wort, ohne Zögern, damit er nur ja nicht weiterfragte.

»Das ist gut«, sagte Lazare, »denn irgendwann werden Sie sich möglicherweise noch damit trösten müssen.«

»Was genau hat Bobby Ihnen erzählt?« Mein Ton war unabsichtlich schärfer geworden, aber das war mir egal.

Detective Lazare schob den Kugelschreiber zurück in die Brusttasche und klappte das Notizbuch zu. Das sollte mich wohl beruhigen, mir zeigen, dass er *einfach nur neugierig* war, mir diese Frage *ganz inoffiziell* gestellt hatte oder was er sonst noch an nutzlosen Entschuldigungen für seine Aufdringlichkeit bereithielt. »Ich werde hier nicht Partei ergreifen, Annie. Ich bin nur ein Polizist, der seine Arbeit macht und sich fragt, warum in einer einzelnen Familie an einem einzigen Tag so viel passiert. Würden Sie sich das nicht auch fragen?«

Natürlich würde ich mich das fragen. Das tat ich ja bereits. Aber wir hatten dieses Treffen unter der Prämisse begonnen, einander mit neuen Informationen zu versorgen, und jetzt fühlte ich mich auf einmal … *beschuldigt*. Ich begriff selbst nicht, warum das so war, auch nicht, warum er mir dieses Gefühl vermitteln wollte. Also gab ich ihm keine Antwort auf seine halb rhetorische, halb angriffslustige Frage, und nach einem kurzen, peinlichen Schweigen lenkte er ein wenig ein.

»Meine Tür steht immer offen«, sagte er. »Falls Sie irgendwann darüber reden wollen, meine ich.«

Julie warf mir einen Blick zu, und ich wusste, sie dachte dasselbe wie ich: *Wenn ich eine Therapie brauche, suche ich mir einen Therapeuten.* Sie stand auf und griff nach Lazares Glas, das er ihr wortlos überließ. Er stützte sich auf die Armlehnen, um sich aus dem Liegestuhl zu stemmen.

Anstatt sich zu verabschieden, sagte er: »Solche Fälle sind ausgesprochen schwierig. Die Frau stammt aus einer anständigen ungarischen Familie. Es sind arme Leute, sie hat dazu beigetragen, sie zu unterstützen, hat Geld nach Hause geschickt. Nach allem, was ich höre, hat sie sich in ihrem Heimatort als politische Aktivistin betätigt, bis das alles ein wenig zu heiß wurde und sie ihre Stelle verloren hat. Sie kam mit einem Kurzzeitvisum hierher und ist geblieben. Bei Immigranten wie ihr hat doch jeder seine eigene Geschichte.«

Auf uns wirkte das wie eine kurze, hilflose Totenrede. Wir hörten ihm schweigend zu. Und wurden weich. Offenbar war er ein Meister der doppelten Botschaften – die in diesem Fall lauteten: *Denken Sie daran, dass Zara das Opfer ist* und *Ich mache hier nur meinen Job.*

Julie begleitete ihn ins Haus, zur Küchentür.

Als ich so allein im Garten saß, fiel mir auf, dass der Detective das Fax mit dem Foto von Thomas Soiffer liegen gelassen hatte. Das hatte er wohl mit Absicht getan: Er wollte erreichen, dass wir uns emotional beteiligt fühlten, dass wir uns öffneten, falls unsere Nähe zu diesem Mord doch noch irgendein besonderes Geheimnis barg. Hatte er etwa absichtlich versucht, mich durcheinanderzubringen, um zu sehen, wie ich reagierte? Ich betrachtete das Foto von Soiffer, und je länger ich es mir anschaute, desto mehr Zorn und Zynismus schien mir dieses widerwärtige Gesicht auszustrahlen. Ich konnte mir direkt vorstellen, wie er, das Messer in der Hand, in der Dämmerung hinter Zara herangeglitten war, ihr mit einer sehnigen Hand ins Haar gegriffen und ihr den Kopf nach hinten gezogen hatte, während die andere ihr die Klinge wie einen Geigenbogen über die Kehle zog. Hatte sie denn niemand schreien hören? Oder war ihr Sterben ganz lautlos gewesen, die letzten Schreie erstickt vom gewaltsamen Durchtrennen der Stimmbänder?

Ich schreckte auf, als ein Rascheln aus dem Babyphon drang, dem gleich darauf die missmutigen Schluchzer einer schlaftrunkenen Lexy folgten. Dann hörte ich eine Tür quietschen, Schritte näher kommen, ein Klappern, als die Seitenwand des Bettchens heruntergelassen wurde.

»Scht, meine Kleine«, drang Bobbys körperlose Stimme aus dem Babyphon. »Papa ist ja da.«

Ich faltete das Fax ganz klein zusammen, schob es in die Hosentasche und ging durch die breiten Fenstertüren hinein in das große Wohnzimmer. Durch das Fenster nach vorn hinaus sah ich Detective Lazare in einem silbernen Wagen wegfahren. Das braune Zivilfahrzeug stand links vor dem Haus unter einem grünen Baum mit einem gewaltigen, knorrigen Stamm, der sich direkt aus dem Erdreich emporzuwinden schien. Ich sah, dass ein Mann am Steuer saß, konnte aber weder sein Gesicht noch sonst etwas von ihm erkennen. Er hielt sich vollkommen ruhig.

Als ich die Treppe hinter dem Wohnzimmer schon halb hinauf war, um Bobby zu suchen, kam er mir mit Lexy auf dem Arm entgegen. Er trug Jeans und ein orangebraunes T-Shirt. Offenbar hatte er noch ein paar Sachen zusammengepackt, bevor er gestern aus dem Haus gestürmt war. Sein Haar war noch feucht vom Duschen, aber er war unrasiert. Als Lexy mich sah, lehnte sie sich zu mir herüber, und ich musste meine Haltung auf der Treppe ändern, um sie aufzufangen und dabei nicht selbst das Gleichgewicht zu verlieren. Sie suchte sofort nach meiner Brust. Bobby kam hinter uns die Treppe hinunter und blieb vor dem Sofa stehen, wo ich mich zurechtsetzte, um unser Baby zu stillen.

»Dieser Detective Lazare kann einem ganz schön auf die Nerven gehen«, sagte ich, als ich Lexy angelegt hatte. Das Gespräch, vor allem der »therapeutische« Teil, machte mir immer noch zu schaffen. *Falls ich mal darüber reden wollte.* Das wollte ich die ganze Zeit – allerdings nicht mit ihm.

»O ja«, sagte Bobby. »Das kann man wohl sagen.«

»Aber ich glaube nicht, dass er dich ernsthaft verdächtigt, Bobby. Ich glaube, er weiß nur einfach nicht… na ja… nicht so recht weiter.«

»Ich hatte auch nicht das Gefühl, dass es ihm darum geht, mich festzunehmen.« Bobby kramte in seiner Hosentasche und spielte mit irgendetwas herum. »Ich glaube, er will nur verstehen, was passiert ist. Wir haben eigentlich die ganze Zeit geredet. Allerdings hat er eine Speichelprobe von mir genommen.«

»Eine Speichelprobe?« Noch während ich es sagte, wusste ich schon, was das bedeutete: So wurden bei der Polizei DNA-Proben entnommen.

»Ich glaube, man sollte dem keine allzu große Bedeutung beimessen. Eigentlich kam es mir wie eine Routineübung vor, als würden sie das jeden Tag machen. Und ich hätte es entschieden seltsamer gefunden, wenn er das Ganze überhaupt nicht ernst genommen hätte.«

»Stimmt«, sagte ich. Aber trotzdem: eine DNA-Probe? »Übrigens hat er einen Beamten in einem Zivilfahrzeug draußen postiert, der uns bewachen soll. Ich muss sagen, das erleichtert mich schon.«

Bobby ging durch das Zimmer, um einen Blick aus dem Fenster zu werfen, dann kam er zurück und setzte sich neben mich auf das Sofa.

»Ich habe gehört, du warst gestern ganz außer dir, als du Zara da draußen gefunden hast«, sagte ich. »Das muss wirklich furchtbar gewesen.«

»Ich hatte mich so beeilt hierherzukommen, Annie. Ich wollte unbedingt mit dir reden. Aber ich hätte natürlich wissen müssen, dass du ein paar Mal anhalten würdest und dich vermutlich auch …«

»… verfährst.« Er kannte mich eben. »Außerdem habe ich noch eine Essenspause eingelegt.«

»Trotzdem bin ich froh, dass nicht du als Erste hier warst«, sagte er. »Wenn du gesehen hättest, was ich gesehen habe, als ich ankam und sie da lag …« Er schüttelte den Kopf. Seine Meeraugen waren stumpf von der halb durchwachten Nacht.

»Worüber wolltest du denn so dringend mit mir reden?« *Sag es: Lovyluv. Oder noch besser: Nenn mir endlich ihren richtigen Namen.*

»Ich hatte gehofft, mir würde etwas einfallen, irgendeine Möglichkeit, dich dazu zu bringen, wieder nach Hause zu kommen. Also habe ich gleich den nächsten Flug genommen.«

»Und?« Was so viel hieß wie: *Sag mir die Wahrheit, jetzt sofort, dann komme ich wieder mit dir nach Hause.* Wie deutlich musste ich denn noch werden? Der ganze Frust stieg wieder in mir hoch, ich wandte mich von ihm ab und betrachtete stattdessen unser Kind. Lexy musste meinen Blick wohl gespürt haben, denn sie löste die Lippen von meiner Brustwarze und schenkte mir ihr schönstes Lächeln. Ich lächelte zurück.

»Als ich dich tot da liegen sah, Annie, da bin ich ausgerastet. Einfach nur ausgerastet.«

Es lief mir kalt über den Rücken, als ich ihn das sagen hörte. »Aber das war doch gar nicht ich.«

»Das ist mir dann auch klar geworden. Aber es war der längste Augenblick meines Lebens.«

69

Der längste Augenblick meines Lebens: ein Klischee. Ich erwartete mehr von meinem Mann. Ich wollte, dass er unter die Oberfläche dessen vordrang, was da zwischen uns passiert war, dass er anfing zu graben.

»Aber wer hätte mich denn umbringen sollen?«

»Genau das habe ich dem Detective ja die halbe Nacht zu erklären versucht«, sagte Bobby. »Kein Mensch würde das tun, ich am allerwenigsten. Ich war nicht wütend auf dich, weil du gegangen bist. Frustriert und durcheinander, das ja... aber nicht wütend.«

Er sprach mit solcher Intensität, dass ich mit jeder Welle immer tiefer in seine Gefühlsaufwallungen hineingezogen wurde. Er wirkte hilflos, wie gestrandet auf einer Insel aus Missverständnissen – hilflos und sehr verletzt. Ich hatte ihn verletzt. Ich hatte uns das alles aufgebürdet, weil ich einfach aus unserem Leben gestürmt und hierhergekommen war. Ich sehnte mich danach, ihn zu berühren, aber das wäre die falsche Botschaft gewesen. Meine Ansichten über das, was mich hierhergetrieben hatte, waren schließlich nach wie vor unverändert.

»Nur zu deiner Information, Bobby: Ich habe gestern dasselbe gesehen wie du. Ich habe zwar schon früher gemerkt, dass etwas nicht in Ordnung ist... all die Polizeiwagen. Aber dennoch: Ich habe gesehen, was du gesehen hast, und ich habe dasselbe gedacht wie du. Ich habe dasselbe Entsetzen verspürt wie du, als ich sie da liegen sah. Nur dachte ich, es wäre Julie.«

Er rückte auf dem Sofa näher an mich heran, ich spürte seine Wärme neben mir. Und mein Körper wollte mit seinem verschmelzen, um auf die einfachste Weise Trost und Heilung zu finden. Aber das hatten wir zu Hause schon oft genug versucht: Wir hatten unsere Streitereien mit Sex beendet, und es hatte immer nur ein paar Stunden lang etwas genützt. Spätestens am Morgen, sobald ich die Augen aufschlug, war auch mein Verstand wieder wach.

»Hier«, sagte ich und hielt ihm Lexy hin. »Nimmst du sie, damit sie ihr Bäuerchen macht?« Bobby stand auf, ging mit Lexy an der Schulter auf und ab und klopfte dabei sanft auf den neuralgischen Punkt an ihrem kleinen Rücken. Er war ein guter Vater, das musste man ihm lassen.

»Was wollte Lazare denn vorhin hier?«, fragte er und küsste Lexy leicht auf die Schläfe.

Ich zog das Fax aus der Hosentasche und faltete es auseinander. »Hast du im Gefängnis jemals den Namen Thomas Soiffer gehört?«

Bobby nahm mir das knittrige Blatt aus der Hand und warf einen Blick darauf. »Wer soll das sein?«

»Eine Nachbarin hat ihn gestern hier vor dem Haus herumlungern sehen«, sagte ich. »Also, nicht direkt herumlungern, er saß in seinem Van … aber das wohl stundenlang.«

Bobby legte das Fax auf den Couchtisch neben die Zeitung vom Vortag und ging weiter mit Lexy auf und ab. »Wenn sie schon von dem Kerl wussten, wieso hat er dann so viel Zeit mit mir verschwendet? Stundenlang hat er mich da festgehalten.«

»Der Nachbarin ist das mit dem Van erst heute früh wieder eingefallen. Erst da hat auch der Detective davon erfahren.«

»Dann war ich also letzte Nacht einfach die erstbeste Option?«

»Er hat doch selbst gesagt, dass sie sonst nie mit solchen Fällen zu tun haben. Wahrscheinlich wissen sie gar nicht recht, wie sie das angehen sollen. Was wollte er denn eigentlich von dir wissen?«

»Wir sind jede Minute, ach was, jede Sekunde des gestrigen Tages durchgegangen, immer und immer wieder.« Die letzten Worte sang er halb und ließ Lexy dabei auf seinem Arm auf und ab hüpfen, wie sie es gern hatte. Er wiegte sie hin und her, bis sie fröhlich krähte. Dann sang er eine Strophe von »Just Like a Woman« von Bob Dylan, das seine Eltern ihm immer zum Einschlafen vorgesungen hatten, als er noch klein war. Bobbys Eltern waren Hippies gewesen, und obwohl er schon früh begonnen hatte, gegen ihr nomadisches, ärmliches Leben zu rebellieren – vor allem mittels seines Bankkontos –, hatte ihr bohemehafter Lebensstil ihn doch nachhaltig beeinflusst. Sein Sinn fürs Soziale stammte eindeutig von ihnen: Er war ein eifriger Fürsprecher der Rechte für Strafgefangene und so liberal in seinen Ansichten, wie man nur sein konnte. Doch sein unerschütterliches, konservatives Bedürfnis nach Sicherheit kam aus ihm selbst.

Lexy machte ihr Bäuerchen, und ich sagte zu Bobby: »Leg sie doch ein bisschen auf den Boden. Sie hat seit gestern Morgen nicht mehr herumkullern dürfen.«

Er legte sie bäuchlings auf den Teppich. Ich nahm ihr Lieblings-Beißspielzeug, eine leicht klebrige, rote Gummiente, vom Couchtisch und legte es vor sie hin. Lexy griff nach der Ente und steckte sie in den Mund. Bobby setzte sich wieder neben mich und nahm meine Hand, doch ich entzog sie ihm. Er roch so gut. Ich vermisste ihn so sehr. Aber es war einfach noch viel zu früh.

Julie kam ins Wohnzimmer und blieb stehen, als sie uns sah. Sie wirkte ein wenig betreten, weil sie merkte, dass sie in unsere linkische Annäherung hereingeplatzt war.

»Jules«, sagte ich. »Kannst du vielleicht kurz ein bisschen auf Lexy aufpassen?«

»Nichts lieber als das.« Julie hob Lexy vom Boden auf, schwenkte sie durch die Luft und wurde dafür mit einem breiten Grinsen und einem kullernden Lachen belohnt.

Bobby folgte mir durch die Fenstertüren in den Garten hinaus. Der trübe Vormittag tauchte den Rasen in ein gedämpftes, fast provisorisches Licht und ließ den Wald, der an Julies Grundstück grenzte, noch dunkler wirken. Ohne uns über die Richtung zu verständigen, gingen wir um das Haus herum nach vorn, wo die Tagetes dem bevorstehenden Regen mit ihrem leuchtenden Orange tapfer trotzten. Es war Frühling, ein prachtvoller Frühling, doch mir tat das Herz so weh. Ich wusste, dass ich Bobby allein zurück nach Hause schicken würde.

Bei Tageslicht sah ich, wie weit abseits Julies Haus tatsächlich lag. Von ihrem Grundstück aus sah man keines der Nachbarhäuser. Die Scheune ragte aus einer sorgfältig angelegten Rasenfläche hervor, die an der Kreuzung zweier Straßen begann, graue Asphaltbänder, die im schiefen Winkel zusammenliefen, ehe die eine weiter bergauf und die andere um eine Kurve führte. Wir waren ganz allein hier – abgesehen von dem braunen Auto mit dem Mann darin. Von hier aus sah ich kurzes braunes Haar und ein Doppelkinn. *Und im Ernst*, dachte ich, *was wäre schon dabei, ihm einen Kaffee zu bringen?* In seinem Wagen, hier auf dieser einsamen Straße, wo alle Welt von dem Mord wusste, fiel er doch sowieso auf wie ein bunter Hund. Aber der Reiz dieser Gegend war unverkennbar: die sanft geschwungenen Hügel, die weiten Wiesen, die honigsüße Luft. Ich nahm einen tiefen Atemzug und dann noch einen.

Auf der Straße, praktisch direkt vor dem Haus, war der weiße Umriss von Zaras totem Körper zu sehen. Das schockierte mich. Am Abend zuvor war mir der Umriss gar nicht aufgefallen, obwohl sie ihn ja gezeichnet haben mussten, als Zara noch dort lag. Ich hatte ihre unnatürlich verdrehten Gliedmaßen bemerkt, den klaffenden, blutigen Schnitt an der Kehle und all die vielen Leute, nicht aber diese hingeworfene Karikatur der letzten Sekunden im Leben einer Frau. Da hatte sie gelegen. Das gelbe Polizeiband, das den *Tatort* (wie ich diesen Begriff hasste, um ihret- wie um unsretwillen!) absperren sollte, hing auf einer Seite schlaff herunter und hatte sich auf der anderen ganz gelöst. Ein Windhauch hob das lose Ende an und ließ es dann wieder zurück zu Boden flattern. Am Morgen hatte ein Lokalreporter hier herumgeschnüffelt (wir hatten uns geweigert, nach draußen zu kommen und uns interviewen zu lassen, wir waren einfach noch viel zu mitgenommen), und jetzt fragte ich mich, ob er vielleicht das gelbe Band entfernt hatte, um sich die Stelle auf dem Boden genauer anzusehen. Ich überlegte, wie viel dieser Reporter wohl von dem wusste, was letzte Nacht hier geschehen war, wie viel überhaupt jemand davon wusste. Und dann fragte ich mich, was mit Zaras Leiche geschehen war.

»Hör mal, Bobby …«

Noch bevor ich es aussprechen konnte – *Ich werde nicht mit dir zurück nach Hause kommen* –, legte er mir die Hand auf die Schulter und sagte: »Ich werde dich niemals davon abhalten, dich so zu entscheiden, wie du es brauchst.«

Damit hatte er die halbe Diskussion schon vorweggenommen. Aber irgendwie hatte er auch recht damit. Was hatte es für einen Sinn, immer weiter und weiter zu reden? Das hatte uns schließlich auch in den vergangenen Wochen nicht vorangebracht.

»*Brauchen* tue ich etwas völlig anderes.«

»Ich weiß doch, wie ungern du in Lexington lebst.«

Wie wahr.

»Und die Arbeit im Gefängnis ist auch nicht das Richtige für dich.«

Genau.

»Und jetzt hast du diese Stelle in Manhattan in Aussicht. Du wolltest doch immer wieder in der Stadt leben.«

Ja. Ja. »Aber Bobby, darum geht es doch gar nicht. Nur deswegen würde ich doch niemals unsere Familie zerstören.«

»Warte, Annie. Lass mich bitte ausreden …«

»Kreditkartenabrechnungen lügen nicht.« Da war er wieder, der vertraute Refrain meiner Lieder der letzten Zeit.

»Ja, das stimmt. Ich begreife es ja auch nicht …«

»Und die Liebesbriefe, Bobby!«

»Aber jetzt bin ich mal dran mit Reden.«

Wahrhaftig. Bisher hatte ich einen Großteil der Redezeit für mich beansprucht. Nun war es an ihm, auch einmal etwas Überzeugendes beizusteuern.

»Ich werde denselben Weg gehen, der dich hierher geführt hat«, sagte er, »damit ich endlich genau weiß, was du meinst.«

»Gut. Wird auch Zeit.«

»Ich glaube, mir ist gar nicht recht klar geworden, wie ernst die Sache ist … bis gestern, als du gegangen bist.«

Das verschlug mir dann doch die Sprache. Ich hatte mich doch deutlich und unmissverständlich ausgedrückt. Sogar einen Ordner hatte ich ihm zusammengestellt, mit den Rechnungen und den Ausdrucken der Mails, damit er die Beweise selbst in Augenschein nehmen konnte.

»Hast du dir den Ordner denn gar nicht angeschaut?«, fragte ich.

»Natürlich habe ich ihn mir angeschaut, ich habe sogar bei den Kreditkartenfirmen angerufen und Widerspruch gegen die Rechnungen eingelegt. Aber jetzt werde ich sie noch einmal mit anderen Augen durchsehen und ernsthaft über das nachdenken, was du mir erzählt hast. Ich bin nämlich nicht für diese Ausgaben verantwortlich, Annie. Das habe ich dir schon hundertmal gesagt.«

»Und was ist mit den Mails, mit all den intimen Einzelheiten?«

Er seufzte. Und ich spürte den vertrauten Würgegriff der Frustration. Jetzt ging das schon wieder los.

»Ich habe keine E-Mails geschrieben, und ich habe auch

keine bekommen. Ich habe sie ja nicht einmal bemerkt, bis du mich darauf gebracht hast.«

»Das ist doch lächerlich.«

»Ich benutze den Computer nicht.« Jedes einzelne Wort war wie ein Hammerschlag. Es stimmte schon, er arbeitete so gut wie nie am Computer und kannte sich gar nicht recht aus damit. Aber das hieß noch lange nicht, dass er ihn gar nicht bedienen konnte. »Aber jetzt werde ich mir das alles noch einmal ganz genau anschauen. Einverstanden?«

»Es liegt alles zu Hause auf dem Schreibtisch«, sagte ich. »Und es ist im Computer gespeichert.« Innerlich schickte ich ein Dankgebet zum Himmel. Wenn er das, was ich gesehen hatte, endlich mit meinen Augen sah, würden wir beide auf demselben Stand sein und dieses Gespräch doch noch auf einer Ebene führen können.

»Gut«, sagte er.

Langsam entfernten wir uns von Zaras Silhouette auf dem Boden und gingen auf die andere Seite des Hauses, wo der Rasen in dichten Wald überging. Bobbys Finger streiften meine, dann griff er vorsichtig nach meiner Hand. Ich ließ sie ihm.

»Ich muss heute wieder zurück, Annie. Aber das gibt uns wenigstens ein bisschen Zeit. Wenn ich noch länger bei der Arbeit fehle … na ja, du weißt ja, wie Kent sich freuen würde, mich so kurz vor meinem Pensionsanspruch noch zu feuern.«

Ein Jahr. Bobby hatte noch ein Jahr vor sich, dann konnte er sich zur Ruhe setzen. Und es stimmte: Kent, unser Chef, war ein engstirniger Idiot. Kurz, nachdem ich im Gefängnis angefangen hatte, hatte er versucht, bei mir zu landen. Ich hatte ihn abblitzen lassen, und seither gab er sich alle Mühe, mir das Leben zur Hölle zu machen. Als ich dann mit Bobby zusammenkam, dehnte er seine Schikanen auf uns beide aus, mit einer Erbarmungslosigkeit, die er selbst seiner militärischen Ausbildung zuschrieb. Kent hätte nichts lieber getan,

76

als Bobby auf den letzten Metern einer beruflichen Karriere zu feuern, die Bobby eigentlich nur deshalb weiterverfolgte, um die zweite Hälfte seines Lebens noch genießen zu können. Zusammen mit mir und Lexy – und hoffentlich noch weiteren Kindern. So hatten wir das zumindest geplant.

»Ich kann jetzt nicht einfach aufgeben«, sagte Bobby. »Mit meiner staatlichen Rente haben wir für den Rest unseres Lebens ausgesorgt. Wir sind finanziell und versicherungstechnisch abgesichert und können Lexy ein Studium ermöglichen.«

»Wir?«

»Willst du mir etwa tatsächlich sagen, wir sollten jetzt einfach aufgeben und alles sausenlassen, ohne jede Hoffnung? Ohne es wenigstens versucht zu haben?« Er sah mich völlig fassungslos an. Mein Bobby. Er hatte ja recht.

»Nein, das sage ich gar nicht. Das habe ich nie gesagt.«

»Wir können das doch als eine Trennung auf Zeit betrachten. Nichts Endgültiges.«

»Ja, das können wir.«

Als er lächelte, sah man die kleine Lücke zwischen seinen Schneidezähnen. Es war so sexy, dieses Lächeln. Ich spürte, wie mir ein wenig heiß wurde.

»Vielleicht kann ich euch ja nächstes Wochenende wieder besuchen?«, schlug er vor. »Oder brauchst du noch mehr Zeit ohne mich?«

»Das weiß ich noch nicht«, sagte ich. Ich sehnte mich nach ihm, und gleichzeitig widerstand ich diesem Verlangen. »Können wir das noch offenlassen?«

»Ganz, wie du willst.«

Das war mir eine viel zu laue Reaktion. Warum kämpfte er denn nicht mehr um mich? Woher sollte *ich* wissen, wie viel Zeit wir brauchen würden? Würde ihm denn eine Woche reichen, um alle Beweise zu sichten? Würde er den Ordner, den ich für mich nur noch den *Affärenordner* nannte, gleich als

Erstes aufschlagen, wenn er wieder zu Hause war? Oder würde er sich einfach wieder häuslich in seiner Ungläubigkeit einrichten und weiter darauf hoffen, dass ich irgendwann einlenkte? Ich selbst wusste nur eines: Ganz gleich, was aus unserer Ehe wurde, ich würde ganz sicher nicht mehr auf meine Stelle im Gefängnis zurückkehren und auch nicht wieder in Lexington wohnen. Diesbezüglich hatte Bobby tatsächlich vollkommen recht: Es war nicht das Richtige für mich. Falls unsere Ehe das alles irgendwie überstand, würden wir uns Gedanken über eine andere Lösung machen müssen. In der kommenden Woche gab es eine Orientierungsveranstaltung für alle neuen Angestellten des Krankenhauses in Manhattan, das mich nach einem Gespräch mit einem mobilen Mitarbeiter der Personalabteilung unter Vorbehalt eingestellt hatte, und ich hatte mir fest vorgenommen, daran teilzunehmen. Sobald die Krankenhausleitung mich kennengelernt und meiner Einstellung zugestimmt hatte, sobald der ganze Papierkram erledigt war, würde ich mich nach einer passenden Wohnung umsehen.

Bobby hob die Hand und strich mir über die Wange. Es war ein Abschiedsstreicheln, es sagte: »Bis bald!« und ließ mich an der Stelle frieren, wo seine Finger eben noch gewesen waren. Dann beugte er sich vor und küsste mich auf den Mund. Und ich konnte nicht anders: Ich zog ihn an mich. Ein paar Minuten blieben wir eng umschlungen stehen, dann stieß ich ihn von mir und rannte ins Haus.

Ich ging direkt nach oben in mein Zimmer, ganz durchtränkt von Traurigkeit, Verwirrung, Reue und Entschlossenheit. Als ich zwischen den gelben Vorhängen hindurchspähte, sah ich ihn unschlüssig auf dem Rasen stehen. Der Mann in dem braunen Wagen beobachtete ihn. Ich wusste, dass Bobby jetzt an Lexy dachte, dass er überlegte, ob er noch einmal ins Haus gehen und sich von ihr verabschieden oder einfach aufbrechen sollte. Für sie war es egal, sie war ja noch so klein, aber für ihn nicht. Und für mich auch nicht. Er hatte kaum Gepäck dabei, er hätte sich einfach auf dem Absatz umdrehen, in seinen Mietwagen steigen und zum Flughafen fahren können. Stattdessen ging er über den Rasen und durch die Küchentür ins Haus. Zehn Minuten später sah ich seinen Wagen wegfahren.

Das Gefühl der Einsamkeit überwältigte mich schier. Bobby war fort, Lexy und Julie waren gemeinsam unten und begannen einen Annäherungsprozess, den ich nicht stören wollte. Ich packte meine Koffer fertig aus, dann stellte ich mich ans Fenster und schaute hinaus. Stille. Man hörte nichts bis auf das leise Brummen eines Rasenmähers irgendwo in der Ferne. Am trüben Himmel türmten sich jetzt drohende Regenwolken. Ich trat an ein anderes Fenster und betrachtete die friedliche Aussicht von dort, dann ging ich von Fenster zu Fenster und stellte fest, dass ich den Tatort vom Gelben Zimmer aus überhaupt nicht sehen konnte.

Als mir Zaras Umriss auf dem Asphalt, dieses letzte Zeugnis ihrer Existenz, wieder in den Sinn kam, wurde mir plötzlich klar, dass der bevorstehende Regen ihn wegwaschen würde. Das konnte ich nicht einfach so geschehen lassen, ohne es festzuhalten. Ich nahm meine Digitalkamera und ging nach draußen, um Fotos zu machen.

Ich fotografierte den Umriss aus allen Perspektiven, und je mehr Bilder ich machte, desto abstrakter wurde er. Innerhalb weniger Minuten wurde Zara von einer dreidimensionalen Frau zu diesem zweidimensionalen Umriss, zur reinen Erinnerung: Das war der Tod. Nach ein paar weiteren Minuten glitt eine Wolke beiseite, die Sonne kam dahinter hervor, und plötzlich fiel mein Schatten auf Zaras Umriss und lag zitternd auf den weißen Strichen. Von diesem seltsam verstörenden Bild gelangen mir zwei Fotos, dann war die Sonne schon wieder verschwunden. Sekunden später war der Himmel schwarz, und es fing an zu regnen. Ich machte ein letztes Bild, dann lief ich zurück ins Haus.

Zehn Minuten später, nachdem ich die Bilder auf den Computer in dem kleinen Loft geladen hatte, rührte gerade dieses letzte, unscharfe Foto etwas in mir an. Eine Sehnsucht danach, diesen Umriss von Zara mit mehr zu füllen als nur mit einem Schatten. Eine Neugier darauf, zu sehen, wie sich so ein ausgefüllter Umriss vielleicht verändern würde, wie ein Fotoobjektiv verwandeln konnte, was man als gegeben voraussetzte. Und weil es regnete und ich sonst keine Pläne hatte, schien es mir plötzlich der ideale Zeitpunkt für Porträtfotos zu sein. Bisher war Lexy der einzige Mensch gewesen, den ich ständig und mit unerschöpflicher Faszination fotografieren konnte. Jetzt richtete ich mein Objektiv auf Julie.

Zuerst protestierte sie noch, aber ich ließ nicht locker. Projekte und Pläne waren schließlich die beste Ablenkung von aktuellen Sorgen, und Julie wusste von meiner unerfüllten Liebe zur Fotografie. Also ließ sie mich gewähren, wie es sich für eine große Schwester gehört (sie war drei Minuten älter als ich). Anfangs übertrieb sie absichtlich und warf sich in Pose wie ein Model, aber irgendwann achtete sie nicht mehr auf die Kamera, und da begann mein Objektiv, sie richtig zu sehen. Konzentriert an ihrem Bürocomputer, ohne auch nur den Versuch zu machen, entspannt zu wirken. Erschrocken, als Lexy, die gerade aus einem Nickerchen aufgewacht war, zu weinen begann. Über das Truthahn-Pesto-Sandwich gebeugt, das ich zum Mittagessen gemacht hatte, mit gierigem Blick beobachtend, wie ich die Kleine stillte. Hingefläzt mit der Zeitung auf dem Sofa, ohne noch auf irgendeine Haltung zu achten. Ich fotografierte meine Schwester auch mit meiner Tochter und fragte mich dabei, ob sie zusammen wohl so aussehen würden wie *wir*, wie Lexy und ich, so wie Julie und ich auch sonst überzeugend füreinander durchgehen konnten.

Doch noch bevor ich die Bilder herunterladen konnte, hörte der Regen plötzlich auf, die Sonne schien mit neuer Kraft, und Julie und ich wechselten einen Blick.

»Nichts wie raus hier«, sagte Julie.

»Prima Idee«, sagte ich.

»In Stockbridge ist ein Spielplatz, da gibt es Babyschaukeln. Wollen wir da hinfahren?«

»Klar, warum nicht?«

Wir machten uns »stadtfein« und tauschten dabei unsere Kleider, wie wir es immer getan hatten. Ich zog Julies Cowboystiefel unter meinen weiten Samtrock, dazu trug ich eins ihrer sündhaft teuren weißen T-Shirts, meine alte Jeansjacke und meine falschen Brillantohrringe. (Ich hatte mein Versprechen gehalten und alle vier Ohrstecker am Morgen desinfiziert.) Julie trug Jeans und Slipper, dazu eine gestreifte Bluse von mir, ihre eigenen falschen Brillanten und eine neue Cordjacke, die ich mir bei nächster Gelegenheit auch einmal ausborgen würde. Zum Spaß tauschten wir auch die Lippenstifte: Sie nahm mein helles Rosa, ich ihr Ziegelrot. Auf der asphaltierten Einfahrt draußen war der Regen schon fast wieder getrocknet. Wir stiegen in Julies Wagen, einen neuen Audi, der mir bisher noch gar nicht aufgefallen war, und verloren kein Wort über seine offensichtlich luxuriöse Ausstattung. Lexy saß wohlversorgt in einem schicken Kindersitz im Fond. Und noch bevor wir ganz am Ende der Straße waren, hatten wir bereits über Bobby und Zara gesprochen und über Detective Lazare und seine Aufforderung an mich, mit ihm zu reden, falls ich etwas loswerden wollte.

»In unseren Fokus-Gruppen machen wir das manchmal auch so«, erzählte Julie, während sie langsam die Division Street entlangfuhr. Wir hatten die Fenster offen, ein wunderbar sanfter Luftzug erfüllte den Wagen. Es duftete süß nach Frühling, und das Grün der Bäume, Büsche und Felder ringsum wirkte nach dem erfrischenden Regenguss noch satter als zuvor. »Im Grunde läuft das nach demselben Muster wie eine Gesprächstherapie: Man wartet ab, was kommt, und reagiert dann darauf.«

»Soll das heißen, ihr Marketing-Menschen arbeitet nach denselben psychologischen Prinzipien wie die Polizei?«, fragte ich.

»Könnte man sagen. In vieler Hinsicht ... ja.«

»Findest du das nicht irgendwie seltsam?«

»Nein, wieso? Letztlich läuft doch alles auf dasselbe raus, oder? Man versucht, die verborgenen Begehrensstrukturen anzuzapfen, die in den Köpfen der Leute vor sich hin dümpeln.«

»Begehrensstrukturen?« Jetzt musste ich fast lachen. Aber in gewisser Hinsicht hatte sie auch recht: Es ging tatsächlich um Begehren. Begehren nach Ausdruck, nach Anerkennung. Litten wir nicht alle unter demselben sehnsüchtigen Begehren danach, verstanden zu werden?

Wir fuhren über die Maple Street in den Ort hinein, wo sich an der Kreuzung zur Main Street, kurz nach der Ampel, auch das Polizeirevier befand. Der einstöckige, weiß eingefasste Backsteinbau hatte eine kleine Kuppel auf dem Dach, und vorn hing ein blaues Schild mit dicken Schulbuchlettern: POLIZEIREVIER GREAT BARRINGTON. Das also war der Arbeitsplatz von Detective Lazare: ein harmloses kleines Gebäude, das ein bisschen so wirkte wie die Fußmatte vor der Tür einer ländlichen Kleinstadt. Und doch befanden sich Polizisten dort drinnen, Waffen und Verbrecher. Mit Lazare selbst war es ganz genauso: Nach außen wirkte er harmlos, innen war er mit Stacheldraht bewehrt. Etwas anderes hätte ich eigentlich auch nie vermuten dürfen. Der äußere Schein trog schließlich grundsätzlich, das wusste ich als eineiiger Zwilling besser als jeder andere.

Die Main Street wirkte sehr lebendig mit ihren Geschäften, Boutiquen, Kunstgalerien und Restaurants, ein sehr viel hübscheres und einladenderes Stadtzentrum, als ich erwartet hatte. Im Gegensatz zu den großen Einkaufszentren mit ihren zweckmäßigen Filialen großer Handelsketten, an die ich mich im Süden der USA gewöhnt hatte, war dies ein Ort zum Flanieren und Herumstöbern. Ich war eine absolut schamlose Shopperin, die klare Zielgruppe von Marketing-Experten wie meiner Schwester, Werbestrategen, Telefonvertretern und ähnlichem Volk. Im Licht unseres Gesprächs auf dem Weg hierher kam ich mir hier auf dem ledernen Beifahrersitz des Wagens meiner Schwester plötzlich ausgesprochen albern vor. Diese Ledersitze konnte sie sich leisten, weil sie ein so scharfes Gespür für die Funktionsmechanismen der Welt hatte, die sie durchschaute und beherrschte. Unser eigener Wagen in Lexington hatte nur fleckige Stoffbezüge. Ich überlegte, ob es tatsächlich möglich war, dass ein Großteil meiner Handlungen, ein Großteil meiner Gedanken, von anderen beeinflusst wurde, ohne dass ich etwas davon merkte. Immerhin war in den letzten paar Jahren die Vermarktung der Dinge mindestens so allgegenwärtig, ja, sogar so sexy geworden wie die Dinge selbst. Bot man uns schon an, was wir wollten, bevor wir selbst wussten, dass wir es wollten? Wurden unsere verborgenen Begehrensstrukturen dazu benutzt, unsere Sehnsüchte auszudrücken und sie in Bedürfnisse zu verwandeln? Mit solchen Gedanken schlug ich mich herum, während wir weitere zehn Minuten über die Route 7 fuhren, die breite, hügelige Straße nach Stockbridge.

Auch Stockbridge war ein wahres Prachtexemplar einer florierenden New-England-Kleinstadt. Auch hier gab es eine Main Street, genau wie in Great Barrington, und doch war irgendetwas anders, ohne dass ich den Unterschied hätte benennen können. Doch dann, als wir an einem Wegweiser zum Norman-Rockwell-Museum vorbeifuhren, fiel es mir plötzlich ein. Ich erinnerte mich an Rockwells Gemälde von genau dieser Straße, ein moderner Klassiker des zwanzigsten Jahrhunderts: eine Reihe weißgetünchter oder backsteinerner Fassaden an einem kalten Tag in der Weihnachtszeit, die freundliche, idyllische Momentaufnahme einer Kleinstadt, die jeder Betrachter für sich wiedererkennen konnte. Das Gemälde war zu einer Art Ikone Amerikas geworden, die uns immer wieder ins Gedächtnis rief, wie einfach und friedlich die Seele unserer Nation einmal gewesen war, in einer Zeit, als noch das ganze Leben organisch war, der Alltag der Menschen, nicht nur ihre Lebensmittel.

Doch die Stadt, die ich jetzt sah, war ganz anders als das Gemälde, sie fühlte sich anders an. Rund um ein großes viktorianisches Hotelgebäude gruppierten sich sämtliche Anzeichen einer verfallenden Touristenhochburg: ein Kerzenladen, ein Süßwarenladen, ein Geschäft, das Sweatshirts mit den Namen umliegender Orte und Sehenswürdigkeiten verkaufte, ein überfülltes Restaurant. Für mich sah es so aus, als hätte der Ruhm des Gemäldes das Städtchen in den Wahnsinn getrieben und ihm gerade jene Unschuld geraubt, der es sein ursprüngliches Ansehen verdankte.

Stand dieser hübsche und dennoch verblühte Ort für das, was nach erfolgreichem Kauf noch vom Marketing übrig blieb? Die verschwommene Erinnerung an etwas, das einmal sehr wertvoll erschienen, aber zusehends verblasst war, weil man es fast aus Versehen durch etwas anderes ersetzt hatte? Solche Gedanken waren zynisch, das war mir klar – aber dieser Ort, dieses malerische, fast schon inszenierte Städtchen mit seinen Straßen und Blumenrabatten und seinem blauen Himmel, hatte irgendetwas an sich, was mich dazu anstachelte, an der hübschen Oberfläche zu kratzen, um herauszufinden, was sich möglicherweise darunter befand. Es gefiel mir durchaus, es fühlte sich nur einfach nicht echt an.

Seufzend legte ich den Kopf an die Rückenlehne und drückte zwei Finger an die Schläfen. Ich musste unbedingt aufhören, ständig so viel nachzudenken. Die letzten vierundzwanzig Stunden waren einfach furchtbar gewesen.

»Was ist los?«, fragte Julie. Inzwischen hatten wir den Spielplatz erreicht, und sie parkte den Wagen davor auf dem Bürgersteig.

»Ich habe ein bisschen Kopfweh«, sagte ich.

»Ist ja auch so ein Tag.« Sie lächelte mir zu, um mich aufzuheitern, und ließ dann die Zentralverriegelung herunterschnappen. »Na komm, sorgen wir dafür, dass unser Baby ein bisschen Spaß hat.«

Julie hielt Lexy, während ich das Spielplatztor mit dem Fuß aufschob. Obendrauf kroch nämlich eine haarige, braune Raupe entlang, und ich grauste mich vor allem, was auch nur entfernt an einen Wurm erinnerte. Der Spielplatz selbst war groß und weitläufig, und wir hatten ihn ganz für uns allein: Schaukeln, Klettergerüste, ein großer, moderner Abenteuerabschnitt, der mit Schiffschaukeln, Kriechtunneln, Kletterbalken, Rutschen und Kletterleitern ausgestattet war. Julie steuerte direkt auf die Babyschaukel zu, setzte Lexy hinein und schubste sie an. Ich hatte sie bisher noch nie in eine Schaukel gesetzt und war selbst ganz begeistert, wie gut ihr das gefiel. Sie saß noch ein bisschen wackelig, aber ich malte mir aus, wie fröhlich sie hier spielen würde, wenn sie älter war und wir aus der Stadt hierherkamen, um Tante Julie zu besuchen: Sie würde durch die Tunnel krabbeln, die Leitern hinaufklettern und über die Rutschen wieder nach unten sausen. Ich stellte mich vor die Schaukel, rief jedes Mal »hui« und breitete die Arme aus, wenn Lexy auf mich zugeflogen kam. Dann bedachte sie mich mit einem breiten zahnlosen Grinsen, bevor sie wieder zurück nach hinten schwang, wo Julie sie erneut sanft anschubste.

Da kroch eine weitere Raupe über die Spitze meines Stiefels. Ich schüttelte sie ins Gras ab. Und dann sah ich sie plötzlich alle. Es waren unglaublich viele, dunkelbraun, mit winzigen gelben Knubbeln (Eiern?) auf dem Rücken. Ich schaute mich um und stellte fest, dass sie eigentlich überall waren: Sie krochen über den Picknicktisch, an den Beinen des Schaukelgerüsts empor und über das Klettergerüst, sie wimmelten zwischen den Grashalmen und hingen von den Ästen der Bäume herab.

»Wo kommen denn die ganzen Raupen her?«, fragte ich Julie.

»Was für Raupen?« Sie schubste Lexy noch einmal an, und die Kleine jauchzte vor Vergnügen.

»Es müssen Hunderte sein. Das ist total eklig.«

»Wir sind hier auf dem Land, das ist normal. Hier gibt es eben Insekten.«

»Deshalb ist auch sonst niemand hier«, sagte ich. »Los, gehen wir.«

»Aber es macht ihr doch solchen Spaß. Im Ernst, Annie, willst du wirklich jetzt schon wieder zurück in dieses Haus?« *Dieses Haus.* So, wie sie es sagte, wusste ich ganz genau, was sie meinte. Ins Haus zurück, das bedeutete auch zurück zu dem Mord an Zara. Zurück zu der Tatsache, dass Bobby nicht mehr dort war.

»Nein, eigentlich nicht«, sagte ich, doch da landete plötzlich eine Raupe direkt auf meiner Schulter. Ich fegte sie mit der bloßen Hand weg und spürte genau, wie sich der haarige, kleine Körper wand. Ohne weiter nachzudenken, griff ich nach Lexy, die gerade wieder auf mich zu schaukelte, und hielt sie mitten im Schwung an. Sie reagierte mit einem energischen Unmutslaut und drehte sich nach Julie um, aber ich zog sie einfach aus der Schaukel und ließ diese leer wieder nach hinten schwingen.

Julie lief mir nach, als ich in Richtung Tor marschierte, durch ein Gewirr von klebrigen Raupenfäden, die mir vorher gar nicht aufgefallen waren, die ich jetzt, da ich sie sah, aber umso ekelerregender fand. Auch auf dem Bürgersteig vor dem Spielplatz sah ich Raupen in alle Richtungen kriechen.

»Jetzt übertreibst du wirklich«, bemerkte Julie.

»Tu ich nicht. Schau dir das doch bloß mal an!« Ungeduldig blieb ich vor dem Wagen stehen. »Mach die Tür auf, Julie, bitte!«

Julie öffnete die Zentralverriegelung, wir stiegen ein, und ich schnallte Lexy wieder in ihrem Sitz an.

»Du bist ganz schön albern«, sagte Julie, als sie den Motor anließ.

»Was sind denn das für Viecher?«

»Schwammspinner, nehme ich an. Die treten periodisch in Massen auf.«

»Das ist doch grauenhaft. Ist dir das denn gar nicht aufgefallen?«

»Du bist ein bisschen überempfindlich, Annie, weißt du das? Zugegeben, die letzten zwei Tage waren furchtbar, aber das ist noch lange kein Grund, überall eine Bedrohung zu wittern.«

Schweigend fuhren wir ein paar Minuten, bis mir auffiel, dass wir gar nicht nach Great Barrington unterwegs waren. Ich sah Julie an und fragte mich, wo sie wohl mit uns hinwollte. Sie erwiderte meinen Blick, grinste und sagte: »Süß und nicht mehr sauer?« Das hatte unsere Mutter früher immer gesagt, wenn sie uns dazu bringen wollte, etwas Schlechtem doch noch eine gute Seite abzugewinnen.

»Ja, okay«, sagte ich. »Aber du musst schon zugeben, dass das eklig war.«

»War es.«

»Ich danke dir.«

87

»Dann hätten wir das geklärt«, sagte Julie. »Und jetzt führe ich euch zum Essen aus.«

Ich wollte mich schon zu ihr umdrehen und protestieren – *In diesem Aufzug? Mit einem Baby? Wo wir außerdem viel zu müde sind, um Spaß dran zu haben? –*, doch sie würgte mich ab, bevor ich auch nur ein Wort sagen konnte.

»Wir werden heute Abend auf gar keinen Fall selber kochen. Es ist ganz zwanglos da. Und sie haben absolut nichts gegen Kinder.«

Kurze Zeit später erreichten wir die kleine Ortschaft West Stockbridge und hielten vor einem grauen, schindelgedeckten Haus, in dem das Restaurant Rouge untergebracht war. Die Kellnerin führte uns in den kleinen, vorderen Raum, der zugleich freundlich und elegant wirkte mit seinen gelbgestrichenen Wänden, den lila Tulpen, die sich aus an der Wand befestigten Glasvasen emporwanden, und den bunten Glasstückchen, die wie ein Mobile vor dem großen Erkerfenster hingen. Kurz darauf lachten wir schon wieder beide über die *Raupengeschichte*, und ich musste zugeben, dass ich mich vielleicht tatsächlich ein klein wenig albern benommen hatte. Wir aßen einen köstlichen Salat aus biologischem Anbau, verzehrten warmes Brot dazu und anschließend Forelle mit Spargel. Julie trank ein Glas Wein, während ich Lexy stillte. Draußen hinterm Fenster war es ein sonniger später Nachmittag im Frühling inmitten einer Welt voller Raupenplagen, Marketingschwindeleien und Polizeiverhören, doch wir hier drinnen genossen einen unerwarteten Augenblick der Entspannung. Julie hatte mich an genau den richtigen Ort geführt, um mein überempfindliches Gemüt von all den Scheußlichkeiten abzulenken.

Über einem Teller mit Pistazien-Biscotti und münzgroßen Schokoladenkeksen schmiedeten wir weitere Pläne. Ich wollte mir eine Kurzzeitmitgliedschaft im Fitnessstudio von Great

Barrington gönnen, um den Stress abzubauen und vielleicht auch ein paar letzte, überflüssige Schwangerschaftspfunde loszuwerden, und Julie würde währenddessen auf Lexy aufpassen und sie daran gewöhnen, ohne mich bei ihr zu bleiben. Wir waren beide der Ansicht, dass wir es mit guter Planung schaffen konnten, meine zweitägige Abwesenheit in der kommenden Woche, wenn ich zu der Orientierungsveranstaltung nach New York musste, so vorzubereiten, dass sie möglichst wenig Stress und Anstrengung für alle bedeuten würde. Eine Reise ohne Baby, so kurz sie auch sein mochte, erforderte kaum weniger Planung als ein Ausflug zum Mond: Es gab zahllose mögliche Komplikationen zu bedenken. Eine meiner größten Sorgen war, einen Kinderarzt in der Nähe zu finden, aber Julie versicherte mir, dass es gleich mehrere gute gebe.

»Wir sollten auch möglichst bald anfangen, sie daran zu gewöhnen, dass du ihr das Fläschchen gibst«, sagte ich. »Ich habe meine Milchpumpe und die ganzen anderen Utensilien dabei.«

»Ich dachte, du pumpst nicht gern ab.«

Sehr ungern sogar, da hatte sie recht. Bei unseren Telefonaten zwischen Lexington und Great Barrington hatte ich mich immer wieder beklagt, wie unangenehm ich es fand, jeden Morgen vor der Arbeit im Gefängnis Milch abzupumpen, damit Lexy auch in der Kinderkrippe ihre gewohnte Nahrung bekam.

»Ich möchte ihr einfach noch ein Weilchen Muttermilch geben«, sagte ich. »Es ist so viel besser für sie, und sie ist doch noch so klein.«

»Und wenn du auf Flaschenmilch umsteigst? Das würde dir doch viel mehr Freiheit verschaffen.«

Die gefürchtete Flaschenmilch mit all ihren künstlichen Zusatzstoffen. Da Julie selbst nicht Mutter war, konnte sie gar nicht ahnen, was sie mir da abverlangte, was für einen Verlust jedes aufgegebene Stückchen Mutter-Kind-Bindung für mich bedeutete. Andererseits hatte sie natürlich gar nicht unrecht. Lexy bekam jetzt seit fast einem halben Jahr ausschließlich das Wunderelixier Muttermilch. War es nicht doch langsam an der Zeit, etwas flexibler zu werden? Im Grunde musste ich meine Milchdrüsen nur darauf trainieren, nicht mehr jeden Tag zu bestimmten Zeiten Milch zu produzieren. Natürlich machte mich der Gedanke an die Flaschenmilch ein wenig traurig, aber jetzt musste eben alles anders werden. Und ich musste stark sein.

»Also gut«, sagte ich. »Steigen wir um. Aber ganz langsam.«

»Wir könnten es ja auch mal mit fester Nahrung probieren. Irgendwie scheint sie mir hungrig zu sein.«

Hungrig? Das kränkte mich dann doch. »Wahrscheinlich wäre es am einfachsten, wenn ich sie einfach mitnehme.«

»Sicher. Und dann schleppst du sie mit zu der Orientierungsveranstaltung im Krankenhaus? Nicht gerade sehr professionell.«

»Und wenn du mit nach New York kommst, Jules? Das wäre doch lustig.«

»Bei mir steht gerade eine Menge Arbeit an ... nichts, wobei Lexy mich stören würde, aber ich muss einfach hier sein. Außerdem ist es doch viel zu eng in Dads alter Wohnung. Du lässt Lexy einfach hier bei mir ...«

»Aber wenn du so viel Arbeit hast ...«

»So viel ist es nun auch wieder nicht. Mach dir keine Gedanken. Ich möchte wirklich gern auf sie aufpassen. Und es wird auch alles gutgehen.«

Damit war es beschlossen, endgültig: Ich würde allein fahren, und wir würden Lexy ganz langsam abstillen und an Fläschchen und Beikost gewöhnen. Ich hatte zwar das Gefühl, meiner Kleinen damit ein bisschen viel auf einmal zuzumuten, nachdem ich sie schon von ihrem Vater und ihrem Zuhause weggerissen hatte. Doch Julie war ganz zuversichtlich.

Als wir auf dem Heimweg durch Great Barrington fuhren, schafften wir es gerade noch in den Mobilfunkladen, bevor er um sieben schloss. Julie kaufte sich ein neues Handy, schmal und rosa, und nahm mich mit in ihren Vertrag auf, wofür ich ein etwas weniger schickes Handy bekam, das trotzdem noch um Längen besser war als mein altes. Anschließend wartete Julie mit dem Wagen vor der Apotheke, während ich vier neue Plastikfläschchen mit Silikonsaugern und eine Dose Milchpulver erstand. Und als die Sonne in einem Kranz aus leuchtenden, rasch verblassenden Farben unterging und die grünen Hügel dunkel wurden, fuhren wir zurück nach Hause.

Die Tage gingen ruhig und friedlich dahin, es war wie eine Atempause nach all dem Chaos und den traumatischen Erlebnissen. Nach zwei weiteren Regenfällen war der Gehsteig vor dem Haus fast völlig sauber. Thomas Soiffer schien sich in Luft aufgelöst zu haben, und damit gerieten auch die Mordermittlungen ins Stocken, über die zudem immer seltener in der Zeitung berichtet wurde. Wir machten einfach weiter mit unserem Leben – was hätten wir auch sonst tun sollen?

Julie und ich fanden uns rasch ein in unseren neuen Lebensrhythmus. Zu bestimmten Zeiten zog ich mich ins Gelbe Zimmer zurück, pumpte Milch ab, fror sie in Tiefkühlbeuteln ein und setzte alle zwei Tage einmal mehr aus, um meine Brüste umzutrainieren und sie im Wortsinn zu verkleinern (auch wenn sie manchmal immer noch schier zu platzen drohten, wenn ich aus irgendeinem Grund nicht zum Abpumpen kam). Lexy bekam zunächst einmal täglich eine Kombination aus Mutter- und Flaschenmilch, dann wurde ein Fläschchen am Tag daraus und schließlich zwei. Julie ihrerseits arbeitete, wann immer sie dazu kam, führte Telefonate, entlockte ihrem Rechner Informationen und hämmerte andere in die Tastatur, doch sie war wie immer perfekt organisiert und schien stets mehr als genug Zeit für Lexy zu haben. Das beruhigte mich: Unser Plan, es meinem Kind auch während meiner zwei Tage in New York so angenehm und schön wie möglich zu machen, schien aufzugehen. Und Lexy selbst akzeptierte das Tauschgeschäft Mutterbrust gegen Fläschchen und ihre beiden Doppelgänger-Mamas ohne allzu große Probleme.

Manchmal, wenn Julie Lexy gerade fütterte oder ins Bett brachte, schlich ich mich davon und zog mit der Kamera durch das Haus und über das Grundstück, um die letzten Spuren von Zara Moklas festzuhalten und den Alltag meiner Familie zu dokumentieren. Manchmal ging ich auch ins Fitnessstudio, um mich unter Schnaufen und Stöhnen zumindest auf den Weg zu bringen, wieder zu meiner alten und Julies aktueller Form zurückzufinden. Und manchmal machte ich auch Besorgungen. Nach und nach fand ich mich im Ort zurecht, kaufte Lebensmittel bei Price Chopper und frisches Obst und Gemüse bei Taft Farms und mischte mich unter die örtlichen Fashion-Victims, die die Designer-Regale bei Gatsby's durchforsteten. Am Donnerstag jener Woche konnte ich endgültig nicht mehr widerstehen und kaufte drei identische Batik-Kapuzenshirts mit einem sitzenden Siebdruck-Buddha für uns drei Milliken-Mädels. Es war reine Verschwendung, aber wir hatten sie uns verdient: Schließlich war unser kleiner Club in dieser seltsamen Woche ganz schön weit gekommen.

Am Abend, als der Tag sich draußen mit verschiedenen Schattierungen aus Violett, Purpurrot und Gold in die schwarze Nacht auf dem Land verabschiedete, zogen wir alle drei unsere psychedelischen Sweatshirts an und tanzten zu Tina Turner, die etwas von Liebe sang und was die eigentlich damit zu tun hätte. Auf dem Herd köchelte ein Rindfleisch-Rosmarin-Eintopf und erfüllte die ganze Küche mit seinem köstlichen Duft. Wir waren einfach glücklich. Nach dem Abendessen stillte ich Lexy in dem Schaukelstuhl, den Julie für mich aus dem Loft in das Gelbe Zimmer gebracht hatte. Ich brachte erst das Baby und dann mich selbst ins Bett und schlief sofort ein …

… bis mein Schlaf-Ich widerstrebend und verstört aus tiefsten Tiefen gerissen wurde und meine Traum-Gedanken urplötzlich vom Schlaf zum Hellwachen und zur hellen Panik wechselten. Ich hing an einem Seil tief unten in einem Brunnen und wurde unaufhaltsam nach oben gezogen, immer weiter nach oben, dabei wollte ich das gar nicht, ich wollte einfach nur weiterschlafen. Aber ich hatte keinen Einfluss darauf.

Dann, im Aufwachen, hörte ich ihn, den durchdringenden, fürchterlichen, ohrenbetäubenden Ton. Irgendetwas hatte die Alarmanlage ausgelöst.

Es musste jemand im Haus sein.

Kapitel 4

Lexy brüllte wie am Spieß, kam mit ihrem Geschrei aber kaum gegen das Gellen der Alarmanlage an. Ein solches Geräusch hatte ich noch nie gehört. Es war ein so gewaltiger, überwältigender Lärm, und er machte mir solche Angst, dass ich gar nicht mehr wusste, was ich tun sollte. Ich hob Lexy aus dem Bett und versuchte, ihr die Ohren zuzuhalten, indem ich ihr eines Ohr an meine Brust presste und das andere mit der Hand verschloss. Dann rannte ich mit dem Baby auf den Flur hinaus – nur, um gleich wieder völlig verängstigt in unser Zimmer zurückzustürzen und die Tür abzuschließen. Ich war so in Panik, so halb hysterisch, dass ich nicht mehr klar denken konnte. Was sollte ich bloß tun? Nacheinander riss ich alle Fenster auf und suchte nach einem Fluchtweg. *Wo war denn das braune Auto?* Entweder war es einfach so dunkel draußen, dass ich es nicht sehen konnte, oder es war tatsächlich verschwunden. Kalte Luft drang ins Zimmer. Das vierte Fenster befand sich direkt über einem Anbau, der, wie Julie mir erzählt hatte, noch zur ursprünglichen Scheune gehörte, ein zusätzlicher Getreidelagerraum oder etwas Ähnliches, ich konnte mich nicht mehr genau erinnern.

Doch als ich auf das mit Teerpappe gedeckte Dach unter mir herunterschaute, sah ich im Dunkeln kaum den Rand. Wie sollte ich wissen, wo ich hintreten sollte? Wie konnte ich mich da hinauswagen, noch dazu mit einem Baby auf dem Arm?

Aber mir blieb nichts anderes übrig. *Es war doch jemand im Haus.*

Ich schwang ein Bein nach draußen, bis ich rittlings auf dem Fensterbrett saß, und wollte gerade, die brüllende Lexy fest im Arm, das andere Bein nachziehen, da verstummte die Alarmanlage so plötzlich, wie sie losgegangen war.

Die abrupte Stille brachte mich zum Erstarren. *Was hatte das jetzt wieder zu bedeuten?* Dann hörte ich Schritte vor meiner Tür, Schritte, die näher kamen. Ich hob das andere Bein, um ganz auf dem Fensterbrett zu sitzen und jederzeit springen zu können.

Der Türknauf bewegte sich.

Zu allem entschlossen, rutschte ich millimeterweise nach vorn. Ich war so aufgedreht wie noch nie in meinem Leben, doch es war keine gute Aufregung. Ich fühlte mich wie ein Roboter. Es gefiel mir absolut nicht, mich so zur Tat getrieben zu fühlen, aber ich hatte diesem Selbsterhaltungstrieb nichts entgegenzusetzen.

»Annie?« Das war Julies Stimme. »Mach auf. Es ist alles gut.«

Der Bewegungsdrang, die Angst, die Dringlichkeit – alles gefror. Kälte kroch mir über die Haut. Jetzt klingelte auch das Telefon, wie Julie es mir beschrieben hatte. Wenn es ein Fehlalarm war, gab man einfach sein Passwort durch, dann blies der Sicherheitsdienst den Polizeieinsatz ab. War es tatsächlich nur ein Fehlalarm gewesen?

Als ich wieder zurück ins Zimmer kletterte, wurde mir ganz schlecht bei dem Gedanken, was ich da vorgehabt hatte. Selbst bei diesem kurzen Sprung hätte ich Lexy fallen lassen können. Es hätte Gott weiß was passieren können.

Ich machte die Tür auf. Draußen stand Julie in ihrem schwarzweißen Kuhflecken-Pyjama, das Telefon am Ohr, und gab das Passwort durch: »Erdnussbutterelend.« Das war ein Stoffaffe gewesen, den wir als kleine Mädchen beide heiß liebten und unbedingt haben wollten. Wir hatten uns oft um ihn gezankt, und irgendwann hatte Julie ihm diesen seltsamen Namen verpasst. Ich schaukelte Lexy auf dem Arm, um sie wieder zu beruhigen, und Julie machte unterdessen weitere Angaben zu ihrer Person und ihrem Haus, um zu beweisen, dass sie wirklich sie selbst war. Als sie aufgelegt hatte, sah sie mich zerknirscht an. »Tut mir wirklich leid, Annie. Ich habe das Ding an der Steuerungsanlage in meinem Zimmer ausgeschaltet. Auf der Anzeige stand irgendwas von einer fehlerhaften Batterie am Küchenfenster.«

Eine Batterie? Das konnte ja wohl nicht wahr sein! Mein dramatischer Kampf gegen die Angst – daran konnte doch unmöglich eine leere oder sonstwie schadhafte Batterie schuld sein.

Ich folgte Julie nach unten in die stockdunkle Küche. Sie machte Licht, und der Raum erstrahlte genauso ruhig und friedlich, wie wir ihn nach dem Abendessen verlassen hatten. Türen und Fenster waren geschlossen. Auch sonst wirkte alles normal. Julie inspizierte das Fenster gleich neben der Tür und verkündete dann: »Der Magnetsensor ist weg. Scheint, als wäre er abgefallen. Das hat wohl die Alarmanlage ausgelöst.«

»Wie kann denn das passieren?«

»Keine Ahnung. Ich habe zugeschaut, als die Anlage installiert wurde. Die Magneten sind anderthalb Zentimeter lang und werden festgeklebt. Darüber wird der Kontakt zur Batterie hergestellt.«

Da erschien plötzlich ein Gesicht draußen am Fenster. Ein Mann. Wir schrien beide auf, und Lexy fing sofort wieder an zu brüllen. Der Mann schaute betreten und drückte dann etwas von außen an die Scheibe: seine aufgeklappte Brieftasche mit dem Polizeiausweis. Ich sah, dass er zwar kurzes, braunes Haar hatte, aber auch einen Bart und kein Doppelkinn. Es war eindeutig nicht der Mann, den ich tagsüber immer in dem braunen Auto gesehen hatte.

»Ruf Detective Lazare an«, sagte ich zu Julie, »und frag ihn, ob das jetzt ein anderer Beamter ist.«

Julie rief an, und es war tatsächlich ein anderer Beamter. Die Schicht wechselte um Mitternacht. Also ließen wir ihn herein. Nachdem er sich uns als Mack vorgestellt hatte, steuerte er direkt auf das Fenster zu, um es sich selbst noch einmal anzusehen. Er kam zum selben Ergebnis wie Julie: Der Magnetsensor war weg.

»Sind Sie so gut, meine Damen, und rühren Sie sich nicht vom Fleck. Ich werde mich mal ein bisschen umschauen.« Er griff in seine Fleece-Jacke und zog eine Pistole hervor. Ich konnte Pistolen nicht ausstehen, wegen der fürchterlichen Dinge, für die sie standen. Für meine Stelle im Gefängnis hatte ich schießen lernen müssen, und jetzt genügte mir schon der Anblick der Waffe, um wieder den bitteren Geruch von versengtem Metall in der Nase und das Geräusch der Kugeln im Ohr zu haben, wenn sie durch die Luft sausten und schließlich die weit entfernte Pappfigur trafen. Aber ich schwieg. Was, wenn nun doch jemand unbemerkt ins Haus eingedrungen war? Dann würde Mack ihn stellen. Im Grunde war ich richtig froh, dass er bewaffnet war.

Julie und ich setzten uns an den Küchentisch, und ich stillte Lexy. Das war die einzige Möglichkeit, sie wieder ruhig zu bekommen, so außer sich, wie sie war. Schließlich schlief sie doch in meinem Arm ein. Nach einiger Zeit kam Mack zurück und konnte uns beruhigen. »Scheint alles in Ordnung zu sein«, sagte er. »Keiner da, nur wir Angsthasen.« Wir bedankten uns bei ihm, lachten aber nicht über seinen Scherz. Dafür waren wir viel zu nervös und erschöpft. »Sie sollten sich aber selbst noch einmal umsehen und nachschauen, ob etwas fehlt.«

Julie stand auf und machte einen kurzen Kontrollgang durch die Küche. Der Fernseher auf dem Küchentresen war noch da, ebenso unsere Handtaschen, die gleich neben der Haustür am selben Haken hingen. Dann hörte ich sie nebenan im Esszimmer Schubladen aufziehen, und kurze Zeit später rief sie: »Das Silber ist auch noch da.« Mack und ich blieben in der Küche. Er lehnte am Türrahmen, die Hände in den Hosentaschen, und gab sich Mühe, die hochmodernen Küchengeräte nicht zu auffällig zu bestaunen, ich saß mit der schlafenden Lexy im Arm am Tisch. Julie ging durch das ganze Haus und überprüfte die Gegenstände, die ein Einbrecher wohl am ehesten stehlen würde: Elektrogeräte, Schmuck, versteckte Bargeldreserven. Aber es fehlte nichts.

Als ich meine Arme schon fast nicht mehr spürte, ging ich nach oben und legte Lexy in ihr Bettchen zurück. Ich machte die Fenster wieder zu und verriegelte sie, warf einen Blick in die Schränke und unter das Bett. Dann nahm ich das Babyphon mit hinunter in die Küche, stellte es auf der Arbeitsfläche ab, drehte die Lautstärke hoch, setzte Teewasser auf und griff in meine Handtasche, um nach einem der Päckchen mit Süßstoff zu suchen, die ich immer aus den Cafés im Ort mitnahm.

Es war ganz leicht, das Päckchen in dem Durcheinander aus Kleinzeug unten in meiner Handtasche zu ertasten. Viel zu leicht. Mein Portemonnaie, der größte Gegenstand, den ich immer bei mir hatte und der mir bei der Suche nach Lippenstiften, Kulis, Taschentüchern, dem Handy oder dem Schlüssel sonst unweigerlich im Weg war, war verschwunden. Wie konnte das sein? Ich leerte die Handtasche auf dem Küchentisch aus. Es bestand kein Zweifel: Das Portemonnaie war weg.

»Ach du je«, stöhnte Julie, die mich beobachtete. »Aber es fehlt doch sonst nichts im Haus. Wieso sollte denn jemand hier einbrechen und nur dein Portemonnaie mitnehmen?

Vielleicht hast du es ja nur wieder mal irgendwo liegen lassen, Annie.«

Dafür war ich allerdings berühmt. In den letzten zwei Jahren hatte ich mein Portemonnaie gleich dreimal verloren, es in einem Geschäft, auf meinem Nachttisch und auf dem Schreibtisch in unserem Behandlungsraum liegen lassen. Und mit jedem Mal war es weniger zur Katastrophe und immer mehr zu einer absurden Farce geworden.

»Schau du doch mal in deine Handtasche«, sagte ich zu Julie.

Sie sah nach. Aber der ganze Inhalt war noch da, einschließlich ihres Portemonnaies.

»Ich habe auch mal meine Brieftasche verloren«, warf Mack ein. »Die war einfach weg, mit Ausweisen und allem.« Es war ihm sichtlich unwohl dabei, an die Unannehmlichkeiten zu denken, die das nach sich gezogen hatte.

»Gatsby's.« Ich stützte die Ellbogen auf den Tisch und vergrub das Gesicht in den Händen. »Wahrscheinlich habe ich es dort liegen lassen, als ich die Kapuzenshirts gekauft habe.«

»Bestimmt«, bestätigte Julie. »Am besten rufst du gleich morgen früh dort an.«

»Aber wieso haben die mich denn nicht angerufen?«

»Weil du hier keine Adresse hast.« Julie fasste mich mit beiden Händen um die Schultern, und ich entspannte mich, weil sie mir ganz offensichtlich nicht böse war. »Du musst von jetzt an unbedingt einen Zettel mit meiner Adresse und Telefonnummer in dein Portemonnaie tun. Sobald du es wieder hast. Am besten gebe ich dir eine meiner Visitenkarten.«

»Ja.« Ich kam mir richtig blöd vor. »Ich frage mich, ob vielleicht jemand bei Bobby angerufen hat.«

»Dann hätte er dir ja wohl Bescheid gesagt. Oder nicht?«

Ich nickte. »Wahrscheinlich haben die im Laden einfach gedacht, ich komme wieder.«

Mack blieb so lange bei uns, bis Detective Lazare da war. Man sah ihm an, dass er aus dem Bett geholt worden war: Er hatte sogar noch den Abdruck eines zerknitterten Kopfkissenbezugs auf der Wange. Er hörte zu, während Mack berichtete, es gebe keine Anzeichen für einen Einbruch, und Julie ihm sagte, sie habe das ganze Haus überprüft, es fehle nichts. Dann erzählte ich von meinem verschwundenen Portemonnaie. Lazare inspizierte das fragliche Fenster noch einmal selbst und zeigte sich mit Macks Einschätzung zufrieden. Er klappte sein Notizbuch auf und schrieb sich rasch ein paar Dinge auf.

»Sie sollten die Sicherheitsfirma herbestellen und die Anlage überprüfen lassen«, sagte er zu Julie. »Am besten gleich morgen. Schließlich wollen Sie ja keine weiteren nächtlichen Störungen.«

»Das mache ich«, sagte sie.

»Ich schicke morgen früh jemanden vorbei, um das Fenster auf Fingerabdrücke zu untersuchen. Nur für alle Fälle.« Mit müden Augen sah Lazare in die Schwärze vor dem Fenster hinaus, dann schob er das Notizbuch in die Tasche seiner Kunstfaserjacke. »Wenn sich tatsächlich jemand da draußen zu schaffen gemacht hat, hätte Mack ihn eigentlich sehen müssen. Aber wie auch immer. Ich rufe Sie morgen an, um Ihnen zu sagen, ob die Spurensicherung etwas am Fenster gefunden hat.«

Julie brachte ihn zum Wagen. Ich ging nach oben in mein Zimmer, wo Lexys tiefe, regelmäßige Atemzüge den ganzen Raum zu durchwärmen schienen. Dennoch war mir kalt, als ich zwischen die klammen Laken kroch. Die leuchtend roten Ziffern des Digitalweckers zeigten 2 Uhr 16. Als ich Julies Schritte draußen auf dem Flur hörte, stand ich noch einmal auf und steckte den Kopf aus dem Zimmer, um ihr gute Nacht zu sagen.

»Glaubst du, du kannst schlafen?«, fragte ich.

»Wahrscheinlich nicht. Dieser Scheiß-Fehlalarm.« Das brauchte sie mir nicht zu erklären: Ich wusste, dass sie den Fehlalarm damit meinte.

Ich lächelte. »Träum süß, wenn möglich.«

»Du auch.«

Doch ich warf mich nur unruhig hin und her. Seit dem Fehlarm war ich unwahrscheinlich aufgeregt. Es war scheußlich, mir einzugestehen, dass ich noch nie so verängstigt, der Furcht noch nie so ausgeliefert gewesen war. Es gefiel mir gar nicht. Mitten aus dem Tiefschlaf gerissen zu werden, hatte eine Art Pawlow'schen Angstreflex in mir ausgelöst. Eigentlich fürchtete ich mich vor allem davor, dass die Alarmanlage noch einmal losgehen würde, selbst wenn dann tatsächlich ein Einbrecher kam, wenn es ein Feuer gab oder sonst eine ernsthafte Gefahr, vor der sie uns warnen sollte. Und wenn mich allein der Gedanke an einen weiteren Alarm schon in solche Anspannung versetzte, wie musste er dann auf Lexy gewirkt haben? Es hieß, dass Kinder erst mit etwa drei Jahren anfangen, ein Gedächtnis zu entwickeln, aber offensichtlich prägten sich bestimmte Dinge doch auch schon in den ersten Jahren ein. Vor einiger Zeit hatte ich einen Artikel über eine Frau gelesen, die ihre ersten Lebensjahre in Israel verbracht hatte. Sie erzählte, noch Jahre später, als sie längst in den USA lebte, habe sie sich bei jeder Fehlzündung eines Autos instinktiv zu Boden geworfen und Deckung gesucht. Für sie war jeder Knall eine Bombe. Würde Lexy plötzlichen Lärm von nun an immer mit dem Gefühl verbinden, aus dem Fenster zu fallen? Würde ihr Gehirn das Erlebnis so speichern, dass sie einmal fast aus dem Fenster geworfen worden wäre? Natürlich hatte ich das niemals vorgehabt, aber wer konnte schon sagen, was ihre Babyaugen aus dieser Perspektive, von dieser Höhe aus gesehen hatten? Würden diese wenigen Sekunden auf dem Fensterbrett irgendwann in ein unbestimmtes Misstrauen gegen mich umschlagen?

Während ich diese Möglichkeiten in Gedanken durch-spielte, fiel mir plötzlich noch etwas anderes ein. Warum war der Magnet überhaupt abgefallen? Wenn der Klebstoff, mit dem er befestigt war, alt und vertrocknet gewesen wäre, hätte ich das ja noch verstehen können. Aber die Alarmanlage war erst vor kurzem eingebaut worden. War es möglich, dass ir-gendetwas den Magnetsensor verschoben hatte, etwa eine Be-wegung am Fenster? Hatte am Ende doch jemand versucht, das Fenster von außen zu öffnen?

Das war ein paranoider Gedanke. Der Magnet war ganz einfach abgefallen. Trotzdem wusste ich, dass ich jetzt ganz sicher nicht mehr einschlafen würde. Ich stand auf, sah nach Lexy – sie schlief wie ein Engel – und überprüfte noch einmal sorgfältig, dass auch wirklich alle Fenster des Zimmers ver-schlossen waren. Dann nahm ich das Babyphon und schlich leise hinaus auf den Flur, um nach unten zu gehen und ein bisschen zu lesen. Es war so still in diesem Haus. Nirgendwo knarrte es, die Dielenbretter und Scharniere waren noch zu neu, um sich die Zipperlein eines erfahrenen Hauses zugelegt zu haben. Als ich zu der geteilten Treppe kam, fragte ich mich, ob Julie wohl auch noch wach war. Und ging spontan nach oben anstatt nach unten.

Sie schlief, lang ausgestreckt unter der weißen Bettdecke ihres breiten Bettes. Jetzt, mitten in der Nacht, wirkte das Zimmer mit seinen starken Kontrasten weder schwarz noch weiß, sondern schimmerte silbern. Es war ein friedlicher, be-ruhigender Ort.

Ich stellte das Babyphon auf den Boden und kroch zu Ju-lie ins Bett. Die Matratze war ausgesprochen bequem, und ich fühlte mich sofort ruhiger und wärmer, wie besänftigt. Ohne einen weiteren Gedanken fiel ich in einen traumlosen Schlaf.

Als ich am Morgen aufwachte, hatte Julie sich zu mir umgedreht, stützte sich auf einen Ellbogen und sah mich an. Sie lächelte, als ich die Augen aufschlug.

»Konntest du nicht schlafen?«

Ich streckte mich. »Diese Matratze ist unglaublich bequem.«

»Die ist aus irgendeinem Astronautenschaum«, sagte Julie. »Angeblich von der NASA entwickelt. Sie passt sich der Körperform genau an.«

»Was kostet so was?«

»Frag nicht.«

Lexy fiel mir ein, und ich drehte mich um, um nach dem Babyphon zu schauen. Das Lämpchen des Geräusch- und Bewegungssensors leuchtete nicht, und ich stellte beruhigt fest, dass wohl alles in Ordnung war.

»Kein Mucks«, sagte Julie. »Entspann dich.«

»Das sagt sich so leicht. Es ist Wochen her, seit ich mich das letzte Mal richtig ausgeruht gefühlt habe.«

»Das ist ja auch kein Wunder, nach allem, was du durchgemacht hast.«

»*Wir*«, korrigierte ich. »Du hast das alles doch auch durchgemacht.«

»Die Sache mit Zara, stimmt. Aber nicht die Trennung. Ich verliere ja nichts. Ich gewinne nur.«

Ich brachte es nicht übers Herz, sie darauf hinzuweisen, dass sie Lexy und mich nur vorübergehend gewonnen hatte, nur für das Frühjahr und vielleicht noch für einen Teil des Sommers.

Julie ging nach unten, um Frühstück zu machen, und ich setzte mich mit der Milchpumpe in das untere Badezimmer, um Lexy mit dem Lärm nicht aufzuwecken, und pumpte ein Fläschchen Milch ab. Das war eine große Erleichterung für meine geschwollenen Brüste. Sonst hatte ich Lexy um diese Zeit immer schon einmal gestillt. Als ich fertig war, stellte ich das Fläschchen in den Kühlschrank und setzte mich zu Julie

103

an den kleinen Tisch unter dem »braven« Küchenfenster (dem, das in der Nacht zuvor keinen Alarm ausgelöst hatte). Sie hatte uns ein köstliches Frühstück aus Rühreiern und dicken Toastscheiben mit Erdbeermarmelade von einem Bauernmarkt in der Gegend gemacht. Draußen zeugte schimmerndes Licht von den heroischen Versuchen der Sonne, durch die Wolken zu brechen. Ich hoffte inständig, dass es nicht schon wieder regnen würde.

Wir frühstückten, und da Lexy länger zu schlafen schien, um die rüde Ruhestörung der Nacht zuvor wieder auszugleichen, besprachen wir ausführlich den kommenden Tag, der vor allem vom Aufarbeiten der nächtlichen Ereignisse geprägt sein würde. Detective Lazare hatte uns offizielle Spurensicherungsergebnisse für das Küchenfenster versprochen. Außerdem würde jemand von der Alarmanlagenfirma kommen. Und mein Portemonnaie war verschwunden, was eine ganze Menge Unannehmlichkeiten nach sich ziehen konnte, da ich schon am Sonntagabend, in nur zwei Tagen, nach New York aufbrechen musste (wahrscheinlich mit dem Bus, falls ich keinen Führerschein mehr hatte) und vorher noch eine Menge Vorbereitungen zu treffen waren. Im Grunde waren es ganz simple Vorbereitungen, doch für mich waren sie schwierig, weil mein eigener Plan mir insgeheim widerstrebte. Außerdem hatte ich immer noch nicht entschieden, ob Bobby am Wochenende kommen sollte – und falls mein Portemonnaie sich doch nicht bei Gatsby's fand, würde ich ihm nun zu allem Überfluss auch noch mitteilen müssen, dass wir unsere gemeinsamen Kreditkarten innerhalb kürzester Zeit zum zweiten Mal sperren lassen mussten. Es war eine weite Reise von Kentucky hierher. Wenn er also kam, würde er nicht vor morgen hier sein können, das wusste ich. Und heute arbeitete er. So blieb immerhin noch ein bisschen Zeit, so viel wie möglich selbst zu klären, ehe ich ihm mein Geständnis machte. Und vielleicht war es ja auch überhaupt nicht nötig.

Bei Gatsby's nahm niemand ab, und eine kurze Google-Suche ergab, dass der Laden erst um elf öffnete. Ich würde also warten müssen. Um kurz nach neun kam Ray, der Spurensicherungsbeamte, begrüßte uns und hockte sich dann draußen vor das Küchenfenster, um Fensterbrett und Scheibe auf der Suche nach verräterischen Fingerabdrücken abzupinseln und zu fotografieren. Dann pinselte er das Fensterbrett und den Fensterrahmen auch noch von innen ab, bedankte sich und verschwand wieder. Wir brauchten fast eine halbe Stunde, um die klebrigen Rußpulverspuren wieder abzuwaschen, die er drinnen wie draußen hinterlassen hatte. Allzu große Sorgen schien der Fehlarm niemandem zu machen. Im Gegenteil: Sämtliche Polizisten – Mack, Gabe Lazare und auch Ray – vermittelten mir das Gefühl, dass sie sich praktisch täglich mit fehlerhaften Alarmanlagen herumschlugen.

Als wir Rays Hinterlassenschaften endlich beseitigt hatten, wachte Lexy auf. Julie zog sich rasch an, dann ließ ich die beiden allein in der Küche zurück, damit die Tante ihrer Nichte die abgepumpte Muttermilch aus dem Fläschchen geben konnte. Ich duschte, und während ich mich anzog, hörte ich von meinem Zimmer aus ein weiteres Auto vor dem Haus halten. Ich warf einen Blick aus dem Fenster und sah, dass es ein Lieferwagen der Sicherheitsfirma war. Der zweite Mann an diesem Morgen schleppte seinen Gerätekasten über den Gartenweg und klingelte an der Küchentür. Dann war es still. Offenbar hatte Julie ihn hereingelassen. Die Vorstellung, dass sie in der Lage war, ein Baby zu füttern und dabei aufzustehen und die Tür zu öffnen, erfüllte mich mit Zuversicht, dass während meiner kurzen Abwesenheit nichts Dramatisches passieren würde. Julie war gewissenhaft und verantwortungsvoll. Und außerdem liebte sie Lexy.

Später ging ich mit der Kamera nach draußen, während Julie im Wohnraum mit Lexy spielte, und blieb nur kurz stehen, um den Fehlarm-Menschen zu begrüßen. Er trug einen blauen Overall und suchte mit starr zu Boden gerichtetem Blick den Rasen ab.

»Und, finden Sie die Nadel im Heuhaufen?«, fragte ich ihn.

Er sah mich an: moosgrüne Augen und ein nettes Lächeln. »Ich habe wirklich keinen Schimmer, wo dieser Magnet hingekommen ist. Er ist weder drinnen noch draußen. Aber der neue wird halten, dafür habe ich gesorgt.«

Mir wurde klar, dass er mich für Julie hielt und ein Gespräch fortsetzte, das sie vorher im Haus begonnen haben mussten – obwohl die Julie, die er jetzt vor sich hatte, die Haare zum Pferdeschwanz gebunden hatte, ganz anders angezogen und ein paar Kilo schwerer war. Ich fand es immer wieder eigenartig, dass den meisten Leuten solche Details gar nicht auffielen. Aber ich spielte mit und ging näher heran, um es mir anzusehen. Innen am Fenster steckte ein neuer, anderthalb Zentimeter langer Magnetsensor inmitten einer verschwenderischen Menge Klebstoff. Auch die Alarmanlage würde in der kommenden Nacht ruhig schlafen.

Der Mann zog ein Klemmbrett mit einem Formular hervor, das ich unterschreiben sollte. Ich unterschrieb mit Julies Namen, und er gab mir die untere Hälfte des Durchschlags. Ich faltete den Streifen zusammen und steckte ihn in die Hosentasche. Später, wenn Julie mit Lexy fertig war, würde ich ihn ihr geben.

»Schläft das Baby?« Natürlich, er hatte ja auch Lexy gesehen. Und wahrscheinlich hatte Julie ihm etwas von Füttern vor dem Morgenschlaf erzählt, ohne sich die Mühe zu machen, ihm zu erklären, dass dieses Schläfchen sich heute um einiges verschieben würde.

»Fast, ja.«

»Falls es wieder mal Probleme mit der Alarmanlage geben sollte: Wir sind vierundzwanzig Stunden am Tag erreichbar.«

»Vielen Dank«, sagte ich und sah zu, wie er in den Wagen stieg und wegfuhr. Dann ging ich vor auf den Bürgersteig und trat auf die Straße, wo ich jeden Tag ein Foto machte, um Zaras fortschreitendes Verschwinden zu dokumentieren.

Ihr Körperumriss war zwar längst weggewaschen, aber man sah immer noch Reste von Blut. Fast war es, als hätte der Asphalt es aufgesaugt und nur schattenhafte Flecken zurückgelassen, die je nach Tageszeit und Wetterlage mehr oder weniger stark zu sehen waren. Ich hatte selbst keine Ahnung, was ich eigentlich mit diesen Fotos wollte – vielleicht würde ich sie irgendwann alle übereinanderlegen, um zu sehen, was dabei herauskam, vielleicht würde ich sie auch einfach nur aufheben, so, wie sie waren, und sie für sich sprechen lassen. Im Augenblick sammelte ich sie nur, zählte die Tage und stellte mir vor, dass ich Zara damit eine Art Brücke baute zwischen den Zeitzonen Leben und Tod. Vielleicht war dieses kleine Projekt auch einfach pure Schaulust. Das konnte ich nicht sagen. Aber bis auf Lexy hatte mich seit Jahren nichts mehr so sehr dazu gedrängt, es mit der Kamera festzuhalten, wie dieser Vorfall.

Um Punkt elf Uhr rief ich bei Gatsby's an. Ich erkannte die Verkäuferin an der Stimme: Es war die ältere Dame, die mir die Sweatshirts verkauft hatte.

»Nein, Kindchen«, sagte sie. »Hier ist kein Portemonnaie gefunden worden. Wir haben ja gestern zu zweit hier gearbeitet und gemeinsam abgeschlossen. Aber geben Sie mir doch Ihre Nummer, dann rufen wir Sie an, falls es noch auftaucht.«

Ich gab ihr Julies Festnetz- und meine Handynummer, bedankte mich und legte auf. Ich hatte so fest damit gerechnet, dass mein Portemonnaie dort sein würde, schließlich hatte ich dort zuletzt damit bezahlt. Jetzt wusste ich beim besten Willen nicht mehr, wo ich noch danach suchen sollte. Wahrscheinlich hatte es jemand im Laden gefunden und einfach behalten.

Es war also nicht zu ändern. Mein Portemonnaie war weg.

Ich hinterließ Bobby die Nachricht auf der Mailbox, dass ich all unsere Kredit- und sonstigen Bankkarten sperren lassen müsse. Dann setzte ich mich an den Küchentisch und machte mich an die schwierige Aufgabe, alles aufzulisten, was in meinem Portemonnaie gewesen war. Ich wählte hunderttausend Telefonnummern und kämpfte mich durch zahllose automatische Kundenservice-Systeme. So verging der Tag. Es wurde dunkel. Julie machte Lexy etwas Reisbrei, gab ihr das Abendfläschchen und badete sie. Als wir uns zum Abendessen setzten, war ich bereits bei meinem zweiten Glas Wein. Die Milch, die ich später noch abpumpen würde, konnte ich gleich wieder wegschütten.

Nach dem Essen wiegte ich Lexy in dem Schaukelstuhl im Gelben Zimmer in den Schlaf. Ich hatte festgestellt, dass das Zimmer abends einen Farbton wie von reifen Aprikosen annahm, wenn man das Deckenlicht auf eine ganz bestimmte Weise dimmte. All diese veränderlichen Farben ließen mich an den blutbefleckten Asphalt draußen denken, der je nach Witterungsverhältnissen auch ganz unterschiedlich wirken konnte. Während Lexy in meinem Arm einschlief, dachte ich darüber nach, wie wenig verlässlich unsere subjektive Wahrnehmung doch war. Und ich dachte an die Liebe. Ich dachte an Bobby an unserem Hochzeitstag, wie attraktiv und adrett er in seinem Frack ausgesehen und wie er gestrahlt hatte, als ich in meinem weißen Kleid neben ihn trat. Ich hatte meinen Brautstrauß aus elfenbeinfarbenen Rosen fallen lassen, er hatte ihn aufgehoben und mir zurückgegeben.

Ich legte Lexy in ihr Bettchen und ging nach unten. Dort ließ ich mich in eine Ecke des Wohnzimmersofas sinken und schloss die Augen. Ich war so müde. Das Telefon klingelte, und gleich darauf rief Julie aus der Küche: »Bobby ist dran!«

»Was ist denn genau passiert?«, fragte er mich.

Ich erzählte ihm alles – zumindest den Mittelteil, da ich den

Anfang ja selbst nicht kannte. Ich wusste nicht, wie und wo ich mein Portemonnaie verloren hatte.

»Und du hast alle Karten gesperrt?«

»Ich glaube schon. Aber ich würde gern noch einmal alle mit dir durchgehen, um sicher zu sein, dass ich auch keine vergessen habe.«

»Dann hat jetzt also keiner von uns beiden mehr eine Kreditkarte. Und auch keine normale Bankkarte. Wow! Wie sollen wir denn jetzt an unser Geld kommen?«

»Auf die ganz altmodische Weise: Wir suchen eine Bankfiliale auf, bevor sie zumacht, wenden uns dort an einen Mitarbeiter und heben Geld ab.«

»Es ist Freitagabend. Und ich hab kein Geld.«

Das klang wie der Refrain eines Popsongs. In meiner erschöpften Phantasie musste der nächste Vers unweigerlich lauten: *Und hab ein Date mit Lovyluv, der tollsten Frau der Welt.* Ich verbannte diesen Gedanken so schnell, wie er mir in den Kopf geschossen war. Es machte mich wahnsinnig, an *sie* zu denken.

Ich holte tief Luft und konzentrierte mich wieder auf die tröstlichen, prosaischen Fragen. »Unsere Bank hat auch samstags geöffnet, von neun bis zwölf. Aber du solltest spätestens um Viertel vor zwölf da sein, manchmal machen sie nämlich auch früher zu.« Ich diktierte ihm die Prüfnummer, die die Bank mir durchgegeben hatte, damit wir beweisen konnten, dass neue Karten ausgestellt worden und nun mit der Post zu uns unterwegs waren. »Die Leute von Visa und MasterCard haben mir versichert, dass wir die neuen Karten am Montag bekommen. Ein paar haben gesagt, es wird Dienstag, aber ich weiß schon nicht mehr, welche das waren.« Alles in allem hatten wir sieben Kreditkarten. Das waren natürlich viel zu viele, aber wir waren beide nie dazu gekommen, die Anzahl zu reduzieren.

»Na gut, dann müssen wir uns wohl damit abfinden«, sagte Bobby.

»Es wird uns wohl nichts anderes übrig bleiben.«

»Ich würde mir nur wünschen, dass du in Zukunft ein bisschen besser aufpasst, Annie. Das ist schließlich nicht das erste Mal, dass du dein Portemonnaie verloren hast.«

Ich gab keine Antwort, streckte mich nur lang auf dem Sofa aus und lauschte dem wortlosen Rauschen in der Leitung. Das Wohnzimmer hatte sechs Fenster, lauter vollkommene, schwarze Rechtecke. So ganz ohne jede Umgebungsbeleuchtung schien die absolute nächtliche Dunkelheit die Außenwelt völlig auszulöschen. Bis Bobby weitersprach, gab ich mich für ein paar Sekunden der Vorstellung hin, dieser Wohnraum, dieses Haus sei ein Raumschiff, das mich weit forttrug von allen Sorgen.

»Hör mal, ich habe wegen des Wochenendes mit Kent gesprochen. Wenn du einverstanden bist, würde ich euch gern morgen besuchen.« Der sanftere Klang seiner Stimme sagte mir, dass er mir die Sache mit dem Portemonnaie schon jetzt, nach diesem kurzen Schweigen, verziehen hatte. Ich spürte, wie die Anspannung aus meinem Körper wich. Unsere eheliche Gemeinschaft hatte auch viele gute Seiten. Das hatte ich nicht vergessen. Wie hatten wir bloß so schnell so viel Distanz aufbauen können?

»Gut. Lexy wird sich freuen, dich zu sehen. Aber wie hast du Kent dazu gebracht, dir das zu erlauben?« Ich wusste, dass Kent Bobby angedroht hatte, ihn von nun an immer samstags arbeiten zu lassen, als Ausgleich dafür, dass ich aus der *furchtbaren Festung*, wie er das Gefängnis manchmal nannte (stets begleitet von einem hämischen Kichern), desertiert war.

»Ich musste mit dem Anstellungsvertrag winken«, sagte Bobby. »Aber dagegen konnte er dann nichts mehr sagen.«

»Im Ernst, ich hasse diesen Kerl.«

»Ja, ich auch. Aber ich lasse mich jetzt nicht mehr von ihm einschüchtern.«

»Dein Flugticket wirst du dann wohl bar bezahlen müssen.«

»Also, ehrlich gesagt habe ich beides bereits gestern online gebucht, Flug und Mietwagen. Das ist also schon geklärt.« Wenn ich ihm gesagt hätte, er solle nicht kommen, hätte er zumindest das Flugticket später noch verwerten können, das wussten wir beide. »Aber ich kann nur eine Nacht bleiben. Sonntagnachmittag muss ich wieder zurück.«

»Ich fahre sowieso am Sonntagabend nach Manhattan«, sagte ich. »Das passt also sehr gut.«

Wir verbrachten noch ein paar Minuten damit, unsere Kreditkarten durchzugehen, um sicher zu sein, dass ich auch bei allen Firmen angerufen hatte. Ich sah Bobby vor mir, wie er mit dem Affärenordner auf unserem grünen Samtsofa saß. Ich hatte mir große Mühe gegeben, unsere sämtlichen finanziellen Unterlagen an diesem einen Ort zusammenzutragen, deshalb enthielt der Ordner die aktuellste Liste all unserer Kreditkartenfirmen.

»Bobby? Bring den Ordner doch einfach mit, ja? Ich glaube nicht, dass ich dieses Zwischenstadium noch lange aushalte. Wir müssen uns endlich ernsthaft damit auseinandersetzen.«

Schweigen. Vor meinem geistigen Auge sah ich deutlich, wie er mit dem Ordner auf dem Schoß erstarrte.

»Gut. Ich bringe ihn mit.«

Dann war es also so weit. Wir würden den Ordner endlich gemeinsam durchgehen, und angesichts all dieser klaren Beweise würde ihm nichts anderes übrig bleiben, als zu gestehen. Es sei denn … es sei denn, ich irrte mich doch. Ich musste zugeben, dass ich mich langsam fragte, ob ich unter Umständen vielleicht doch einen schweren Fehler gemacht hatte. Ich hielt das zwar für äußerst unwahrscheinlich, aber wenn ich nicht zumindest diese winzig kleine Chance gesehen hätte,

111

hätte ich ihm niemals erlaubt zu kommen. Ich vermisste ihn einfach – darauf lief es letztlich hinaus. Und wenn er mir tatsächlich alles gestand, wenn er mir versprach, sie aufzugeben und mir in Zukunft treu zu bleiben: Konnte ich ihm dann nicht vergeben … nur dieses eine Mal?

Am nächsten Tag kam Bobbys Flugzeug zwar pünktlich um kurz vor elf an, doch die Mietwagenfirma weigerte sich, ihm ohne gültige Kreditkarte den reservierten Wagen auszuhändigen. Ein Taxi für diese lange Strecke würde sehr viel mehr kosten, als er in bar bei sich hatte, an einen Geldautomaten konnte er nicht, und der nächste Bus ging erst vier Stunden später. Schließlich rief er mich an und bat mich leicht betreten, ihn abzuholen. Ich sagte ihm, wo er auf mich warten sollte, und versprach, in einer guten Stunde dort zu sein.

Das Problem war nur, dass ich ja keinen Führerschein mehr hatte. Die Zulassungsstelle in Lexington hatte den Ersatz zwar schon losgeschickt, doch er würde frühestens am Montag hier sein. Ich würde Julie fragen müssen, ob sie mir eine ihrer Kreditkarten leihen konnte, und dann ein Taxiunternehmen am Flughafen anrufen.

Sie saß an ihrem Schreibtisch, ein Headset auf dem Kopf, und redete wie ein Wasserfall. Sie hatte mir schon erzählt, dass sie ihre Auslandsgespräche inzwischen ausschließlich übers Internet führte, weil das sehr viel billiger war. Und jetzt fiel mir auch wieder ein, dass sie mir außerdem erzählt hatte, sie habe heute eine wichtige Telefonkonferenz mit einem Kunden in einem Land, wo unser Heute (Samstag) noch Gestern (Freitag) war, ein Werktag also, weshalb auch niemand auf die Idee gekommen war, sie könne vielleicht nicht zur Verfügung stehen. Ich stand in der Tür, die ihr Schlafzimmer von ihrem Büro trennte, und kam mir wie ein Trottel vor, weil ich nicht mehr daran gedacht hatte. Julie hatte mir erzählt, dass es um einiges Geld ging und sehr viele Leute an dieser Konferenz teilnehmen würden.

So leise wie möglich schloss ich die Tür wieder, streckte mich auf Julies ordentlich gemachtem weißen Bett aus und machte es mir gemütlich, um zu warten, bis sie mit ihrem Anruf fertig war. Ich rollte auf ihre Seite und überlegte dabei, ob die Astronautenschaummatratze meinen Körper wohl für ihren halten würde, so wie die Leute im Ort uns in den letzten Tagen ständig verwechselt hatten. Dann machte ich die Augen zu und versuchte, mich zu entspannen.

»Was gibt's denn?« Julie stand vor mir, das Headset jetzt um den Hals.

»Bist du fertig?«

»Nein, sie haben mich in die Warteschleife gehängt. Ich habe etwa eine Minute. Also, was gibt's?«

»Ist schon gut, geh nur wieder ans Telefon.«

Aber ich kannte Julie ja. Sie war eine wahre Heldin des Multitaskings. Wenn jemand in der Lage war, an einem Samstag, der anderswo immer noch ein Freitag war, eine internationale Telefonkonferenz zu führen und gleichzeitig anderer Leute läppische Problemchen zu lösen, dann meine Schwester.

»Sag's mir einfach. Schnell.«

So schnell ich konnte, sagte ich: »Ich muss Bobby vom Flughafen abholen, aber ich habe ja keinen Führerschein. Leihst du mir eine Kreditkarte, damit er sich ein Taxi nehmen kann?«

»Ein Taxi vom Flughafen hierher kostet ein Vermögen.«

»Ich weiß, aber er wartet ...«

»Nimm meinen Führerschein und das Auto. Du kannst dir auch eine Kreditkarte von mir leihen, bis deine neuen da sind.«

»Meinst du das ernst?«

»Klar doch, Annie, du siehst genauso aus wie ich. Das merkt kein Mensch, und außerdem hast du meine Erlaubnis.«

113

»Julie…«

»Mach's einfach, ja?«

»Danke. Soll ich Lexy wecken und sie mitnehmen, damit du in Ruhe arbeiten kannst?«

»Bring mir einfach das Babyphon rauf. Ich halte die Ohren offen. Ich bin hier sowieso bald fertig.«

Damit beeilte sie sich, zu ihrer Konferenz zurückzukommen. Unten in der Küche schaute ich in ihr Portemonnaie und begriff wieder, was sie meinte. Es würde tatsächlich niemandem auffallen, wenn ich mir für ein paar Stunden ihre Identität ausborgte. Als Teenager hatten wir uns oft als die andere ausgegeben, einfach nur so zum Spaß. Auch unsere jeweilige Unterschrift beherrschten wir perfekt. Ich nahm mir ihren Führerschein, den Fahrzeugschein und die Versicherungskarte und dazu noch eine Kreditkarte, für alle Fälle. Der Autoschlüssel hing an einem Haken neben der Küchentür. Und mit Julies Wagen zu fahren war der reinste Traum.

Ich fand Bobby geduldig wartend auf einer Bank vor dem Flughafen, vertieft in mein zerlesenes Exemplar des *Tagebuchs der Daisy Goodwill*, das ich ihm schon vor längerer Zeit empfohlen hatte. Danach hatte es monatelang auf seinem Nachttisch gelegen. Er hatte wohl erst angefangen, es zu lesen, nachdem ich ihn verlassen hatte. Ich liebte weitschweifige, mäandernde Romane, die nur über die Charaktere Spannung erzeugten. Bobby war eher ein Fan historischer Romane, und mir war sofort klar, dass er das Buch von Carol Shields jetzt nur las, weil er eine Verbindung zu mir schaffen wollte. Weil er mich vermisste. Er hatte die Beine lang ausgestreckt und an den Knöcheln gekreuzt, sein kleiner Wochenendkoffer stand gleich daneben. Als er mich kommen sah, sprang er so unvermittelt auf, dass er dabei den Koffer umstieß und seine Seite im Buch verschlug.

»Tut mir leid, dass ich so spät bin«, sagte ich.

»Das macht doch nichts.«

Ich umarmte ihn. Er roch so wundervoll, wie ein zufällig erhaschter Hauch von Holzfeuer an einem kalten Tag. Ich sog seinen Duft noch einmal ein und fühlte mich in den vergangenen Herbst zurückversetzt, kurz vor Lexys Geburt, als wir uns zu Hause auf dem Sofa vor den Kamin gekuschelt hatten.

Er verstaute das Buch in der Außentasche des Rollkoffers, dann machten wir uns auf den Weg zum Parkplatz, wo das Auto stand.

»Du bist mit Julies Wagen da?«, bemerkte Bobby.

»Heute bin ich Julie.«

Bobby konnte der Versuchung nicht widerstehen, sich ans Steuer dieses wunderschönen Wagens zu setzen, und ich hatte nichts dagegen, ihn fahren zu lassen – sein Führerschein war ja so ziemlich das Einzige, was ich nicht hatte sperren lassen müssen. Er steuerte mit einer Hand, drehte mit der anderen an der Musikanlage und chauffierte uns trotz allem in weniger als einer Stunde nach Great Barrington. Bei Bobby wirkte einfach alles leicht. Ich fand es wunderbar, mit ihm im Auto die Straße entlangzubrausen und so zu tun, als sei alles in Ordnung. Wahrscheinlich hatte er den Affärenordner im Koffer. Aber keiner von uns beiden erwähnte ihn.

Als wir das Haus erreichten, wartete Julie schon mit dem Mittagessen auf uns. Sie hatte ihr Büro für heute geschlossen – bei der Gegenseite war es wohl inzwischen auch endlich Samstag geworden – und war offensichtlich in Feierstimmung. Unser Leben in dieser Woche war so ruhig gewesen, dass Bobbys Ankunft geradezu zum Ereignis wurde. Julie empfing ihn mit großem Hallo und einer Umarmung und setzte ihn dann ans Kopfende des Esszimmertisches. Wir saßen rechts und links von ihm, und Lexy thronte auf seinem Schoß. Julie hatte einen Strauß Blumen aus dem Garten auf den Tisch gestellt, und wir verzehrten die Hühnchen-Sandwiches mit Estragon, die sie gemacht hatte. Der Geflügelsalat, den ich gestern schon zubereitet hatte, gehörte zu den Gerichten, die umso besser wurden, je länger sie zogen, und so war er heute noch viel köstlicher als am Tag zuvor. Und Julie hatte es zu meiner Überraschung sogar geschafft, den übrig gebliebenen Laib Ciabatta aufzuwärmen, so wie ich es ihr gezeigt hatte: das Brot ein wenig anfeuchten und kurz bei schwacher Hitze in den Ofen legen. Außerdem hatte sie den Eistee verlängert und einen frischen Obstsalat zubereitet, mit Zitronensaft und einem Zweiglein von der wilden grünen Minze, die draußen in wahren Unmengen wuchs.

»Im *Eagle* steht, dass Zara Moklas' Leiche am Montag zurück nach Ungarn gebracht wird«, sagte Julie. »Ihr Onkel ist hergekommen, um sie abzuholen.«

»Ich habe seit Tagen nichts mehr darüber in der Zeitung gelesen«, sagte ich. »Irgendwie habe ich auch das Gefühl, die Ermittlungen kommen nicht recht vom Fleck. Sie werden wohl nie herausfinden, wer es wirklich war.«

»Und diesen Typen haben sie auch nicht gefunden?«, fragte Bobby. »Diesen Thomas …?«

»Soiffer.« Der Name hatte sich mir auf ewig ins Gedächtnis gebrannt. Wenn ich ihn hörte oder auch nur an diesen Namen dachte, sah ich wieder die Blutlache vor mir und hörte von neuem den Fehlarm.

»Nein, nie«, sagte Julie.

Hinter dem Fenster in Bobbys Rücken hellte sich der Nachmittag effektvoll auf, nachdem sich eine Wolke beiseitegeschoben hatte. Der Rasen vor Julies Haus wirkte mit einem Mal fast künstlich grün. Zwei Vögel landeten zeitgleich auf dem Gras und fingen an, darin herumzupicken.

»Also.« Julie stand auf, um den Tisch abzuräumen. »Wer möchte Kaffee? Bobby? Ich glaube, ich mache mir einen.«

116

»Nein danke, ich möchte keinen.« Er hob Lexy hoch und schnupperte an ihrem Hinterteil. »Ich glaube, hier braucht jemand eine frische Windel.«

Während Bobby mit Lexy nach oben ging, half ich Julie beim Aufräumen. Das Babyphon stand inzwischen in der Küche neben dem Telefon, und wir hörten, wie Bobby der Kleinen die Windel wechselte und mit irgendetwas herumhantierte. Dann vermutete ich, dass sie unruhig wurde, denn ich hörte ihn murmeln: »Willst du zu Mama? Ist es mal wieder Zeit für Mama?« Und wie aufs Stichwort begann Milch aus meinen Brüsten zu tropfen.

»Soll ich ihr die Flasche geben?«, fragte Julie.

»Nein, ich glaube, ich stille sie lieber.«

»Lass das Geschirr, ich kümmere mich darum.«

Ich zog die Gummihandschuhe aus, ging nach oben und begegnete meiner Familie, meinen beiden, in der oberen Diele, auf dem Weg zu mir. Bobby und Lexy hatten genau dasselbe Lächeln, nur war ihres zahnlos und dadurch viel entzückender. Als wir noch alle zusammen waren, war meine Liebe zu ihnen nicht nur gleich stark, sondern vollkommen vermischt gewesen: Die Liebe zur einen war auch die Liebe zum anderen, wie zwei Zahnräder, die ineinandergriffen, wie ein Echo. Bobby aus diesem Gefühlsgemisch herauszulösen, das war ein brutaler, emotionaler Eingriff, und jetzt, da ich die Arme um beide schloss, kam es mir völlig unmöglich vor.

Ich stillte Lexy in dem Schaukelstuhl im Gelben Zimmer, Bobby streckte sich auf dem Bett aus und sah uns zu. Er hatte seinen Koffer am Fuß des Bettes abgestellt – ich nahm an, dass es ein Reflex gewesen war, denn die Schlafsituation war noch ungeklärt, und zumindest ich ging eigentlich davon aus, dass er wieder in dem Zimmer mit dem Pinienzapfen schlafen würde. Ich verspürte das unwiderstehliche Bedürfnis, den idyllischen Augenblick zu zerstören. Sonst würden wir uns am Ende nur wieder annähern, ohne irgendetwas geklärt zu haben.

»Hast du den Ordner dabei?«, fragte ich.

Er seufzte. »Ja.«

»Im Grunde können wir doch auch jetzt schon darüber reden.«

Bobby machte den Koffer auf. Der Pappordner lag ganz zuoberst, auf seinen gefalteten Kleidern. Er setzte sich im Schneidersitz auf das Bett, schlug den Ordner auf und legte seine schöne, breite Hand auf die erste Seite. Diese Finger, die Sehnen von Knochen zu unterscheiden wussten, die so fachmännisch Muskeln massierten und die Schmerzen zahlloser Strafgefangener gelindert hatten.

»Diese Kreditberichte sind ein solches Kauderwelsch«, fing er an. »Ich glaube, ich bin sie mindestens zwanzigmal durchgegangen und habe beim besten Willen nichts... nun ja... *Interessantes* finden können.«

Interessant wäre sicher nicht das Wort gewesen, das ich gewählt hätte. Aber davon abgesehen hatte er recht: Die ellenlangen Kreditberichte mit ihren Auflistungen, Codes und Kennziffern waren schier unmöglich zu lesen. Ich konnte mir lebhaft vorstellen, wie sehr es ihn frustriert hatte, diesen endlosen, undurchschaubaren Unterlagen irgendwelche Informationen entlocken zu wollen. Alles Bürokratische war ihm verhasst, so absurd das auch erscheinen mochte angesichts der Tatsache, dass er sein ganzes Berufsleben im Staatsdienst verbracht hatte. Trotzdem hatte ich kein bisschen Mitleid mit ihm. Ich hatte mich schließlich auch durch diese vertrackten Zahlenreihen gekämpft – warum sollte ihm das dann erspart bleiben? In den beiden Monaten, seit ich die Berichte von den drei großen Kreditauskunftsagenturen angefordert hatte, hatten erst meine und jetzt auch Bobbys eifrig suchende Finger die Ränder der Blätter ganz wellig werden lassen.

»Aus den Berichten kann man auch nicht viel entnehmen«, sagte ich. »Es sind in der Hauptsache die Kreditkartenabrechnungen. Und die E-Mails. Du solltest dich vor allem darauf konzentrieren.«

»Das ist mir schon klar. Ich habe mir die Abrechnungen ja auch angeschaut. Und ich habe bei allen Einzelhändlern und Firmen angerufen, von denen die Beträge abgebucht wurden, die wir uns nicht erklären können.«

Einzelhändler. Firmen. Abgebucht. Offensichtlich hatte er sich wirklich ans Telefon gehängt. Seit wir zusammen waren, hatte Bobby sich nie näher mit einer Abrechnung oder auch nur mit einem unserer zahlreichen Konten beschäftigt. Manchmal fragte ich mich, wie er eigentlich so lange ohne mich überlebt hatte. Wahrscheinlich hatte er einfach immer alle Rechnungen pünktlich bezahlt und sich nie darum gekümmert, ob es vielleicht Abweichungen gab, über die man sich beschweren konnte. Und er war ja auch immer wunderbar durchgekommen mit dieser Haltung fröhlicher Ignoranz. Bis jetzt.

Jetzt blätterte er die zusammengehefteten Kreditberichte um und näherte sich dem Stapel von Abrechnungen, die ich mit gelbem Textmarker und einem Rotstift bearbeitet hatte. Ich sah, dass inzwischen noch blaue Markierungen dazugekommen waren: Bobbys Beitrag. Das machte mir Hoffnung. Auf eine ganz merkwürdige Weise vergrößerten diese blauen Unterstreichungen in ihrer Ernsthaftigkeit meine Bereitschaft, die Möglichkeit in Betracht zu ziehen, dass er vielleicht doch unschuldig war. Wenn nicht, dann wären diese Markierungen ja dokumentierte Lügen, die aus seiner Untreue einen echten Betrug machen würden.

»Ich habe jeden einzelnen Betrag angefochten, aber es wird natürlich Wochen dauern, bis wir da etwas hören«, sagte Bobby.

»Na ja, Bobby, einer von uns beiden muss die Sachen wohl gekauft haben. Und ich war es nicht.«

»Aber ich war es auch nicht.« Er sah mich eindringlich an, wie um mir etwas klarzumachen, was ich einfach nicht begreifen wollte. »Irgendetwas stimmt hier nicht, Annie.«

Am liebsten hätte ich losgelacht... oder nein, nicht gelacht, eher losgeheult. Da waren wir wieder in der altvertrauten Sackgasse: Irgendetwas stimmte nicht, aber wir wussten nicht, was es war, und er war nicht bereit, irgendeine Verantwortung dafür zu übernehmen.

»Gib's doch endlich zu, Bobby.«

»Ich werde ganz sicher nicht lügen, nur um diesen Konflikt zu beenden.«

»Sie hat dir *Liebesbriefe* geschrieben.«

»Annie, diese E-Mails sind nicht echt.«

Das war ja wohl die Höhe! Er behauptete, sie wären nicht echt? Mir erschienen sie durchaus echt mit all dem Bobbybob und Lovyluv und den detaillierten Beschreibungen seines Körpers beim Sex. Ich kam mir vor wie die letzte Idiotin, weil ich tatsächlich immer noch hier saß und mir diesen Schwachsinn anhörte.

»Weißt du was, Bobby? Vergiss es einfach. Es ist vorbei. Wir können das nicht ständig von neuem durchkauen.«

»Annie...«

Mit diesem einen, überstrapazierten Wort, meinem Namen, schien alle Luft aus dem Zimmer zu schwinden. Plötzlich befanden wir uns Zehntausende von Kilometern weit über den Wolken, in einer Welt ohne Sauerstoff.

»Ich werde einen Ermittler darauf ansetzen«, sagte Bobby. Er saß jetzt auf dem Bettrand, angespannt am ganzen Körper und offensichtlich nicht bereit, mich das, was ich begonnen hatte, einfach so wieder stoppen zu lassen. »Er kommt am Montagabend vorbei. Er ist so eine Art Computerexperte, und er wird alle unsere Dateien, unser ganzes System, bis ins Kleinste durchkämmen. Wenn du also Antworten brauchst, Annie, damit du wieder nach Hause kommst, dann werde ich dafür sorgen, dass du sie auch bekommst.«

Er kam auf uns zu und strich Lexy übers Haar, dann nahm er meine Hand. Seine Handfläche fühlte sich warm und vertraut an. »Annie, Liebste, ich bitte dich, gib mich nicht so einfach auf. Ich werde alles tun, was in meiner Macht steht, um diese Sache aufzuklären.«

Mir blieb nichts anderes übrig, ich musste ihm noch eine Chance geben. Aber ganz langsam und bedächtig. Und so schlief er in dieser Nacht in dem Zimmer mit dem Pinienzapfen, während ich allein in meinem hübschen Bett im Gelben Zimmer lag und mich von Lexys sanften, regelmäßigen Atemzügen einlullen ließ, bis ich schließlich einschlief.

Am nächsten Morgen blieb ich länger im Bett als sonst und ließ mir auch mit dem Stillen Zeit. Als ich nach unten kam, stand bereits Frühstücksgeschirr in der Spüle. Ich machte mich daran, Lexy auf ihr Frühstücksmassaker vorzubereiten, wie wir inzwischen dazu sagten, weil es immer eine Riesenmatscherei gab und man einen weiträumigen Bereich rund um ihren Hochstuhl freilassen musste. Als die Schüssel mit dem Reisbrei halb leer war – und ich nur hoffen konnte, dass Teile davon auch in ihrem Bauch und nicht ausschließlich im Gesicht, auf dem Lätzchen, dem Hochstuhl und dem Boden gelandet waren –, warf ich einen Blick aus dem Fenster und sah Bobby und Julie aus der Ferne näher kommen. Sie gingen auf das Haus zu, offensichtlich auf dem Rückweg von einem Spaziergang die Straße entlang. Ich fragte mich, wie lange sie wohl schon zusammen draußen waren und worüber sie wohl gesprochen hatten. Ganz sicher über Lexy. Wahrscheinlich auch über Zara. Und über mich.

121

Julie trug meine hellgrüne Caprihose, Flip-Flops, die vermutlich auch von mir waren, weil das sonst so gar nicht ihr Stil war, und das Batikshirt mit dem Buddha. Im Grunde entsprach ihr Aufzug sehr viel mehr mir als ihrer üblichen eleganten Erscheinung. Es wirkte sonderbar vertraut, sie dort mit meinem Mann zu sehen, denn ich sah *uns*, Bobby und mich, und doch waren wir es nicht. Es waren ja Bobby und Julie. Ganz eindeutig. Für ein ungeschultes Auge sahen sie wahrscheinlich schon wie Annie und Bobby aus, aber sie waren es nicht. Ich sah den Unterschied. Sie hielten einen guten halben Meter Abstand voneinander. Wenn Bobby und ich zusammen spazieren gingen, neigten wir uns ständig unwillkürlich einander zu, wir kamen uns sehr nahe, durchbrachen die Einsamkeit des anderen. Bobby und ich teilten etwas miteinander, was die beiden da draußen nicht hatten, etwas Unsichtbares, aber dennoch emotional Greifbares. Das war es, was uns zum Paar machte… oder uns früher zum Paar gemacht hatte.

Ich dachte an Lovyluv, den Störenfried. Sie war in unser Dasein als Paar eingedrungen und hatte es zerstört. Ich dachte an Bobby, der zugelassen hatte, dass eine Fremde zwischen uns trat, und der so störrisch an der falschen Version festhielt, der einfachen Version, nach der im Grunde gar nichts passiert war. Er schien nicht zu erkennen, was wirklich wichtig war, obwohl ihm das gerade entglitt. Ich dachte an Julie, meine geliebte, unglaubliche Zwillingsschwester, die mich so sehr beeinflusste, einfach nur, weil es sie gab und weil sie mich auf eine Weise spiegelte, die jedes Erlebnis viel intensiver machte. Ich dachte an meine Mutter, die schon so lange tot war, dass es schwerfiel zu glauben, dass sie tatsächlich einmal am Leben gewesen und ich einmal in ihrem Körper herangewachsen war, und an meinen Vater, der die Herzlosigkeit besessen hatte, seine Familie gleich zweimal zu verlassen: einmal mit der Scheidung und einmal durch den Tod. Ich dachte an meine eigene Tochter, die jede Faser meines Lebens durchdrang. Und schließlich dachte ich auch an mich selbst, und mir wurde klar, dass ich nie lange genug allein gewesen war, um zu wissen, wer ich überhaupt war.

In diesem kurzen Augenblick, während ich Julie und Bobby zusammen sah, bevor sie sich wieder aus dem Rahmen des Fensters wegbewegten, hatte ich einen ganz merkwürdigen Gedanken: Wenn ich jetzt eine Waffe hätte, könnte ich durch den leeren Raum zwischen ihnen hindurchschießen. Es war eine erschreckende Vorstellung, ich wusste beim besten Willen nicht, warum ich so etwas dachte. Ich kratzte mit dem Löffel ein wenig Brei vom Tischchen des Hochstuhls und schob ihn Lexy in den Mund.

Dann fiel mir plötzlich wieder ein, wie ich im Herbst zuvor hochschwanger auf dem Schießplatz des Gefängnisses gewesen war, zusammen mit Bobby und ein paar anderen Kollegen, um das jährliche Schießtraining zu absolvieren. Wir trugen alle Ohrstöpsel und Schutzbrillen und leerten den Inhalt unserer Neun-Millimeter-Magazine in eine schwarzweiße, zweidimensionale Figur, die vom vielen Training schon ganz durchlöchert war. Plötzlich kam mir der Gedanke, dass auch ich diese Figur sein könnte, was für ein gutes Ziel ich abgeben würde, schwanger, wie ich war. Ich sah zu Bobby hinüber und überlegte, ob er wohl in der Lage war, seine Gefühle und Ängste, seine ganze Phantasie aus diesen Schießübungen herauszuhalten, oder ob auch er, wie ich, immer wieder daran denken musste, wie zynisch und absurd es eigentlich war, dass ausgerechnet wir als Physiotherapeuten hier an der Fähigkeit arbeiteten, ein Leben auszulöschen. *Erst gesund pflegen, dann erschießen.* Doch Bobby bemerkte meinen Blick nicht einmal. Er war völlig konzentriert, sein Zeigefinger drückte auf den Abzug, und die Kugeln schlugen ganz präzise in die Figur in der Ferne ein. Er erledigte eine Aufgabe und machte das gut.

Das beeindruckte mich einerseits, ließ mich aber andererseits mit einem Gefühl großer Einsamkeit zurück. Warum machten wir das eigentlich? Was genau bezweckten wir mit diesem eifrigen Training? Wovor fürchteten wir uns? Ich für meine Person machte mir keine Illusionen darüber, dass ich wohl kaum in der Lage sein würde, einen Gefangenenaufstand mit einer einzelnen Waffe und ein paar Kugeln niederzuschlagen. Und in diesem Augenblick hatte ich gewusst, dass ich nicht mehr im Gefängnis arbeiten wollte. Mein persönlicher Einsatz hier war offenbar einigermaßen nutzlos, wenn ich gleichzeitig lernen musste, mich gegen meine Patienten zu verteidigen. Es gefiel mir nicht. Ich gehörte da nicht hin. Eine solche Arbeit war nichts für mich.

Dieses Gefühl des Isoliertseins hallte auch jetzt noch in mir nach. Die Erinnerung an den Moment, als mir klar wurde, dass ich gehen würde, obwohl ich damals noch gar nichts von Lovyluv wusste. Ich konnte gar nicht sagen, warum der kurze Anblick von Bobby und Julie gemeinsam draußen vor dem Fenster mir dieses Gefühl so lebhaft in Erinnerung rief, doch mir war plötzlich klar, dass ich niemals erfahren würde, worüber sie tatsächlich gesprochen hatten, weil ich ihnen beiden fern war, meinem Ehemann und meiner Zwillingsschwester. Nicht nur die Fensterscheibe trennte mich von ihnen. Wir waren uns einfach nicht richtig nah. Ich betrachtete Lexys wunderschönes, reisverklebtes Gesichtchen und spürte, dass eines künftigen Tages auch unsere Verbundenheit nachlassen würde. Und der Gedanke war mir unerträglich.

Ich spülte die Schüssel und den Löffel, wischte meiner Tochter mit einem feuchten Tuch das Gesicht ab und säuberte den Hochstuhl und den Boden ringsum. Dabei sagte ich mir immer wieder: *Hör auf damit, denk nicht ständig an solche Sachen.* Vor mir lag ein langer Tag, durchsetzt von allen möglichen komplizierten Abschieden: von meinem Mann, meiner

Schwester, meinem Kind. Heute Abend würde ich allein nach Manhattan aufbrechen. Ich würde zwei Tage und Nächte fort sein. So lange war ich noch nie von Lexy getrennt gewesen. Wahrscheinlich war ich deswegen so nervös.

Oben zog ich mir schnell etwas über, wickelte Lexy und zog sie an. Dann nahm ich meine Kamera, ging zurück nach unten und setzte Lexy in ihren Kinderwagen. Ich hoffte, dass Julie und Bobby noch draußen unterwegs sein würden. Ich wollte zu ihnen.

Sie waren noch draußen, und ich fand sie rasch, auch wenn sie streng genommen nicht mehr unterwegs waren. Sie saßen auf einer Bank unter einer Trauerweide in Julies weitläufigem Garten. Die fedrigen Zweige des Baumes endeten gut anderthalb Meter über dem Rasen, sodass ich die beiden deutlich sehen konnte: Julie hatte sich zurückgelehnt und die Beine übereinandergeschlagen, Bobby saß vorgebeugt da, die Ellbogen auf die Knie gestützt, das Kinn auf den Fäusten. Er hatte sich so gedreht, dass er sie ansehen konnte, und sie waren in ein intensives Gespräch vertieft. Ich war vielleicht zehn Meter von ihnen entfernt, sie hatten mich noch nicht gesehen. Also hockte ich mich hin, nahm die Verschlusskappe vom Objektiv, zoomte sie heran und stellte das Bild scharf. Ich war neugierig darauf, wie sie auf einem Foto wirken würden, bar aller persönlichen Beziehungen – obwohl es mir nicht leichtfiel, mir vorzustellen, dass ich jemals ein Foto dieser beiden Menschen unvoreingenommen betrachten könnte, ob nun allein oder zusammen. Und doch schien es mir den Versuch wert zu sein. Ich würde es so behandeln wie einen Rorschach-Test, um meine spontane Reaktion zu überprüfen.

Ich hatte ein knappes halbes Dutzend Bilder gemacht, dann war Lexy mit ihrem »Dadadadada«-Gebrabbel nicht mehr zu überhören. Julie winkte uns zu, Bobby stand auf und kam uns entgegen. Ich sah rasch im Stehen die Bilder durch und stellte

125

mit einer merkwürdigen Mischung aus Enttäuschung und Erleichterung fest, dass sie mir nichts Neues zu bieten hatten. Selbst auf diesen Fotos konnte ich Julie nicht als rein körperliche Erscheinung sehen. Für mich sah sie einfach nicht aus wie ich. Und Bobby zu sehen, in wie vielen Dimensionen auch immer, rief immer noch viele ungeklärte Gefühle in mir wach. Das letzte Bild allerdings hielt einen Moment fest, der mir selbst beim Fotografieren entgangen war: Auf Bobbys Gesicht lag ein Ausdruck des Missfallens, während er Julie zuhörte.

Bobby schob den Kinderwagen zum Haus zurück, ich ging neben ihm her.

»Was hat Julie da eben noch zu dir gesagt?«, fragte ich ihn.

Er schüttelte nur den Kopf und zwang sich zu einem Lächeln. An den dunklen Ringen unter seinen Augen sah ich, dass auch er nicht besonders gut geschlafen hatte. »Ich habe ihr von dem Computermenschen erzählt, den ich angeheuert habe, und da hat sie mir ein bisschen die Leviten gelesen.«

»Wieso denn?«

»Weil ich damit nur Zeit und Geld vergeude. Ich soll dir doch entweder endlich die Wahrheit sagen oder dich ein für alle Mal in Ruhe lassen. Nicht, dass es mich überraschen würde, dass sie in allem so denkt wie du. Ihr zwei seid eben einfach ...« Er brach ab. Bisher war er immer sehr zurückhaltend damit gewesen, eine Meinung über Julie und mich zu äußern. Verständlicherweise: Schließlich hörten Menschen, die sich so nahestanden wie Zwillinge oder Ehepartner, nie gern Kommentare von Außenstehenden. »Aber ich werde diesen Computerspezialisten auf die Sache ansetzen, ob Julie das nun gut findet oder nicht. Übrigens geht mein Flugzeug in drei Stunden. Besteht die Möglichkeit, dass ich noch einmal chauffiert werde? Julie hat mir zwar angeboten, mich hinzubringen, aber ehrlich gesagt ...«

»Schon gut, ich fahre dich.« Zum Packen blieb mir auch

später noch genügend Zeit. Ich wollte erst abends nach New York fahren, um noch so viel Zeit wie möglich mit Lexy zu verbringen. Ich fand es grauenvoll, sie verlassen zu müssen, selbst für zwei Tage.

Am Ende fuhren wir dann alle gemeinsam zum Flughafen. Vielleicht suchte Julie ja einen Vorwand, aus dem Haus zu kommen, vielleicht war sie auch einfach nur so sauer auf Bobby, dass sie ihn nicht mit ihrem Wagen fahren lassen wollte – wir wussten schließlich alle, dass er das tun würde, sobald sich ihm die Gelegenheit bot. Also fuhr sie, ich saß neben ihr, und Bobby saß mit Lexy auf dem Rücksitz. Die ganze Fahrt über lauschten wir schweigend der Jazzmusik aus dem Radio.

Am Flughafen blieb Julie mit dem Kinderwagen zurück, und ich brachte Bobby zum Gate. Wir umarmten uns, und weil ich der weichen Haut hinter seinem Ohr einfach nicht widerstehen konnte, küsste ich ihn dorthin. Er drückte seine Lippen in mein Haar. Ich spürte, wie sehr ich ihn liebte. Und trotzdem flüsterte ich ihm ins Ohr: »Sag mir, wie sie heißt.«

Er seufzte und griff nach seinem Rollkoffer. »Morgen Abend weiß ich mehr. Wenn es nicht zu spät wird, rufe ich dich hinterher noch an. Und sonst Dienstagmorgen.«

»Es würde mir einfach helfen, es zu wissen.« Zu wissen, wie sie hieß. Er verstand ganz genau, was ich meinte.

Er grinste, lachte sogar, doch es war ein freudloses Lachen. »Viel Glück in New York.«

Jedes Mal, wenn ich mich von Bobby trennte, hatte ich das Gefühl, innerlich komplett ausgesaugt zu werden. Beim letzten Mal war ich allein im Gelben Zimmer und hatte die Trauer zulassen können. Doch hier am Flughafen ging das nicht. Ich schluckte allen Schmerz, alle Verlustgefühle hinunter und ging zurück zu Julie, die inzwischen mit dem Kinderwagen vor einem kleinen Kiosk stand, der die neuesten Ausgaben sämtlicher Zeitschriften und ein reichhaltiges Sortiment an

Kaugummis vorrätig hatte. Noch ehe ich ganz dort war, hörte ich von der anderen Seite eines freistehenden Zeitschriftenständers eine bekannte Stimme: »Hallo! Das ist ja eine Überraschung, Sie hier zu treffen! Haben Sie Ihr Portemonnaie denn wiedergefunden?«

»Nein, leider immer noch nicht«, antwortete Julie.

»Wie ärgerlich. Das ist ein solcher Aufwand. Ich habe auch mal mein Portemonnaie verloren, und es hat Monate gedauert, bis wirklich alles geklärt war.«

Ich erkannte die Stimme: Es war die Verkäuferin von Gatsby's, bei der ich die Sweatshirts gekauft und mit der ich tags darauf noch wegen des Portemonnaies telefoniert hatte. Dann wurde die Stimme plötzlich höher und zuckersüß: »Und du? Heute gar kein Partnerlook mit Mama?«

Einen Augenblick lang war ich verwirrt, doch dann begriff ich. Sie hatte erst Julie begrüßt, die ihr neues Sweatshirt trug, und jetzt sprach sie mit Lexy, die ihres nicht anhatte. Und sie verwechselte Julie mit mir. Ich hielt mich noch ein wenig zurück. Es war immer lustig zu sehen, wie Leute, die uns nicht kannten, reagierten, wenn plötzlich die zweite Zwillingsschwester auftauchte und den Irrtum aufklärte. »*Wissen Sie, was? Ich bin gar nicht die Mama.*« – »*Aber natürlich sind Sie das!*« – »*Nein, nein, ich bin Tante Julie. Mama Annie ist da drüben.*« Doch diesmal bekam ich einen ganz anderen Wortwechsel zu hören.

Julie lachte. »Das Shirt meiner reizenden kleinen Tochter hat ein paar Breiflecken abbekommen und musste in die Wäsche.«

»Ach so? Na, hoffentlich bleichen die Farben nicht aus, wenn Sie es zu oft waschen.«

»Daran hätte ich auch vorher denken können. Aber Sie wissen ja, wie das ist. Mit der Geburt geht einem mindestens die Hälfte der Gehirnzellen flöten.«

»O ja, das kenne ich. Ich habe vier Kinder … alle schon erwachsen. Gerade bin ich auf dem Weg, um mein erstes Enkelkind zu besichtigen. Ich muss mich beeilen, sonst verpasse ich noch das Flugzeug.« Als sie den Kiosk verließ, ging die Frau an mir vorbei und drehte sich auf dem Weg zu ihrem Gate noch einmal um, sichtlich verwirrt.

Über die Jahre hinweg hatten Julie und ich nichtsahnenden Leuten viele Streiche gespielt, indem wir uns als die jeweils andere ausgegeben hatten. Aber jetzt hatte sie meines Wissens zum ersten Mal so getan, als wäre sie die Mutter meiner Tochter. Oder nein, korrigierte ich mich, es war bereits das zweite Mal: Als ich den Fehlarm-Mann im Garten getroffen hatte, war er der Meinung gewesen, er hätte mich bereits mit Lexy in der Küche gesehen. Diese Situation war nur insofern anders, als ich Julies Täuschungsversuch miterlebt hatte. Und er störte mich. Dennoch konnte ich ihr aus ihrer tiefen Liebe zu meinem Kind keinen Vorwurf machen, das war schließlich ganz natürlich. Aber ich würde noch am Abend allein nach Manhattan fahren, und plötzlich war ich außerordentlich beunruhigt. Allerdings war es ja auch ganz normal für eine Mutter, ihr Kind nicht verlassen zu wollen, zumal, wenn es noch so klein war. Ich holte tief Luft, um den angstvollen Knoten im Magen wieder verschwinden zu lassen, und nahm mir aktiv vor, die nächsten zwei Tage, die Julie mit Lexy verbringen würde, als mein Geschenk an sie zu betrachten. Anschließend würden wir alle wieder in die Realität zurückkehren.

Ich ging um den Zeitschriftenständer herum, als hätte ich den kleinen Laden gerade erst betreten, und Lexy streckte sofort die Arme nach mir aus. Ich bückte mich, schnallte sie los, hob sie aus dem Sportwagen und drückte sie fest an mich. Ich sog ihren süßen Babyduft ein, diese Mischung aus Puder und Milch. »Hmm«, flüsterte ich ihr ins Ohr. »So ein süßes Baby und gehört mir ganz allein.«

Weder Julie noch ich erwähnten die Gatsby-Verkäuferin. Julie kaufte sich noch eine Zeitschrift, dann gingen wir zum Wagen zurück, und sie fuhr uns nach Hause. Auf der Fahrt erzählte ich ihr, dass ich abends mit dem letzten Bus in die Stadt fahren wollte, aber sie überredete mich, stattdessen ihren Wagen zu nehmen. Wir einigten uns darauf, dass sie sich meinen neuen Führerschein leihen würde, der am nächsten Tag in der Post sein müsste, und auch meinen Mietwagen. Wenn ich wieder in Great Barrington war, würden wir alles zurücktauschen.

Ich hatte es nicht eilig mit dem Aufbruch. Nach dem Mittagessen spielte ich mit Lexy, und während sie ihr Mittagsschläfchen hielt, pumpte ich noch etwas Milch ab, damit auch ganz sicher genug da war. Dann packte ich meine Tasche, und nach einer einfachen Pasta zum Abendessen stillte ich Lexy ein letztes Mal vor dem Aufbruch. Als ich ihr die Windeln wechselte und sie in ihren Schlafanzug steckte, fiel mir plötzlich ein, dass ich gar kein Foto von ihr dabeihatte.

Sobald sie friedlich in ihrem Bettchen lag und schon fast schlief, schlich ich mich mit dem Fotoapparat aus dem Zimmer und ging an den Zweitcomputer in dem kleinen Loft. Ich hatte seit Tagen keine Bilder mehr heruntergeladen, und es dauerte ein paar Minuten, die mehr als hundert Fotos in das Bildprogramm zu importieren. Da waren sie, die Bilder von neulich, als ich Porträtaufnahmen von Julie und Lexy gemacht hatte, zusammen und einzeln. Es waren auch ein paar Fotos von Lexy und mir dabei, die Julie gemacht hatte. Die wollte ich mir für die Reise ausdrucken. Doch als die Verkleinerungen auf dem Bildschirm erschienen, lauter winzig kleine Fotos, auf denen kaum etwas zu erkennen war, konnte selbst ich Julie und mich nicht mehr auseinanderhalten. Es war ein seltsames, verstörendes Gefühl. Ich klickte die Bilder nacheinander an und vermutete, *hoffte*, dass man den Unterschied in der Vergrößerung doch noch sehen würde.

Und man sah ihn auch. Ich war erschrocken und erfreut zugleich darüber, wie klar die Bilder zeigten, dass Julie Julie war und ich ich. Das Objektiv offenbarte die grundlegenden Unterschiede zwischen uns. Die Fotos, die Julie und Lexy zusammen zeigten, waren Familienfotos von Tante und Nichte, aber nicht von Mutter und Tochter. Ich war selbst überrascht über die tiefe Befriedigung, die ich dabei empfand, und spürte instinktiv, dass ich Julie besser nichts von dieser Empfindung erzählen sollte. *Sie ist neidisch*, dachte ich, als ich eins der Fotos betrachtete, auf dem Julie und Lexy einander anlächelten, *neidisch, weil ich Kinder bekommen kann und sie nicht*. Es war eine einfache Feststellung, die mich in dem Moment jedoch härter traf als je zuvor. Einen Augenblick lang war ich versucht, alle Bilder zu löschen, sowohl vom Computer als auch von der Speicherkarte meiner Kamera, sie einfach verschwinden zu lassen und mit ihnen auch Julies Neid, Bobbys Untreue und Zaras Tod... und den Tod von Mom und Dad. Viel zu viele heftige Gefühle hatten sich auf dieser idyllisch-ländlichen Straße angesammelt. Aber was hatte das letztlich für einen Sinn? Selbst wenn ich die Bilder löschte, würden die Gedanken ja doch nicht verschwinden.

Ich entschied mich für ein Foto, auf dem ich Lexy auf dem Arm hielt und wir uns beide so gedreht hatten, dass wir einander anschauten. Das druckte ich mir aus. Eine halbe Stunde später saß ich allein in Julies Wagen, mit ihren Papieren und einem Koffer mit genügend Wäsche, um zwei Tage und zwei Nächte in der Großstadt zu überstehen.

Ich saß schweigend da, im Dunkeln, in der Kälte. Dort drinnen in dem großen roten Haus mit seinen vielen, warmerleuchteten Fenstern war meine Schwester mit meinem Baby. Lexy begriff noch nicht, dass ich diesmal länger fort sein würde als bisher. Eigentlich konnte ich doch einfach wieder hineingehen und die ganze Sache vergessen. Ich wollte nicht fahren, aber irgendwie war der Plan bereits angerollt. Ich war überzeugt davon, das Richtige zu tun. Und dann auch wieder nicht. Machte ich am Ende wirklich einen dummen Fehler? Immerhin beteuerte Bobby weiterhin eisern seine Unschuld. Und ich hörte immer wieder Detective Lazares Warnung: »Irgendwann werden Sie sich möglicherweise noch damit trösten müssen.« Womit denn? Was wusste ich schon mit Sicherheit? Hatte ich Bobby am Ende nur verlassen, weil ich meine Stelle aufgeben und aus Kentucky fort wollte? Weil meine Hormone so lautstark tobten, dass der gesunde Menschenverstand nicht mehr dagegen ankam? Aber da waren doch die Kreditkartenabrechnungen. Und die Liebesbriefe. Die Beschreibungen seines Körpers.

Ich ließ Julies Wagen an und fuhr los, fort von dem Haus.

Kapitel 5

Erst spät am Abend kam ich in der Zweitwohnung meines Vaters an der East Fifty-Sixth Street an. *Zweitwohnung*: So hatte er sie genannt, als wir noch Kinder waren, als er noch lebte und wir von Zeit zu Zeit aus unserem Haus in Conneticut in die Stadt kamen. Es war eine heruntergekommene Studiowohnung, die er als aufstrebender junger Autor gemietet hatte, und sie hatte sich als eines dieser Geschenke erwiesen, die einem manchmal einfach in den Schoß fallen. Als die Wohnungen in dem Haus Ende der Achtziger in Genossenschaftswohnungen umgewandelt wurden, hatte er das Studio zu einem Spottpreis gekauft – die beste und vermutlich einzige Investition, die er je getätigt hatte. Nach seinem Tod hatten Julie und ich die Wohnung geerbt, und als wir volljährig wurden, beschlossen wir, sie zu behalten. Warum auch nicht? Ein komplett abbezahltes Standbein in der Stadt der Städte. Natürlich eignete sie sich eigentlich weder für mich und meine Familie, noch entsprach sie Julies exklusivem Geschmack. Aber trotzdem: Sie gehörte uns.

Ich schleppte meinen Koffer und den Kleidersack die fünf Treppen hinauf. Wie nicht anders zu erwarten, war es stickig in der Wohnung, und ich riss als Erstes beide Fenster auf. Nachtluft drang herein und mit ihr die angenehme Kühle des Frühlings, und ich fühlte mich ein wenig zu Hause. Dieser kleine Raum war mir so vertraut: Vier cremeweiß gestrichene Wände umschlossen ein 24 m² großes Zimmer mit einer mehr

133

als vier Meter hohen Decke. Der kleine, verstaubte Kronleuchter, den kein Mensch erreichen konnte, das alte Klappbett, das bereits dort gewesen war, als unser Vater hier einzog, ein kleiner Tisch, zwei mit aufwendigen Schnitzereien verzierte Holzstühle. Die Küche bestand aus ein paar altersschwachen Geräten, die sich in einer Ecke zusammendrängten, es gab weder Arbeitsflächen noch Schubladen und statt eines Hängeschranks nur ein paar staubige Regalbretter. Das Ganze war eine ziemliche Bruchbude und wahrscheinlich die einzige Wohnung in diesem Genossenschaftshaus, die noch nie renoviert worden war. Aber ich war dennoch froh, hier zu sein. Ich legte meinen Koffer geöffnet auf den Tisch, putzte mir die Zähne, klappte das Bett aus und bezog es neu. Dann zog ich mich aus, pumpte etwas Milch ab, die ich in den Kühlschrank stellte, und ging schlafen.

Um sechs Uhr war ich schon wieder wach. Die Orientierungsveranstaltung begann erst um zehn, also pumpte ich ab und ging dann zum Frühstücken in das Diner, wo unsere Eltern früher immer mit uns zum Mittagessen hingegangen waren, bei unseren gemeinsamen Ausflügen nach New York. Ich kaufte mir eine New York Times, setzte mich auf einen Barhocker mit rissigem Vinylpolster, tunkte Toastscheiben in ein weiches Ei und trank einen koffeinfreien Kaffee, der ganz vorzüglich schmeckte. Es war recht merkwürdig, ganz allein hier zu sein, ohne Familie, ohne Lexy. Ich vermisste sie geradezu schmerzlich, versuchte aber dennoch, alle Zweifel von mir fernzuhalten und mich zu zwingen, mein Programm genau so durchzuziehen, wie ich es geplant hatte.

Die Orientierungsveranstaltung würde ein Kinderspiel sein. Es war ein großer Krankenhauskonzern, bei dem einmal im Monat solche Veranstaltungen für neue Mitarbeiter stattfanden. Man wurde mit den Hausregeln vertraut gemacht, füllte weitere Formulare aus, und die Leute dort bekamen die Möglichkeit, einen noch einmal persönlich in Augenschein zu nehmen, für den Fall, dass sich der externe Personalmanager doch total vergriffen haben sollte. Nach der Veranstaltung wollte ich mich eigentlich auf Wohnungssuche machen und den Nachmittag und den kommenden Tag damit verbringen, doch jetzt beschloss ich spontan, dass das auch noch warten konnte. Ich vermisste Lexy einfach viel zu sehr, um länger hierzubleiben als unbedingt nötig. Sobald ich im Krankenhaus fertig war, würde ich wieder nach Great Barrington zurückfahren.

Ich trank meinen Kaffee aus und ging in Dads Wohnung zurück, um zu duschen und mich umzuziehen. Ich fühlte mich innerlich seltsam wund – mir war nur allzu klar, dass dieser Tag absolut entscheidend sein würde. Entweder würde ich ein neues Leben beginnen oder weiter auf der Stelle treten, und das hing sehr davon ab, was Bobby mir nach seinem Termin mit dem Computer-Ermittler erzählen würde. Ich zog das Kostüm an, das ich schon vor zwei Jahren bei dem Bewerbungsgespräch um die Stelle im Gefängnis getragen hatte: Mit seinem langweiligen Beige wirkte es neutral und ungefährlich. Dann föhnte ich mir die Haare. Schminke, Strumpfhose, Schuhe mit hohen Absätzen. Sobald ich den Job unter Dach und Fach hatte, würde ich das Kostüm wieder weghängen, bis zum nächsten Stellenwechsel. Und weil ich viel zu nervös war, um noch länger in dem kleinen Studio herumzusitzen und zu warten, machte ich mich auf den Weg.

Das Krankenhaus lag ganz im Westen, zwischen der Ninth und der Tenth Avenue, und ich beschloss, zu Fuß zu gehen (wobei ich die hohen Absätze schnell bereute). Ich war in New York schon immer gern zu Fuß gegangen, und heute passte ich in meinem Businesskostüm auch noch perfekt in den morgendlichen Menschenstrom, der durch die Straßen der Großstadt floss. Die Morgenluft war frisch und anregend. Ich fragte mich, wie lange es wohl dauern würde, bis ich mich hier

135

wieder heimisch fühlte. Und dann, als ich an die Kreuzung Seventh Avenue/Columbus Circle kam, stellte ich fest, wie lange es doch schon her war, dass ich dieses Fleckchen Erde zuletzt betreten hatte.

Das alte Coliseum war verschwunden, wie ausradiert. An seiner Stelle stand jetzt ein riesiges, glitzerndes Einkaufszentrum. Natürlich hatte ich schon von den Veränderungen gehört, aber jetzt sah ich sie zum ersten Mal mit eigenen Augen, und das war ebenso unglaublich wie erschreckend. Mein erster Impuls war, dieses Bauwerk abscheulich zu finden, einfach nur, weil es anders war, weil es eine meiner uralten Erinnerungen an Manhattan zerstörte, die mir keineswegs lieb und teuer gewesen war, mir aber jetzt, da sie fort war, auf einmal fürchterlich fehlte. Doch dann verspürte ich eine gewisse Neugier und überquerte die Straße. Es war noch nicht einmal neun Uhr, ich hatte also noch ein bisschen Zeit. Ich zog die schwere Glastür auf und trat ein.

Das Einkaufszentrum war ein gewaltiger Bau, ein Tempel des Kommerzes, errichtet aus Stahl und Granit. Ich war durchaus in der Lage, ein Shopping-Paradies zu erkennen, wenn ich eines vor mir sah, und so spazierte ich fröhlich durch den Eingangsbereich, vorbei an riesigen, sechs Meter hohen Metallskulpturen nackter Riesen (o ja, echte Kunst, auch hier, schließlich ist der Mensch ja mehr als nur ein einkaufendes Tier) und an strahlenden Schaufenstern, die mit ihren luxuriösen Auslagen lockten. Dinge, Dinge, Dinge, überall, die einen förmlich zum Eintreten herausforderten. Ich fuhr mit der Rolltreppe zur nächsten Etage hinauf und sah sofort, dass der wichtigste Laden hier die Filiale einer großen Buchhandelskette war, während die anderen Geschäfte sich zu beiden Seiten um eine Art Vorhalle mit weiteren Kunstwerken gruppierten, die allesamt mit eindrucksvollen Preisschildern versehen waren. Auch auf der nächsten Etage erwartete mich eine weitere Vorhallengalerie voller fünfstelliger Zahlen-Kunstwerke und eine Samsung-Filiale als Hauptattraktion.

Eine Vitrine in der Vorhalle zog meine Aufmerksamkeit auf sich. Es war eine Art flaches Panorama, wie man es hin und wieder sieht, eine Stadt im Miniaturformat. Aus der Nähe sah ich, dass es sich um einen computeranimierten Stadtplan handelte. Mit einer kleinen Handbewegung konnte man die einzelnen Viertel heranzoomen, die jeweils durch ein Symbol oder Wahrzeichen vertreten waren: eine Pappschachtel mit Essstäbchen für Chinatown, ein Dollarschein für die Wall Street, eine buntbemalte Leinwand für SoHo, ein Espressotässchen für Little Italy und so weiter durch die ganze Stadt. Sonst interessierten mich solche technischen Spielereien nicht besonders, aber das hier machte so viel Spaß, dass ich schon bald darauf vor dem Geschäft selbst stand und durch eine gewaltige Glasscheibe schaute, über der ein riesiges Schild eine *Samsung Experience* ankündigte. Die Hightech-Gimmicks, die hier präsentiert wurden, waren so brandaktuell, dass man sie teilweise noch gar nicht kaufen konnte: winzig kleine Mobiltelefone, federleichte Laptops und riesengroße Fernsehapparate mit hübsch eingerichteten Wohnräumen ringsum, in denen man sitzen und sich tatsächlich vorstellen konnte, gemütlich zu Hause auf der Couch zu fläzen, vor dem eigenen Riesenfernsehbildschirm. Als ich mich wieder von dieser »Erfahrung« abwandte, war ich fast ein bisschen high. Doch dieses Gefühl verwandelte sich rasch in Verwirrung, als ich plötzlich … Clark Hazmat erspähte, der in der Vorhalle stand und sich den animierten Stadtplan ansah. Die Haare waren anders, aber die Tätowierung mit dem grinsenden Totenkopf am rechten Oberarm war unverkennbar.

Clark Hazmat. Ich konnte es gar nicht glauben. Im Jahr zuvor hatte er noch während seiner Haftstrafe bei uns im Gefängniskrankenhaus ausgeholfen. *Netter Kerl*, hatten Bobby und ich immer über ihn gesagt, ein Kleinkrimineller, ein Computerhacker, kein echter Verbrecher. Aber das war natürlich leicht gesagt, solange er sich noch hinter Gittern befand. Ihn jetzt hier zu sehen, draußen, in Freiheit, das war ein echter Schock für mich. Meine Gedanken hüpften wie Kieselsteinchen über die glitzernden Wasser des politisch korrekten Verhaltens, unter deren Oberfläche düstere und sehr viel realere Vorurteile lauerten wie halb betrunkene Harpyien (*Gefängnis Strafgefangener Verbrecher schuldig gefährlich Angst verwundbar Zara Mörder verfolgt mich tot*). Schließlich versanken diese Gedanken in den Tiefen automatischer Verurteilung. Ich machte ihn ohne viel Federlesens zur Bedrohung, obwohl er sich in der physiotherapeutischen Klinik als zuverlässige Unterstützung erwiesen und ich ihn eigentlich immer gemocht hatte. Aber das Entscheidende war der Kontext. Dort war er ungefährlich gewesen, hier wurde er zur Gefahr. Punkt. Und warum war er überhaupt hier? Es juckte mich schon in den Fingern, Detective Lazare anzurufen und ihn zu fragen, ob Clark Hazmat vielleicht auf seiner Liste kürzlich entlassener Strafgefangener stand.

Doch noch ehe ich mich in Richtung Rolltreppe davonschleichen konnte, hatte er mich schon entdeckt.

»Miss Milliken? Hey! Ich bin's! Clark, aus der alten Heimat!« Verschwörerisches Zwinkern. Ich schaute mich um. Außer uns war niemand zu sehen. Aber vermutlich hatten wir uns hier draußen einfach grundsätzlich so zu verhalten, als wären wir niemals zusammen im Bau gewesen.

Clark war klein und seine Umarmung innig. Im Gefängnis war es den Insassen streng verboten gewesen, uns auch nur zu berühren, und so hatte ich gar nicht gewusst, wie herzlich er war. Er trug Aftershave, eine enorme Verbesserung zu dem gleichförmigen Schweißgeruch, der den allermeisten Gefängnisinsassen anhaftete, unabhängig davon, wie sie es mit der persönlichen Sauberkeit hielten. Nach der Umarmung traten wir beide einen Schritt zurück und lächelten einander an. Clarks Gesicht wies immer noch Reste jugendlicher Akne auf, wofür er ja nichts konnte. Gegen seine Frisur musste er meines Erachtens allerdings dringend etwas unternehmen. Der Gefängnis-Einheitsschnitt war zu einem krausen Wildwuchs geworden: vorne lockig und bauschig, im Nacken lang, dazwischen kurz gestutzt. Außerdem trug er einen gewaltigen, buschigen Schnurrbart. Am liebsten hätte ich ihn gefragt, wozu all diese Haarmassen denn plötzlich gut sein sollten. Doch ich tat, als würden sie mir gar nicht auffallen.

»Clark! Was machen Sie denn hier? Wie schön, Sie zu sehen!«

»Ja, ja, das sagen sie alle.« Er grinste und nickte eifrig. Er hatte schon immer einen sehr speziellen, trockenen, zurückhaltenden und etwas eigentümlichen Sinn für Humor gehabt. »Ich bin auf Jobsuche. Hilfskellner oder so was. Gerade hab ich mich in dem Schicki-Micki-Schuppen da oben vorgestellt. Per Say.« Ich hatte schon vom Per Se gehört, das als eins der derzeit besten Restaurants von Manhattan galt, aber mir war nicht klar gewesen, dass es hier war. »Der Laden ist ein echter Puff. Der Typ hat mir mehr oder weniger klar gesagt, dass die Preise immer feststehen. Und als ich auf dem Weg nach draußen die Karte gesehen hab, war mir alles klar: zweihundertzehn pro Nase, nur fürs Mittagessen. Ich dachte, mich trifft der Schlag. Und dann war der Typ auch noch so was von arrogant. Ich weiß genau, dass ich nie wieder was von dem hören werde. Und das, wo ich doch so viel Erfahrung hab.«

So viel Erfahrung. Clarks Strafregister fächerte diese Erfahrung auf: Sie reichte von Bagatelldelikten bis hin zu schwerem Diebstahl. Im Fachjargon galt er als nicht gewalttätiger Wiederholungstäter. Weil ich ihn nicht kränken wollte, sparte ich mir die Frage, ob er seinem potenziellen Arbeitgeber denn eigentlich seinen vollständigen Lebenslauf präsentiert hatte – und auch die Frage, warum er sein scheußliches Tattoo so offen zeigte. Mir war klar, dass es eine echte Herausforderung für ihn darstellte, sich einen neuen Platz zwischen all den gesetzestreuen Bürgern dieser Gesellschaft zu erobern. Wahrscheinlich fing er auch deshalb so weit unten an, als Hilfskellner, obwohl er sicher auch etwas Repräsentativeres und besser Bezahltes hätte finden können, etwa einen Einstiegsjob in irgendeinem Büro.

»Sie können doch mehr, als nur als Hilfskellner arbeiten, Clark.«

»Glauben Sie?«

»Aber ja.«

»Vielleicht haben Sie recht. Vielleicht verkaufe ich mich unter Wert und sollte was anderes versuchen als diese Restaurant-Scheiße. Das Problem ist nur…« Er brach ab. Alle ehemaligen Strafgefangenen stießen immer wieder an dasselbe Hindernis.

»Ihre Vergangenheit, ich weiß. Aber Sie haben Ihre Strafe doch abgesessen, und es gibt Gesetze, die besagen, dass man Ihnen noch eine Chance geben muss, es besser zu machen.«

»Gesetze.« Er grinste abfällig.

»Manche Leute halten sich daran.«

Clark lächelte. Damals, im Knast, wie er wahrscheinlich gesagt hätte, hatten wir oft über die verschiedenen Arten von Menschen gesprochen. In seiner Welt war man so lange schuldig, bis die Unschuld bewiesen war – in meiner Welt war es genau umgekehrt. Unsere Diskussionen waren immer freundschaftlich verlaufen und hatten manchmal richtig Spaß gemacht, aber es war uns nie gelungen, uns gegenseitig von unserem jeweiligen Standpunkt zu überzeugen.

»Und was führt Sie hierher?«, fragte er jetzt.

»Ich habe im Gefängnis gekündigt. Jetzt habe ich eine neue Stelle hier in der Stadt.«

»Sie machen wohl Witze!«

Ich schüttelte nur lächelnd den Kopf.

»Und was ist mit Mr. Goodman?« Ein weiteres Augenzwinkern. »Ich dachte, der hat so 'ne Art Lebensstelle im Knast.«

»Er ist immer noch dort.«

Clark nickte düster, und die Haare wippten dabei. »Schade. Ich dachte, das hält mit Ihnen beiden.«

»Es ist auch nur eine vorübergehende Trennung, für etwa ein Jahr, bis er seinen Rentenanspruch geltend machen kann. Wir sehen uns an den Wochenenden.«

Clark sah mich an, als würde ich ihm Märchen erzählen. Tat ich ja auch. Aber hier ging es schließlich um mein Privatleben.

»Wissen Sie, was man über Fernbeziehungen sagt?«

»Nein, was denn?«

»Die sind nur was für Zugvögel.«

Ich musste lachen. »Da ist allerdings was dran!«

»Und, wer hat wen verlassen? Ich meine, mal abgesehen davon, dass Sie aus dem heimischen Nest geflüchtet sind.«

»Niemand hat irgendwen verlassen.«

»Sie erzählen mir totalen Bullshit, wenn ich das mal so sagen darf.«

Ich sah ihn fassungslos an. »Das war jetzt aber wirklich unpassend.«

»Ich hab Sie einfach beide immer gern gehabt. Sie waren so nett zu mir da im Krankenhaus, das war das Einzige, was mich vom Durchdrehen abgehalten hat, das können Sie mir glauben. Mr. Goodman ist einer, der sich in alles so richtig reinhängt, er verdient gut, er ist 'ne ehrliche Haut. Was kann man denn sonst noch von 'nem Kerl erwarten?«

»Dass er treu ist.« Es war mir schon herausgerutscht, bevor ich es zurückhalten konnte, und damit war es auch schon egal. »Er hat mich betrogen, Clark. Jetzt wissen Sie's.«

141

»Mr. G.?«

Ich nickte.

»Dann haben Sie ihn wohl in flagranto ertappt?«

Ich wusste nicht, ob ich lachen oder weinen oder losbrüllen oder mich einfach nur auf dem Absatz umdrehen sollte. »Nein, ich habe ihn nicht in flagranti ertappt, aber ich habe genügend andere Beweise.« Und bevor ich noch recht wusste, was ich tat, war ich schon dabei, ihm die ganze Geschichte zu erzählen. Innerhalb kürzester Zeit sprudelte alles aus mir heraus, ich fühlte mich nackt und bloß, und vor mir stand Clark Hazmat, nickte mitfühlend und machte ein furchtbar trauriges Gesicht. Ich kam mir blöd vor, fühlte mich furchtbar exponiert. Und als wäre das noch nicht schlimm genug, traten mir auch noch die Tränen in die Augen. Ich konnte mich immerhin gerade noch davon abhalten, richtig loszuheulen.

Clark drückte mir freundschaftlich den Arm. »Also, ich hätte das ja nie von Mr. Goodman gedacht. Aber Beweise sind Beweise, oder?«

»Ich habe alles schwarz auf weiß.« Ich kramte in meiner Handtasche nach einem Taschentuch und trocknete mir die Augen, damit die Wimperntusche nicht verlief. Dann hob ich den Arm, um mit betont theatralischer Geste auf die Uhr zu sehen. »Aber ich muss jetzt wirklich los. Sollten Sie jemals in einer physiotherapeutischen Praxis arbeiten wollen, schreibe ich Ihnen gern eine Empfehlung.« Ich musste mich sehr zusammenreißen, um bei dieser Bemerkung nicht selbst zusammenzuzucken, aber ich musste das Gespräch jetzt unbedingt beenden. Und meine Orientierungsveranstaltung begann ja auch tatsächlich in einer halben Stunde.

Ehe ich mich's versah, hatte er mir eine schreiend orangefarbene Visitenkarte in die Hand gedrückt. CLARK HAZMAT, PRIVATMANN stand darauf, darunter eine Telefonnummer.

»Verstehen Sie? Privatmann. Das gibt dem Ganzen 'ne persönliche Note.«

Diesmal war mein Lächeln echt. Auf irgendeine verschobene Weise hatte ich Clark wirklich gern. Irgendwie. Er reichte mir einen Kuli und eine weitere Karte, mit der Rückseite nach oben.

»Schreiben Sie mir Ihre Telefonnummer da drauf. Jetzt, wo ich wieder draußen bin, hab ich mir gesagt, ich muss mit den guten Leuten in Kontakt bleiben.«

Was blieb mir anderes übrig? Ich schrieb ihm meine neue Handynummer auf.

»Danke, Miss M. Wir bleiben in Kontakt, ja? Jeder braucht doch irgendwann mal neue Freunde, hab ich recht?«

»O ja.«

Er umarmte mich, und ich erwiderte die Umarmung, dann flüchtete ich zur Rolltreppe. Während ich mich durch die Vorhalle im Erdgeschoss und wieder auf die Straße hinaus schlängelte, wurde mir zunehmend unwohler dabei, dass ich Clark gegenüber so offen gewesen war. Immerhin war er ein verurteilter Straftäter, er hatte eine Gefängnisstrafe abgesessen, weil er mit seinen Hackertalenten Informationen ausspioniert hatte, die ihn absolut nichts angingen. Was hatte ich mir bloß dabei gedacht? Auf dem Weg zum Krankenhaus rief ich Detective Lazare an.

»Ich bin hier in Manhattan und bin gerade zufällig einem ehemaligen Insassen meines Gefängnisses über den Weg gelaufen. Er heißt Clark Hazmat. Steht der auf Ihrer Liste?«

»Warten Sie, ich schaue mal nach.«

Nach den paar Minuten, die ich brauchte, um die Fifty-Eighth Street entlang zur Ninth Avenue zu gehen, wo ich am Ende des Häuserblocks bereits den Eingang zum Krankenhaus sehen konnte, meldete sich auch der Detective wieder zurück.

143

»Ja, er steht drauf, aber er ist sauber. Keinerlei Verbindung, weder zu Zara Moklas noch zu Thomas Soiffer. Meine Leute haben mit ihm gesprochen. Aber machen Sie sich keine Gedanken, er weiß nicht, worum es ging.«

»Es war nur so seltsam, er stand einfach da, als ich gerade aus einem Geschäft kam … als hätte er auf mich gewartet.«

»Wenn Sie wollen, behalten wir ihn ein bisschen im Auge.«

»Danke«, sagte ich. Und dann: »Detective Lazare … das Fenster … haben Sie da Fingerabdrücke gefunden?«

»Nur von den Leuten, die es eingebaut, und von denen, die die Alarmanlage installiert haben. Kein Thomas Soiffer. Und auch kein Clark Hazmat, falls Sie das beruhigt.«

Mich und *beruhigen* – das war inzwischen fast ein Widerspruch in sich.

»Ja«, sagte ich. »Das beruhigt mich.«

»Sie sind also in Manhattan …«

»Heute ist die Orientierungsveranstaltung für meine neue Stelle. Das hatte ich Ihnen doch erzählt.«

»Ja, ich erinnere mich. Ich dachte nur, ich hätte Sie heute Morgen mit Ihrer Kleinen in der Stadt gesehen.«

Kaum hatte er es ausgesprochen, sah ich Julie und Lexy vor mir: Sie spazierten die Main Street entlang, Lexy hatte ein speckiges Beinchen über den Seitenrand ihres knallroten Kinderwagens gelegt, am einen Griff hing eine Einkaufstasche. Es machte mich unwahrscheinlich glücklich, die beiden zu sehen, auch wenn es nur eine Phantasievorstellung war.

»Das war dann Julie«, sagte ich. »Sie passt auf Lexy auf, während ich hier bin.«

»Sie ziehen das also wirklich durch.«

»Sind Sie verheiratet, Detective?«

Nach kurzem Schweigen antwortete er: »Ja.«

»Und wie lange schon?«

»Seit dreißig Jahren.«

»Ich gratuliere. Und ich hoffe, Sie haben einander inzwischen all Ihre Geheimnisse offenbart.«

»Nicht jeder hat Geheimnisse, Annie.«

»Ich muss jetzt Schluss machen.«

»Übrigens, wo wir gerade von Geheimnissen reden: Clark Hazmat heißt nicht wirklich so. Sein richtiger Name ist Jesús Ramón Hazamattian.«

»Ach du liebe Güte!«

»Immerhin hat er sich nicht Clark Kent genannt. Hazmat ist doch gar nicht so schlecht. Wahrscheinlich ist er nach einer langen Autofahrt mit vielen Brücken und Tunneln darauf gekommen.«

Ich musste an das allgegenwärtige Schild auf den Highways denken: NO HAZMATS. Das war die Abkürzung für *hazardous materials*, Gefahrengüter. Der perfekte Name für Clark.

»Sie rufen mich aber an, falls ich mir seinetwegen doch Sorgen machen muss?«, vergewisserte ich mich.

»Ja, das mache ich.«

»Gibt es etwas Neues von Thomas Soiffer?«

»Absolut nichts. Aber Sie brauchen sich auch seinetwegen keine Sorgen zu machen, Annie. Wir interessieren uns einfach nur für ihn, weiter nichts.«

Am liebsten hätte ich darauf erwidert: *Interessieren kann man sich für jeden*. Doch ich entschied mich für eine simple Verabschiedung. »Danke, Detective. Jetzt muss ich aber wirklich Schluss machen.«

Inzwischen stand ich im Eingangsbereich des Krankenhauses, wo reger Betrieb herrschte und ein Schild an der Wand dazu aufforderte, alle elektronischen Geräte abzuschalten. Lazare verabschiedete sich, ich schaltete mein Handy aus und steckte es wieder in die Handtasche. Der Mann an der Information ließ sich meinen Namen und den Grund meines

145

Besuchs nennen, telefonierte kurz und reichte mir dann einen Aufkleber mit meinem Namen, der mich als Gast auswies. Ich zog das Schutzpapier ab, knüllte es zusammen und warf es in einen unbenutzten Aschenbecher bei den Aufzügen. Mit dem grünumrandeten Namensschild am Revers fuhr ich mit dem Fahrstuhl, der nach Desinfektionsmittel roch, hinauf in den dritten Stock, wie man es mir erklärt hatte. Die Türen öffneten sich mit einem kleinen Klingeln, und ich trat in ein leeres Foyer hinaus. Rechts von mir befand sich eine breite Glastür, hinter der, wie ich vermutete, meine neuen Kollegen standen. Etwa zehn Leute, alle genauso dezent gekleidet wie ich, mit kleinen Schildchen, auf denen mit schwarzem Stift ihr Name stand.

»Annie Milliken?«

Ich wandte mich nach links. Eine Frau mit glattem, braunem Haar und einer rechteckigen Brille lächelte mich freundlich an. Sie trug eine rote Hose und auffallend spitze Schuhe und stand direkt vor einer massiven Holztür. Über ihrer weißen Seidenbluse hing ein beschichteter Ausweis, wie eine Halskette.

»Wir haben Sie schon erwartet«, sagte sie. »Würden Sie bitte kurz mitkommen?«

»Aber ich bin doch für die Orientierungsveranstaltung hier. Muss ich dann nicht da lang?« Ich deutete auf die Glastür.

»Bitte.« Das freundliche Lächeln wirkte wie festgefroren auf ihrem Gesicht. Ich bekam eine Gänsehaut davon.

»Und Sie sind …?«

»Emily Leary, Personalmanagerin. Bitte kommen Sie mit.« Sie öffnete die Tür und winkte mich herein. »Wir möchten Sie nicht in Verlegenheit bringen.«

In Verlegenheit bringen? Was sollte mich denn hier in diesem Krankenhaus, in das ich noch nie einen Fuß gesetzt hatte, in Verlegenheit bringen? Sämtliche Fehltritte, die ich im Leben begangen hatte, schossen mir durch den Kopf, als ich versuchte, mir zu erklären, warum man mich so von meinen künftigen Kollegen trennte. War mir etwa doch die Wimperntusche verlaufen, vorhin, als mir bei dem Gespräch mit Clark die Tränen gekommen waren? Oder hatte Kent, der Herrscher der fürchterlichen Festung, sich mit Ms. Leary in Verbindung gesetzt, um mir ein paar unverhoffte Steine in den Weg zu legen? Das musste es sein. Meine künftigen Vorgesetzten hatten sich vor der Orientierungsveranstaltung genauer über mich informiert, wie sie es ja auch angekündigt hatten, und waren dabei in den zweifelhaften Genuss einer Unterhaltung mit Lord Kent höchstpersönlich gekommen. Der Kerl war wohl noch viel hinterhältiger, als ich geglaubt hatte. Aber ich war überzeugt davon, dass es nichts gab, was ich nicht aus dem Weg räumen konnte.

»Vielen Dank.« Ich lächelte höflich und folgte Ms. Leary durch die Tür in einen hellerleuchteten Gang. Unsere Ledersohlen klapperten unrhythmisch über den glänzenden Linoleumboden. Wir sprachen nicht, wir gingen einfach lächelnd weiter, bis wir an eine Tür mit einem metallenen Türschild kamen. PERSONALMANAGER stand darauf. Ms. Leary öffnete die Tür und ließ mich vorausgehen, und ich trat in ein freundliches Vorzimmer mit einem blauen Teppichboden, das ihr Büro von der Außenwelt abschirmte.

Ich hörte ihr leises, geflüstertes »Tut mir wirklich leid«, als sie die Tür wieder hinter mir schloss. Sie selbst blieb draußen auf dem Flur.

Was tat ihr leid? Verwirrt drehte ich mich wieder zur Tür. Da traten plötzlich zwei Polizisten der Stadt New York aus dem Büro in das Vorzimmer mit seinem unbesetzten Empfang. Der größere war offenbar zum Gesprächsführer bestimmt worden.

»Anais Milliken?« Er sprach meinen Namen *Anneis* aus,

und ich kämpfte den Drang nieder, ihn zu verbessern: *Nein,
Anna-iis.*

Es gelang mir, den Mund zu halten. Ich antwortete einfach
nur: »Ja.«

Der kleinere löste ein Paar Handschellen von seinem gut
bestückten Gürtel. Ohne mir in die Augen zu sehen, fasste
er mein rechtes Handgelenk, so sanft wie ein Partner beim
Abschlussball, der das Ansteckbukett befestigen will. Dann
zog er mir beide Hände auf den Rücken und legte mir die
Handschellen an.

»Was soll das? Wo ist diese Frau hin? Was geht hier eigentlich vor?«

»Anais Milliken, ich verhafte Sie wegen schweren Diebstahls. Sie haben das Recht zu schweigen. Sie dürfen Rechtsbeistand beantragen. Alles, was Sie von nun an sagen oder tun,
kann vor Gericht gegen Sie verwendet werden…«

Teil zwei

Kapitel 6

Die großen, vergitterten Fenster des Polizeireviers Midtown North waren so dreckig, dass kaum Licht hindurchdrang, und so wirkte der sonnige Frühlingsmorgen gleich dunkler, als wir durch die Eingangstür traten. Ich bekam die Handschellen abgenommen und wurde sofort zur Sicherheitskontrolle geführt. Ich spürte den kalten, harten Boden unter den Füßen, als ich auf Strümpfen durch die Schranke ging, um meine Handtasche und meine Schuhe wieder einzusammeln.

Die große Eingangshalle mit ihrer hohen Decke und dem Marmorboden, Relikten einer längst vergangenen Zeit, hallte von lauten Stimmen wider. Es ging geschäftig zu, es wimmelte nur so von einem bizarren Gemisch aus Polizisten, Verwaltungsbeamten und Verbrechern. Und dazwischen ich. Die beiden Beamten, die mich festgenommen hatten, manövrierten mich durch den Menschenstrom hindurch, bis wir zu einem barock anmutenden Holztresen kamen, der mit unverständlichen Graffiti übersät war: *dogeetdog, 20/2/life, poppa-ratzi.* Eine große Schwarze mit einer Goldkette über der Polizeiuniform warf mir einen bösen Blick zu und grinste dann meine Begleiter an.

»Was habt ihr für mich, Jungs?«

»Neuzugang.«

»Name?«

»Anneis Milliken.«

»Anna-iis.« Ich buchstabierte: »A – n – a – i – s.« Wenn

151

sie meinen Namen schon aufschrieb, sollte er auch stimmen. »Hören Sie, das muss ein Irrtum sein. Ich habe nichts Böses getan.«

Sie lachten alle drei, als bekämen sie das ständig zu hören. Vielleicht lag es ja auch an mir: eine Weiße im Businesskostüm, die auch noch geschwollen daherredete. Die beiden männlichen Beamten waren zwar von der Hautfarbe ebenfalls weiß, aber doch längst nicht so weiß wie ich mit meinem beigefarbenen Kostüm, dem Make-up, dem sorgfältig frisierten Haar und der deutlichen Aussprache. Andererseits gab es hier viele Weiße. Es musste doch noch etwas anderes sein, irgendein gewaltiges Missverständnis.

»Ich würde gern telefonieren«, sagte ich.

Die Frau beachtete mich gar nicht, sondern zückte nur eine große Papiertüte, auf die sie meinen Namen und das heutige Datum geschrieben hatte, und wedelte ein paar Mal damit, um sie ganz aufzubekommen. »Handy, Schlüssel, Schmuck. Taschen ausleeren, Handtasche auch. Alles da rein.«

»Wie bitte?«

»Ich sagte…«

»Ja, ja, ich habe Sie schon verstanden, aber…«

»So, Sie haben mich verstanden? Dann machen Sie's auch.« Ich tat es.

»Rauf mit ihr.«

Officer Williams (das war der Große – nachdem ich den ersten Schock der Festnahme überwunden hatte, hatte ich auf ihre Namensschilder geschaut und mein eigenes entfernt) nickte, und P.O. Kiatsis (klein, schwabbelig und bleich) fasste mich an der Schulter und legte mir wieder die Handschellen an. Ich ging zwischen ihnen, durch aufgeregte Grüppchen von Menschen hindurch, die meine Anwesenheit hier gar nicht weiter bemerkenswert zu finden schienen. Fiel denn wirklich niemandem auf, dass ich nicht hierhergehörte? Dass das alles ein furchtbarer Irrtum war? Ich versuchte, den Blick einer professionell wirkenden Dame in einem eleganten blauen Kostüm aufzufangen, aber sie schenkte mir keine Beachtung, ebenso wenig wie der kleine Mann mit dem blonden Toupet und dem freundlichen Gesicht oder die junge Frau mit dem hohen Pferdeschwanz und den großen Kreolen, die an einem Kopierer stand. Kein Mensch sah mich. Mit einem altersschwachen Aufzug rumpelten wir drei Etagen hinauf, und meine Begleiter schauten überall hin, nur nicht auf mich, während ich versuchte, in ihren ausdruckslosen Mienen zu lesen. Dann ging es einen langen Flur entlang und durch eine dicke Glastür mit der Aufschrift DETECTIVES UNIT in schwarzen Lettern, die bereits so abgeblättert waren, dass man sie kaum noch entziffern konnte, hinein in einen Raum mit vielen Schreibtischen und einer ohrenbetäubenden Geräuschkulisse, wo mich wiederum kein Mensch beachtete. Der Geruch von Hamburgern und Pommes hing in der Luft. Auf den Schreibtischen lagen die Überreste halb verzehrter, vorgezogener Mittagsimbisse: zerknüllte Pappschachteln, offene Salatschüsseln aus Plastik, Wasserflaschen, geöffnete Limodosen. Mir wurde übel, ich konnte ein Würgen nicht unterdrücken. Es war nur ein kurzes Würgen, doch es genügte, um einen der Detectives, einen stiernackigen jungen Mann in einem T-Shirt mit einem kleinen Fahrrad auf der Brust, dazu zu bringen, mir einen Blick zuzuwerfen. Er schaute aber gleich wieder weg.

Hinten an der Wand, in einer Ecke, befand sich eine schmale Zelle, in der man auf dem Präsentierteller saß wie im Zoo. Officer Williams öffnete die Zellentür, Kiatsis nahm mir die Handschellen ab. Als meine Arme wieder frei herunterhingen und ich den warmen Blutstrom in den Händen spürte, merkte ich, dass sie in der Zwischenzeit ganz taub geworden waren. Die beiden Polizisten sahen mich an. Sie warteten offensichtlich darauf, dass ich freiwillig in die Zelle ging.

»Sagen Sie mir nur eines«, bat ich. »Wer klagt mich des schweren Diebstahls an?«

»Das FBI«, antwortete Williams.

»Nein, ich meine, wer genau? Welche Firma? Wer behauptet, von mir bestohlen worden zu sein?«

»Keine Ahnung.« Sein gleichgültiger Tonfall sprach Bände: Er wusste es nicht, und es war ihm auch egal. »Es wurde Haftbefehl wegen Diebstahls gegen Sie erlassen. Wir halten Sie hier nur fest, bis das FBI da ist.«

Ich betrat die Zelle und drehte mich dann wieder zu den beiden Polizisten um. Williams schloss rasselnd die Gittertür und drehte den Schlüssel im Schloss. Jetzt war ich eingesperrt. Ganz allein. Ich war eine Strafgefangene. Als mir das klar wurde, als es so richtig bei mir ankam, wurde ich von Panik ergriffen. Die Erkenntnis, dass ich in dieser Zelle festsaß, steigerte das Verlangen, sie wieder zu verlassen, ins Unermessliche, und die Tatsache, dass ich mich nicht bewegen, nicht einfach wieder nach draußen stürmen konnte, löste ein Gefühl der Beklemmung in mir aus. Ich musste hier raus, mit jemandem reden, Hilfe holen.

»Officer Williams!«, rief ich.

Er hatte seine Aufmerksamkeit inzwischen zwei Detectives zugewandt, die ganz in der Nähe saßen und über das Baseballspiel vom Abend zuvor fachsimpelten.

Jetzt drehte er sich wieder halb zu mir um. »Die sind bald hier«, sagte er. »An der Wand ist ein Telefon. Sie haben drei Anrufe.«

»Und dann?«

Er nickte bedächtig vor sich hin, als wüsste er etwas, wovon ich keine Ahnung hatte, und seufzte tief auf, als würde ich das auch nicht begreifen, wenn er es mir erklärte. Dann schüttelte er den Kopf, als wäre ich ohnehin ein hoffnungsloser Fall, und drehte mir wieder den Rücken zu, als wäre ich gar nicht da.

Kiatsis war längst am anderen Ende des Raumes bei der Kaffeemaschine.

Als auch Williams nicht mehr zu mir hersah, fing ich an zu weinen, und als ich mir mit den Händen die Tränen abwischte, sah ich, dass die Abdrücke der Handschellen inzwischen zu rotgeschwollenen Armbändern geworden waren. Ich hatte nicht die geringste Ahnung, warum ich hier war – und trotzdem war ich hier.

Ich drehte mich um und sah mir meine Zelle an. *Meine Zelle* – großer Gott! Eine harte Pritsche als Bett, eine Stahltoilette ohne Sitz, ein winziges Waschbecken, ebenfalls aus Stahl. An der Wand hing ein quadratisches blaues Telefon mit kurzer, verdrehter Schnur und Wähltasten. Ich nahm den Hörer ab, und das Freizeichen, diese direkte Verbindung zum *Draußen*, war wie ein Wunder, wie wenn man plötzlich, aller Logik zum Trotz, in einer Muschel das Meer rauschen hört. Ich fing an zu wählen, doch schon nach vier Ziffern hörte ich das wiederholte Tuten einer nicht zustande gekommenen Verbindung. Es half auch nichts, eine Null vorzuwählen, oder sonst irgendeine Ziffer.

»So einfach ist das nicht.«

Auf der anderen Seite der Gitterstäbe stand ein fetter Mann in grauer Hose und einem billigen, blauen Hemd mit Button-Down-Kragen. Schweiß glänzte auf seiner Stirn. Er hielt einen unbeschrifteten Pappordner und einen gelben Notizblock in der Hand.

»Sollte es aber sein«, sagte ich, »wenn man schon das Handy abgenommen kriegt.«

Darüber lachte er doch tatsächlich. Dann schlug er den Ordner auf, sah ihn sich an und summte dabei vor sich hin. In der angespannten Pause, während er las und ich ihn unverwandt anstarrte, erkannte ich den Titelsong aus *Evita*. Kurze Zeit später klappte er den Ordner wieder zu und lächelte mich an.

»Anais«, sagte er und sprach meinen Namen korrekt aus. »So hätte ich meine Tochter genannt, wenn ich eine gehabt hätte.«

»Wer sind Sie?«

Er kam ein wenig näher. »Evan Shoemaker vom FBI. Sie müssen das alles hier entschuldigen. Normalerweise hätte ich mich gleich selbst um Sie gekümmert, aber wir mussten die Federal Plaza abriegeln lassen, irgendeine Anthrax-Drohung, man sollte meinen, das wäre längst durch... aber deshalb wird heute alles über die Reviere in der City abgewickelt.« Er wiederholte meinen Namen noch einmal: »Anais. Ich war gespannt darauf, Sie kennenzulernen.« Er gab mir die Hand durch die Gitterstäbe. Seine Handfläche war feucht, aber ich riss mich zusammen und zuckte nicht zurück. Vielleicht war das ja der Mann, der mich hier rausholen konnte.

»Vielen Dank, dass Sie gekommen sind«, sagte ich und meinte es ganz ernst. Doch als ich es aussprach, klang es wie eine gewollt witzige Bemerkung, die angesichts meines verheulten Gesichts auch noch ziemlich danebenging. Shoemaker griff in die Hosentasche und reichte mir ein zerknautschtes Taschentuch. »Ich weiß noch immer nicht, warum ich eigentlich hier bin«, fuhr ich fort. »Die Polizisten wollten mir nichts sagen.«

»Sie belegen spezielle Pokerface-Kurse auf der Polizeischule. Das dient im Grunde nur dazu, die Verhaftung zu beschleunigen und Sie so schnell wie möglich hierherzubringen, damit ich Sie dann so schnell wie möglich wieder rausholen kann.«

Er lächelte. Es war ein nettes Lächeln, und ich erkannte, dass sich unter all dem Fett ein durchaus attraktiver Mann verbarg. Dann machte er Officer Williams ein Zeichen, ihm die Zellentür aufzuschließen, und kam zu mir herein. Er setzte sich neben mich auf die Pritsche und warf einen weiteren Blick in meine Akte. Während er las, fiel mir auf, dass seine Nägel per-

fekt maniküert waren. Er trug sogar farblosen Nagellack. Sein
Atem allerdings roch leicht säuerlich, wenn er ausatmete.

»Da muss ein Irrtum vorliegen«, sagte ich. »Ich wollte zu
einer beruflichen Orientierungsveranstaltung. Ich bin Physiotherapeutin.«

Er sah mich aus hellbraunen Augen an, die mir sanft und
verständnisvoll erschienen, wie ein sicherer Hafen. Bis er den
Mund aufmachte. »Schwerer Diebstahl, steht hier, Veruntreuung von Staatsgeldern. Das ist eine Straftat. Sie müssen mit
einer langen Haftstrafe rechnen.«

»Aber das stimmt nicht. Man muss mich mit irgendwem
verwechseln.«

Er las mir eine Auflistung von Daten vor, die allesamt auf
mich zutrafen. Das war eindeutig ich: mein Name, mein Ge-
burtsdatum, mein Geburtsort, meine Anschrift in Kentucky,
mein Familienstand, mein Kind, alles bis hin zu Körpergröße,
Haar- und Augenfarbe.

Wie war das möglich?

»Wer hat die Anklage erhoben?«, fragte ich.

Er fuhr mit dem Finger über eine Seite der Akte und hielt
dann inne. »Die staatliche Gefängnisverwaltung von Lexington, Kentucky, steht hier. Medizinische Abteilung.«

Als ich das hörte, drehte sich mir der Magen um. Mein
Gesicht wurde klamm und kalt, mir wurde schwindlig. Ich
schaute zur Toilette hinüber, um rechtzeitig hinstürzen zu
können.

»Tief durchatmen«, sagte Shoemaker.

Ich folgte seinem Rat, holte zweimal tief Luft. Dann war
die Übelkeit vorbei.

»Agent Shoemaker, Sie müssen mir zuhören.«

»Deswegen bin ich ja hier.«

»Bis vor kurzem war ich noch selbst beim staatlichen Ge-
sundheitsdienst. Ich habe in diesem Gefängnis in Lexington

157

gearbeitet, aber ich habe niemals irgendwelche Gelder veruntreut. Ich bin keine Diebin. Allerdings habe ich gekündigt, und ich fürchte, mein ehemaliger Chef versucht jetzt irgendwie, Rache zu nehmen.«

»Wenn das tatsächlich so ist«, erwiderte er ruhig, »dann dürfte es nicht weiter schwierig sein, das zu beweisen.«

»Ich möchte jetzt bitte telefonieren.«

Er ging zum Telefon, gab einen Code ein, um die Verbindung nach draußen herzustellen, und reichte mir dann den Hörer. »Bitte schön.«

Zuerst versuchte ich es bei Julie, erreichte sie aber weder zu Hause noch auf dem Handy. Dann dachte ich an Bobby. Er musste schon bei der Arbeit sein, er konnte direkt mit Kent reden und herausfinden, was da los war. Ich erreichte ihn gleich beim ersten Versuch und erzählte ihm alles.

»Gut, Annie«, sagte er mit der entschlossenen Stimme, die ich so gut kannte. *Ich baue uns einen Stuhl, ich kann den Baum auch selbst zurückschneiden, ich will mich mit fünfundvierzig zur Ruhe setzen, wir werden heiraten, ich hole dich aus dem Gefängnis.* »Ich werde jetzt zweierlei tun. Oder nein, dreierlei. Als Erstes werde ich ein paar Leute anrufen und dir einen Anwalt besorgen. Du sagst von jetzt an nichts mehr, zu niemandem. Versprochen?«

»Ja, versprochen.«

»Danach werde ich mit Kent reden. Langsam habe ich diesen Wichser wirklich dicke, ich werde also nicht mehr diplomatisch sein. Wenn er dahintersteckt, mache ich ihn kalt.«

»Danke«, sagte ich und versuchte mit aller Kraft, nicht gleich wieder in Tränen auszubrechen. »Bobby, kannst du bitte auch Julie anrufen? Ich habe sie nicht erreicht. Sag ihr, dass es mir gutgeht.«

»Das mache ich. Und ich setze mich so bald wie möglich ins Flugzeug. Mach dir keine Sorgen, Annie.«

Keine Sorgen? Sorgen waren gar kein Ausdruck mehr, ich war halb wahnsinnig vor Panik. Allein im Gefängnis, mitten in Manhattan, während mein Kind fast zweihundertfünfzig Kilometer von mir entfernt war. Als ich auflegte, merkte ich, dass bereits Milch meine Bluse durchweichte. Mir blieb nichts anderes übrig, als Shoemakers Kooperationsbereitschaft zu testen.

»Ich bin Mutter, ich stille«, sagte ich. »Mein Baby ist bei meiner Schwester in Massachusetts, und meine Milchpumpe steht in der Wohnung in der Fifty-Sixth Street, wo ich abgestiegen bin.«

»Ihre was?«

»Meine Milchpumpe. Mit der ich die Muttermilch abpumpen kann, damit meine Brüste nicht explodieren.«

Die Vorstellung, dass meine Brüste tatsächlich explodieren könnten, hier in dieser kleinen Zelle, während er daneben saß, machte ihn sichtlich unruhig.

»Natürlich explodieren sie nicht im Wortsinn«, sagte ich. »Aber die Milchdrüsen können sich entzünden, und das ist eine ernstzunehmende Infektion. Wenn ich nicht bald Milch abpumpe, kann das sehr schlimme Folgen haben.« Als Lexy gerade auf der Welt war, hatte ich ein einziges Mal nicht darauf geachtet, dass meine Brüste immer mehr anschwollen, immer härter und röter wurden, und keine halbe Stunde später bekam ich plötzlich hohes Fieber. Ich strich die harten Stellen sorgfältig aus, ließ die Milch abfließen, kühlte die Brust und konnte das Unheil damit gerade noch einmal abwenden. Erst später erfuhr ich, dass solche Schwellungen zu einer ernsthaften Infektion führen konnten, mit der man gegebenenfalls sogar ins Krankenhaus musste.

Shoemaker riss ein Blatt von seinem gelben Notizblock ab und reichte es mir mitsamt seinem Kugelschreiber. »Schreiben Sie mir auf, was Sie brauchen, ich werde sehen, was ich tun kann.«

Ich schrieb ihm die genauen Angaben auf. »Vielen Dank. Entweder Sie schicken jemanden in die Wohnung und lassen meine eigene Pumpe holen, oder Sie kaufen eine neue, ich bezahle dann auch dafür.«

Er nickte. Es war ganz offensichtlich ein völlig fremdes Gebiet für ihn, aber er machte zumindest gute Miene dazu. Er nahm das Blatt mit den Anweisungen, legte Akte und Block zusammen und stand auf. Dann rief er Officer Williams, damit der ihm die Zellentür öffnete.

»Ich nehme sie mit nach Downtown«, sagte Shoemaker zu ihm.

Officer Williams legte mir wieder Handschellen an. Die wundgescheuerten Stellen an meinen Handgelenken begannen sofort zu brennen, als sie mit dem Metall in Kontakt kamen. Shoemaker gab ihm meine Liste, und Williams gab sie an Officer Kiatsis weiter, während wir den Raum durchquerten, in dem die Detectives ihrer Arbeit nachgingen. Noch nie hatte mir meine eigene Anonymität so viel Angst gemacht wie auf dem Weg durch diesen Raum voll eifriger Betriebsamkeit. Das waren dieselben Menschen, die mich so gar nicht beachtet hatten, als ich hergebracht wurde. Als ein älterer Mann mit einem Ohrring im linken Ohrläppchen mich mit einem angedeuteten Lächeln musterte, war ich keineswegs dankbar dafür, sondern empfand es nur als Scheinheiligkeit. Eine Scheinheiligkeit, die ich kannte. Ich war ja selbst einmal auf der anderen Seite dieser unsichtbaren Schranke gewesen. Im Gefängnis in Kentucky waren wir die Angestellten, und die Insassen waren die anderen. Jetzt hatte ich die Seiten gewechselt, war unversehens eine von denen geworden, die man nicht beachtete, die außerhalb der Gesellschaft standen. Ich kannte das nur zu gut aus dem Gefängniskrankenhaus: Man musste ja seine Arbeit machen, und das gelang einem am besten, wenn man nicht groß darüber nachdachte, ob die Gefangenen nun schuldig oder unschuldig waren. Letztlich wusste man vor allem, dass sie eingesperrt waren und man selbst nicht. Das war der Maßstab. Ich schenkte dem einzelnen freundlichen Detective keine Beachtung. Wahrscheinlich meinte er es nur gut, aber er konnte ja unmöglich wissen, in was für einer Zwangslage ich mich befand, und sein halbes Lächeln ließ die Schranke zwischen uns nur noch höher werden, sodass ich mich noch schlechter fühlte. Das Letzte, was ich sah, bevor ich durch die Glastür ging (deren halb abgeblätterte Aufschrift TINU SEVITCETED mich eine Sekunde lang verwirrte, bis mir klar wurde, dass es DETECTIVES UNIT hieß, nur spiegelverkehrt), war Kiatsis, der sich meine Liste durchlas und mir dann misstrauisch nachsah. Das Gefühl von Hilflosigkeit überwältigte mich schier. Würde er die Milchpumpe tatsächlich holen? Würde ich noch einmal nachfragen müssen? Würde mir überhaupt jemand zuhören?

Nachdem er das Verlegungsformular unterschrieben und die Papiertüte mit meinen Habseligkeiten an sich genommen hatte, führte Williams mich hinaus in den sonnigen Mainachmittag. Draußen: warme Frühlingsluft, Abgase und hupende Autos, die sich an der Kreuzung stauten, eine junge Frau mit einem roten Kleid und schwarzen Sandalen, ein Mann in Jeans und Lederjacke, der ins Polizeirevier stürmte, ein drahtiger Fahrradkurier, der sich auf seinem goldenen Fahrrad durch den Verkehr schlängelte. Man führte mich zu einem wartenden Streifenwagen, der uns, wie man mir gesagt hatte, zur offiziellen Registrierungsstelle bringen würde.

Shoemaker stieg vorne ein, jenseits der zerkratzten, kugelsicheren Trennwand, und ich saß allein auf dem nach Zigaretten und Schweiß stinkenden Rücksitz, auf dem sonst Tatverdächtige und Strafgefangene ihrem Urteil entgegenfuhren. Wir fuhren nach Downtown, die Häuserblocks flogen in rascher, undeutlicher Folge an uns vorbei, bis ich schließlich, zwischen ein paar gewaltigen, reichverzierten Gebäuden, die Brooklyn Bridge aufschimmern sah. Ihre Zuckerwattepfeiler wölbten sich über dem glitzernden, schieferblauen Fluss, und ich musste unwillkürlich an das Meer denken, an seine endlose Weite, an seinen Horizont, der so fern war, dass er ganz und gar unerreichbar schien. Dann versperrte mir plötzlich ein weiteres Bauwerk die Sicht, und wir hielten vor einem geradezu babylonisch anmutenden Gerichtsgebäude mit mehreren Etagen, wie eine Hochzeitstorte. Officer Williams parkte den Wagen neben ein paar anderen Dienstfahrzeugen. Shoemaker stieg aus und öffnete mir die Tür. Zu dritt schritten wir nebeneinander die breiten Stufen hinauf, zwischen großen Granitsäulen hindurch, und betraten eine weitere Vorhalle mit hohen Decken und Neunzehntem-Jahrhundert-Flair, in der uns jedoch als Erstes die Sicherheitstechnik des 21. Jahrhunderts erwartete.

Die zentrale Registrierungsstelle für Strafgefangene befand sich im Tiefgeschoss des Strafgerichts. Nach unten fuhren wir in einem viel zu grell beleuchteten Aufzug, der uns schließlich in einem Gang mit dunklem Steinboden ausspuckte. Akkurat gemalte schwarze Pfeile wiesen uns den Weg zur Registrierungsstelle. Dort wurden mir vor aller Augen die Fingerabdrücke abgenommen, indem jeder Finger einzeln über ein lilafarbenes Stempelkissen gerollt und auf das entsprechende Feld eines weißen Formulars gedrückt wurde. Ich hatte diese Prozedur schon einmal mitgemacht, als ich meine Stelle im Gefängnis antrat, und so verwunderten mich die Tintenrückstände an den Fingern nicht weiter. Das Fotografieren allerdings erstaunte mich umso mehr, schockierte mich sogar, weit mehr, als ich das erwartet hatte. Man hängte mir ein kleines Schild zur Identifizierung um den Hals, das den Ort der Festnahme, die Registrierungsnummer und das heutige Datum verzeichnete. Und als der Blitz mich blendete, spürte ich förmlich meine eigene fassungslose Miene, die nun digital gespeichert werden und mich auf ewig als Kriminelle brandmarken würde. Das war mein Verbrecherfoto. Jetzt war ich aktenkundig. Während man mich durch einen weiteren Flur mit dunklem Steinboden scheuchte, erklärte mir Agent Shoemaker, dass im nächsten Schritt Anklage erhoben werde.

»Und wann?«, fragte ich.

»Bald«, sagte er. »Nach dem Gesetz muss die Anklage innerhalb von vierundzwanzig Stunden nach der Festnahme erhoben werden. Wenn viel los ist, kann es allerdings auch mal länger dauern.«

Bald hatten wir den Trakt mit den Untersuchungszellen für die Frauen erreicht. Nach einer kurzen Unterredung mit der Wärterin versicherte Shoemaker mir, ich würde heute noch einen Gerichtstermin bekommen. Die Wärterin war eine kräftige Person, die das Haar in einem glänzenden, krausen Minipli trug. Sie schloss mir die am wenigsten überfüllte Zelle auf, in der vier Frauen herumhockten, -saßen und -standen. Ein verstopftes Klo verpestete die Luft. Als ich hereinkam, musterten mich die anderen Frauen, und ich musterte sie, doch keine sagte ein Wort zur Begrüßung. Eine meiner Zellengenossinnen, eine magere Schwarze in einem karierten Flanellhemd, lag schlafend oder auch bewusstlos auf dem Boden. Zwei dickliche spanischstämmige junge Mädchen, die Hot Pants und identische Schlauchtops mit der amerikanischen Flagge darauf trugen, sahen mich eingehend an, als ich hereinkam, vertieften sich dann aber wieder in ihr rasend schnelles Geschnatter. Das eine Mädchen hatte einen melonengroßen Bluterguss am Oberschenkel. Die dritte Frau, eine stämmige, nicht mehr ganz junge Chinesin, die ein Bandanatuch um die grauen Haare geschlungen hatte, starrte mit wütendem Blick die Wand an.

Als ich mich wieder umdrehte, war Officer Williams bereits

verschwunden. Shoemaker wartete noch, bis die Zelle wieder verschlossen war, dann verabschiedete er sich von mir und versprach mir, mein Rechtsbeistand werde bald hier sein. Bald. Was hieß das genau? Es gab keine Uhr, auch kein Fenster. Das schummrige Licht der nackten Glühbirne raubte einem jedes Zeitgefühl. Mir blieb nur Warten. Die Mädchen schwatzten. Die magere Frau schlief. Die Chinesin kochte vor Wut. Ich wanderte auf und ab, mit hämmerndem Herzen und wirbelnden Gedanken. Von Zeit zu Zeit blieb ich stehen, um Luft zu holen, und zwang mich zu tiefen Atemzügen, wenn ich merkte, dass ich aufgehört hatte zu atmen.

Schließlich brachte mir jemand eine braune Papiertüte mit einer Milchpumpe. Ich setzte mich in eine Zellenecke und pumpte die Milch aus meinen geschwollenen Brüsten ab. Es war nicht meine Milchpumpe, und sie war auch nicht neu, man hatte sie mir einfach gegeben, ohne mich über die Herkunft aufzuklären. Ich spürte die Blicke der Mädchen im Rücken. Aus ihrem Flüstern konnte ich entnehmen, dass sie das rätselhafte Zusammenspiel zwischen dem Saugen der Maschine und der weiblichen Brust zugleich abstoßend und faszinierend fanden, und ich fragte mich, ob sie trotz ihrer Jugend vielleicht schon eine Schwangerschaft erlebt hatten – eine Schwangerschaft, die möglicherweise an irgendeinem Punkt abgebrochen worden war.

Nach einiger Zeit meldete sich die Chinesin zu Wort: »Das reicht. Show vorbei!« Sie sprach mit starkem Akzent, und ihre Stimme zeugte von unüberhörbarer Autorität. Als ich mich umdrehte, um sie anzusehen, hielt sie den Blick schon wieder auf die Wand gerichtet. Ich war ihr dennoch dankbar. Ich deponierte die beiden unverschlossenen Babyfläschchen mit der Milch, die Lexy niemals trinken würde, auf dem Boden. Meine Zellengenossinnen hielten sich von den Fläschchen fern, sie schienen sie gewissermaßen zu respektieren, und plötzlich empfand ich es als unerwartete Erleichterung, hier unter Frauen zu sein.

Ich hatte keine Ahnung, wie spät es war, als die Anwältin endlich auftauchte. Aber es musste wohl schon Abend sein. Die Wärterinnen hatten ihren Schichtwechsel gehabt, das trübe Licht war noch ein wenig trüber geworden. Die neue Wärterin, eine Puertoricanerin mittleren Alters mit sorgfältig manikürten, feuerroten Krallen, schloss die Zellentür auf und winkte mich zu sich. Ich wurde in eine Verhörzelle geführt: zwei aneinandergeschobene Tische in einem winzigen Raum, dazwischen eine beschlagene Plexiglasscheibe. Eine Frau in einer türkisfarbenen Bluse erwartete mich dort.

»Ich bin Elizabeth Mann. Sie können Liz zu mir sagen.« Ihr Ton war selbstsicher und professionell. Das blondierte Haar hing ihr schnurgerade bis zu den Schulterblättern herab und war akkurat in der Mitte gescheitelt. »Ich habe mich den ganzen Nachmittag mit Ihrem Fall beschäftigt, Anais … oder soll ich Annie sagen?«

»So nennen mich alle.«

»Dabei ist Anais so ein wunderschöner Name.« Liz hatte sehr gerade Zähne, die allerdings vom übermäßigen Kaffeegenuss gelblich verfärbt waren. Als ich das sah, fing ich an, Vertrauen zu ihr zu fassen. Auch wenn sie zu der simplen Maßnahme gegriffen hatte, sich das Haar blond zu färben, offenbarte ihre übrige Erscheinung doch deutlich die Spuren des Alters. Das Gesicht wirkte geradezu verwittert, und die roten Äderchen in ihren schönen blauen Augen zeugten davon, dass sie hart arbeitete. Ich wusste, dass Bobby keine Kosten und Mühen scheuen würde, um mir eine gute Anwältin zu besorgen. Liz Mann. Na gut: Willkommen in meiner Welt.

»Annie macht es einfacher«, sagte ich, »außerdem bin ich daran gewöhnt.«

Wir begannen zu reden, und Liz machte sich Notizen dabei.

Ich erzählte ihr alles, was ich wusste. Viel war das nicht. Sie hatte sich bereits ausführlich mit Bobby unterhalten, wusste von unseren Eheproblemen und auch von dem Mord an Zara Moklas. Außerdem wusste sie alles über Kent, der ihr am Telefon einen heiligen Eid geschworen hatte, absolut nichts mit der Sache zu tun zu haben. Nur dass mein Portemonnaie verschwunden war, das wusste sie noch nicht.

»Seit wann?«, fragte sie.

»Seit Donnerstag.«

»Und wo haben Sie es verloren?«

»In Great Barrington«, sagte ich. »Vermutlich irgendwo in der Stadt, aber das weiß ich nicht so genau.«

»Wie viel Geld war drin?«

»Nicht viel. Zwanzig Dollar vielleicht.«

»Aber Ihre Kreditkarten? Und andere Ausweispapiere?«

»In Unmengen sogar. Kreditkarten, Führerschein, Fahrzeugschein, Sozialversicherungskarte, alle möglichen Kundenkarten. Solche Dinge.«

»Hervorragend«, sagte Liz.

»Das fand ich an dem Tag nicht unbedingt.«

»Haben Sie schon einmal etwas von Identitätsdiebstahl gehört?«

»Natürlich.« Und dann begriff ich mit einem Mal: das verschwundene Portemonnaie. Warum war ich bloß nicht früher darauf gekommen? Der Schock, festgenommen, eingesperrt und als Straftäterin registriert zu werden, hatte meine Gedanken in eine völlig falsche Richtung gelenkt. »Aber ich habe doch alle meine Karten sperren lassen.«

»Wann?«

»Gleich am nächsten Tag.«

»Eine Nacht ist für einen Identitätsdieb reichlich Zeit. Es ist unfassbar, was für Schaden solche Leute schon innerhalb von ein paar Minuten anrichten können.« Liz beugte sich so weit

166

vor, dass ich durch die dicke Plexiglasschranke ihre Haut von ganz nah sehen konnte. Das Make-up war ein klein wenig zu dunkel, es verstopfte die vergrößerten Poren. »Es dauert gar nicht lange, einen Haftbefehl durch das System zu jagen. Sobald er ausgestellt wird, ist er auch unterwegs, und die Polizei reagiert darauf. Ich will damit gar nicht sagen, dass es genauso gewesen sein muss, aber es ist zumindest nicht ausgeschlossen, dass die Person, die Ihr Portemonnaie hat, sich gleich an die Arbeit gemacht und unter dem Deckmantel Ihrer Identität ein Verbrechen begangen hat.«

»So schnell ... das ist völlig unglaublich.«

»Ich weiß«, erwiderte Liz. »Aber in der virtuellen Welt verliert unsere Vorstellung von Zeit ihre Gültigkeit. Mit den nötigen Zugangsdaten kann sich jemand im Internet innerhalb von Minuten problemlos Ihre Identität unter den Nagel reißen, während er selbst im Bademantel zu Hause am Computer sitzt. Glauben Sie mir, nichts ist unmöglich.«

»Und wie können wir das beweisen?«

»Vorläufig gar nicht. Fürs Erste machen wir dem Gericht einfach klar, dass diese Möglichkeit besteht und Sie bisher keinerlei Vorstrafen haben. Dann bitten wir den Richter, die Haftstrafe gegen eine vernünftige Kaution auszusetzen. Und sobald wir Sie hier raushaben, machen wir uns auf die Suche nach Beweisen.«

»Aber wie denn?«

»Das erkläre ich Ihnen später. Eins nach dem anderen.« Liz stand auf und klemmte sich ihre Unterlagen und den Notizblock unter den Arm. »Ich werde versuchen, uns für heute Abend noch auf die Prozessliste zu setzen. Vielleicht kann ich ja eine Haftaufhebung für Sie erwirken. Falls nicht, bitte ich den Richter, eine Kaution festzusetzen.«

»Wie, Haftaufhebung?«

»Unter bestimmten Voraussetzungen können Sie auch ohne

Kaution entlassen werden«, erklärte sie. »Die Anklage bleibt natürlich bestehen, aber Sie können sich innerhalb der Staatsgrenzen sehr viel freier bewegen.«

Das war der größte Hoffnungsschimmer der letzten acht Stunden. Ich dankte ihr.

Kurze Zeit später war ich wieder in der Zelle, und das Warten ging weiter. Ich war erstaunt, dort nur noch die Chinesin vorzufinden, die immer noch an die Wand starrte, und ein bisschen enttäuscht, dass die beiden spanischstämmigen Mädchen nicht mehr da waren. Sie hätten sicher wissen wollen, wie es gelaufen war. Und ich hatte ein solches Bedürfnis zu reden.

»Ich habe eine Anwältin«, sagte ich schließlich zu meiner verbliebenen Zellengenossin. »Wahrscheinlich wird mein Fall bald verhandelt.«

Jetzt sah sie mich direkt an, und ich stellte fest, dass der Funke in ihren kleinen, dunklen Augen gar keine Wut war, sondern Sehnsucht.

»Schön«, sagte sie.

»Und Sie?«, fragte ich.

Sie antwortete nur: »Ich am Ende.« Dann richtete sie den Blick wieder auf die Wand.

Endlich kam Liz zurück. Als die Wärterin die Zellentür aufschloss, verabschiedete ich mich von der Chinesin, doch sie gab keine Antwort. Ich hatte großes Mitleid mit ihr, viel mehr als mit den anderen Frauen. Irgendwie hatte ich die Vermutung, dass das Leben dieser Frau durch etwas vollkommen Unerwartetes zerstört worden war, dass sie vielleicht zu heftig auf eine böse Überraschung reagiert hatte, obwohl sie schon vorher wusste, dass diese Reaktion sie alles kosten konnte. Ob sie Familie hatte, Angehörige, die ihr jetzt beistehen konnten? Das fragte ich mich, als ich hinter Liz den Gang entlangging.

Wir schlängelten uns rasch durch ein wahres Labyrinth aus

unterirdischen Fluren, bis uns ein weiterer Aufzug zwei Stockwerke zu den Gerichtssälen hinauftrug. »Wir haben einen guten Richter«, sagte Liz. »Er hat sich bereit erklärt, uns noch auf seine Prozessliste zu nehmen. Außerdem wartet Ihr Mann auf Sie.«

»Bobby ist hier?«

Liz nickte. »Sie können kurz mit ihm reden, aber dann müssen wir rein.«

Bobby wanderte auf dem breiten Flur vor dem Gerichtssaal auf und ab. Seine Schritte quietschten auf dem blitzblank gebohnerten Marmorboden, und unter der hohen Decke wirkte er richtiggehend winzig. Seine Arbeitskleidung – blaue Hose, weißes Hemd – sah nach dem langen Flug hierher reichlich zerknittert aus. Darüber trug er die braune Cordjacke, die immer im Schrank in unserem Flur zu Hause hing, woraus ich schloss, dass er auf dem Weg zum Flughafen noch einmal zu Hause gewesen war. Warum er sich wohl so viel Zeit genommen hatte? Er hatte Turnschuhe an, schien also auf lange Wartezeiten gefasst zu sein. Und er sah ein wenig abgespannt aus, als hätte er schon in der Nacht zuvor nicht viel geschlafen.

Dann stand ich vor ihm, in meinem zerknitterten, beigefarbenen Kostüm und meinen zerrissenen Strümpfen, mit zerzaustem Haar und zerlaufener Wimperntusche, die Hände in Handschellen auf dem Rücken, flankiert von meiner Anwältin und der Gefängniswärterin.

»Oh, Annie.« Seine wunderbare Stimme, die so sanft und ein wenig heiser wurde, wenn ihn etwas tief berührte.

Ich machte einen Schritt auf ihn zu, er schlang die Arme um mich, küsste mich auf die Wangen, und plötzlich flossen die Tränen einfach so aus mir heraus. »Schon gut. Scht, scht. Das kriegen wir schon wieder hin.«

»Hast du Julie erreicht?«

Er schüttelte den Kopf. »Ich habe ihr mehrere Nachrichten hinterlassen und ihr deine Handynummer durchgegeben. Meins funktioniert hier ja nicht.«

»Sie haben mir das Handy abgenommen«, sagte ich. »Wie soll sie mich da erreichen?«

Liz, die sich ein wenig abseits gehalten hatte, mischte sich ein.

»Sie bekommen es zurück, sobald das hier vorbei ist.«

»Aber wenn nun irgendwas mit Lexy ist?«, rief ich aufgebracht. »Wenn Lexy und Julie uns brauchen?«

»Mir ist klar, wie schrecklich das für Sie ist«, sagte Liz. »Aber Sie müssen sich einfach gedulden.«

Leichter gesagt als getan. Doch mir blieb nichts anderes übrig.

»Was ist mit Kent?«, fragte ich Bobby. »Hast du mit ihm geredet?«

»Er weiß absolut nichts von der Sache«, antwortete Bobby. »Und er war sogar ziemlich betroffen. Er hat gesagt, es täte ihm leid, dass wir so viel durchmachen müssen, und er wolle uns helfen.«

»Kent?«

»Ja. Unglaublich, nicht?«

Liz warf einen Blick auf die Uhr. »So, meine Lieben. Bevor wir reingehen, sollten wir uns noch einmal kurz unterhalten.« Sie senkte die Stimme. »Ich denke, wir haben Glück mit diesem Richter, aber er ist bekannt dafür, dass er Haftaufhebungen aus Prinzip ablehnt. Wir müssen also mit einer Kaution rechnen. Ich schlage vor, Bobby, Sie ersparen Ihrer Frau ein bisschen Zeit und arbeiten schon mal vor.« Sie gab ihm eine Visitenkarte. Ich konnte gerade noch die größer gedruckte Zeile darauf lesen: BAD SEED BAIL BONDS. »Es ist gleich über die Straße, der nächste Block links. Sie haben durchgehend geöffnet. Fragen Sie nach Vinnie und sagen Sie ihm, dass Sie von mir kommen. Er soll den ganzen Papierkram schon mal

170

fertig machen. Ich melde mich dann später mit dem genauen Betrag bei ihm. Sie haben es doch dabei, oder?«

»Ja.« Er klopfte von außen an seine Jacke, die, wie ich wusste, eine geräumige Innentasche besaß.

»Was?«, wollte ich wissen.

»Mach dir keine Gedanken, Annie«, sagte Bobby.

»Ich soll mir keine Gedanken machen?!«

»Er hat recht«, sagte Liz. »Sie sollten sich jetzt nur darauf konzentrieren, hier rauszukommen. Der Gegenwert Ihres Hauses wird in jedem Fall genügen, um die Kaution abzudecken. Wir holen Sie hier raus, und sobald wir die Vorwürfe gegen Sie entkräftet haben, lösen Sie die hinterlegte Sicherheit einfach wieder aus.«

Das hatte er also in der Jackentasche? Die Besitzurkunde für unser Haus?

»Bobby, nein!«

»Bitte, Annie«, sagte er, »uns bleibt doch keine andere Wahl.«

Damit drehte er sich um und ging, und der Albtraum hörte nicht auf. Ich konnte es kaum fassen, mit welchem Tempo sich diese Katastrophe vollzog. Liz nahm mich am Arm und führte mich durch eine nicht ganz so aufwendige Sicherheitskontrolle hinein in die Höhle des Löwen, den Gerichtssaal.

Kapitel 7

Meine Kaution wurde auf zweihundertfünfzigtausend Dollar festgesetzt und lag damit noch unter dem Reinwert unseres Hauses. Dieses Haus war im Grunde mein ganzer Besitz, ich hatte mit der Quittierung des Staatsdienstes ja auch meinen Pensionsanspruch aufgegeben. Zum Glück hatte Bobby noch seine solide Staatsrente. Denn falls dieser Albtraum noch schlimmer wurde, falls wir die Beweise, von deren Existenz Liz so überzeugt schien, nicht finden sollten, würde er sehr viel mehr von mir bekommen als nur meine Hälfte des Hauses. Falls ich für dieses Verbrechen, das ich nicht begangen hatte, ins Gefängnis kam, sollte er Lexy bekommen, Lexy, seine Rente und das Haus. Er konnte es verkaufen und woanders hinziehen, er konnte sich eine neue Frau suchen und noch einmal ganz von vorn anfangen.

»Was denkst du?« Bobby saß neben mir auf dem Rücksitz des Taxis. Es war fast Mitternacht, Liz war mit einem anderen Taxi nach Hause gefahren. Bobby hatte sich von dem vorbeiziehenden Großstadtpanorama abgewandt und sah mich an, doch ich konnte seinen Blick nicht erwidern. Ich hatte meine Handtasche, meine Uhr und mein Handy zurückbekommen. (Julie hatte immer noch nicht auf Bobbys Nachrichten reagiert.) Aber meine Würde steckte immer noch in dieser Papiertüte.

»Ach, nichts.« Wie sollte ich ihm sagen, was ich gerade gedacht hatte? Obwohl ich unschuldig war, schämte ich mich doch dafür, verhaftet worden zu sein. Ich schämte mich sogar dafür, dass ich ihn überhaupt verlassen hatte. Zum Glück war wenigstens Lexy noch zu klein, um sich an diese Episode unseres Lebens zu erinnern. Im Stillen schwor ich mir: Wenn es uns gelingen sollte, das alles heil zu überstehen, würde ich niemals wieder aus dem Blick verlieren, was wirklich wichtig war – wir, unsere Familie, unser Zuhause. »Ich will zu Lexy. Können wir nicht doch gleich zu Julie fahren?«

»Wir müssen tun, was Liz sagt. Im Klartext: Erst mal ein bisschen schlafen, dann herausfinden, warum das alles passiert ist, und mit ihr gemeinsam versuchen, es wieder aus der Welt zu schaffen.«

»Kannst du denn jetzt schlafen?«

»Nein. Du?«

»Ganz sicher nicht.«

»Pass auf, Annie. Im Flugzeug hierher habe ich angefangen, ein Buch über Identitätsdiebstahl zu lesen, das ich mir am Flughafen gekauft habe. Da steht, sämtliche Informationen laufen über die Kreditauskunftsstellen. Auch Haftbefehle.«

»Liz sagt, in der virtuellen Welt herrscht ein ganz anderer Zeitbegriff. Falls das also tatsächlich alles damit angefangen hat, dass ich mein Portemonnaie verloren habe ...«

»Ja, das hat sie mir auch erzählt. Deshalb habe ich mir ja das Buch gekauft.«

»Ich kann mir nur einfach nicht vorstellen, wie ein Identitätsdieb das alles in einem Tag bewerkstelligt haben soll.«

»Wenn man dem Buch glaubt«, sagte Bobby, »kann das sogar noch viel schneller gehen. Die Auskünfte werden täglich aktualisiert. Wenn die Person, die dein Portemonnaie gestohlen hat, also irgendwelche Einkäufe getätigt oder Verbrechen begangen hat, bevor du die Karten sperren lassen konntest, taucht das sofort auf.«

»Veruntreuung? In einem Tag? Das ist doch völlig unmöglich!«

173

»Ich verstehe es ja auch nicht. Der Computermensch, der heute Abend vorbeikommen wollte, hätte mir sicher helfen können, unsere aktuelle Kreditauskunft einzusehen, aber der Termin hat ja nun aus einsichtigen Gründen nicht stattgefunden. Warum versuchen wir es nicht einfach selbst? Wenn wir damit anfangen, können wir vielleicht herausfinden, wie weit der Schaden geht. Gibt es einen Computer in der Wohnung?«

»Nein«, sagte ich. Bobby kannte die Wohnung meines Vaters noch gar nicht. Wir hatten zwar häufig davon gesprochen, einmal für ein Wochenende nach New York zu fahren, waren aber nie dazu gekommen.

»Aber es wird ja wohl irgendwo ein Internetcafé geben.« Er beugte sich schon vor, um den Taxifahrer zu fragen, wo wir gegen Geld ins Internet konnten, doch ich protestierte.

»Ich muss unbedingt noch eine Viertelstunde abpumpen, wir müssen also als Erstes in die Wohnung.« Wie immer siegten die Körperfunktionen, und wir fuhren zur Fifty-Sixth-Street.

Die Straße war von dem Streulicht erhellt, das nachts über der ganzen Stadt lag. Hier wurde es einfach nie richtig dunkel. Bobby zahlte das Taxi, wir traten ins Haus und eilten die fünf Treppen hinauf.

Ich machte Licht in der Wohnung, dann ging ich zur Spüle und machte mich so hastig daran, meine Milchpumpe zusammenzuschrauben, dass ein paar Teile auf den Boden fielen. Ich machte mir nicht die Mühe, sie noch einmal abzuspülen. Diese Milch würde ich ohnehin nicht aufbewahren, es ging nur darum, mir selbst Erleichterung zu verschaffen. Bobby setzte sich an den Tisch und blätterte in den Gelben Seiten, während ich auf dem Sofa saß und abpumpte. Als ich fertig war, spülte ich die Milchpumpe und zog mich um. Zwanzig Minuten später standen wir wieder auf der Straße und hielten ein weiteres Taxi an, das uns zum Twelfth Night bringen sollte, einem Internetcafé an der Ecke Twelfth Street/Seventh

174

Avenue. Es war das dritte Internetcafé, bei dem Bobby es telefonisch versucht hatte, und das erste, das die ganze Nacht geöffnet hatte.

Es war kaum jemand draußen auf der Straße, und so waren wir erstaunt, dass das Café selbst doch recht voll war. Etwa zwanzig Männer und Frauen saßen allein an den Tischen, die Monitore ihrer Notebooks schienen die einzigen Lichtquellen in dem schummrigen Raum zu sein. Manche tippten wie die Wilden, andere drückten nur hier und da einmal eine Taste, und wieder andere starrten einfach gebannt auf den Bildschirm. Und alle waren sie allein, abgekapselt in ihrem eigenen kleinen Universum, zerknitterte Zeitungen, aufgeschlagene Bücher und große weiße Becher mit Kaffee, Tee oder Kakao neben sich. Abgesehen von den beiden jungen Männern hinter dem Tresen – der eine dünn mit stachliger Frisur, der andere kahl rasiert, dafür aber mit einem buschigen Bart, den er zu einer Art Kinn-Pferdeschwanz zusammengebunden hatte –, waren Bobby und ich die Einzigen, die in irgendeiner Form zusammengehörten.

Die meisten Gäste hatten ihr eigenes Notebook dabei, doch es gab auch fünf Rechner, die in einer Reihe auf einem langen Tisch an der Wand standen. Drei davon durfte man benutzen. Wir gingen an den Tresen, um uns einen zuteilen zu lassen.

»Für wie lange?« Der Junge mit der Stachelfrisur lächelte uns an, und das Image des harten Kerls, das die Frisur wohl vermitteln sollte, löste sich in Luft auf: Er war noch ein halbes Kind, vermutlich gerade erst volljährig. Auf seinem knappen T-Shirt stand *Joey* an der Stelle, wo sich sonst die Brusttasche befunden hätte.

Bobby griff in seine Brieftasche und zog einen Zwanzig-Dollar-Schein hervor. »Das wissen wir noch nicht genau. Können wir halbstündlich abrechnen?«

»Nach Mitternacht nehmen wir kein Bargeld mehr, nur Kreditkarten.« Der Kind-Mann deutete auf die Steinwand hinter sich, wo ein handgeschriebenes Schild seine Bemerkung fast wörtlich wiederholte. »Allein dieses Jahr sind wir schon dreimal nach Mitternacht überfallen worden.«

Bobby und ich wechselten einen Blick. Plastik war bei uns Mangelware geworden: Wir hatten keine Kreditkarten, keine MasterCard, nicht einmal einen Scheck (wobei sie den vermutlich auch nicht genommen hätten, so fern von unserem Heimatstaat). Dann fiel mir ein, dass ich ja immer noch Julies Kreditkarte und ihren Führerschein bei mir trug. Ich zog beides aus dem Innenfach meiner Handtasche. »Bitte schön, Joey. Und rechnen Sie bitte noch zwei Kaffee dazu.«

»Ich heiß nicht Joey.« Er musterte mich, als würde er sich fragen, wie ich denn bloß auf diese abwegige Idee kam.

Bobby unterdrückte ein Grinsen, und plötzlich sah ich uns in fünfzehn Jahren, wie wir uns ergeben in all die Absurditäten fügten, die unsere Teenager-Tochter so von sich gab. Dann tauchten vor meinem inneren Auge noch weitere Kinder auf. Wir mussten das alles unbedingt überstehen, um irgendwann dorthin zu gelangen.

Ich-heiß-nicht-Joey zog die Kreditkarte durch das Lesegerät, dann verglich er das Foto in Julies Führerschein mit meinem Gesicht. Nachdem ich den Beleg unterzeichnet hatte, verglich er auch die Unterschriften. Dann gab er mir die beiden Karten mitsamt der Quittung zurück.

»Danke.« Ich steckte die Karten wieder in die Handtasche.

Er warf einen Blick in ein Notizbuch und kritzelte dann etwas auf ein Stück Papier, das er Bobby reichte. »Sie haben die Nummer fünf. Das ist das Passwort. Der Computer berechnet die Zeit, aber Sie müssen sich unbedingt ausloggen, wenn Sie fertig sind, sonst zahlen Sie immer weiter. Alles schon vorgekommen.«

»Das wäre ja richtig blöd«, sagte Bobby zustimmend und

warf mir dabei einen ironischen Blick zu. Der Junge hatte ja keine Ahnung!

»Müssen Sie was ausdrucken?«

»Wissen wir noch nicht.«

»Das kostet nämlich extra. Pro Seite.« Er deutete auf ein weiteres Schild an der Wand: DRUCKKOSTEN WERDEN PRO SEITE BERECHNET. »Wenn Sie also was ausdrucken, schlagen wir das hinterher noch drauf.«

»Danke«, sagte Bobby.

Dann gingen wir mit unseren Kaffeebechern zu unserem Computer, direkt vor einem Fenster, das auf die halbdunkle, nächtliche Greenwich-Village-Straße hinausging. Um uns herum klapperten unsere nachtaktiven Nicht-Gefährten eifrig weiter auf ihren Tastaturen und schenkten weder uns noch einander Beachtung. Ich meldete uns an, und der Computermonitor erwachte zum Leben. Nun waren auch Bobby und ich allein in diesem Internetcafé, inmitten unserer eigenen kleinen Raumkapsel, auf der Suche nach Antworten.

»Los geht's«, flüsterte er mir zu.

»Dass du das alles tust, Bobby, dafür liebe ich dich wirklich.«

Er lächelte zögernd, als könnte er nicht glauben, dass ich das auch wirklich ernst meinte, dann zog er das Taschenbuch über *Identitätsdiebstahl in der Neuen Welt* aus der Jackentasche und schlug es hinten beim Glossar auf. Nachdem er sich einen Moment hineinvertieft hatte, gab er die Internetadresse der Firma Equifax in den Browser ein, und die Homepage öffnete sich. Unter den angebotenen Produkten war ein so genanntes »3 in 1«-Paket, mit dem man Berichte der drei führenden Kreditagenturen anfordern konnte: Equifax, TransUnion und Experian.

»Genau das brauchen wir.« Bobby klickte auf das Angebot, und wir gelangten in ein neues Menü.

Es fiel ihm sichtlich schwer, mit dem Cursor durch die einzelnen Schritte zu navigieren, also übernahm ich. Mit Julies Kreditkarte forderten wir einen Bericht an, der sämtliche Bewegungen auf all unseren Konten bis einschließlich gestern aufzuzeigen versprach. Keine Minute später hatten wir die Bestätigung, dass uns der Bericht in einer halben Stunde per E-Mail zugeschickt werden würde.

Während wir darauf warteten, gab ich meinen Namen bei Google ein, um zu sehen, ob bereits Informationen im Zusammenhang mit meinem neuen Dasein als Veruntreuerin auftauchten. Es gab nur drei Treffer: eine Mitarbeiterliste des Staatsgefängnisses und zwei Seiten, die sich mit Fotografie befassten. Dann googelten wir Bobby und stellten fest, dass er in der virtuellen Welt noch weniger präsent war als ich: Er erschien nur auf der Mitarbeiterliste. Lexys Name brachte gar kein Ergebnis – Gott sei Dank. Aber Julie – Julie war geradezu berühmt. Ihr Name brachte mehr als 10 000 Suchergebnisse, von ihrer Homepage über berufsbezogene Artikel und Marketing-Blogs bis hin zu Internet-Partnerbörsen. Als ich ihren Namen so oft vor mir sah, vermisste ich sie plötzlich ganz besonders schmerzlich, und mit ihr auch Lexy – immer wieder Lexy. Wenn es nicht schon so spät gewesen wäre, hätte ich noch einmal versucht, sie anzurufen. Ich klickte mich durch ein paar weitere Julie-bezogene Links, aber wir warteten viel zu angespannt auf unseren Kreditbericht, um uns richtig darauf zu konzentrieren. Alle paar Minuten klickten wir auf die Website meines E-Mail-Providers, um den Posteingang zu checken. Doch noch kamen nur die üblichen Spam-Mails, die ich anzog wie virtuelles Licht die Cyber-Motten. Man schickte mir alles Mögliche, nur nicht das, was ich so dringend haben wollte.

Dann war die ersehnte Mail endlich da. Unsere Kreditberichte kamen als zwei separate Dateien, einer für Anais Faith

Milliken und einer für Robert Bowie Goodman. Meinen öffneten wir zuerst.

Nach meinem Namen folgte unsere Adresse in Lexington – wobei unsere Straße als »Lane« bezeichnet wurde und mit einer völlig falschen Postleitzahl versehen war – und mein beruflicher Lebenslauf, der mich nicht als Physiotherapeutin, sondern als »Therapeutin» im Gefängnis verzeichnete und meine wenig erfolgreiche Laufbahn als Fotografin komplett unterschlug, sodass der Eindruck entstand, ich wäre den größten Teil meines Erwachsenenlebens nicht erwerbstätig gewesen (obwohl ich doch immer auf die eine oder andere Weise gearbeitet hatte). Unter all diesen Fehlinformationen prangte der Hinweis: HAFTBEFEHL WEGEN VERUNTREUUNG.

»Schau dir das Datum an.« Bobbys ausgestreckter Zeigefinger berührte fast den Bildschirm.

»Letzte Woche.«

»Bevor du dein Portemonnaie verloren hast.«

Je weiter wir uns durch den umfangreichen Bericht klickten, desto seltsamer wurde die Sache. Sowohl bei Visa- als auch bei MasterCard tauchten Unterkonten bei Geschäften und Firmen auf, von deren Existenz ich gar nichts wusste. Sie waren alle erst vor kurzem eröffnet worden. Ich hatte nie etwas bei Neiman Marcus oder Harry Winston eingekauft, geschweige denn bei Bergdorf Goodman. So viel Geld besaß ich gar nicht. Außerdem fanden sich da Kredite, die ich niemals aufgenommen hatte. Und ich besaß auch keinen Jaguar von einem Autohändler in Santa Monica!

Je mehr ich las, desto mehr begann ich zu schäumen. Während ich mich Seite um Seite durch meinen Ruin blätterte, hieb ich irgendwann so heftig auf die Tastatur ein, dass ein paar der künftigen amerikanischen Nobelpreisträger im Café entnervt zu mir herübersahen. Ich schenkte ihnen keine Beachtung. Bobby legte mir die Hand in den Nacken, und seine warme Berührung ließ meinen Puls fast automatisch wieder ruhiger schlagen. Ich hörte ihn neben mir tief aufseufzen. Da hielt ich im Weiterscrollen inne und sah ihn an.

»Warum haben wir über das alles eigentlich keine Rechnungen bekommen?«, fragte ich.

»Ich weiß es nicht.«

»Ich bin unsere Kreditauskünfte Schritt für Schritt durchgegangen, Bobby. Da war nichts von alldem drin. Das ergibt doch keinen Sinn.«

»Aber die Ausdrucke sind auch schon zwei Monate alt.«

»Ich hätte nie gedacht, dass sie so schnell veralten.«

»Ich auch nicht.« Er schüttelte den Kopf. »Warum ist nicht einer von uns beiden auf die Idee gekommen, der Sache nachzugehen, bevor du fortgegangen bist ...«

»Du hattest eine Affäre!« Ich merkte selbst, dass meine Stimme reichlich hysterisch klang. Aus dem Augenwinkel sah ich, wie einer der Nobelpreisträger aufstand und dem Mann mit dem Bart hinter dem Tresen etwas zuflüsterte. Anschließend schauten sie beide zu uns herüber. Ich zuckte entschuldigend die Achseln und legte den Zeigefinger an die Lippen – ein stummes Versprechen, von nun an leiser zu sein.

Bobby beugte sich näher zu mir und flüsterte so entschieden, wie ein Flüstern nur sein kann: »Ich hatte keine Affäre! Das gehört alles mit dazu. Begreifst du das denn nicht?«

Ich ließ mich schwer in meinen Stuhl sinken. Doch, ich begriff es. Plötzlich war mir alles klar: Die amourös anmutenden Kreditkartenbelastungen waren tatsächlich Anzeichen eines Betrugs gewesen, nur war es ein ganz anderer Betrug, als ich geglaubt hatte. Sie waren nur Vorboten eines viel schlimmeren Übels gewesen. Nicht Bobby hatte man mir gestohlen, sondern mich selbst. Ganz im Geheimen. Jemand hatte Kundenkonten in meinem Namen eingerichtet und dafür gesorgt, dass die Rechnungen nie bei uns eingingen. Aber warum hatte dieser

Jemand gerade die Lovyluv-Beträge von den Kreditkarten abbuchen lassen, die wir beide regelmäßig benutzten? Hatte er mich etwa bewusst glauben machen wollen, Bobby hätte eine Affäre? Welchen Zweck verfolgte der Dieb damit? Er musste doch gewusst haben, dass wir auch alles andere irgendwann herausfinden würden.

»Was ist mit den E-Mails von Lovyluv?«, fragte ich. »Ich weiß, ich habe dich das schon tausendmal gefragt... aber wie kann sie bloß so viel über dich wissen?«

»Ich habe keine Ahnung, Annie. Das Ganze macht mich genauso fassungslos wie dich. Aber das sage ich dir auch schon die ganze Zeit.«

Richtig. Die ersten verdächtigen Beträge erschienen plötzlich klarer, die E-Mails rätselhafter als je zuvor – aber irgendwie waren sie alle Teil eines großen Ganzen.

»Hier stehen Servicenummern für ein paar Kreditkarten«, sagte Bobby. »Lass uns da anrufen.«

Er diktierte mir die Kundenservicenummer von Master-Card, und ich wählte.

Um drei Uhr morgens herrschte selbst dort nicht viel Betrieb, und so wurde ich praktisch sofort mit einem Kundenbetreuer verbunden. Der Stimme nach war es ein junger Inder, der sich mir als *Don* vorstellte. Mein Anruf war ganz offensichtlich ins Ausland umgeleitet worden. Zu jedem anderen Zeitpunkt hätte ich versucht, den Mann ein wenig aus der Reserve zu locken, seinen richtigen Namen zu erfahren (Sanjay? Rajeev?). Doch jetzt sagte ich ihm nur, ich hätte nie eine Rechnung über das fragliche Kundenkonto erhalten, und er versicherte mir, es sei vor fast zwei Monaten eröffnet worden, also seien bereits zwei Monatsrechnungen an meine Heimatanschrift in Lexington versandt worden, die auch beide mit dem Mindestbetrag bezahlt worden seien.

»Aber das ist unmöglich«, sagte ich. »Ich habe diese Arti-

181

kel nicht gekauft, und ich habe auch die Rechnungen nicht bezahlt.«

»Sie wurden aber bezahlt, Ma'am.«

»Können Sie herausfinden, von wem?«

»Sicher, Ma'am.« Ich hörte seine Finger auf der Tastatur klappern, dort, in irgendeinem fernen Land. »Hier habe ich's. Sie wurden von Ihnen bezahlt.«

»Aber das kann nicht sein!«

»Glauben Sie, die Rechnungen wurden vielleicht abgefangen?«

Da begriff ich. Die Konten waren zwar in meinem Namen eröffnet worden, aber jemand hatte die Rechnungen auf dem Weg zu uns abgefangen, sodass wir nie davon erfahren hatten.

»Da bin ich mir absolut sicher.«

»Wir können Ihr Konto mit einer Betrugswarnung versehen, falls Sie das wünschen.«

»Ja, das wünsche ich.«

Ich hörte weiteres Tastaturgeklapper.

»Gut, Ma'am, das wäre erledigt.«

»Vielen Dank. Können Sie mir noch einen weiteren Gefallen tun? Würden Sie mir die Rechnungen vorlesen?«

»Sämtliche Posten?«

»Sind das denn so viele?«

»Ich lese sie Ihnen vor.« Das tat er. Und es waren viele. Dutzende und Aberdutzende absurder Einkäufe waren allein mit dieser Kreditkarte getätigt worden, lauter Dinge, die ich mir nie im Leben gekauft hätte. Hochmoderne technische Geräte. Zusatzausstattung für den Jaguar. Möbel. Sündhaft teure Friseurbesuche in drei verschiedenen Bundesstaaten. Hochwertige Kosmetikprodukte. Männerkleidung, Frauenkleidung. Als er zu einer Juweliersrechnung über achttausend Dollar kam, hätte ich mich fast verschluckt.

»Was für ein Juwelier war das?«

»Jewelry.com, Ma'am. Soll ich Ihnen die Nummer des Kundenservice geben?«

Ich notierte mir die Nummer. Er las mir noch ein paar weitere Posten vor, doch seine Stimme war nur noch ein Hintergrundsummen im Wirbeln meiner Gedanken. Achttausend Dollar für Schmuck? Ich hatte noch nie in meinem ganzen Leben ein richtig gutes Schmuckstück besessen! Ich sah Bobby an, der mich seinerseits dabei beobachtete, wie ich der schrittweisen Demontage meines einstmals guten Namens lauschte. Es schmerzte mich, die Sorge in seinem Gesicht zu sehen. Bobby Goodman war ein praktisch veranlagter Mann, er würde niemals achttausend Dollar für Schmuck verschwenden, weder für mich noch für Lovyluv, noch für sonst jemanden. Als Don mit der Liste fertig war, schwieg er betreten. Mir ging es genauso. All dieses zum Fenster herausgeworfene Geld, das hatte schon fast etwas Obszönes an sich.

»Vielen Dank, Don.«

»Es war mir ein Vergnügen, Ma'am. Ich meine natürlich …«

»Schon gut. Sie haben den ganzen Kram ja nicht gekauft … oder?«

Schweigen am anderen Ende der Leitung.

»Das sollte ein Scherz sein.«

»Ach so.« Er ließ ein gezwungenes Lachen hören. »Darf ich Ihnen noch einen Rat geben, Ma'am? Vielleicht sollten Sie bei einer Kreditagentur anrufen und die ebenfalls bitten, eine Betrugswarnung herauszugeben. Es ist egal, bei welcher Sie anrufen, die Informationen werden allen zugänglich gemacht.«

»Das mache ich sofort.«

»Kann ich sonst noch etwas für Sie tun?«

Am liebsten wäre ich in Tränen ausgebrochen. Was konnte man überhaupt noch für mich tun? Das durfte doch alles einfach nicht wahr sein.

»Nein, vielen Dank.«

Bobby suchte im Internet nach einer Möglichkeit, bei Equifax eine Betrugswarnung einzugeben, und ich wählte die Kundenservicenummer der Firma Jewelry.com. Wie es sich für einen Internethändler gehörte, hatte auch sie einen 24-Stunden-Service. Auch diesmal wurde ich nach Indien umgeleitet und sprach mit einer jungen Frau, die in Wirklichkeit ganz bestimmt nicht Mary hieß. Ich bat sie um nähere Informationen zu dem fraglichen Kauf und gab ihr das Datum und den Betrag durch.

»Ja, hier habe ich es. Das sind Ohrringe, Ma'am, Brillantohrringe. Sie sind sicher wunderschön. Ich hoffe, Sie haben viel Freude daran.«

»Keineswegs. Ich habe sie nie bekommen.«

»Haben Sie denn nicht die Versicherungsoption gewählt, als Sie Ihren Kauf getätigt haben?«

»Ich habe gar keinen Kauf getätigt.« Ich versuchte, ihr die Sache zu erklären, doch sie wollte weiterhin glauben, die Ohrringe selbst seien gestohlen worden.

»Vielleicht sind Sie ja über die Kreditkartenfirma versichert, Ma'am. Da sollten Sie einmal anrufen.«

»Das habe ich gerade getan.« Was für ein Frust! Aber Mary konnte ja nichts dafür. »Eine Frage hätte ich noch. Haben Sie in Ihren Daten eine genaue Beschreibung dieser Ohrringe?«

»Weiße Diamanten«, sagte sie. »Einkaräter, runde Ohrstecker in einer Platinfassung.«

»Und an welche Adresse wurden sie geliefert?«

»Einen Augenblick.« Rasches Fingerklappern, Tausende von Kilometern entfernt. »Ein UPS-Lager in Lexington, Kentucky, High Street 838, Ashland Plaza.«

Ich kannte das Lager, war auch schon oft daran vorbeigekommen, aber noch nie dort gewesen.

»Ist das dieselbe Adresse wie auf der Kreditkarte?«, fragte ich.

»Nein, aber diese Daten darf ich Ihnen nicht geben. Da müssen Sie bei der Kreditkartenfirma anrufen.«

»Können Sie mir nicht wenigstens sagen, wo die Karte ausgestellt wurde … in welchem Bundesstaat?«

»Nein, leider nicht.«

Ich holte tief Luft und zwang mich dazu, mich höflich zu verabschieden, indem ich mir noch einmal in Erinnerung rief, dass Mary ja nichts dafürkonnte und dass sie mit achttausend Dollar vermutlich ihre ganze Großfamilie ein Jahr lang ernähren konnte und damit eigentlich noch besonderes Lob verdiente, weil sie sich ihre Verachtung so gar nicht anmerken ließ.

Bobby drehte sich wieder zu mir um. »Das wär's. Equifax hat die Betrugswarnung aufgenommen und wird sie an die anderen Agenturen weiterleiten.«

»Gut.« Ich berichtete ihm von meiner Unterhaltung mit Mary. Während ich im Flüsterton auf ihn einsprach, sah er mir angestrengt ins Gesicht. Dann blieb sein Blick an meinem rechten Ohrläppchen hängen. Er betrachtete meinen Ohrring, berührte ihn sanft mit dem Finger.

»Das sind runde Ohrstecker«, sagte er. »Und ist das nicht auch Platin? Ich frage mich, wie viel Karat der Stein wohl hat.«

»Null Karat, Bobby. Und es ist Silber, kein Platin. Das sind falsche Brillanten.«

Er ließ die Hand wieder in den Schoß sinken und sah mich an. Offensichtlich dachte er über etwas nach und wog ab, ob er mir sagen sollte, was ihm durch den Kopf ging. Bobby war kein Mensch, der schnell mit Anschuldigungen bei der Hand war, aber als er dann doch mit der Sprache herausrückte, wusste ich sofort, worauf er hinauswollte. Ich hatte ja selbst schon daran gedacht, als Mary mir die Ohrringe beschrieben hatte. Es war die Beschreibung *meiner* Ohrringe gewesen. Al-

185

lerdings mit einem entscheidenden Unterschied: Meine waren nicht echt und hatten keine achttausend Dollar gekostet. Julie hatte sie mir geschenkt, und sie konnte ja nun wirklich nichts mit der Sache zu tun haben. Warum auch? Außerdem hatte Julie zwei Paar Ohrringe gekauft, eines für sich und eines für mich, und hier ging es um ein einzelnes Paar. Ich musste all meine Kraft aufwenden, um Bobby nicht zu sagen, er solle sich seine Bemerkung sparen. Er war so geduldig mit mir gewesen, hatte mir so viel verziehen. Ihm zuzuhören war das Mindeste, was ich tun konnte.

»Diese Kundenkonten und die Beträge tauchen seit etwa zwei Monaten auf, lange bevor dein Portemonnaie gestohlen wurde, stimmt's?«, fragte Bobby mich.

»Genau.«

»Etwa zur selben Zeit wie die anderen Beträge auf unseren Hauptkonten.«

»Du meinst die Lovyluv-Beträge«, warf ich ein.

Seine Kiefermuskeln verspannten sich merklich bei dieser Bemerkung.

»Schon gut, schon gut. Die falschen Beträge, von denen ich dachte, sie sind Geschenke für Lovyluv.«

»Genau die. Und sie wiederum fallen zeitlich mit den E-Mails zusammen, von denen wir jetzt beide glauben, dass sie ebenfalls gefälscht sind«, sagte er. »Oder, Annie?«

»Ja, obwohl ich mir immer noch nicht vorstellen kann, wie man so persönliche E-Mails fälschen soll. Verstehst du, das will mir nun mal nicht in den Kopf…«

»Ich bitte dich, Annie!«

»Für mich ergibt das eben einfach keinen Sinn!«

»Das geht mir genauso. Aber es ist trotzdem offensichtlich, dass diese Mails mit dem ganzen Rest in Zusammenhang stehen. Das wirst du doch wohl nicht bestreiten wollen?«

»Nein. Nein, Bobby, es ist nur…«

Ich merkte genau, dass er langsam die Geduld verlor. Aber diese Mails bildeten eine gedankliche Hürde, über die ich einfach nicht hinwegkam. Natürlich glaubte ich auch, dass sie mit den falschen Ausgaben in Zusammenhang standen – das musste ich schon allein deshalb glauben, weil es völlig logisch war. Aber warum wollte Bobbys bösartige Briefschreiberin denn ausgerechnet mich ins Unglück stürzen? Meine eigenen Versuche, Lovyluv zu antworten, waren allesamt gescheitert, aber es musste doch trotzdem möglich sein, die Mails zu einer konkreten Person zurückzuverfolgen. Vielleicht hatte diese Person, die so viel über Bobby wusste, das ganze Chaos aus Rache verursacht. Vielleicht hatte er ja mit ihr Schluss gemacht, als ihm klar wurde, dass ich ihn tatsächlich verlassen würde – das war ebenso logisch wie alles andere. Bobby hatte seiner Geliebten den Laufpass gegeben, und daraufhin war sie ausgerastet.

»Es ist nur... weißt du, Bobby, die Beschreibung deines Muttermals ganz hinten am Rücken... der Spitzname... und die Beschreibung von dir beim Sex...«

»Ich glaube, die Mails sind von Julie.« Es brach einfach so aus ihm heraus.

»Aber das ist doch absurd!«

»Ich habe sie letztes Wochenende deswegen zur Rede gestellt...«

»Soll das etwa heißen, Julie ist deine Geliebte?« Noch während ich es aussprach, konnte ich es schon nicht mehr glauben.

»Nein.«

»Aber wieso sollte sie dir dann solche E-Mails schreiben?«

Er lief rot an, sein Nacken glühte – er schien sich nur mit Mühe vom Explodieren abhalten zu können. Dann platzte es wieder aus ihm heraus: »Weil sie unbedingt mit mir schlafen wollte. Sie hat versucht, mich zu verführen. Aber ich habe sie abgewiesen.«

»Wie bitte?«

»Das ist die Wahrheit.« Bobby schüttelte langsam den Kopf, als könnte er es selbst kaum glauben. »Eigentlich wollte ich es dir gar nicht erzählen. Ich wusste, du würdest mir nicht glauben, ich weiß ja, wie nahe ihr euch steht, und zwischen uns war es auch so schon schwierig genug, da habe ich es für mich behalten.«

Er hatte völlig recht: Ich glaubte ihm tatsächlich nicht. »Wenn du eine solche Anschuldigung erhebst, Bobby, dann solltest du sie aber auch beweisen können. Damit überschreitest du nämlich wirklich alle, alle Grenzen. Du sprichst hier von Julie, von meiner Zwillingsschwester ...«

»Das ist mir klar, Annie. Für dich ist sie wie ein Teil von dir.«

»Nein, nein. Sie *ist* ein Teil von mir. Wir sind ein und dieselbe Person. Und was du da sagst, kann unmöglich wahr sein.«

Er versuchte, nach meiner Hand zu greifen. Ich entzog sie ihm. *Nein!* Wir hatten unwillkürlich wieder lauter gesprochen, und nun schien uns das ganze Café zu beobachten, aber das war mir egal und Bobby ganz offensichtlich auch. Er sprach mit fester Stimme, um mich von etwas zu überzeugen, was ich ganz und gar unglaublich fand.

»Es war letztes Jahr an Thanksgiving«, sagte er. »Als du schwanger warst. Sie war nicht gerade zurückhaltend.«

»Ich glaube dir kein Wort.«

»Es ist aber wahr.«

»Ich hasse dich!«

»Es ist trotzdem wahr. Denk doch einfach mal nach, Annie.«

Aber Denken war unmöglich. Ich war ganz und gar ausgefüllt von dem wilden, heißen Gefühl, dass Julie niemals versuchen würde, meinen Mann zu verführen – und falls sie es

188

doch getan hatte (was natürlich nicht so war!), hätte ich es mit Sicherheit erfahren. Ich hätte es irgendwie gespürt.

»Du lügst«, sagte ich.

»Ich glaube, sie hat mir die E-Mails geschickt. Das denke ich schon die ganze Zeit. Ich meine, sie hat mich immerhin schon in der Badehose gesehen, sie weiß gut genug, wie ich aussehe, um sich solche Beschreibungen ausdenken zu können.«

»Und warum hast du mir dann nichts davon erzählt?«

»Darum. Wegen deiner Reaktion. Ich hatte Angst, dass genau das passieren würde, was gerade passiert. Mein Gott, du nimmst es mir ja schon krumm, wenn ich was an ihrer Frisur auszusetzen habe.«

Sosehr ich ihn für das hasste, was er da sagte, wusste ich doch, dass er recht hatte. In Bezug auf Julie waren meine Reaktionen tatsächlich vorhersehbar. Und Bobby hatte es sich bisher nie erlaubt, Julie auch nur ein klein bisschen zu kritisieren. Ich hatte ihm von Anfang an unmissverständlich klargemacht, dass ich das nicht dulden würde.

»Und was war, als du sie am Wochenende zur Rede gestellt hast?« Ich sah sie wieder vor mir, die beiden, unter der Trauerweide, sah von neuem den verärgerten Ausdruck in seinem Gesicht, den die Kamera festgehalten hatte. »Sie hat es sicher abgestritten, oder?«

»Natürlich«, sagte Bobby.

»Warum hast du dir dann überhaupt die Mühe gemacht, sie zu fragen?«

»Ich weiß auch nicht. Vielleicht habe ich einfach gehofft, sie gibt es zu und erzählt es dir, dann hätten wir endlich einen Schlussstrich unter die Sache ziehen können. Ich wollte einfach, dass du wieder mit mir nach Hause kommst.«

»Und du dachtest, wenn Julie zu mir kommt und sagt: ›Mach dir keine Sorgen, die E-Mails waren von mir‹, dann hätte ich einfach erwidert: ›Ach so, dann ist ja alles klar‹, hätte all meine Pläne über den Haufen geworfen und wäre mit dir zurück nach Lexington gekommen? Hast du wirklich gedacht, das geht so einfach?«

Bobby gab keine Antwort.

»Und glaubst du ernsthaft, Julie hat all die Einkäufe über unsere Konten gemacht, sich unsere neuen Kreditkarten unter den Nagel gerissen und sich von unserem Geld sogar ein Auto gekauft? Glaubst du das im Ernst? Julie, die im Jahr mehr Geld verdient als einer von uns beiden im ganzen Leben?«

»Ja«, sagte er.

»Also, ich für meinen Teil glaube das nicht.«

»Aber trotzdem kann es doch sein.«

»Dann beweis es mir.«

»Wir lassen einfach deine Ohrringe schätzen, und dann ...«

»Kommt überhaupt nicht in Frage, Bobby!«

»Was hast du dabei schon zu verlieren? Das sind eiskalte, harte Tatsachen.«

»Eiskalt und hart. Ganz genau.« Ich stand auf. »Ich hole jetzt meine Sachen, und dann fahre ich zurück nach Great Barrington.«

»Annie, du hast eine eidesstattliche Erklärung unterschrieben, nach der du den Staat nicht verlassen darfst.«

»Jetzt verlasse ich den Staat aber. Ich will zu meiner Tochter.«

Ich klemmte mir die Handtasche unter den Arm und marschierte unter den Blicken all dieser eigenbrötlerischen Augenpaare aus dem Café. Jetzt hatten sie doch wenigstens mal etwas, worüber sie schreiben konnten! Draußen hielt ich ein Taxi an und nannte dem Fahrer die Adresse in der Fifty-Sixth-Street. Die ganze Fahrt über kochte ich vor Wut. Wie hatte ich mir nur so viel vormachen können? Hatte ich wirklich gedacht, Bobby und ich würden so leicht wieder zusammenfinden? Und wieso wollte ich das überhaupt? Die Unterstellung, Julie könnte etwas mit diesem Albtraum zu tun haben, in dem ich heute versunken war – in dem ich, wie sich herausstellte, bereits seit geschlagenen zwei Monaten versank –, war so unsäglich, so beleidigend, so absurd, so unglaublich, so ganz und gar unfassbar, dass ich das Gefühl hatte, nie mehr auch nur ein Wort mit Bobby reden zu können. Ich tobte durch die Wohnung und packte meine Sachen, dann ging ich nach unten und lief die zwei Häuserblocks bis zu der Tiefgarage, wo ich Julies Wagen abgestellt hatte – *einen Audi*, wollte ich Bobby zurufen, *den sie sich von ihrem eigenen Geld gekauft hat.*

Draußen war es kalt und dunkel. Um kurz vor fünf am Morgen war es geradezu unheimlich still in der Stadt. Als plötzlich ein Taxi mit einem Affenzahn um die Ecke bog, klopfte mir das Herz bis zum Hals. Ich fühlte mich erst wieder sicherer, als ich an einem durchgehend geöffneten Imbiss vorbeikam. Der Mann hinter der Theke unterhielt sich angeregt mit einer Frau, die wie eine Nutte gekleidet war … oder nein, es war ein Mann, der wie eine nuttig gekleidete Frau gekleidet war. Ich ging immer weiter und war dankbar für die vielen künstlichen Lichtkegel, gegen die sich die Dunkelheit nicht durchsetzen konnte. Und während ich so ging und meinen Rollkoffer hinter mir herzog, fiel mir fast automatisch Zara Moklas ein. Wie ähnlich sie Julie und mir gesehen hatte – wie leicht es gewesen sein musste, sie im Dunkeln mit uns zu verwechseln. Dann kam mir plötzlich ein wirklich verstörender Gedanke: War Bobby in seinen Wahnvorstellungen über Julie am Ende tatsächlich so weit gegangen? War es möglich, dass er sie töten wollte und stattdessen Zara erwischt hatte? Hatte er etwa geglaubt, wenn Julie aus dem Weg wäre, würde das alles einfach aufhören und ich würde wieder mit ihm nach Hause kommen? Trost bei ihm suchen in meiner Verzweiflung?

War etwa doch *er* für den Mord an Zara verantwortlich?

Ich ging schneller. Am Ende des Häuserblocks sah ich bereits das rot-weiße Schild mit der Aufschrift PARKGARAGE. Ich fing an zu rennen, die Räder meines Rollkoffers ratterten ohrenbetäubend über das Pflaster. Plötzlich fühlte ich mich einfach nicht mehr sicher hier auf der Straße, ich wollte nur noch in die Parkgarage, wo es warm war, meine Parkgebühr bezahlen (mit Julies Kreditkarte) und zurückkehren in die Geborgenheit... zu meiner Schwester... und zu meinem kleinen Mädchen.

Als ich in die Garage trat, wirkte der vertraute Geruch nach Abgasen ein wenig beruhigend auf mich, und ich spürte, wie sich die Erleichterung in mir breitmachte. Doch gleich darauf zog sich alles in mir wieder zusammen. Da stand Julies Auto, mit laufendem Motor. Und daneben stand Bobby.

»Steig ein, Annie.«

Ich schaute mich um, doch es war nirgendwo ein Parkhauswächter zu sehen.

»Bitte steig ins Auto.«

»Das kann ich nicht. Du hast es doch selbst gesagt: Ich habe mich eidesstattlich verpflichtet, den Staat nicht zu verlassen.«

»Ich habe Liz von Lexy erzählt und dass wir Julie nicht erreichen können, und sie hat sich sofort ans Telefon gehängt. Der Richter wird deine Kautionserklärung dahingehend ändern, dass du auch nach Massachusetts reisen darfst, er macht die Änderung morgen früh als Erstes aktenkundig, sobald er ins Büro kommt. Du musst dich nur gleich, wenn wir ankommen, bei der Polizei in Great Barrington melden. Also steig jetzt bitte ein. Wir verschwenden hier nur unsere Zeit.«

Sein Ton sprach Bände: Er wollte zu Lexy (und ich ja auch! ich auch!), weil sie mit meiner Schwester allein war, der er inzwischen ganz offen misstraute. Mir war klar, dass er übertrieb, dass Lexy bei Julie in Sicherheit war – schließlich liebte Julie mein Baby fast so sehr wie ich. Ich dagegen machte mir

192

viel mehr Sorgen seinetwegen: Ich hätte nicht gedacht, dass seine Vorbehalte Julie gegenüber schon so weit gingen. Der Abgasgeruch in der Parkgarage war jetzt so stark, dass mir ein wenig schwummerig wurde. Mein Körper wollte ins Auto steigen und so schnell wie möglich zu Lexy fahren, weil ich sie einfach so sehr vermisste. Ich wusste nur nicht recht, ob ich wirklich mit Bobby dorthin fahren wollte. Um das herauszufinden, musste ich aussprechen, was ich dachte.

»Hast du Zara umgebracht?«, fragte ich ihn.

»Das fragst du mich jetzt nicht im Ernst?«

»Ich habe dir diese Frage bisher nicht gestellt, also würdest du sie jetzt bitte beantworten?«

»Nein«, sagte er.

»Bobby, hier geht es wirklich um etwas. Heute Nacht wird alles gesagt. Also antworte mir bitte.«

»Ich sagte doch: nein.«

Da wurde mir klar, dass er mir keineswegs die Antwort verweigert, sondern im Gegenteil meine Frage schon zum zweiten Mal beantwortet hatte.

Er griff ins Auto, um den Kofferraum zu öffnen, dann nahm er meinen Koffer und legte ihn hinein. Ohne mich bewusst dafür entschieden zu haben, setzte ich mich auf den Beifahrersitz, schloss die Wagentür und schnallte mich an. Bobby setzte sich neben mich und steuerte den Wagen aus der Tiefgarage hinaus durch die Straßen der Stadt bis zum West Side Highway. Er fuhr schnell und sicher, und bald waren wir an der Stelle, wo zwischen den letzten Backsteinhochhäusern der Bronx die Vorstadt begann. Wir gaben uns ganz der Dunkelheit hin, dem Grün um uns herum und der Stille, die nur vom leisen Brummen des Motors durchbrochen wurde.

Wir schwiegen beide. Die Dinge, die wir im Lauf dieser Nacht zueinander gesagt hatten, ließen immer noch einen Abgrund zwischen uns klaffen, aber das spielte im Grunde keine

193

Rolle mehr. Im Vergleich zu den seismischen Erschütterungen, die wir heute sonst noch durchlebt hatten, waren unsere gegenseitigen Beschuldigungen wirklich zu vernachlässigen. Entschuldigen konnten wir uns später, wenn wir das wollten. Doch ich sah in meiner Erschöpfung keine Möglichkeit, wie wir den Mord an einer fremden Frau vor dem neuen Hintergrund des Diebstahls meiner Identität, meiner Verhaftung und Bobbys Vorwürfen gegen Julie einordnen sollten. Mein Körper sank todmüde in den gepolsterten Ledersitz, während meine Gedanken immer weiter um diese neuen, Angst einflößenden Entwicklungen kreisten.

Julies Navigationssystem stellte unseren Weg nach Norden grafisch dar: Wir waren ein kleiner, roter Punkt, der sich auf einer unregelmäßigen, blauen Linie langsam vorwärtsschob. Aus irgendeinem Grund fand ich dieses Bild ausgesprochen tröstlich. Unterstützt von Bobbys sicherem, zügigem Fahrstil, würde diese interaktive Karte dafür sorgen, dass wir unser Ziel bald erreichten. Bobby hatte mir einmal gestanden, dass er sich nie traute, die Augen zuzumachen, wenn wir zusammen im Auto unterwegs waren und ich am Steuer saß (was selten genug vorkam), aus Angst, ich könnte irgendwo falsch abbiegen oder – schlimmer noch – ein Unfallrisiko übersehen. So saß er immer aufmerksam neben mir. Ich hatte umgekehrt kein solches Wachsamkeitsbedürfnis, wenn er fuhr. Und während ich jetzt den Blick auf unser zitterndes elektronisches Abbild gerichtet hielt, war ich bald wie hypnotisiert von unserem Schweigen und dem gleichmäßigen Summen des Wagens auf der Fahrbahn. Bevor ich merkte, dass ich die Augen zugemacht hatte, war ich auch schon eingeschlafen.

Kapitel 8

Ich öffnete die Augen erst wieder, als die Fahrertür zuschlug. Es war acht Uhr morgens, und wir standen vor Julies großem roten Scheunenhaus mit dem rundum laufenden Rasen, den lachsfarbenen Rhododendren und dem akkuraten Bordsteinrand: ein Postkarten-Panorama, dessen Perfektion es ganz und gar von dem Mord zu trennen schien, der sich genau hier, auf dieser Straße, ereignet hatte. Der Regen hatte Zara Moklas inzwischen vollkommen weggewaschen. Bobby war schon halb über den Rasen, auf dem Weg zur Küchentür. Mein Mietwagen, den ich Julie während meiner Abwesenheit überlassen hatte, stand nicht an seinem üblichen Platz in der Auffahrt. Stattdessen befand sich dort der Kleinlaster eines Gärtners, beladen mit den entsprechenden Arbeitsgeräten. Auf dem Weg zum Haus stieg mir der klare Duft von frischgemähtem Gras in die Nase. Die kühle Morgenluft war erfüllt vom Brummen eines unsichtbaren Rasenmähers.

Bobby stand an der offenen Fliegengittertür und wartete auf mich. Ich tastete in der Handtasche nach meinem Schlüsselbund, einer klirrenden Ansammlung verschiedenster Schlüssel aus Lexington und Great Barrington, die ich nie auseinandersortiert hatte, obwohl es immer mehr wurden. Als ich zur Tür kam, sah ich, dass Bobby einen Zettel las, den Julie am Glaseinsatz der eigentlichen Haustür befestigt hatte: *Lieber Mica, ich bin den ganzen Morgen unterwegs. Fangen Sie bitte gleich mit dem Rasen und den Blumenbeeten an, wenn Sie hier sind. Falls*

195

ich mittags nicht zurück sein sollte, bekommen Sie Ihr Geld beim nächsten Mal. Vielen Dank! Julie.

Ich schloss die Tür mit meinem Schlüssel auf. Die Alarmanlage reagierte sofort mit den warnenden Pieptönen, mit denen sie einem eine gute Minute Zeit ließ, bevor sie richtig loslegte. Seit dem Fehlarm löste das sich stetig steigernde Piepen jedes Mal Panik in mir aus, und auch jetzt hämmerte mir das Blut in den Ohren, während ich den Code eingab, den Julie mir beigebracht hatte. Da war es wieder, dieses Roboter-Gefühl, das mich nur noch reagieren ließ. Dann sprang das rote Lämpchen auf grün, und mein Herzschlag beruhigte sich wieder. Ich schob die Tür auf und trat in die Küche.

»Julie? Ich bin wieder da!«

Bobby folgte mir und ging direkt zur hinteren Treppe. Ich hörte seine Schritte, während er das Esszimmer, den Salon und das Wohnzimmer durchquerte. Diese Stille. Ich konnte sie förmlich spüren. Und so überraschte es mich gar nicht, als Bobby allein wieder in die Küche kam.

»Oben sind sie nicht«, sagte er.

»Wahrscheinlich sind sie irgendwo hingefahren.«

»Wohin denn? So früh am Morgen.«

»Irgendwohin eben. Besorgungen machen, Spielplatz, vielleicht auch beides. Was weiß ich?«

»Vielleicht hat der Gärtner sie ja noch gesehen, bevor sie aufgebrochen sind.« Damit war er auch schon aus der Tür, und einen Augenblick später sah ich ihn durch das Küchenfenster im Garten. Er musste Mica wohl gerufen haben, denn gleich darauf trat der Gärtner in den Bildausschnitt, und sie wechselten ein paar Worte. Mica war ein kleiner, stämmiger Mexikaner mit einem lilafarbenen Tuch um den Kopf. Julie hatte mir erzählt, dass er alle zwei Wochen kam. Sonst hatte sie kein Personal, bis auf den Plan, Zara Moklas für die anstrengenden Putzarbeiten anzustellen – ein Plan, der ja dann

196

durchkreuzt worden war. Bobby redete fast ununterbrochen, Mica hörte zu und sagte selbst nicht viel. Hinter ihnen fuhr ein Streifenwagen die Division Street entlang. Als er auf Höhe des Hauses war, wurde er ein wenig langsamer, beschleunigte dann aber wieder und fuhr weiter. Vermutlich das letzte Überbleibsel unserer Schutzmaßnahmen. Mir fiel wieder ein, dass ich mich ja bei der Polizei in Great Barrington melden musste, sobald ich hier eingetroffen war. Ich erledigte den Anruf von dem Apparat im Wohnzimmer, fragte jedoch nicht nach Detective Lazare, sondern bat die Frau in der Telefonzentrale nur, zu den Akten zu nehmen, dass ich jetzt offiziell hier war. Dann ging ich nach draußen zu Bobby und Mica.

Bobby stand auf der Veranda und sah Mica nach, der sich gerade mit einer Schubkarre voll Unkraut wieder entfernte.

»Und?«, fragte ich.

»Er hat sie nicht gesehen.«

»Worüber habt ihr denn so lange geredet?«

»Ich wollte wissen, seit wann er schon für sie arbeitet und wie das so ist.«

»Warum?«

»Warum nicht?«

»Ach, Bobby!«

»Fragen kostet nichts.«

Dieser Floskel hatte ich nichts entgegenzusetzen. Trotzdem missfiel es mir. »Du wirst richtig paranoid wegen Julie, ist dir das eigentlich klar?«

Bobby gab keine Antwort, und ich war viel zu müde, um weiter darauf herumzureiten. Ich ließ mich in einen der Liegestühle auf der Veranda sinken, und Bobby setzte sich neben mich. Wir waren beide erschöpft. Natürlich war ich absolut nicht seiner Meinung, was Julie und die Ohrringe anging, aber wenn ich ehrlich war, konnte ich trotzdem verstehen, wie er zu diesem vorschnellen Schluss gekommen war. Dabei waren Ohrstecker mit Diamanten, vor allem weißen Diamanten, völlig alltäglich. Wahrscheinlich hatte der Übeltäter gerade deshalb solche bestellt, die ließen sich am besten weiterverkaufen. Bobby wollte genauso dringend eine Erklärung für den Haftbefehl und das langsame Dahinschwinden meiner Kreditwürdigkeit wie ich. Trotzdem war es einfach nicht in Ordnung, das alles Julie in die Schuhe zu schieben. Gut, sie war ein sehr gefühlsbetonter Mensch, das stimmte schon, und manchmal flirtete sie auch ein bisschen zu viel. Das hatte ich selbst oft genug erlebt. Doch im Gegensatz zu anderen wusste ich immer genau, wo ihre fließenden Grenzen verliefen. Je länger ich darüber nachdachte, desto klarer wurde mir, dass Bobby einfach etwas missverstanden haben musste, was Julie gesagt oder getan hatte. Bisher war ich nie auf die Idee gekommen, mich zu fragen, was für Gefühle Julie, meine Doppelgängerin, wohl in ihm auslöste. Unwillkürliche Gefühle, die durch die erotische Beziehung zwischen uns einfach in ihm waren. Ich wusste, dass er Julie und mich auseinanderhalten konnte – aber was sah er wohl, wenn er sie anschaute? Was empfand er dabei? Was für unfreiwillige Empfindungen stiegen dann in ihm auf? Ich hatte Bobby immer als mein absolutes Eigentum betrachtet und war mir sicher, dass Julie das respektierte, aber ich hatte das Ganze noch nie aus Bobbys Perspektive betrachtet. Das würde ich jetzt tun. Und außerdem musste ich mich der Möglichkeit öffnen, dass er mir eventuell die ganze Zeit über treu gewesen war, dass die Lovyluv-Mails irgendwie – nur wie? – zu der ganzen grauenvollen Geschichte mit dem Identitätsdiebstahl und meiner Verhaftung dazugehörten. Ich legte meinen Fuß auf sein Knie, und in Anerkennung dieser Geste ließ er seine warme Hand auf meinem nackten Fuß ruhen. Dann atmete er auf. Wir atmeten beide auf.

»Also, was glaubst du, wo sind sie hingegangen?«, fragte er.

»Vielleicht auf den Spielplatz. Lexy hat vor kurzem die Babyschaukeln entdeckt, die findet sie ganz toll. Vielleicht sind sie auch einkaufen gefahren. Oder beides.«

»Sie wacht immer noch viel zu früh auf, was?«

»Wenn die Sonne aufgeht, ist auch Lexy wach.«

»Dann glaubst du also, Julie hat sie auf eine Einkaufstour mitgenommen?«

»Natürlich«, sagte ich. »Auf dem Zettel für Mica steht doch, dass sie mittags wieder zurück ist. Also sind sie mittags wieder hier.«

»Eigentlich steht da ja eher, dass sie ihn beim nächsten Mal bezahlt, wenn sie bis Mittag nicht wieder hier ist.«

»Das heißt doch nur, dass sie bis dahin wieder hier sein will, aber nicht hundertprozentig sicher ist, ob sie es rechtzeitig schafft. Das läuft aufs selbe hinaus, Bobby, oder etwa nicht?«

Bobby nickte und gähnte. »Hast du Hunger?«

»Und wie!«

In der Küche setzte ich Kaffeewasser auf und fahndete im Kühlschrank nach Eiern, Brot, Butter und Marmelade, während Bobby im Telefonbuch blätterte. Diesmal wollte er sicher kein Internetcafé finden – Computer gab es im Haus schließlich mehr als genug. Ich wusste, dass er nach einem Juwelier suchte, aber solange er selbst nichts sagte, konnte ich wenigstens noch einmal eingehend darüber nachdenken. Was war schon dabei, meine Zirkonia-Ohrringe schätzen zu lassen? Wenn er das brauchte, um das Thema Julie endlich ruhen zu lassen … warum nicht? Wir konnten gleich nach dem Frühstück aufbrechen und die Sache hinter uns bringen, noch bevor Julie und Lexy am Mittag wieder hier waren. Als das Frühstück fertig war und wir uns an den Tisch setzten, hatte ich mich entschieden.

»Meinetwegen können wir die Ohrringe schätzen lassen«, sagte ich.

Bobby lächelte, stellte seine Kaffeetasse ab und warf einen

Blick auf seine Notizen. »In der Railroad Street gibt es ein Juweliergeschäft, das um zehn aufmacht.«

Als wir fertig gegessen und unser Geschirr in die Spüle gestellt hatten, war es kurz vor neun. Während Bobby duschte, ging ich ins Gelbe Zimmer hinauf. Alles war genauso, wie ich es zurückgelassen hatte, bis auf die allzu spürbare Tatsache, dass Lexy fehlte, dass ihr Bettchen leer und es so ungewohnt still im Zimmer war. Ich versuchte es noch einmal auf Julies Handy und hinterließ ihr eine weitere Nachricht (wo steckte sie bloß?). Auch ich hatte eine neue Nachricht auf der Mailbox und sah erstaunt, dass sie von Clark Hazmat stammte. Offenbar hatte ich das Handy nicht klingeln hören. Ich fragte mich, ob der Anruf wohl gerade in der Zeit gekommen war, als ich die piepsende Alarmanlage ausgestellt hatte – das weiße Rauschen meiner irrationalen Angst vor einem weiteren Fehlalarm hatte mich so in Anspruch genommen, dass ich sonst nichts mehr bemerkt hatte. Aber warum rief Clark mich überhaupt an? Ich hatte weder die Zeit noch die Nerven, mich mit ihm zu befassen, vor allem jetzt nicht, deshalb ignorierte ich seine Nachricht und rief stattdessen Liz an. Sie wollte unsere Kreditberichte sehen, und ich versprach, sie ihr gleich zu faxen. Dann putzte ich mir die Zähne, wusch mir das Gesicht, band mir das Haar zum Pferdeschwanz und ging mit den seitenlangen Berichten hinauf zum Faxgerät in Julies Büro.

Zehn Minuten später, als Bobby kam, stand ich immer noch an Julies Schreibtisch, während das Faxgerät die Seiten durchzog. Ich hielt Wache darüber und rückte hin und wieder die Seiten zurecht, damit es keinen Papierstau gab. Bobby leistete mir Gesellschaft und nutzte die Gelegenheit, sich in dem hochmodernen Büro umzuschauen. Mir fiel wieder ein, dass er ja noch gar nicht hier oben gewesen war.

»Offenbar ist sie wirklich sehr erfolgreich«, bemerkte er, als er vor dem Stevie und den anderen Preisen stand.

»Was glaubst du denn, wo sie das ganze Geld sonst her-hat?«

Er zog eine Augenbraue hoch, ging aber nicht auf diese rhetorische Frage ein. Stattdessen trat er wieder zu mir an den Schreibtisch und sah zu, wie mein Kreditbericht, dieses völlig fiktive Machwerk, langsam durch das Faxgerät wanderte. Dann fing er an, die bereits gefaxten Seiten aufzusammeln und wieder ordentlich zu stapeln, und stieß dabei versehentlich gegen die kabellose Maus. Der Bildschirm, der im Standby-Modus gewesen war, erwachte zum Leben, und ich sah erstaunt, dass Julie jetzt ein Foto von sich und Lexy als Desktophintergrund hatte, eines der Bilder, die ich in der Woche zuvor gemacht und kurz vor meinem Aufbruch nach Manhattan auf den Loft-Computer heruntergeladen hatte. Bobby und ich starrten beide wie gebannt darauf. Ich fragte mich, was er wohl sah. Erkannte auch er Julie auf dem Foto so unmittelbar, wie ich sie erkannte? Auch ich sah mich selbst – doch erstaunlicherweise nicht in Julie, sondern in Lexy. Und plötzlich überfiel mich die Erkenntnis, wie sehr sich meine Prioritäten verschoben hatten, seit ich ein Kind hatte. Die emotionalen Anforderungen des Zusammenlebens mit Lexy und Julie, unser Leben zu dritt, hatten diese Erkenntnis ein wenig vernebelt, doch jetzt stand sie mir auf einmal ganz klar vor Augen. Wenn ich zwischen den beiden wählen müsste, würde ich mich für meine Tochter entscheiden und nicht für meine Zwillingsschwester – ein spontaner Gedanke, den ich nicht laut auszusprechen wagte.

»Warum ist der Computer denn an?« Bobby setzte sich auf Julies Schreibtischstuhl.

»Sie hat ihn immer an«, sagte ich. »Sie hat ziemlich verschobene Arbeitszeiten, außerdem checkt sie ständig ihre E-Mails.«

Ich trat hinter ihn und schaute auf den Bildschirm. Die

ganze linke Seite war mit ordentlich aufgereihten Icons übersät, und vor dem Hintergrund unseres nächtlichen Streits war
es völlig unmöglich, sie nicht genauer anzuschauen. Julie hatte
zahllose Programme und Links dort gespeichert, und obwohl
ich beileibe kein Computer-Crack war, kannte ich doch fast
alle: Excel, PowerPoint, Lexis Nexis, Microsoft Money und so
weiter und so fort. Alle gängigen Standard-Tools waren vertreten.

»Was ist denn das alles?« Bobby hielt die Maus in der Hand,
traute sich aber nicht, irgendwo hinzuklicken, weil ich ihm
über die Schulter sah.

»Die üblichen Office-Programme. Die könntest du alle
auch aus der Klinik oder von zu Hause kennen, Bobby, wenn
du dich je mit dem Computer befassen würdest.«

»Fang jetzt bitte nicht damit an, Annie. Ich bin mein Leben
lang bestens ohne Computer ausgekommen.« Der Zusatz *bis
jetzt* hing unausgesprochen in der Luft.

Um ihm den Gefallen zu tun, klickte ich auf ein paar Icons.
Computerprogramme und Websites öffneten sich auf dem
Bildschirm, und Julies Login-Daten wurden automatisch übernommen. Aber da wir keine Marketing-Experten waren, gab
es nichts, was uns besonders interessant erschienen wäre.

»Zufrieden?«, fragte ich.

»Habe ich irgendwas gesagt?«

Ich presste die Lippen zusammen, und sein Seufzen zeigte
mir, dass er ganz genau verstand, was ich meinte. *Musstest du
auch gar nicht.* Das Faxgerät zog die letzte Seite des Kreditbe-
richts durch. Bobby heftete die Seiten zusammen und legte die
Berichte auf dem Weg zurück nach unten auf die Kommode
im Gelben Zimmer.

Dann fuhren wir in die Stadt.

Als wir nach fünf Minuten Fahrt von der Division Street
abbogen, fiel mir ein, dass hier ganz in der Nähe ein Kin-

dergartenspielplatz war, wo es auch Babyschaukeln gab. Wir
hatten ihn erst nach dem Ausflug zu dem Raupen-Spielplatz
entdeckt.

»Fahr doch mal kurz nach rechts«, sagte ich.

»Es ist gleich zehn. Sollten wir nicht lieber direkt zu dem
Juwelier fahren?«

»Nur kurz am Spielplatz vorbei.«

Als Bobby begriff, was ich dort wollte, stellte er keine weiteren Fragen. Vielleicht, nur vielleicht, würden wir ja Julie und
Lexy dort antreffen. Auf dem kleinen Platz tobte ein gutes
Dutzend Vorschulkinder herum, sie lachten, rannten, klet-
terten und hüpften und jagten sich gegenseitig über den mit
Sägespänen bestreuten Platz. Eine Kindergärtnerin im blauen
Rock drehte sich nach uns um, als wir im Schritttempo vorbeifuhren, und ich erkannte beschämt, dass es für sie so aussehen
musste, als würden da zwei verdächtige Subjekte die Kinder
beobachten. Ich winkte ihr zu, doch sie sah uns trotzdem
misstrauisch nach, als wir weiterfuhren. Es war eine dumme
Idee gewesen, hier nach Lexy zu suchen. Schließlich waren
Julie und ich nie am Vormittag mit ihr dort gewesen, wenn die
älteren Kinder auf dem Spielplatz waren. Ich schaute zu Bobby
hinüber, der den Blick starr auf die Straße gerichtet hielt, und
wusste, dass es ihm so ging wie mir: Auch er empfand Scham
und Hilflosigkeit, ein Unbehagen, das man nicht benennen
konnte. Eltern fühlen sich einfach nicht wohl, wenn sie von
ihrem Kind getrennt sind, und obwohl wir keinen konkreten
Grund hatten, uns um Lexy zu sorgen, würden wir uns doch
erst wieder völlig entspannen können, wenn wir sie wieder-
hatten.

»Vielleicht sind sie ja auf dem Spielplatz in Stockbridge«,
sagte ich zögernd.

»Dafür haben wir jetzt keine Zeit mehr, Annie.« Anders
gesagt: Er glaubte nicht, dass sie sich einfach irgendwo auf

einem Spielplatz vergnügten. Es war nicht schwer zu erraten, was er stattdessen dachte: *Deine Schwester hat dir deine Identität gestohlen, jetzt hat sie auch noch unser Kind, und du machst dir noch nicht mal Sorgen.* Wieder so ein spontaner Gedanke, den ich sofort energisch beiseiteschob. Die Dinge, über die ich im Moment nicht nachzudenken wagte, wurden immer zahlreicher – beispielsweise die Frage, warum ich eigentlich verhaftet worden war, warum genau, und was aus den Vorwürfen gegen mich noch werden konnte. Mein Ziel an diesem Morgen war vor allem, es bis zum Mittag zu schaffen, Bobbys Misstrauen als unbegründet zu entlarven und ansonsten um jeden Preis das Gleichgewicht zu bewahren. Es fühlte sich an wie ein Drahtseilakt: Ein falscher Schritt, schon drohte der freie Fall. Ich musste mir einfach einreden, dass sie überall ganz unerwartet auftauchen konnten. Und so hielt ich auf der ganzen Fahrt die Main Street entlang ununterbrochen nach ihnen Ausschau, während in der schweren Frühlingsluft bereits wieder der Regen hing – auf dem Rasen vor der Bibliothek, auf den Gehsteigen, hinter den schattigen Schaufenstern in der Railroad Street.

Wir stellten den Wagen an einer Parkuhr ab und suchten das Juweliergeschäft. Schon von weitem sah man das kleine ovale Schild mit der Aufschrift SIMONOFF – SCHMUCK UND ANTIQUITÄTEN, das an einer Stange über dem Gehsteig baumelte. Doch als wir näher kamen, stellten wir fest, dass es im Laden selbst noch dunkel war, und ein handgeschriebener Zettel an der Tür teilte uns mit, man werde heute erst eine halbe Stunde später öffnen. Wir gingen weiter die Straße entlang, bis zu einem kleinen Lokal namens Martin's, wo sich der Frühstückeransturm bereits gelegt hatte und sich niemand daran störte, dass wir nur zwei Cappuccinos bestellten.

Unser Tisch stand direkt am Fenster, mit Blick auf den unbelebten Bürgersteig. Ich löffelte den zimtbestäubten Milchschaum von meinem Kaffee, schaffte es aber nicht, viel davon zu trinken. Mir war ein bisschen übel von der Mischung aus Adrenalin und Erschöpfung, die mich inzwischen seit geschlagenen vierundzwanzig Stunden auf Trab hielt, seit dem Moment, als ich das Lächeln aus dem Gesicht von Emily Leary schwinden sah, der Personalmanagerin des Krankenhauses, wo ich nun höchstwahrscheinlich niemals arbeiten würde. Die plötzliche Erinnerung an das Zusammentreffen mit den Polizisten am Morgen zuvor löste eine Art Ekel in mir aus. Ich starrte angestrengt in meine Kaffeetasse und rührte den letzten Rest Milchschaum in die lauwarme Milchkaffeemischung hinein. Auch Bobby trank seinen Cappuccino nicht. Eigentlich hätten wir beide einfach einen starken, bitteren Espresso gebraucht, reines Koffein ohne viel Schnickschnack.

Es gab nichts mehr zu sagen, deshalb schwiegen wir, rührten in unseren Tassen, schauten auf die Uhr und warteten, dass die Zeit verging. Ich rechnete ständig damit, Julie mit Lexy im Kinderwagen vorbeikommen zu sehen, die vollen Einkaufstaschen am Henkel. Aber natürlich kam sie nicht. Vormittags unter der Woche war kaum etwas los im Ort, es waren nur wenige Leute unterwegs, die Besorgungen machten und manchmal kurz auf ein Schwätzchen stehen blieben. Eine Frau, die ich nicht kannte, sah mich durch das Fenster des Cafés und winkte mir zu. Vermutlich hielt sie mich für Julie. Ich winkte zurück. Je länger unser Schweigen andauerte, desto mehr nervte es mich, dass Bobby nichts sagte. Ich wusste ganz genau, dass er mir weitere Schichten seiner Zwiebelgedanken vorenthielt, deren oberste Lagen er mir in dem Internetcafé in New York enthüllt hatte, und dass tief in ihm ein nagender Verdacht saß. Der Gedanke, Julie könnte versucht haben, ihn zu verführen, war absolut ungeheuerlich! Ich durfte das nicht einmal denken. Und doch … Ganz gegen meinen Willen stiegen die lange verdrängten, emotional aufgeladenen Umstände, unter denen Julie damals unfruchtbar geworden war, wieder an die Oberfläche meiner Erinnerung.

Julie, vor gut zwölf Jahren, auf einer Wiese auf dem Campus des Colleges im Norden New Englands, wo wir beide studierten. Es war Winter, die Wiese stellenweise noch bedeckt von den matschig-vereisten Überbleibseln eines heftigen Schneefalls. Ich kam gerade aus der Bibliothek und sah meine Schwester dort mit Ian, in den ich damals fürchterlich verknallt war. Ian war ein wahrer Bär von einem Mann, er war neunzehn, etwas blass, aber sehr lustig. Julie wusste, wie sehr ich in ihn verschossen war, und trotzdem ging sie da mit ihm über die Wiese. Das war an sich ja noch nicht dramatisch (redete ich mir zumindest ein) – aber dann rutschte sie auf einem vereisten Fleck aus, er fasste sie am Arm, sie hielt sich an seiner Schulter fest, er lachte. Und dann küssten sie sich. Ich stand da wie festgefroren, einen großen kunstgeschichtlichen Bildband unter dem Arm, der plötzlich mindestens hundert Kilo zu wiegen schien. Sie küssten sich noch einmal, dann leckte er ihr auch noch über die Wange, und sie lachten mit einer Vertrautheit, die mir offenbarte, dass die Intimität zwischen ihnen nicht völlig neu sein konnte. Da begrub ich den Plan, Ian für mich zu gewinnen. Julie und ich klärten die Sache noch am selben Abend: Sie gestand mir, dass sie mit ihm geschlafen hatte – zweimal! –, und entschuldigte sich unter Tränen dafür, mich verletzt – belogen und betrogen! – zu haben. Und sie versprach mir hoch und heilig, Ian auf der Stelle abzuservieren. Was sie auch tat. Aber der Schaden war bereits geschehen. Das Schlimmste war gar nicht mein gebrochenes Herz, das rasch heilte und sich schon kurz darauf Rich zuwandte, der viel, viel netter war und auch noch besser aussah als Ian. Das Schlimmste war, dass Ian Julie mehr hinterlassen hatte als nur eine schöne Erinnerung. Ein paar Wochen später stellte sie fest, dass sie Chlamydien hatte, eine Geschlechtskrankheit, die zur

Unfruchtbarkeit führen kann. Und ein Jahr später bestätigte unser Gynäkologe ihr ihre Unfruchtbarkeit, und meine Verbitterung über die Ian-Episode wich einem sehr viel stärkeren Gefühl, einem tiefen Schmerz darüber, dass Julie nun niemals eigene Kinder bekommen konnte. Bei eineiigen Zwillingen sind die Körperfunktionen des einen in gewisser Weise auch die des anderen, und so litt auch ich heftig unter dem Verlust, den das für sie bedeutete. Als wir mit dem College fertig waren und uns nicht mehr ständig alles an diese unglückselige Geschichte erinnerte, ließen wir sie hinter uns. Sie wurde zu einem entscheidenden Schritt auf dem Weg ins Erwachsensein, den Julie seither bravourös meisterte. Als Lexy zur Welt kam, waren wir alle überglücklich über die Geburt *unserer* Tochter – Julie ebenso wie Bobby und ich. Und die Ohrringe waren das Symbol unserer gemeinsamen Mutterschaft: zwei identische Paare, eins für mich, eins für sie.

»Wir müssen los.« Bobby brachte unsere Tassen zur Theke zurück, und wir verließen das Lokal. Sanftes Sonnenlicht, das durch die Wolken fiel, tupfte die andere Straßenseite, als wir zurück zum Juwelierladen Simonoff gingen.

Ein Glöckchen ertönte, als Bobby die Glastür aufstieß. Ich trat hinter ihm in ein kleines, sehr geschmackvoll eingerichtetes Ladenlokal voller Schmuckvitrinen aus Holz und Glas. Von der Decke hing ein zarter, gläserner Kronleuchter, an den Wänden Drucke abstrakt-expressionistischer Künstler aus der Mitte des zwanzigsten Jahrhunderts in staubigen Rahmen: Pollock, de Kooning, Rothko, berühmte Bilder, die ich auf den ersten Blick erkannte, daneben auch ein paar Calders und erstaunlicherweise ein Basquiat. Hinten im Laden befand sich hinter einer Art Durchreiche der Arbeitsplatz des Juweliers, und dort saß eine grauhaarige Dame über einen Tisch gebeugt, die, eine Präzisionszange in den altersfleckigen Händen, mit zusammengekniffenen Augen den Verschluss einer Kette bearbeitete. Beim Klang des Glöckchens hob sie den Kopf, und ich sah, dass ihre nun wieder entspannten Augen von einem sehr hellen Blau waren.

»Guten Morgen.« Lächelnd ging Bobby auf sie zu.

»Guten Morgen«, erwiderte die Dame mit sanfter Stimme.

»Schön, dass wir Sie jetzt antreffen«, sagte Bobby. »Wir waren vorhin schon einmal da und haben den Zettel gesehen.«

»Ja«, erwiderte sie, »Sie müssen entschuldigen. Normalerweise öffnet Gaston, mein Mann, den Laden, und ich komme erst ein wenig später, aber er fühlt sich zurzeit nicht so gut. Was kann ich denn für Sie tun?«

»Wir würden gern ein Paar Ohrringe schätzen lassen.«

Die Dame schob ihren Stuhl zurück und verschwand für einen Augenblick aus unserem Blickfeld, dann kam sie durch eine Seitentür in den eigentlichen Verkaufsraum hinaus. Sie war nicht sehr groß, vielleicht einen Meter fünfzig, und ich schätzte sie auf über siebzig. Sie trug einen langen, leicht ausgefransten Jeansrock, ein Paar ausgetretene Birkenstocks, einen langärmeligen roten Rollkragenpullover und nicht ein Schmuckstück. Als sie hinter dem Verkaufstisch stand, stellte sie sich uns vor.

»Ich bin Ellery Simonoff. Haben Sie die Ohrringe denn dabei?«

»Es sind die Ohrringe, die meine Frau trägt.«

Ich zog sie aus und reichte sie der Dame. In ihrer faltigen, bräunlichen Handfläche sahen sie aus wie vom Himmel gefallene Sterne. »Es sind nur Zirkonia«, sagte ich.

»Nun, es gibt Zirkonia und Zirkonia. Und dann gibt es noch …« Ohne den Satz zu beenden, musterte sie die Ohrringe mit zusammengekniffenen Augen und legte sie dann auf einen abgeschabten Samtuntersatz. Wir sahen ihr dabei zu, wie sie sich den einen Ohrring wieder in die Handfläche legte und ihn durch ein Vergrößerungsglas betrachtete, das sie sich

208

wie ein Monokel ins Auge klemmte. Dann hob sie ihn mit einer Pinzette hoch, drehte ihn und begutachtete ihn von allen Seiten.

»Wir sprechen in diesem Fall von einem kubisch stabilisierten Zirkonia. Ein sehr schöner Stein, sechs Millimeter im Durchmesser, fast ein Karat, die Fassung ist aus Sterlingsilber. Ein weißer Stein mit Brillantschliff. Sehen Sie, wie exakt die Silberfassung den Stein umschließt?«

Bobby und ich nickten wie eifrige Schüler. Er schaute ernst und fast ein wenig enttäuscht drein bei dieser detaillierten Beschreibung des Zirkonia. Ich dagegen konnte mich kaum halten vor Glück, dass meine geliebten Ohrringe nun quasi offiziell nicht echt waren. In einem Ehestreit die Oberhand zu behalten hat immer etwas Befreiendes, wenn auch meistens nur vorübergehend, doch von diesem Streit hing so viel mehr ab als von jedem anderen. Meine Erleichterung war so groß, dass ich förmlich spürte, wie die Anspannung aus mir wich. Dann waren meine Ohrringe also nachgemacht, Julie war einfach nur Julie (nicht, dass mich das überrascht hätte), sie würde mit Lexy gegen Mittag zu Hause sein, und Bobby und ich konnten unsere hässlichen, nächtlichen Streitereien getrost vergessen und uns endlich auf die Suche nach dem wahren Übeltäter machen, der sich für mich ausgab.

Mrs. Simonoff sprach weiter: »Es handelt sich um die Imitation eines beliebten Tiffany-Entwurfs von Elsa Peretti. Ausgesprochen gut gelungen, muss ich sagen.«

Bobby nahm ihr den Ohrring aus der Hand und hielt ihn in das trübere Licht, das zum Schaufenster hereinfiel. Mit jeder Minute zogen mehr Wolken auf. Bald würde es regnen. »Er sieht so echt aus.«

»Das ungeübte Auge erkennt kaum einen Unterschied.«

»Was wird so etwas wohl kosten?«

»Etwa dreißig Dollar pro Paar.«

Bobby legte den Ohrring zurück auf das Samtbrett neben seinen Zwilling, den Mrs. Simonoff nun ebenso behutsam hochhob. Der Stein blitzte kurz auf, dann verschwand auch das letzte Sonnenlicht draußen vor dem Fenster. Die ersten Tropfen fielen.

»Dieser Ohrring hingegen…« Mrs. Simonoff schaltete eine helle Lampe ein und hielt den Ohrstecker darunter. »Sehen Sie ihn sich genau an.«

Wir beugten uns über ihre Handfläche, die in dem hellen Lichtschein einen lebendigen Bronzeton annahm. Der zweite Ohrring blitzte und funkelte, fast schien er ihr aus der Hand springen zu wollen.

»Auch das ist ein weißer Stein mit einem Brillantschliff, aber hier handelt es sich um einen echten Einkaräter in einer Platinfassung. Feines Weiß, lupenrein.«

Warum beschrieb sie diesen Stein bloß so anders? »Der da hat eine Silberfassung, und dieser hier ist aus Platin?«, fragte ich. »Aber das ist doch viel wertvoller.«

»O ja, um einiges wertvoller sogar.« Mrs. Simonoff nahm den ersten Ohrring und legte ihn neben den zweiten in die tiefste Furche ihrer Handfläche. »Sehen Sie den Unterschied?«

Als Bobby sich näher heranbeugte, sah ich das Erkennen in seiner Miene aufleuchten. Er berührte den zweiten Ohrring mit der Fingerspitze. »Das ist ein echter Diamant.«

»Ganz genau. Das ist ein echter Tiffany-Ohrring von Peretti. Man würde ihn bei etwa…« Mrs. Simonoff drückte zwei Finger an die Mundwinkel, eine typisch französische Geste. Sie hatte ein ganzes Leben an der Seite ihres französischen Ehemanns Gaston verbracht und seine Angewohnheiten übernommen – das spürte ich so deutlich, wie ich in diesem Augenblick wusste, dass all meine eigenen Überzeugungen in sich zusammenfielen, dass mein Leben, wie ich es bisher kannte, zu Ende war. »…bei etwa zehtausend Dollar pro Paar ansetzen.«

210

Bobby richtete sich wieder auf. »Wir haben achttausend dafür bezahlt.«

»*Wir?*« Meine Stimme klang mir laut und falsch in den Ohren.

»Aber, aber, meine Liebe.« Mrs. Simonoff sprach in besänftigendem Ton, doch es war unmöglich, mich zu beruhigen. Ich fühlte mich, als hätte ein Erdbeben mein ganzes Innenleben erschüttert. »Das ist doch ein sehr guter Preis. Ein wirklich schönes Stück. Warum in aller Welt tragen Sie es mit einem Zirkonia?«

Ich konnte nichts dagegen tun: Mir wurde übel. Ich rannte aus dem Laden und schaffte es gerade noch über die Straße zu einem Abfalleimer, bevor ich mich übergeben musste. Es regnete inzwischen in Strömen, ich wurde nass bis auf die Haut, aber das war ganz gut so. Der Regen dämpfte den Gestank des Erbrochenen und sorgte dafür, dass mich niemand sah. Bis auf Bobby. Es dauerte ein bisschen, bis er mir nachkam – Bobby konnte eben nicht aus seiner Haut und hatte Mrs. Simonoff sicher zuerst bezahlt und irgendeine höfliche Erklärung zu geben versucht, ehe er aus dem Laden gestürmt war. Doch dann stand er neben mir im Regen, einen kleinen Umschlag in der Hand, in dem vermutlich die Ohrringe waren. Mein Pferdeschwanz hatte sich gelöst, und Bobby strich mir das nasse Haar aus dem Gesicht, während ich mich würgend über den Abfalleimer beugte. Inzwischen war auch Mrs. Simonoff mit einem Schirm nach draußen gekommen, reichte uns ein paar Taschentücher und verschwand dann wieder in ihrem Geschäft. Ich wischte mir den Mund und die Bluse ab und warf die schmutzigen Taschentücher in den Müll. Dann ging ich mit Bobby im strömenden Regen zum Wagen meiner Schwester.

»Du hattest recht«, sagte ich.

»Ich wünschte, es wäre nicht so.«

»Aber du hattest recht!«

»Annie, es tut mir so leid.« Er hielt mir die Beifahrertür auf, damit ich einsteigen konnte, und rannte um den Wagen herum, um selbst auf der Fahrerseite einzusteigen. Dann drehte er sich zu mir um, bevor er den Motor anließ. »Was jetzt?«

»Das fragst du mich?« Ich beugte mich auf dem Autositz vor, vergrub das Gesicht in den Händen und brach in Tränen aus.

In meinem Gehirn tobte ein völlig ungeordnetes Gewitter, Erkenntnisse zuckten wie Blitze vor mir auf. Wenn Julie diese Brillantohrringe gekauft hatte, dann hieß das, sie hatte auch all das andere Zeug gekauft. Es hieß, sie hatte irgendwie für meine Verhaftung gesorgt. Während ich fort war. *Und während sie Lexy hatte.* Es hieß, sie hatte das alles von langer Hand geplant. Und vermutlich hatte sie auch tatsächlich versucht, meinen Mann zu verführen, als ich schwanger und hilflos war, hatte tatsächlich versucht, meine Ehe zu zerstören. Sie hatte mich hierhergelockt, mich dazu gebracht, mein Baby abzustillen, und damit alles für diesen Tag vorbereitet. Und wenn ich nicht zufällig die Ohrringe durcheinandergebracht hätte, hätte auch die Schätzung nichts Ungewöhnliches ergeben: nur ein Paar Zirkonia-Ohrstecker. Wir hätten uns ein wenig entspannt, wären nach Hause gefahren und hätten bis Mittag gewartet. Und ihr damit einen noch größeren Vorsprung verschafft.

Bobby strich mir über die Schulter, ich spürte die Wärme seiner Hand. Seine Stimme war ganz sanft. »Ich finde, wir sollten sofort zur Polizei gehen.«

»Nein, lass uns erst nach Hause fahren. Vielleicht sind sie ja inzwischen zurück.«

»Annie.«

Er hatte ja recht. Sie waren wahrscheinlich nicht zu Hause.

Nein: ganz sicher nicht. Doch selbst jetzt, da ich wusste, was ich wusste, da ich langsam begriff, dass alles, was Bobby mir in dem Internetcafé erzählt hatte, tatsächlich stimmte, keimte noch ein Fünkchen Hoffnung in mir auf. Ein winzig kleines Fünkchen, das ich für mich behalten würde.

»Na gut«, sagte ich. »Fahren wir zu Detective Lazare.«

Kapitel 9

Gabe Lazare saß zurückgelehnt auf seinem Schreibtisch-stuhl und hörte uns zu. Sein Schreibtisch stand in der Ecke eines weißgestrichenen, niedrigen Raumes, der Detectives Unit des Polizeireviers von Great Barrington. Bobby und ich saßen ihm gegenüber, patschnass vom Regen, und berichteten abwechselnd. Hinter mir hörte ich die Geräusche der sechs anderen Detectives an ihren Schreibtischen, ohne sie zu sehen: das Klappern einer Computertastatur, das Rollen eines Schreibtischstuhls auf dem Linoleumboden, ein Telefon, das nur einmal klingelte, bevor es abgehoben wurde, das gleichmäßige Gewirr ruhiger Stimmen. Im Licht der Neonröhren hob sich Detective Lazares bleiche Haut fast geisterhaft von seinen gefärbten, pechschwarzen Haarfransen ab. Durch das große, rechteckige Fenster hinter ihm sah man die regengepeitschten, dunkelgrünen Blätter eines uralten Ahorns.

»Sie sind also ganz sicher, dass Ihre Schwester die Brillant-ohrringe gekauft hat?«, wollte Lazare von mir wissen. Die Ohrringe, die so gleich aussahen und doch so wenig zuei-nanderpassten, lagen zwischen uns auf seinem ordentlichen Schreibtisch.

»Sicher bin ich nicht, aber es sieht alles danach aus, als könnte sie es getan haben.« Es war erschütternd, das laut auszusprechen, meine zögernden Zweifel in Worte zu fassen. Zu bitter war die Erkenntnis, was das in letzter Konsequenz bedeutete: Meine Schwester hasste mich. Ich liebte sie, und

214

sie hasste mich. Außerdem hatte sie Lexy. Ich spürte, wie mir schon wieder übel wurde.

»Ich sage das ja nur ungern, aber mich überrascht es nicht allzu sehr.« Bobby warf mir einen Blick zu, um einzuschätzen, wie viel er sagen konnte, ohne eine furchtbare Reaktion meinerseits zu riskieren. »Ich vermute, Julie hat sich von mir zurückgewiesen gefühlt…«

»Weil Sie sie zurückgewiesen haben.« Detective Lazare nickte. *Schon klar, weiter im Text.* Bobby lächelte ein wenig unbehaglich, dann nickte er.

»Ja, ich habe sie zurückgewiesen. Ich konnte es gar nicht fassen, dass sie es überhaupt bei mir versucht. Ich meine, sie ist schließlich Annies Schwester!«

»Bei einem Identitätsdiebstahl«, sagte Lazare, »geht man meist davon aus, dass es ein Täter ist, der zu allem Zugang hat. Ein Hausangestellter, ein Kollege, manchmal auch ein Familienmitglied.«

»Ja, das habe ich auch in dem Buch gelesen.« Mir gegenüber hatte Bobby bisher nicht erwähnt, dass es sich bei den Tätern oft um Personen handelte, die dem Geschädigten nahestanden. Jetzt fragte ich mich, inwieweit dieses Wissen dazu beigetragen hatte, ihn auf Julie zu bringen.

»Haben Sie das alles schon gemeldet?«, fragte Lazare.

»Wir haben der Kreditagentur eine Betrugswarnung durchgegeben«, sagte Bobby.

»Nein, ich meinte, beim FBI.«

»Nein«, erwiderte Bobby. »Wir haben es ja selbst erst letzte Nacht herausgefunden. Dann sind wir direkt hierhergefahren und haben die Ohrringe beim Juwelier schätzen lassen.«

»Sie können das FBI vierundzwanzig Stunden am Tag erreichen…«

Ich fiel dem Detective ins Wort. »Das war meine Schuld. Als Bobby mir eröffnet hat, dass er glaubt, Julie könnte etwas mit der Sache zu tun haben, wollte ich nicht auf ihn hören. Wir haben dann beschlossen, erst einmal die Ohrringe schätzen zu lassen. Ich konnte meine Schwester doch nicht einfach so beschuldigen.«

»Wissen Sie, Annie, Sie müssen das keineswegs alles allein aufklären.« Ich sah ein Lächeln in Detective Lazares Augen, Verständnis und Vergebung für mein Zögern. Er schien zu begreifen, in was für einer emotionalen Zwickmühle ich steckte und was dabei für mich auf dem Spiel stand. »Das FBI hat eine so genannte *Cyber Division*. Das ganze letzte Jahr hindurch wurden wir alle zu Fortbildungen nach Boston gekarrt, wo das FBI uns für den Umgang mit Verbrechen im Internet geschult und uns Hilfe angeboten hat, wann immer wir sie benötigen. Die werden uns also dabei unterstützen. Und sie wissen ganz genau, wie man bei solchen Verbrechen vorgehen muss.«

Er nahm den Telefonhörer, klemmte ihn zwischen Ohr und Schulter und suchte gleichzeitig etwas im Computer. Wahrscheinlich eine Telefonnummer, denn gleich darauf begann er zu wählen. Dann wartete er, drückte ein paar Tasten, navigierte sich offensichtlich durch ein automatisches Ansagesystem. Und schließlich teilte er einem Fremden mit, dass wir die Hilfe des Staatlichen Ermittlungsdienstes benötigten.

»Es scheint sich um einen Fall von Identitätsdiebstahl zu handeln«, sagte er in den Hörer. »Die Dame wurde gestern wegen schweren Diebstahls verhaftet, sie behauptet aber, die Anklage sei falsch. In New York City. Ja, gegen Kaution. Ja. Das weiß ich nicht, ist noch in der Revision.«

Behauptet, die Anklage sei falsch? Ich war schockiert über diese Wortwahl, doch ich schwieg.

Lazare legte auf, dann zog er eine Schublade an seinem Schreibtisch auf und sagte: »Alles geregelt. Heute Nachmittag kommt einer der Spezialisten für Computerbetrug hierher.

Solche Delikte werden heutzutage sehr ernst genommen, das dürfen Sie mir glauben.« Er nahm ein Formular aus der Schublade und legte es vor sich auf den Tisch: ANTRAG UND ERMÄCHTIGUNG ZUR DURCHSUCHUNG UND BESCHLAGNAHME. Lazare fing an, es auszufüllen, ohne das Gespräch dabei zu unterbrechen.

»Das stand auch in dem Buch«, bestätigte Bobby. »Es hat wohl eine ganze Weile gedauert, aber inzwischen stellen sie eine Menge Personal dafür ab, sich mit so etwas zu befassen.«

»Es bleibt ihnen auch nichts anderes übrig«, sagte Lazare. »Das greift ganz massiv um sich.«

Massiv gleich? In gewisser Weise war es eine Erleichterung zu hören, dass dieses Verbrechen, das mein Leben zu zerstören drohte, keineswegs selten, sondern geradezu alltäglich war, dass Identitätsdiebstahl bereits als eine grassierende Seuche gelten konnte. Bisher hatte ich mich einfach nie mit diesem Thema befasst. War es am Ende doch möglich, dass ich nur ein Zufallsopfer war, dass auch *mein* Übeltäter nur einer von vielen unsichtbaren Dieben war, die die virtuelle Welt unsicher machten? Aber dann fielen mir die Ohrringe wieder ein. Ich dachte an Julie, ich spürte sie in meiner Seele, und mir versagte die Stimme.

»Es heißt, man kann sich nie ganz davor schützen«, sagte Detective Lazare. »Aber vielleicht ist das ja ein Trost für Sie, Annie: Sobald ein Identitätsdiebstahl von offizieller Seite bestätigt wurde, wird das Opfer für den Schaden, der über die Kreditkarten angerichtet wurde, nicht mehr haftbar gemacht.«

»Allerdings«, fügte Bobby hinzu, »kann es Jahre dauern, bis der gute Ruf völlig wiederhergestellt ist. So steht es zumindest in dem Buch. Ein großer Prozentsatz von Identitätsdieben wird nie dingfest gemacht.«

Bei nächster Gelegenheit würde ich dieses Buch in tausend

Fetzen reißen – ich konnte es kaum ertragen, immer noch mehr und noch mehr darüber zu hören, wie meine persönliche Vernichtung ablaufen würde. Es lag Glück im Unwissen, da hatte das alte Sprichwort ganz recht. Und ich wollte mein Unwissen zurück!

Schließlich sagte ich: »Dann ist es vielleicht doch ein bisschen vorschnell anzunehmen, dass meine Schwester hinter alldem steckt. Oder?« Meine Stimme klang sehr viel piepsiger als beabsichtigt, und meine Worte schienen einfach so davonzufliegen, ohne Halt in der Realität zu finden.

Ich sah Detective Lazares perplexe Miene und spürte, dass Bobby neben mir ebenso dreinsah. Sie konnten nicht recht fassen, dass ich immer noch nicht akzeptieren wollte, was ihnen so offensichtlich erschien.

»Hör mal, Schatz«, sagte Bobby. »Julie beherrscht all die Computerkünste, die für so etwas nötig sind, sie hat dir die Ohrringe geschenkt und dich angelogen, und sie hat wahnsinnig viel Geld.« Ich wäre ihm dankbar gewesen, wenn er bei der Erwähnung von Julies Geld nicht so geklungen hätte, als müsste jede derart wohlhabende Frau ganz automatisch kriminell sein – obwohl es auch mir seltsam vorkam, wie perfekt das alles zusammenpasste, obwohl Julie tatsächlich ein auffallend gutes Leben zu führen schien. »Es weist schon einiges darauf hin, dass sie es war… und dass sie uns Lexy weggenommen hat, weil sie auch sie haben will.«

»Langsam, langsam«, unterbrach ihn Detective Lazare. »Das ist eine ganz gewaltige Unterstellung. Sie haben Ihre Tochter in Julies Obhut gelassen, und wir haben einen Zettel von ihr, der besagt, dass sie mittags zurück sein will. Jetzt ist es erst…« Er warf einen Blick auf seine Armbanduhr. »…Viertel nach elf.«

Doch Logik half nicht gegen meine allergrößte, zerstörerische Angst: dass Lexy für immer fort sein könnte.

»*Wir müssen sie finden.*« Es brach einfach aus mir heraus, so laut, dass alle anderen im Raum für einen Augenblick zu erstarren schienen. Dann setzten die üblichen Bürogeräusche wieder ein.

»Schon gut, Annie.« Lazare sprach begütigend, um mich wieder zu beruhigen. Aber ich wollte mich nicht beruhigen lassen. Er legte die Fingerkuppen aneinander, und mir fiel auf, dass seine quadratischen Fingernägel schlecht gefeilt waren. »Auf dem Zettel steht Mittag… ich finde, bis dahin sollten wir warten. Wenn sie dann nicht zurückkommt…«

»*Warten?*« Wie sollten wir denn einfach warten?

»Es ist auch keine Unterstellung«, sprang mir Bobby bei. »Sie haben doch selbst das FBI angerufen, Detective. Offenbar glauben Sie auch, dass da etwas nicht stimmt.«

»Identitätsdiebstahl ist das eine«, sagte Lazare. »Der Betrugsspezialist vom FBI wird bald hier sein, dann beschäftigen wir uns ausführlich damit. Aber Kindesentführung, das ist etwas völlig anderes.«

»Detective.« Bobby beugte sich vor. »Julie hat versucht, mich ins Bett zu kriegen. Sie hat Brillantohrringe gekauft, in Annies Namen, über ein Kreditkartenkonto, von dessen Existenz wir nicht einmal etwas wussten. Annie war ihretwegen im Gefängnis. Sie hat versucht, unsere Ehe zu zerstören… und jetzt ist sie mit unserer Tochter verschwunden.«

»Vielleicht sollten Sie sich erst mal beruhigen…«

»*Nein!*«, rief Bobby. »Uns ist völlig egal, ob sie nur im Supermarkt ist. Wir müssen sie finden, und zwar sofort.«

Es war befriedigend, sogar tröstlich, Bobbys Zorn zu sehen. Seine Beharrlichkeit hatte sich in eine Art Leidenschaftlichkeit verwandelt, die er nur selten bei sich zuließ. Normalerweise war ich die Emotionale von uns beiden. Es war, als löste sich ein Knoten in meinem Gehirn, und plötzlich fiel mir etwas ein.

»Sie ist mit meinem Mietwagen unterwegs. Der hat ein Navigationssystem.«

»Gut«, sagte Lazare. »Damit haben wir doch etwas Konkretes in der Hand. Solche Systeme sind so ausgestattet, dass die Autovermietungsfirmen ihre Fahrzeuge lokalisieren können. Manchmal stellen Kunden den Wagen nämlich einfach irgendwo ab. Es müsste also über ein Ortungssystem verfügen. Und das Gerät muss dafür nicht mal eingeschaltet sein. Bei welcher Firma haben Sie den Wagen denn gemietet?«

Ich sagte es ihm, und er wandte sich wieder seinem Computerbildschirm zu. Er tippte schnell, und keine Minute später war er bereits am Telefon. Er stellte sich vor und nannte den Grund seines Anrufs, dann wurde er in die Warteschleife gehängt. »Jetzt überprüfen sie meine Angaben. Kluge Leute.« Schließlich meldete sich jemand am anderen Ende der Leitung, und Lazares Miene hellte sich auf.

»Ganz sicher?« Er lauschte noch einen Augenblick. »Gut. Vielen Dank.« Er legte den Hörer auf und sagte: »Nach dem GPS-Ortungssystem müssten sie bei Julie zu Hause sein.«

Ich stand auf und griff nach meiner Handtasche. Wenn Lexy tatsächlich dort war, konnte ich sie in nicht einmal zehn Minuten wieder in die Arme schließen, und das Schlimmste wäre vorbei. Auch Bobby stand auf. Lazare faltete den Antrag für den Durchsuchungsbeschluss zusammen und steckte ihn in die Brusttasche seines Hemdes, dann nahm er die Ohrringe, schob sie zurück in den kleinen Umschlag und gab sie mir. Auf dem Weg nach draußen steckte ich den Umschlag in die Tasche.

»Wir sehen uns dort«, sagte Lazare. »Ich will vorher noch kurz beim Gericht vorbei und den Antrag abgeben.« Er betätigte die Zentralverriegelung an seinem Autoschlüssel. Auf dem Parkplatz hinter dem Revier blinkte ein silberner Kombi auf.

Wir hatten Julies Audi vor dem Haus geparkt. Inzwischen hatte es wieder aufgehört zu regnen, und als wir beim Wagen waren, verzogen sich die Wolken. Sonnenlicht fiel auf die Straße. Bobby fuhr, ich saß neben ihm, sah zu, wie die leuchtenden Frühlingsfarben, Hellgrün, Pink, Gelb, Rot und Orange, an uns vorbeizogen, und hoffte aus tiefstem Herzen, Lexy in Julies Haus vorzufinden. Meine Gefühle Julie gegenüber waren viel zu verworren, um sie benennen zu können, aber ich hoffte trotzdem, dass auch sie dort sein würde. War es vielleicht doch möglich, dass sie mir alles erklären konnte? War es möglich, dass sie doch nicht die Person war, die dieses Chaos in meinem Leben verursacht hatte?

Auf halbem Weg klingelte das Handy in meiner Handtasche. Ich fischte es heraus, voller Hoffnung, dass es Julie, und voller Sorge, dass es doch nur wieder Clark Hazmat sein würde.

»Es ist Liz«, verkündete ich Bobby nach einem Blick auf das Display.

»Hallo, Kindchen«, sagte Liz am anderen Ende. »Wie geht es Ihnen da oben?«

»Nicht so toll.« Ich berichtete ihr von dem Ergebnis der Schätzung. Sie hörte schweigend zu, dann kam sie übergangslos auf den Grund ihres Anrufs zu sprechen.

»Ich hoffe, Sie sitzen gut«, sagte sie. »Es kommt nämlich noch schlimmer.«

»Raus damit.«

»Sie wissen doch, der Vorwurf wegen Veruntreuung?«

»Sie meinen den *falschen* Vorwurf wegen Veruntreuung?«

»Ja, genau den.« Fast musste ich lachen, dann musste ich fast weinen. Und dann sagte sie es mir: »Es sind fast fünfundzwanzigtausend, die in zwei Tranchen von zwei verschiedenen Konten Ihres Gefängnisses in Kentucky abgezweigt wurden.«

Mein Gefängnis! »Was heißt das, ‹abgezweigt›?«

221

»Sie wurden auf zwei Konten überwiesen, die Ihnen gehören«, sagte Liz.

»Sie meinen zwei Konten, die keineswegs mir gehören …«

»Ja, Annie, das meine ich. Aber ich muss es Ihnen so mitteilen, wie es mir gesagt wurde.«

Ich war fassungslos. Sprachlos.

»Wir machen jetzt Folgendes«, sagte Liz. »Ich werde eine Organisation anrufen, die mit dem FBI verbandelt ist, das IC³ – das steht für *Internet Crime Complaint Center* –, und dort in Ihrem Namen eine formelle Beschwerde einreichen. Das ist der erste Schritt. Der zweite Schritt wäre, die *Cyber Division* des FBI zu benachrichtigen und sofortige Hilfe in dieser Sache zu verlangen.«

»Das hat der Detective hier vor Ort bereits getan.«

»Hervorragend. Ich werde trotzdem selbst noch einmal anrufen, es schadet nie, einem Hilferuf etwas mehr Wucht zu verleihen. Wo sind Sie jetzt?«

»Auf dem Weg zu Julies Haus. Das Ortungssystem des GPS in ihrem Wagen behauptet, sie wäre dort.«

»Viel Glück, Annie. Halten Sie mich auf dem Laufenden. Und machen Sie sich keine Sorgen, ich rufe Sie auch bald wieder an.«

Als wir vor Julies Haus hielten, war mein blauer Mietwagen nirgends zu sehen. Auch Micas Kleinlaster war verschwunden. Wir hielten in der Einfahrt und standen noch auf der Wiese, als Detective Lazare eintraf. Die Luft war schwer von Feuchtigkeit, und zum ersten Mal in diesem Frühjahr fühlte ich mich eingezwängt in meinen Kleidern. Ich trug dasselbe wie vor zwei Tagen, bei meinem Aufbruch nach Manhattan, Jeans und ein enganliegendes Oberteil, dessen tiefen Ausschnitt ich inzwischen nicht mehr gewagt, sondern nur noch erbärmlich fand. Ich hatte die Sachen nach der Rückkehr aus dem Gefängnis angezogen. Das beigefarbene Kostüm hatte ich in der

Wohnung meines Vaters gelassen – ich würde es ohnehin nie wieder tragen, nach all den bösen Erinnerungen, die daran hingen. Jetzt spürte ich, wie sich ein Schweißfilm über meinen ganzen Körper legte, während wir – Detective Lazare, Bobby und ich – zu dritt Julies ganzes Grundstück nach dem Wagen absuchten.

Er war nicht da.

»Und was jetzt?«, fragte Bobby Detective Lazare.

Lazare sah sich nachdenklich um, dann sah er mich an und sagte: »Ich habe da so eine Vermutung.« Er ging auf das Haus zu, und wir folgten ihm. An der Küchentür blieb er stehen. »Wenn ich jetzt da reingehe, bevor der Durchsuchungsbeschluss durch ist, und wir finden heraus, dass sie das Navigationssystem tatsächlich ausgebaut hat, werden wir das nicht verwenden können, falls aus der Sache noch etwas wird.«

Ich wusste genau, was er mit *verwenden* meinte: vor Gericht verwenden. Es würde sich nicht mehr als Beweismaterial einsetzen lassen. So, wie er es formulierte, klang es richtiggehend irreal. Ich konnte mir einfach nicht vorstellen, dass es wirklich so weit kommen würde.

»Möglicherweise könnte ich mit Annies Einwilligung offiziell ein wenig im Haus herumschnüffeln«, fuhr Lazare fort. »Aber es ist keineswegs sicher, dass das anerkannt wird. Warum sollten wir also das Risiko eingehen?«

»Dann wollen Sie also, dass ich danach suche«, sagte ich.

»Genau.«

»Darf Bobby mir helfen?«

»Er ist Ihr Mann, es ist nichts Ungewöhnliches dabei, wenn er mit Ihnen ins Haus kommt.« Was so viel hieß wie Ja.

Ich schloss die Küchentür auf, und Bobby und ich gingen hinein. Staubflöckchen tanzten im Sonnenlicht, das durchs Fenster hereinfiel. Die emaillierte Wanduhr in Form einer

Ente zeigte 11 Uhr 45, und angesichts der vollkommenen Stille im Haus war mir sofort klar, dass sie nicht hier sein konnten, dass sie schon eine ganze Weile fort waren und höchstwahrscheinlich auch nicht wiederkommen würden.

Wir begannen in der Küche, öffneten Schranktüren, zogen Schubladen auf. Im Ess- und im Wohnzimmer suchten wir auf, in und unter sämtlichen Möbeln. Ich holte eine Taschenlampe aus der Garderobe im unteren Stock und leuchtete damit in zwei übergroße Keramikkrüge hinein, die Julie in einem Antiquitätenladen in der Gegend gefunden hatte. Währenddessen durchsuchte Bobby oben den Loft und das unbenutzte Gästezimmer. Ich nahm mir das Gelbe Zimmer und das Zimmer mit dem Pinienzapfen vor. Wir zogen alle Schubladen auf, schauten in jeden Winkel, in die obersten Fächer sämtlicher Schränke, unter jedes Bett. Und je länger wir suchten, ohne etwas zu finden, desto machtvoller kehrte meine unermüdliche Hoffnung zurück. Es wurde zwölf Uhr, und ich ertappte mich dabei, jedes Mal innezuhalten und zu lauschen, wenn draußen ein Auto vorbeifuhr.

»Ich habe nichts gefunden«, rief ich Bobby zu. »Du vielleicht?«

»Nada.« Er kam zu mir in die Diele im zweiten Stock und öffnete die Tür zu Julies Reich ganz oben. »Wollen wir?«

»Sekunde«, sagte ich. Gegenüber vom Zimmer mit dem Pinienzapfen befand sich noch eine Kammer. Als ich die Tür öffnete, beleuchtete ein automatisches Deckenlicht ordentlich gefaltete und sortierte Wäsche: Bettwäsche unten, Handtücher oben. Auf dem Boden standen zwei Wäschekörbe und ein leerer Luftbefeuchter. Ich bückte mich, um die Körbe beiseitezuschieben … und da war es, auf dem Boden. Das Navigationssystem aus meinem Mietwagen. Das Empfangsgerät für das Satellitensignal war nur ein kleiner, schwarzer Kunststoffknubbel oben an einem schlafenden grauen Bildschirm.

Von der Rückseite des Geräts streckte sich mir das einzelne Bein eines Saugnapfs entgegen. Es war kein besonders teures Modell. Wahrscheinlich kaufte die Autovermietung die Dinger en bloc und sah sie als reine Gebrauchsgegenstände.

»Da ist es«, hauchte ich.

Bobby trat hinter mich und betrachtete das Gerät, dieses harmlose kleine Ding. Dann nahm er es mir aus der Hand, wir gingen die Treppe hinunter und verließen das Haus. Ich sah den verschwitzten Streifen hinten an Bobbys Hemd und merkte im selben Moment, dass auch meine Stirn feucht war, dass mir die Schweißtropfen in die Augen rannen und mein Herz von kalter Furcht erfüllt war.

Es gab nur einen Grund, das Navigationssystem aus einem Auto zu entfernen: dass man nicht gefunden werden wollte.

Detective Lazare hockte auf einem niedrigen Mäuerchen ein paar Meter von der Küchentür entfernt. Eine Libelle mit schillernden Flügeln hatte sich auf seinem Knie niedergelassen, und er beobachtete sie aufmerksam. Als er uns kommen sah, stand er auf, und die Libelle flog davon.

Bobby zeigte ihm das Navigationssystem.

»Sind Sie ganz sicher, Annie, dass es das Navigationssystem aus Ihrem Mietwagen ist?«, fragte Lazare.

»Absolut sicher«, sagte ich.

Lazare klappte sein Handy auf und sagte mit ruhiger Stimme zu uns: »Ich werde einen Amber Alert beantragen. Ist Lexy der richtige Vorname Ihrer Tochter?«

»Alexis«, sagte Bobby.

»Und die Augenfarbe?«

»Braun.«

»Irgendwelche auffälligen Muttermale?«

Bobby sah mich an, er wusste es nicht.

»Sie hat eins in der linken Kniekehle«, sagte ich. »Hellbraun und ziemlich klein, wie ein umgedrehtes Dreieck.«

225

»Und der Wagen«, fuhr Lazare fort, »der ist hellblau, nicht wahr? Ein viertüriger Toyota?«

»Genau«, sagte ich.

»Und die Polsterung?«

»Auch hellblau.«

Lazare klickte sich durch das Telefonbuch seines Handys, dann wählte er eine Nummer. Er meldete sich ganz offiziell und hielt sich nicht wie sonst mit Smalltalk auf. »Ich brauche einen Amber Alert für ein kleines Mädchen, Alexis Goodman, genannt Lexy. Etwa sechs Monate alt, kurzer rötlicher Haarflaum, braune Augen, hellbraunes Muttermal in Form eines umgedrehten Dreiecks in der linken Kniekehle. Vermutlich befindet sie sich in der Obhut ihrer Tante mütterlicherseits, Julie Milliken. Ich schicke euch in ein paar Minuten ein Foto per E-Mail.«

Ein Foto von Julie zu haben war ganz entscheidend. Wahrscheinlich waren mehrere tausend blaue Toyotas überall auf den Straßen unterwegs, in denen eine Frau mit einem Baby irgendwo hinfuhr oder nur versuchte, es zum Schlafen zu bringen.

Wie leicht würde es für Julie sein, einfach durch die Welt zu gehen, sich als Mutter, als *ich* auszugeben und Lexy großzuziehen. Das war tatsächlich möglich. Ich konnte sie tatsächlich verlieren.

Lazare folgte Bobby und mir zurück ins Haus, nach oben, zu dem Zweitcomputer. Ich öffnete die Datei mit den Fotos, die ich am Sonntagabend noch heruntergeladen hatte, und Lazare entschied sich für ein Bild, das Julie allein zeigte. Sie stand im Wohnzimmer am Fenster, während der Regen hinter ihr als unscharfer Nebel herunterprasselte, und sah mich beziehungsweise die Kamera mit ruhiger, lauschender Miene an. Kurz vorher hatte ich sie gefragt, was sie von Hühnchen zum Abendessen hielte, und gleich nachdem ich das Foto gemacht hatte, hatte sie »*Gerne*« geantwortet. Am Ende waren wir dann im Rouge gewesen.

Ich schrieb den Namen meiner Schwester dazu und klickte auf die Option *Als E-Mail verschicken*. Lazare gab die Adresse ein, schrieb noch eine kurze Erklärung dazu und schickte die Mail ab.

Draußen näherte sich ein weiteres Auto. Das Herz klopfte mir bis zum Hals. *Waren sie das? War vielleicht doch alles ein großes Missverständnis?* Aber auch dieses Auto fuhr vorbei.

Ohne meine Tochter würde das Leben unerträglich sein.

»Ist das Julies Computer?«

»Nein«, sagte Bobby. »Sie hat oben noch ein Büro.«

»Haben Sie etwas dagegen, wenn ich mich da kurz umsehe?«, fragte Lazare mich. Eine weitere Durchsuchungserlaubnis vor dem eigentlichen Durchsuchungsbeschluss.

»Meinetwegen«, sagte ich.

Bobby führte Lazare den Flur entlang. Ich blieb, wo ich war, und die beiden drehten sich erstaunt um.

»Ich würde gern duschen«, sagte ich. »Ich fühle mich völlig verklebt, und außerdem muss ich abpumpen.«

»Gut«, sagte Lazare. »Ich werde auch nichts anfassen. Ich schaue mir nur alles an, bis ich die Bestätigung bekomme, dass der Durchsuchungsbeschluss da ist.« Er lächelte mich freundlich an, und ich wünschte mir sehnlichst, er wäre fort. Hätte es doch nur niemals einen Grund gegeben, diesen klugen, beharrlichen Mann in unser Leben zu lassen!

Sie gingen hinauf in Julies Höhle, und ich ging in mein bienenstockgelbes Zimmer. Das Surren in meinem Kopf wollte einfach nicht aufhören. Ich war zum Umfallen müde und so verstört wie noch nie zuvor in meinem Leben. Eine Viertelstunde lang saß ich auf dem Bett und pumpte schluchzend Milch ab, dann verschloss ich das Fläschchen für Lexy, ging in die Küche und stellte es in das Tiefkühlfach. Als ich wie-

227

der oben im Badezimmer war, zog ich mich aus, stellte mich unter das heiße Wasser und wünschte mir sehnlich, es könnte auch das furchtbare Gefühl der Schwäche wegwaschen. Ich wollte die stärkste Mutter sein, die es jemals gegeben hatte. *Ich habe die Hoffnung niemals aufgegeben*, hörte ich mich sagen. *Ich habe immer gewusst, dass wir sie finden würden.* Doch als ich wieder aus der Dusche kam, war ich zwar sauber, aber sonst völlig unverändert. Ich trocknete mich ab, bürstete mir die Haare, putzte mir die Zähne und cremte mich von Kopf bis Fuß ein. Ein Blick in die Kommodenschubladen und den Kleiderschrank zeigte mir nichts, was ich hätte anziehen wollen. Alles, was zu meinem alten Leben gehörte, dem Leben vor gestern, erschien mir plötzlich nicht mehr glaubwürdig. Ich war irgendwie nicht mehr *ich*. Und Julie… wer war sie?

Ich schlang mir ein Handtuch um den Körper und ging nach oben, ins Zimmer meiner Schwester. Die Tür zum Büro war nur angelehnt. Durch den Spalt sah ich Bobby am Computer sitzen und Lazare, der hinter ihm stand, mit Klicken und Deuten alles Mögliche zeigen. Ich schloss die Tür. Dann öffnete ich Julies Schrank und fuhr mit der Hand an den Reihen ihrer Kleider entlang. Sie hatte einen schlichten, klassischen Stil, die Stoffe waren allesamt von höchster Qualität. Wer hatte diese Kleider wohl gekauft? Hatte sie selbst dafür bezahlt – oder ich? An manchen hing noch das Preisschild. Aber ich wollte nichts Neues anziehen, ich wollte etwas, das sie bereits getragen hatte. Dann entdeckte ich ein rein weißes, zartes Outfit, eine weite Hose, ein weites, indisch anmutendes, transparentes Oberteil und ein Hemdchen für darunter, und nahm es vom Bügel. Es war mir schon bei der ersten Kleiderschrankbesichtigung nach meiner Ankunft aufgefallen, aber ich hatte mich nicht getraut, mir etwas so Empfindliches auszuleihen, vor allem nicht mit einem Baby im Haus. Jetzt nahm ich es aus dem Schrank und zog es an.

Ganz in Julie gehüllt, ging ich durch das Zimmer und versuchte mir vorzustellen, wie es wohl war, sie zu sein. Ich hatte immer geglaubt, das zu wissen, ich hatte geglaubt, wir wären im Grunde ein und dieselbe. Doch die letzten beiden Tage hatten mich eines Besseren belehrt. Ich musste mich mit dem Gedanken vertraut machen, dass Julie nicht die war, für die ich sie hielt. Was wiederum hieß, dass auch ich nicht die sein konnte, für die ich mich hielt. Oder?

Ich setzte mich in den einen schwarzen Sessel und betrachtete den Vitrinentisch mit den vermischten Glaskatzenfamilien. Dann sah ich, dass Julie noch ein paar andere Dinge dazugelegt hatte, und ich erschrak: Lexys rote Beißente, die sie so gerne hatte, und das zweite Paar Ohrringe. Julies Ohrringe, das andere falsch zusammengestellte Paar. *Da lagen sie.*

Ich nahm die Glasplatte ab und legte sie vorsichtig auf den Boden. Lexys klebriger Beißring beruhigte mich ein klein wenig, er gab mir das Gefühl, sie zu spüren. Ich schob ihn tief in die Tasche meiner weißen Hose. Dann hob ich die Ohrringe auf. Sie schmiegten sich in die Linien meiner Handfläche, zwei harmlose kleine Steinchen, gleich und doch nicht gleich, weil einer von ihnen echt war und der andere nicht. Ich konnte nicht sagen, welcher welcher war. Ich lehnte mich in dem Sessel zurück und hob die Hand in Richtung Fenster, um Licht auf die Ohrringe fallen zu lassen. Nach dem Regen wirkte das Sonnenlicht geradezu ursprünglich – trotzdem konnte ich nicht erkennen, was Mrs. Simonoff so mühelos gesehen hatte. Schließlich drehte ich Julies Nachttischlampe um und hielt die Hand unter die heiße Halogenbirne. Jetzt funkelte der eine Ohrring prächtig, während der andere so stumpf und berechenbar blieb wie zuvor. Das war mein Zirkonia-Stecker.

Ich schob ihn ins linke Ohrloch und befestigte den Verschluss. Dann legte ich den echten Diamanten zurück in das Vitrinentischchen (wobei ich den Gedanken beiseiteschob, eventuell Beweismittel zu verfälschen) und nahm acht von den kleinen Glaskatzen heraus. Ohne diese Andenken wäre mir jener ferne Sommer in Italien inzwischen wie ein reines Phantasieprodukt vorgekommen. Wie war es möglich, dass meine Eltern je verheiratet, dass sie überhaupt je am Leben gewesen waren? Wie hatten Julie und ich uns je so nahe sein können? Und waren wir vier tatsächlich einmal eine Familie gewesen? Ich ließ den Blick durch Julies strahlend weißes Zimmer mit seinen schwarzen Dachbalken wandern, über denen sich noch so viel Raum verbarg. War es tatsächlich ganz und gar vorbei mit unserer Liebe, unserem Vertrauen zueinander? Bevor es Lexy gab, war dieses Band zwischen uns der wichtigste Motor meines Lebens gewesen.

Als ich die Glasplatte zurück auf den Tisch legte, dachte ich an den anderen Zirkonia-Ohrstecker. Ganz offensichtlich hatte ich die Ohrringe seit meinem ersten Abend hier nicht mehr beide zusammen getragen, dem Abend, als Zara ermordet worden war, als Julie und ich unsere Glaskätzchen vermischt, Schuhe und Ohrringe ausgezogen und bis spät in die Nacht hinein geredet hatten. Ich spürte, wie ich immer tiefer im erbarmungslosen Treibsand der Einsamkeit versank. Als Teil eines Zwillingspaares, eines eineiigen zumal, hatte ich mich nie richtig allein gefühlt. Ich mochte es nicht, dieses Gefühl. Mehr noch: Ich fand es grauenhaft.

Barfuß ging ich zurück nach unten in das Gelbe Zimmer, zu meiner Handtasche. Ich wollte wieder meine eigenen Ohrringe tragen. Ich nahm den Umschlag heraus, identifizierte den echten Zirkonia mit Hilfe des hellen Badlichts und schob ihn in das andere Ohrloch. Da stand ich, weiß und funkelnd, eine Frau wie aus dem Möbelkatalog: *Seite Fünfzig, ein ganzes Zimmer zum Wohlfühlen.* Gedruckt auf Hochglanzpapier – für so etwas war ja Julie die Expertin – wäre das vermutlich ein tröstliches Bild gewesen, ein Bild, das sagte: *Kauf mich, ich werde dich von allen Zweifeln heilen.* Doch im wahren Leben konnte kein weißes Leinen und kein funkelnder Schmuck der Welt das Auf und Ab, die Höhen und Tiefen im Innern einer Frau verbergen.

Mein Handy, das immer noch in meiner Handtasche steckte, klingelte, und wie jedes Mal seit zwei Tagen klopfte mir das Herz bis zum Hals. War es vielleicht doch Julie, die sich endlich bei mir meldete, um mir zu sagen, wo sie waren? Um mir ihre Abwesenheit zu erklären, mir zu versichern, dass es Lexy gutging? Und mir zu sagen, dass sie bald zurück sein würden? Der ganze Rest, die Sache mit dem Geld, war so verworren, dass er sich keinesfalls für ein Telefongespräch eignete. Erwartungsvoll fischte ich das Handy aus der Tasche, doch als ich Clark Hazmats Namen auf dem Display sah, stürzten all meine Hoffnungen ebenso dramatisch wie flächendeckend in sich zusammen. Warum rief er mich bloß dauernd an? Das reichte jetzt. Ich würde ihm klipp und klar sagen, dass er mich in Ruhe lassen sollte.

»Hallo …« Doch bevor ich weiterreden konnte, legte er auch schon los.

»Miss Milliken! Ich bin's, Clark!«

»Ja, Clark, das habe ich gesehen, aber …«

»Ich versuche schon den ganzen Tag, Sie zu erreichen. Vielleicht haben Sie ja meine Nachricht nicht bekommen.«

»Doch, ich habe sie bekommen, aber ich bin wirklich sehr beschäftigt, Clark …«

»Ja, ich hab's heute Morgen in der Zeitung gelesen.«

»Es steht in der Zeitung?!«

»Schlechte Nachrichten verbreiten sich halt schnell. Deshalb rufe ich ja auch an. Nachdem ich das in der Zeitung gesehen hatte, hab ich natürlich gleich ein paar Nachforschungen angestellt. Sie wissen ja, ich hab da so spezielle Computertalente.«

231

Spezielle Talente. So konnte man es natürlich auch ausdrücken. Clark hatte als Hacker sieben Jahre abgesessen. Möglicherweise war es sogar ein Glück, dass er die neuesten Entwicklungen verpasst und in seiner Zelle Groschenromane gelesen hatte, anstatt sich vom Einbruch in Firmennetzwerke dahin umzuorientieren, das Leben von Privatpersonen zu ruinieren. Er hätte ja selbst ganz gut zum Identitätsräuber werden können.

»Clark.« Ich sprach sehr eindringlich. »Was wollen Sie damit sagen?«

»Ich will damit sagen, dass ich ziemlich tief gegraben habe. Ich hoffe, das macht Ihnen nichts aus. Sie sitzen ganz schön in der Scheiße, Miss M., aber jeder Idiot, der ein bisschen was auf der Festplatte hat, sieht auf den ersten Blick, dass das alles Humbug ist. Sie sind einfach nicht der Typ für 'nen Jaguar und Brillanten, und ich hab Sie auch noch nie mit Sonnenbankbräune gesehen.«

Ich zuckte zusammen. Er hatte tatsächlich tief gegraben. »Woher wissen Sie das alles?«

»Ich sag Ihnen«, antwortete er, »das ist da draußen gerade ein wahres Hacker-Paradies. Super Zeitpunkt, um neu einzusteigen, aber ganz schlechter Zeitpunkt für einen Ex-Knacki ohne Job, der sich nur die Nase am Fenster platt drückt. Ich hätte ja schon früher Bescheid gesagt, aber ich dachte mir, inzwischen haben Sie wahrscheinlich selbst schon das eine oder andere rausgefunden.«

»Das stimmt, das habe ich tatsächlich, aber Clark, ich kann jetzt nicht lange reden. Es ist nämlich noch viel schlimmer, als Sie an Ihrem Bildschirm sehen. Sie haben ja keine Ahnung.«

»Doch«, sagte er, »hab ich schon, glaube ich. Dieser Zeitungsartikel, ja? Da stand was drin von einem Mord…«

Mir lief es kalt den Rücken hinunter, als ich dieses Wort aus Clarks Mund hörte… Clark, mit seinen Zottelhaaren und dem Totenkopf-Tattoo.

»Außerdem stand da was …« Er unterbrach sich, und ich hörte Papier rascheln. »… von einem Thomas Soiffer, dem Typen, den sie deswegen suchen. Da hab ich einfach auch mal nach ihm gesucht. Und wissen Sie, was?«

»Sie haben ihn gefunden?«

»Nee, Miss M., aber ich hab einiges über ihn rausgefunden. Der Junge wurde gehackt, genau wie Sie.«

Ich brauchte einen Augenblick, um zu verstehen, was er meinte. Dann fragte ich: »Wollen Sie damit sagen, Thomas Soiffer ist ebenfalls Opfer eines Identitätsdiebstahls geworden?«

»Genau!«

»Und wer hat ihm die Identität gestohlen?«

»Keine Ahnung. Wüsste ich auch gern. Ich hab Sie immer gemocht, Miss Milliken. Ich würde Ihnen da wirklich gern noch mehr helfen, aber ich lieg so 'n bisschen an der Kette, wenn Sie wissen, was ich meine. Ich hab so schon zu viel riskiert. Ich wollte Ihnen einfach nur 'nen Hinweis geben wegen der Sache mit diesem Soiffer, falls die Bullen das noch nicht rausgefunden haben. Die Jungs sind ja manchmal nicht so ganz von der schnellen Truppe.«

»Danke, Clark«, sagte ich. »Vielen Dank, dass Sie mich angerufen haben.«

»Geht schon klar, Miss M.«, sagte er. »Viel Glück, ja? Mit dem ganzen Kram.«

»Danke.«

»Wenn sich das alles so 'n bisschen entspannt hat, ruf ich Sie mal wieder an. Das mit der Freiheit … manchmal ist es ganz schön einsam hier draußen, das wissen Sie ja wohl selbst.«

»Ja, rufen Sie mich ruhig an«, sagte ich, und diesmal meinte ich es auch ganz ernst. »Ich würde mich freuen, wieder von Ihnen zu hören.«

Ich ging zurück nach oben, wo Bobby immer noch mit

Julies drahtloser Maus herumklickte. Lazare hatte sich inzwischen einen Stuhl herangezogen.

»Detective Lazare«, sagte ich, und er drehte sich zu mir um. »Erinnern Sie sich noch an Clark Hazmat? Ich hatte Sie gestern Morgen seinetwegen angerufen, nachdem ich ihn zufällig in Manhattan getroffen hatte.«

Der Detective brauchte einen Augenblick, um sich zu erinnern. »Der Häftling«, sagte er dann.

»Ex-Häftling, ja. Gerade hat er mich nochmal angerufen, und ich finde, Sie sollten wissen, was er mir erzählt hat.« Ich berichtete von Clarks Behauptung, Thomas Soiffer sei ebenfalls Opfer eines Identitätsdiebstahls geworden.

»Interessant«, sagte Lazare. Sonst nichts. Nur: *interessant*. Trotzdem beobachtete ich zum ersten Mal, seit ich ihn kannte, wie seine gelassene Fassade zu bröckeln begann. Wenn Clark recht hatte, wenn das tatsächlich stimmte, hieß es womöglich, dass der Mord an Zara und der Raub meiner Identität ihren gemeinsamen Nenner in Thomas Soiffer fanden. Ich sah ihn vor mir, auf der Straße vor Julies Haus, wo er ihr aufgelauert und stattdessen Zara erwischt hatte. Es war auf grauenhafte, überzeugende Weise logisch.

Lazare streckte ein Bein aus und lehnte sich zurück, um sein Handy aus der Hosentasche zu angeln. Während er telefonierte, um herauszufinden, wo der Computerspezialist vom FBI blieb, wie es mit dem Durchsuchungsbeschluss stand und wie weit der Amber Alert inzwischen war, schaute ich Bobby über die Schulter. Es war ihm gelungen, verschiedene Websites zu öffnen, deren Namen an der unteren Bildschirmleiste aufgereiht standen.

»Du hast nach dem Stevie Award gesucht?«, fragte ich.

Bobby drehte sich zu mir um. Seine Miene hatte sich verdüstert. »Sie hat nie einen bekommen.«

»Bist du da ganz sicher?«

»Nach allem, was ich hier so finde, ja.«

»Aber ihre Marketing-Karriere...«

»Die war ganz echt«, sagte er, »und offenbar war sie auch tatsächlich sehr erfolgreich oder ist es immer noch. Man wird nicht so leicht schlau daraus. Es gibt jede Menge Informationen über sie, aber die sind alle ziemlich verstreut, und seit etwa einem Jahr findet sich so gut wie gar nichts mehr.«

Vor etwa einem Jahr: als Paul sie verlassen und sie es mit ein paar Dates versucht hatte, allerdings ohne nennenswerten Erfolg. Vor etwa einem Jahr: als ich Bobby geheiratet hatte. *Vor etwa einem Jahr.* Hatte sie da aufgehört, meine Julie zu sein?

Hinter Bobby sah ich den Desktophintergrund des Computers. Da waren sie, Julie und Lexy, sie lächelten einander an und waren ganz eindeutig sie selbst. Rein oberflächlich betrachtet, hatte sich ganz und gar nichts verändert. Und doch war alles anders geworden.

Kurze Zeit später klingelte es an der Tür. Bobby und Lazare liefen gemeinsam nach unten, um zu öffnen, ich blieb wie gelähmt in Julies Büro zurück. Durchs Fenster sah ich ein offiziell wirkendes schwarzes Auto mit einer auffälligen Antenne, das genau an der Stelle stand, wo Zara ihren verschwundenen Abdruck hinterlassen hatte. Lazare hatte uns gesagt, dass der FBI-Ermittler erst in zwei Stunden im Revier erwartet wurde und vorher anrufen werde. Wer konnte das also sein? War der Amber Alert etwa so schnell erfolgreich gewesen? Hinter dem schwarzen Wagen hielten in rascher Folge drei Streifenwagen. Ich stand am Fenster und wartete und begriff, was für Stürme im Herzen von Soldatenmüttern toben mussten, die ebenfalls am Fenster standen, gefangen in ihrer ganz privaten Angst. Wenn sie persönlich kamen, hieß das dann nicht immer, dass sie die schlimmsten Nachrichten brachten?

Kapitel 10

Doch dann kam Bobby herein, mit einem blonden Mann im Schlepptau, dessen verlebtes Gesicht sehr viel älter wirkte als sein drahtiger Körper. Er trug eine schwarze Hose, ein sorgfältig gebügeltes weißes Hemd und Collegeschuhe mit glänzenden neuen Münzen an den Bändeln, und er hatte eine wohltönende Baritonstimme. »Special Agent Rusty Smith vom FBI. Ist das der Computer?«

»Ja, das ist er«, sagte Lazare, der hinter Smith ins Zimmer gekommen war. »Der Durchsuchungsbeschluss wurde genehmigt. Agent Smith wird sich Julies Computer zunächst kurz ansehen, bevor er entscheidet, ob er ihn mitnimmt.«

»Hat sie auch ein Notebook?«, fragte Smith.

»Ja«, sagte ich. »Aber das sehe ich nirgends. Wahrscheinlich hat sie es mitgenommen.«

Smith setzte sich vor den Bildschirm und griff nach Julies Maus. »Na, dann wollen wir doch mal sehen, was wir hier Schönes haben«, sagte er im fröhlich-professionellen Ton eines Zahnarztes, der einen auffordert, den Mund weit zu öffnen, um nach Schäden zu suchen, die man selbst nicht erkennen kann.

Wir blieben hinter ihm stehen und sahen ihm zu, aber ich begriff fast nichts von dem, was er machte. Er navigierte sich geschickt durch das ganze System, verwarf das Meiste aber gleich wieder. Schließlich ließ er eine Suche durchlaufen und lehnte sich mit verschränkten Armen zurück, um zu warten, während sich der Bildschirm zusehends mit mir völlig unverständlichen Daten füllte. Es handelte sich wohl um irgendeinen Code. Smith griff in die hintere Hosentasche und zog einen kleinen Notizblock hervor. Dann drehte er sich zu uns um und fragte: »Hätten Sie vielleicht einen Stift für mich? Ich habe meinen vergessen.« Bobby beugte sich vor und schubste einen blauen Kuli an, sodass er in Smiths Richtung kullerte. Der fing ihn mit seinen sommersprossigen Fingern auf, bevor er vom Tisch rollen konnte. Er machte sich ein paar Notizen und fuhr den Rechner dann herunter.

»Und, was sagen Sie?«, fragte Lazare ihn.

»Da ist einiges drauf«, sagte Smith in neutralem, fast schon gelangweiltem Ton. Wie Lazare, so war auch er bei der Arbeit, er machte seinen Job, und er machte ihn gut (das hoffte ich jedenfalls). Für ihn war es nur eine weitere Entwicklung in einem weiteren Fall, dass auf Julies Computer *einiges drauf* war – nicht die lebensverändernde Erschütterung, die das für mich darstellte. Bobby griff nach meiner Hand und hielt sie ganz fest, und so standen wir da, während die Polizisten das weitere Vorgehen planten.

»Ich nehme den Rechner mit nach Boston«, sagte Smith. »Es kann ein Weilchen dauern, aber ich maile Ihnen heute Abend schon mal einen vorläufigen Bericht.«

Sobald der Bildschirm schwarz geworden war, machte Agent Smith sich daran, alle Stecker zu ziehen, und wickelte die Kabel zwischen Daumen und Ellbogen auf, bis er ein Häufchen ordentlicher Bündel beisammenhatte, die er auf dem Schreibtisch liegen ließ. Keine Viertelstunde später hatte er Julies Rechner samt Tastatur in den Kofferraum seines Wagens verfrachtet. Bobby und ich sahen vom Fenster aus zu, wie Lazare sich von Smith verabschiedete und dann wartete, bis der Special Agent außer Sicht war.

Im Sonnenlicht, das durchs Fenster hereinfiel, wirkte die Haut unter Bobbys Augen fast durchsichtig, übersät von blaugrünen Sprenkeln. Ohne dass ich es bemerkt hatte, stand ihm die Erschöpfung, der drohende Zusammenbruch, plötzlich ins Gesicht geschrieben. Ich griff nach seiner Hand, und er lächelte mich an.

»Ich glaube nicht, dass Julie Lexy vorsätzlich in Gefahr bringen würde«, sagte er.

»Ganz sicher nicht«, sagte ich. »Sie liebt Lexy doch.«

Ich schlang die Arme um ihn, und wir hielten uns ein paar Minuten einfach nur fest und versuchten, gemeinsam gegen unsere größte Angst anzukämpfen: dass wir unser Baby verlieren könnten. Ich war überzeugt davon, dass Julie gut für sie sorgen würde. Aber das reichte uns nicht. Wir wollten Lexy wiederhaben.

Unten hatten sechs Polizisten vom Revier in Great Barrington bereits damit angefangen, das Haus auf den Kopf zu stellen. In Julies wunderhübsch gestalteten Zimmern, die alle aussahen wie frisch aus dem Katalog, wurde nun das Unterste zuoberst gekehrt. Bobby und ich wussten nicht recht, was wir tun sollten. Wo wir auch hingingen, wir waren überall im Weg, und so trieben wir einfach zwischen Küche, Esszimmer und Wohnraum hin und her, bis wir Detective Lazares Stimme draußen im Garten hörten. Ich öffnete die Glastüren im Wohnzimmer, und wir gingen nach draußen, wo die Nachmittagssonne die kleinen Regenpfützen auf den Schieferplatten der Veranda in schillernde Spiegel verwandelte.

Als Lazare mit dem Polizisten fertig war, mit dem er gerade sprach, wandte er sich uns zu und sagte mit seinem halben Lächeln: »Das Warten ist das Schlimmste, ich weiß.«

»Was ist mit dem Amber Alert?«, fragte ich ihn. »Wie lange dauert so was normalerweise?«

»Das kann ich Ihnen leider nicht beantworten«, sagte er. »Es dauert so lange, wie es dauert. Aber wir spannen das Netz sehr weit ... wir werden sie schon finden.«

Wie konnte er da nur so sicher sein?

Lazare drückte Daumen und Zeigefinger in die Augenwinkel und schloss für einen Moment die Augen. »Ich gebe zu, die Sache mit Thomas Soiffer hat mich etwas aus der Bahn geworfen«, sagte er. »Ich habe ein bisschen herumtelefoniert. Ihr Clark Hazmat hat recht mit seiner Behauptung, dass auch Soiffer seiner Identität beraubt wurde. Solange wir allerdings keine Mordwaffe haben, können wir auch seine Fingerabdrücke aus den Akten mit nichts vergleichen, also müssen wir mit dem vorliebnehmen, was wir haben. Ich vermute Folgendes: Soiffer ist fuchsteufelswild…« Lazare begann auf und ab zu gehen und hinterließ dabei feuchte Fußspuren vom nassen Gras auf den Schieferplatten. »…und er kommt direkt hierher, zu Julies Haus. Er will sie beobachten, um den richtigen Moment abzupassen. Dann kommt die arme Zara Moklas vorbei, die das Pech hat, Ihnen beiden im Halbdunkeln recht ähnlich zu sehen, und muss für den Schaden büßen, den Ihre Schwester dem Falschen zugefügt hat.« Er blieb stehen und sah mich an. »Wie klingt das für Sie?«

»Ganz plausibel«, sagte ich leise und hasste mich selbst für den Gedanken, dass auch nur etwas davon der Wahrheit entsprechen konnte. Trotz allem, was Julie mir angetan hatte, schmerzte mich die Vorstellung doch ungeheuer, dass Thomas Soiffer eigentlich sie hatte umbringen wollen.

»Was ich allerdings nicht begreife«, fuhr Lazare fort und nahm seine Wanderung wieder auf, »ist, welche Rolle Ihre Tochter bei der ganzen Sache spielt.«

»Sie sind doch verheiratet, Detective«, sagte ich. »Ich nehme also an, Sie waren auch mal verliebt.«

Wieder blieb er stehen und sah mich an. »Das bin ich immer noch.«

»Dann wissen Sie ja, wie stark die Liebe einen Menschen berühren kann«, sagte ich.

239

Er nickte. »Reden Sie weiter.«

»Julie liebt Lexy auf ganz besondere Weise, gerade weil sie meine Tochter ist.« Ich wischte mir mit den Fingern die Tränen weg, die mir wie von selbst in die Augen stiegen. Es war schrecklich, so etwas auch nur zu denken, doch jetzt war es zu spät, den Gedanken noch zurückzunehmen. »Julie kann keine eigenen Kinder bekommen.«

»Dann ist sie also neidisch?«, fragte er.

»Ja«, sagte ich. »Im Grunde ist Lexy so etwas wie das Kind, das sie selbst nicht haben kann. Aber das ist noch nicht alles. Lexy ist *mein* Kind, und Julie will haben, was mir gehört. Nachdem unsere Eltern tot waren, hatten wir nur noch einander, und als ich dann eine eigene Familie gegründet habe, bin ich aus dieser Einheit ausgebrochen. Julie will Lexy, und sie hat sie sich genommen.«

»Und alles andere?« Lazare machte einen Schritt auf mich zu, ohne den Blick von mir zu lassen. »Der Identitätsdiebstahl. Wozu?«

»Ich weiß es nicht genau«, sagte ich. »Vielleicht hat es ihr ja geholfen, mich schon vorher zu verletzen … so tut es ihr vielleicht weniger weh, mir mein Kind wegzunehmen. Aber ich weiß es wirklich nicht.«

»Vielleicht ist das aber auch einfach ihr Beruf, sozusagen«, warf Bobby ein. »Was sie mit Thomas Soiffer und mit Annie gemacht hat, kann sie doch durchaus auch noch mit anderen Leuten gemacht haben.«

Ich musste mich sehr zusammennehmen, um nicht aus der Haut zu fahren. Julie war immer noch meine Zwillingsschwester: Sie zu lieben, sie zu verteidigen war ganz einfach Teil meines Wesens. Ich wäre in diesem Moment ohne weiteres bereit gewesen, alles andere zu vergessen, wenn ich nur Lexy wiederbekam … aber diese Möglichkeit würde sich wohl kaum bieten.

»Uns bleibt nichts anderes übrig, als abzuwarten.« Lazare klappte sein Handy auf und wählte eine Nummer, die er auswendig wusste. »Hören wir mal, was es Neues gibt.«

Aber es gab es nichts Neues. Der Amber Alert hatte bisher keine Ergebnisse gezeitigt – und vor allem keine Lexy. Als die Polizisten mit der unteren Etage fertig waren, widmeten sie sich den Schlafräumen und gingen schließlich nach oben in Julies Zimmersuite. Lazare telefonierte eifrig weiter, und Bobby und ich zogen uns ins Wohnzimmer zurück und setzten uns dort aufs Sofa.

»Und was machen wir jetzt?«, fragte ich.

»Warten, denke ich.«

»Aber wie lange denn noch? Das ist doch Folter, Bobby, die ganze Zeit in diesem Haus zu hocken.«

»Möchtest du ein bisschen spazieren fahren?«

»Ja und nein. Wenn wir wegfahren, hätte ich Angst, hier etwas zu verpassen. Aber wenn wir bleiben, habe ich diese Angst auch. Irgendwie habe ich ständig das Gefühl, am falschen Ort zu sein, egal, wo ich bin.«

Bobby nahm meine Hand und drückte sie so fest, dass es fast weh tat. Ich sah die Qual in seinen Augen, als er mich anschaute. Dann sagte er: »Hör mal, Annie, ich…« Doch da kam Detective Lazare durch die Glastür herein, um uns zu sagen, dass er kurz aufs Revier müsse, aber bald wieder da sein werde, und Bobby sprach nicht weiter, auch nicht, als wir wieder allein waren. Was hatte er wohl sagen wollen? *Ich werde auch bald wahnsinnig. Ich liebe dich. Ich ziehe mit dir nach New York, wenn das alles vorbei ist. Ich möchte, dass du mit mir nach Hause kommst.* Es hätte einfach alles sein können.

Auf dem Couchtisch lag das Buch über Identitätsdiebstahl, das Bobby am Flughafen gekauft hatte. Ich nahm es, streckte mich mit den Füßen in Bobbys Schoß auf dem Sofa aus und schlug das erste Kapitel auf. Ich las schnell, und je mehr der

Nachmittag verstrich, desto größer wurde mein Erstaunen über die Dinge, die ich dabei erfuhr. Identitätsraub war offenbar sehr viel mehr als nur ein neues Übel, vor dem man sich schützen musste. Die Täter hatten sich heimlich, still und leise zu einer kleinen, unsichtbaren Armee formiert, die mit ihren wirkungsvollen, weitreichenden Waffen bereits eine ständig wachsende Zahl von Opfern vernichtet hatte. Da die meisten Geschädigten nie erfuhren, wer sie zum Opfer gemacht hatte, und die Täter selbst meist ungeschoren davonkamen, war ihnen allen ein Gefühl von Verletzlichkeit gemeinsam, ausgelöst durch die Erkenntnis, dass so etwas jederzeit wieder passieren konnte. Man verlor das Grundvertrauen. Durch Identitätsraub waren bereits Karrieren beendet, Familien zerstört und ganze Leben ruiniert worden. Das Buch ging so weit, eine solche Tat mit einem Tsunami zu vergleichen, den man zwar anhand bestimmter Warnsignale erkennen, aber nicht mehr aufhalten kann, wenn er erst einmal in Fahrt kommt.

Ich erkannte mich beim Lesen in jedem Wort wieder – nur dass in meinem Fall noch sehr viel mehr auf dem Spiel stand als die finanzielle Existenz. Wo war Lexy? Jedes Mal, wenn ich an sie dachte, wurde die Panik in meiner Brust größer. Und so las ich einfach immer weiter, um mir die Zeit zu vertreiben, um meinen Kopf mit etwas anderem zu füllen als mit nackter Angst. Bisher hatte ich mich immer allen Härten gestellt, mit denen das Leben mich konfrontierte. Ich würde sogar den Verlust meiner Identität verkraften – aber nicht den Verlust von Lexy.

Bobby massierte mir die Füße, während ich las. Manchmal verschwand er zwischendurch, kam aber immer wieder zurück und döste auf seiner Seite des Sofas vor sich hin. Als die Dämmerung das letzte Licht des Nachmittags verschluckte, ließ ich das aufgeschlagene Buch auf die Brust sinken und schloss ebenfalls die Augen. Es war inzwischen Dienstagabend, und

242

seit der Nacht von Sonntag auf Montag hatten wir beide kaum mehr als zwei Stunden geschlafen. Ich dachte an Lexy, rief mir ihr süßes Gesicht in Erinnerung, wenn sie lächelte, ihre unwahrscheinlich weiche Haut, den pudrigen Duft an ihrem Hals, den salzigen Geschmack der Tränen, die ich ihr von den Wangen küsste. Schließlich schlief ich ein, ihr Lächeln vor den Augen, und als ich Stunden später wieder aufwachte, war draußen vor dem Fenster schwarze Nacht, und Bobby war verschwunden, saß nicht mehr zu meinen Füßen.

Ich stand auf und stellte fest, dass die Polizisten ebenfalls verschwunden waren. Immerhin hatten sie das Haus halbwegs ordentlich zurückgelassen. Als ich mich der Küche näherte, hörte ich Stimmen.

Bobby stand mit Gabe Lazare vor der Mikrowelle, die ein Stück über dem Herd auf einem Extrabrett untergebracht war. Drinnen drehte sich etwas, und in dem schwachen Licht, das aus dem Gerät nach draußen fiel und seinen Schein auf ihre ernsten Mienen warf, sahen die beiden Männer fast so aus wie Vermeers Milchmädchen am Fenster. Lazare hielt ein Blatt Papier in der Hand und las, Bobby sah ihm über die Schulter.

Neben ihnen, auf der Arbeitsfläche, lag Julies schlankes, pinkfarbenes Handy. Als ich es sah, spürte ich einen Stein in der Magengrube. Deshalb also hatte sie nicht auf meine Anrufe reagiert. Als ich mein Portemonnaie daneben liegen sah, wurde der Stein zu bitterer Galle. Ich schluckte die aufsteigende Übelkeit hinunter. Wie konnte es mich noch überraschen, dass Julie ihr Handy hiergelassen, dass sie mein Portemonnaie gestohlen hatte? Wie konnte ich noch schockiert darüber sein, diese beiden Gegenstände hier liegen zu sehen? Ich sah mich wieder bei Gatsby's stehen, wo ich mein Portemonnaie am vergangenen Donnerstag zum letzten Mal bewusst wahrgenommen hatte. Wann hatte sie es mir abgenommen? Irgendwie hatte ich die einschneidende Tatsache

243

einfach verpasst, dass meine Schwester mich bestahl, immer und immer wieder. War es für Julie nur der letzte Schritt auf dem Weg gewesen, ganz *ich* zu werden, sich meinen Führerschein und meine Versicherungskarte zu holen? Und war es der letzte Schritt auf dem Weg gewesen, nicht mehr *sie* zu sein, ihr Handy hierzulassen?

Ich nahm das Portemonnaie in die Hand. Es gehörte mir, aber das war mir jetzt auch kein Trost mehr. Als ich es öffnete, fand ich genau das vor, was ich erwartet hatte: nichts. Alles war weg, meine sämtlichen Karten, ja, sogar das kleine Foto von Bobby und Lexy, das ich immer bei mir trug.

»Wo war es?«, fragte ich.

In einer seltsam synchronen Bewegung drehten sich die beiden Männer zu mir um. Sie waren sichtlich erstaunt, mich zu sehen. Offenbar hatte ich länger geschlafen, als ich selbst geglaubt hatte.

»Unter einer Schieferplatte auf der Veranda«, sagte Bobby. »Die Polizei hat das Funksignal des Handys geortet, und da war dann auch dein Portemonnaie.«

»Agent Smith hat sich gemeldet.« Lazare wedelte mit dem Blatt, das er in der Hand hielt, und ich sah, dass es der Ausdruck einer Mail war. »Er war fleißig. Offenbar stammen die Liebesbriefe tatsächlich von Julie. Außerdem hat sie das Navigationssystem Ihres Wagens überwacht, sie muss also gewusst haben, dass Sie auf dem Weg hierher sind. Ich würde vermuten, dieser überstürzte Aufbruch war so nicht geplant. Vielleicht hat sie es ja nicht fertiggebracht, Ihnen gegenüberzutreten, nachdem Sie verhaftet worden waren und das alles so weit gegangen ist.«

Ich konnte nicht mehr sagen, was in Julie vorging, aber diese Vermutung schien mir gar nicht so falsch. »Vielleicht«, sagte ich, »war es auch überhaupt nicht geplant, mit Lexy fortzugehen. Vielleicht hat sie das ja einfach nur getan.«

244

»Kann sein«, sagte Lazare.

Ich legte das Portemonnaie wieder hin und trat zu den beiden an die Mikrowelle, um die E-Mail ebenfalls zu lesen. Sie quoll schier über von Abkürzungen, Fachwörtern und anderen Ausdrücken, die mir wie eine Fremdsprache vorgekommen wären, wenn ich nicht am Nachmittag dieses Buch gelesen hätte. Offenbar hatte Julie sich nicht nur meine Identität und die von Thomas Soiffer, sondern gleich noch eine ganze Sammlung weiterer Identitäten zugelegt, mit Hilfe verschiedener bruchstückhafter Informationen. Sie nutzte die Vertrauensseligkeit vieler User für Phishing-Attacken, verwendete Keylogger, um an PINs zu kommen, und schickte Trojaner in fremde Privatsphären. Sie hatte ganze Listen verschlüsselter MMNs (der Mädchenname der Mutter, der abgefragt wird, wenn man einmal sein Passwort vergessen hat), COBs (PIN-gestützte Änderungen an den hinterlegten Rechnungsdaten, die es erlauben, auf fremde Bank- oder Kreditkartenkonten zuzugreifen, indem man einfach mit Hilfe der PIN die Adressdaten ändert), KPNs (Kreditkartenprüfnummern), sicherer Adressen und Postfächer, an die man sich Bankauszüge und Ähnliches schicken lassen konnte, und Algos (Algorithmen zum Decodieren des Magnetstreifens einer Kreditkarte). In seiner abschließenden Bemerkung vermutete Smith, dass Julie vielleicht sogar ein recht großer Fisch in diesem ständig anschwellenden Meer sein könnte. Augenscheinlich habe sie *erfolgreich einen Datensammler geknackt.*

»Was soll das heißen?«, fragte ich und deutete mit dem Finger auf die letzte Zeile.

»Datensammler sind Firmen, die Kundendaten speichern«, erklärte Lazare. »Die sind bei Internet-Verbrechern natürlich ganz besonders beliebt, weil sie ihnen viel Arbeit sparen und alle Daten bündeln, die sie brauchen. Erinnern Sie sich noch an den Skandal vor zwei Jahren, als eine solche Firma, Choice-

245

Point, ihre Kundeninformationen an Datendiebe verkauft hat, die sich als Marketing-Experten ausgaben?«

Ich erinnerte mich nicht nur, ich hatte noch am Nachmittag davon gelesen. Nachdem die Diebe einmal Zugang zu der Datenbank von ChoicePoint hatten, schwirrten plötzlich die vertraulichen Daten hunderttausender Kunden frei zugänglich durchs Internet, Bankdaten und persönliche Informationen. Solche Datensammlerfirmen speicherten alle möglichen Informationen über Einzelpersonen (Geburtsdaten, Einträge im Verkehrsregister, Kreditinformationen, Krankengeschichten, Vorstrafen und Kaufverhalten) und konnten daraus Milliarden von Datenbankberichten erstellen. Sie verdienten ihr Geld damit, diese Daten an Direct-Marketing-Unternehmen zu verkaufen, die dadurch ihre Produkte direkt auf bestimmte Verbrauchergruppen zuschneiden und Menschen wie mir, die einfach gerne einkauften, das Browsen, Klicken, Einwählen und Stöbern über persönlich gestaltete Kundenmenüs ermöglichen konnten. Dem Buch zufolge gelang es nicht einmal dem Staat, der Sache völlig Herr zu werden – ein Umstand, von dem ich gerade direkter persönlich betroffen war, als ich es mir je hätte träumen lassen.

Die Mikrowelle piepste, der Lichtschein verlosch. Bobby öffnete die Klappe, streifte ein paar Topfhandschuhe über und holte eine nicht mehr tiefgekühlte Tiefkühlpizza heraus.

»Viel ist es nicht«, sagte er, »aber es reicht bestimmt für drei.«

»Für mich nicht, vielen Dank«, sagte Lazare. »Sie erinnern sich vielleicht, dass ich noch eine Ehefrau habe?«

»Aber natürlich«, sagte ich. »Gute Nacht.« Dann küsste ich ihn auf die Wange. Er wich erschrocken zurück.

»Gute Nacht.« Er faltete die ausgedruckte Mail zusammen, steckte sie in die Tasche und ging.

Bobby und ich verteilten die Pizza auf zwei Teller und

schenkten uns Wein ein. Dann setzten wir uns beide an den Küchentisch, fingen an zu essen und lauschten, wie das Brummen von Lazares Wagen verklang und schließlich einer tiefen Stille wich.

»Tja«, sagte ich. »Vermutlich haben wir deshalb die Rechnungen nie zu sehen bekommen.«

»Wahrscheinlich.«

»Ich kann das immer noch nicht recht glauben. Ausgerechnet Julie?«

Bobby stellte sein Weinglas ab und griff nach meinem Arm. Ich erwiderte die Berührung und legte meine Hand auf seine. Ich kam mir so unwahrscheinlich blöd vor. Völlig blindlings war ich Julie in die Falle gegangen: Ich hatte Bobby verlassen, mich zu ihr geflüchtet, um Trost und Unterstützung zu finden und wieder die Kleider zu tauschen, wie damals, als wir kleine Mädchen waren. Und dann hatte ich mich auch noch überreden lassen, Lexy abzustillen. Ganz langsam war mir aufgegangen, dass Julie neidisch auf mich war, aber ich hätte mir niemals träumen lassen, wie weit das ging. Wie auch, da wir doch unser Leben lang die allerbesten Freundinnen gewesen waren? Wie hätte ich ahnen sollen, dass sie so etwas plante, alles dafür vorbereitete, mich zu ihrer Marionette zu machen? Aber da war ich nun ... *da war ich nun*, tanzte und zuckte an diesem Netz aus unsichtbaren Fäden, das sie nur für mich gesponnen hatte. COBs, PINs, KPNs und Algos. Gut, sie hatte bewiesen, dass sie schlauer war als ich, aber das war ja auch nicht weiter verwunderlich. Schließlich war ich diejenige mit der emotionalen Intelligenz. Aber auch die hatte sie mir genommen. Sie hatte meine Identität so langsam und hinterhältig an sich gebracht, dass es mir gar nicht aufgefallen war. Und jetzt hatte sie mein Kind. *Mein Kind.* Julie hatte mir meine Seele geraubt.

Das Telefon klingelte um kurz vor sieben am nächsten Morgen. Auf dem Display stand: *Polizeirevier Great Barrington.*

»Hallo?« Ich hoffte das Beste und fürchtete das Schlimmste, als ich mich meldete. *Wir haben Ihre Tochter gefunden, sie ist hier bei uns, es geht ihr gut.* Oder aber …

Am anderen Ende der Leitung sagte eine Frauenstimme: »Detective Gabe Lazare lässt Ihnen ausrichten, Sie sollen den Fernseher einschalten.«

Bobby und ich hatten ganz keusch im selben Bett geschlafen. Jetzt weckte ich ihn. Wir rannten nach unten ins Wohnzimmer und schalteten den Fernseher ein, der über Julies Kamin an der Wand hing. Die Kameras des örtlichen Nachrichtensenders waren direkt auf ein mikrophonbewehrtes Podium auf dem Rasen vor dem Polizeirevier gerichtet. Als ich den Gürtel meines Morgenmantels zuknoten wollte, merkte ich, dass mir die Hände zitterten.

Bobby hatte sich auf das Sofa gesetzt, ich setzte mich neben ihn. Ich musste mich dazu zwingen, tief und regelmäßig zu atmen. Schließlich trat Detective Lazare aus den Schatten der Bäume, die die goldene Morgensonne verbargen, in den abgegrenzten Bildausschnitt. Er stellte sich an die Mikrophone und räusperte sich. An den dunklen Ringen unter seinen Augen sah ich, dass er die ganze Nacht nicht geschlafen hatte. Sein Polizeiabzeichen, das er bisher nie getragen hatte, war ganz akkurat mitten am Revers befestigt.

»Wie Sie alle wissen«, begann er, »wurde vor anderthalb Wochen in der Division Street in Great Barrington eine Frau ermordet, Zara Moklas.

Für die unter Ihnen, die von außerhalb kommen, möchte ich noch einmal betonen, dass es sich um eine ruhige, ländliche Straße handelt, eine reine Wohngegend. Die Leiche wurde direkt vor einem Haus gefunden, aus dem gestern ein Baby entführt wurde.«

»Das ist die kleine Lexy?«, fragte eine hübsche Fernsehreporterin dazwischen.

»Ja.«

»Gibt es bereits Neuigkeiten über den Verbleib des Babys, Detective?«, fragte ein Journalist mit walnussfarbenem Teint, der einen kleinen Notizblock und einen Stift in der Hand hielt.

»Leider nichts Konkretes, aber wir gehen jedem Hinweis nach, den wir bekommen. Ich appelliere also an die Zuschauer draußen vor den Bildschirmen: Bitte rufen Sie weiterhin an.«

Ich konnte ein Stöhnen nicht unterdrücken. Bobby legte den Arm um mich und zog mich an sich. Auf dem Bildschirm hob jetzt ein Reporter im karierten Hemd die Hand. Detective Lazare nickte ihm zu, und wie aus dem Nichts tauchte ein schmales Aufnahmegerät zwischen ihnen auf.

»Detective, glauben Sie, der Mörder von Zara Moklas hat auch das Baby entführt? Glauben Sie, der Mörder war von Anfang an eigentlich hinter dem Kind her? In der Presse wurde ja bereits berichtet, dass Zara der Hausbesitzerin sehr ähnlich sah …«

»Langsam, langsam. Wir wollen nichts überstürzen«, sagte Lazare. »Ich spreche hier nur über Tatsachen. Das Haus ist der gemeinsame Nenner, der die beiden Fälle verbindet, also gehen wir diesem Umstand nach. Punkt. Voreilige Schlüsse dürfen wir daraus nicht ziehen.«

Doch je mehr Lazare bestritt, dass die beiden Fälle etwas miteinander zu tun hatten, desto stärker schienen sie sich zu überlappen. Man konnte die Erregung der Reporter förmlich mit Händen greifen, während sie sich angespannt und schweigend ihre Notizen machten.

»Gibt es irgendwelche weiteren Verdächtigen, Detective?« Der Stift schwebte schreibbereit über dem Block. »Haben Sie die Hoffnung inzwischen aufgegeben, Thomas Soiffer noch zu finden?«

»Wir haben die Hoffnung, Mr. Soiffer zu finden, keineswegs aufgegeben«, antwortete Lazare. »Wir sind weiterhin höchst interessiert daran, mit ihm zu sprechen.« Plötzlich füllte Soiffers Gesicht den ganzen Bildschirm, und ich zuckte zusammen. Es war dasselbe Polizeifoto, das ich vor einer Woche zum ersten Mal gesehen hatte. »Wie bereits bekannt, hat sich Mr. Soiffer kurz vor dem Mord an Ms. Moklas in der Gegend aufgehalten. Im Licht der jüngsten Entwicklungen hoffen wir inständig, neue Informationen von ihm zu bekommen, die uns bei der Suche nach Lexy Goodman helfen können.«

Eine weitere Fernsehreporterin trat vor. »Heißt das, Detective, Sie wollen Mr. Soiffer ganz konkret im Zusammenhang mit der Entführung des Babys verhören?«

»Das würden wir uns wünschen, ja.«

»Heißt das, er ist auch im Zusammenhang mit der Entführung des Babys verdächtig?«

Ein dünnes Lächeln kräuselte Lazares Lippen – seine typische, neutrale Reaktion, die weder ermuntern noch entmutigen wollte. »Wir sind einfach nur an einem Gespräch mit ihm interessiert.«

An einem Gespräch interessiert. Was das bedeutete, wussten die Reporter so gut wie ich: Er stand unter Verdacht, es gab nur zu wenig Beweise für eine Festnahme.

»Noch eine letzte Frage, Detective.« Wieder das Karohemd, mit gezücktem Aufnahmegerät. »Wir wissen, dass Julie Milliken, die Hausbesitzerin, eine eineiige Zwillingsschwester hat, die Mutter des verschwundenen Babys. Wäre es möglich, dass Mr. Soi... dass der Mörder von Zara, der ja möglicherweise auch hinter dem Baby her war, vielleicht geglaubt hat, er würde die Schwester töten? Vielleicht, um so an das Baby heranzukommen? Und warum gerade dieses Baby, Detective? Welchen Hintergrund hat diese Entführung?«

»Spekulieren bringt uns hier wohl kaum weiter, finden Sie

nicht auch? Wir möchten Mr. Thomas Soiffer finden und ihm ein paar Fragen stellen. Das wäre alles für heute. Ich danke Ihnen für Ihre Aufmerksamkeit. Wir hoffen sehr, dass das Interesse der Medien uns dabei helfen wird, das Baby schnell zu finden. Herzlichen Dank.« Lazare winkte und ließ noch einmal sein dünnes Lächeln sehen, dann drehte er sich von den Reportern weg und ging. Ganz ruhig und gelassen. Es brachte mich schier um den Verstand, wie beherrscht dieser Mann sein konnte.

Bobby nahm die Fernbedienung und schaltete den Fernseher aus. »Was sollte das denn? Warum hat er uns nicht vorgewarnt?«

»Gestern Abend war er doch noch überzeugt, dass Julie sie entführt hat«, sagte ich. »Was hat sich seitdem verändert? Glaubt er im Ernst, dieser Kerl hat unsere Lexy?«

Das Telefon klingelte wieder, und diesmal war es Detective Lazare selbst. Bobby nahm das Gespräch im Wohnzimmer entgegen, ich ging an den Apparat in der Küche, um mich auch in die Unterhaltung einschalten zu können.

»Wenn wir Julie davon überzeugen können, dass wir Thomas Soiffer im Zusammenhang mit Lexys Entführung suchen«, sagte Lazare gerade, als ich abnahm, »fühlt sie sich vielleicht sicherer und traut sich aus ihrem Versteck heraus. Möglicherweise erweitert sie ihren Aktionsradius, und das wiederum erhöht unsere Chancen, sie zu finden … und damit auch Ihre Tochter.«

»Gut«, sagte Bobby, »das kann ich nachvollziehen.«

»Sie glauben also immer noch, dass Lexy bei Julie ist?«, mischte ich mich ein.

»Das vermute ich«, antwortete Lazare. »Ich mache mir die Medien nur zunutze, um ihr eine Falle zu stellen. Wenn wir jemanden nicht auf Anhieb finden können, versuchen wir, den Betreffenden aus seinem Versteck zu locken. Es tut mir leid, dass ich Ihnen vorher nichts von dem Plan erzählt habe, aber Sie werden mir zustimmen, dass wir die Zeit nicht gerade auf unserer Seite haben.«

Da konnte ich ihm schlecht widersprechen – schließlich versuchte er ja, meine Tochter zu finden. Trotzdem versetzte mich die Vorstellung eines solchen Medienrummels in Panik. So etwas konnte Julie verschrecken, und ich hatte das ungute Gefühl, dass Lexys Wohlergehen sehr von Julies seelischem Gleichgewicht abhing. Auch Lazares Bemerkung über die Zeit machte mir Angst. Denn wenn man einmal über das wahre Wesen der Zeit nachdachte (es gab immer zu viel davon, wenn es keine Rolle spielte, und immer zu wenig, wenn man sie einmal brauchte), erkannte man rasch, wie gefährlich es sein konnte, in den schlimmsten Situationen des Lebens auch nur eine Sekunde zu lang zu zögern.

Am frühen Nachmittag kam Detective Lazare bei uns vorbei, um uns persönlich zwei wichtige Neuigkeiten zu überbringen. Er kam herein und bat uns, uns an den Küchentisch zu setzen, während er berichtete. Er selbst ging wieder auf und ab.

»Wir haben Soiffers Van gefunden«, begann er. »Hinter einer verlassenen Scheune in New Hampshire. Und jetzt hören Sie mir bitte gut zu. Die vorläufige Untersuchung hat ergeben, dass sich in dem Van keine Spuren von Lexy finden. Nicht eine.«

Bobby und ich wechselten einen Blick. Wir spürten, dass da noch mehr kommen musste.

»Im hinteren Teil des Wagens fand sich allerdings eine Menge Blut. Die Blutgruppe wurde bereits bestimmt, sie entspricht nicht der Ihrer Tochter. Es ist aber Zaras Blutgruppe, wir ermitteln also in diese Richtung weiter. Unglücklicherweise können DNA-Tests bis zu zwei Wochen dauern. Erst dann haben wir Gewissheit. Aber es sieht doch so aus, als deuteten alle Beweise in eine Richtung.«

»Und wo steckt Soiffer?«, fragte Bobby.

»Gute Frage.« Lazare blieb am einen Ende der Arbeitsfläche stehen und vertiefte sich scheinbar in den Anblick von Julies kompakter, schwarzer Espressomaschine, aber ich spürte, dass er mit den Gedanken ganz bei den heutigen Entwicklungen war und Genugtuung darüber empfand, dass sein Plan zumindest teilweise aufging. »Jason Soiffer, Thomas' Sohn, hat Kontakt mit uns aufgenommen, um Bedingungen auszuhandeln, falls sein Vater sich stellt.«

Das waren ganz unglaubliche Neuigkeiten. Als Lazare weitererzählte, wurde uns klar, dass diese Verhandlungen schon seit Stunden im Gange sein mussten.

»Der Sohn ist eine ehrliche Haut«, fuhr er fort. »Keinerlei Vorstrafen, er hat sich offensichtlich nicht an der kriminellen Laufbahn seines Vaters orientiert. Jason Soiffer ist Klempner, er engagiert sich in der Gewerkschaft, er arbeitet hart… absolut vorbildlich. Und er schwört Stein und Bein, dass sein Vater nichts mit Lexys Entführung zu tun hat. Stein und Bein. Ich habe mich einfach zurückgelehnt und ihn reden lassen, und er hat mir von den Problemen seines Vaters erzählt. Der Identitätsdiebstahl hat Tom vor etwa einem Jahr getroffen, wie ein Blitz aus heiterem Himmel. Als er endlich begriff, was los war, war er längst auf dem Weg in den Abgrund. Jason sagt, sein Vater habe sein Möglichstes getan, um sich von allem Ärger fernzuhalten und sich während der Bewährungszeit ein neues Leben aufzubauen. Er war seit fast zwei Jahren aus dem Gefängnis entlassen, es lief ganz gut für ihn. Inzwischen redete sogar die Ex-Freundin wieder mit ihm, die er verprügelt hat – ihrerseits vielleicht nicht gerade der weiseste Entschluss, aber entscheidend ist doch, dass der Mann einfach wieder gut zurechtkam. Er ist wegen des Identitätsraubs zur örtlichen Polizei gegangen, dort konnte man aber nichts für ihn tun.« Lazare hielt kopfschüttelnd inne. »Kleinere Reviere

253

wie unseres erhalten erst seit kurzem Weiterbildungen zu dem Thema. Ich glaube ihm also aufs Wort, dass er einfach nicht die Hilfe bekommen hat, die er gebraucht hätte. Es wusste ja kein Mensch, wie man ihm helfen soll. Also hat Tom einen Privatdetektiv angeheuert, der Julie für ihn ausfindig gemacht hat. Und dann hat er die Nerven verloren. Er hat sie verfolgt. Jason sagt, er selbst wisse das alles seit letztem Winter und habe immer wieder versucht, seinen Vater dazu zu bringen, noch einmal zur Polizei zu gehen. Aber Tom wollte das nicht. Er war überzeugt, dass die Polizei für einen Ex-Häftling ohnehin nichts tut, und hatte das Gefühl, die Sache selbst in die Hand nehmen zu müssen. Ein großer Fehler. Aber bei all dem Rummel, noch dazu, wo wir jetzt den Van gefunden haben, hatte er wohl doch das Gefühl, sich nicht mehr verstecken zu können. Jason sagt, er kann sich nicht erklären, wie das Blut in den Van kommt, aber er ist sich ganz sicher, dass sein Vater nichts über Lexys Verschwinden weiß und auch mit dem Mord an Zara Moklas nichts zu tun hat. Aber er war da, er hat es gesehen.«

»Er hat es gesehen?« Ich beugte mich vor und griff nach Bobbys Hand. »Was genau hat er gesehen?«

»Das wissen wir noch nicht.« Lazare kam endlich zur Ruhe, zog sich einen Küchenstuhl heran und setzte sich zu uns. »Das wird er uns erst sagen, wenn wir ihm Immunität zusichern. Ich habe ihm gesagt, ich würde mich um eine begrenzte Immunität bemühen, abhängig davon, was bei der Blutuntersuchung herauskommt, und unter der Voraussetzung, dass er sich mit mir fotografieren lässt. Julie soll sehen, dass wir ihn haben. Jason sagt, sein Vater mag den ganzen Medienrummel nicht, aber er will sehen, was sich machen lässt. Jetzt warten wir auf die Antwort.«

»Dann funktioniert es also«, sagte Bobby. »Wie Sie es gehofft hatten.«

Lazare zog einen Mundwinkel in die Höhe. »Bis jetzt sieht es jedenfalls ganz danach aus. Ich habe für heute Abend um acht noch eine weitere Pressekonferenz angesetzt, in der Hoffnung, dass wir ihn bis dahin schon dazu gebracht haben, sein Versteck zu verlassen.«

Doch bei der Pressekonferenz um acht – diesmal vor Julies Haus – hatte Detective Lazare nur zu berichten, dass es in dem Fall keine weiteren Entwicklungen gegeben habe. Die Reporter wirkten ein wenig enttäuscht. Aber offenbar hatte Lazare zumindest mit der Strategie Erfolg gehabt, Lexys Verschwinden zur Nachricht des Tages zu machen, und entsprechend reichte es den hungrigen Medienmühlen schon, nur die Akteure zu Gesicht zu bekommen. Für uns war das ein großer Vorteil, denn so fühlte sich praktisch das ganze Land beteiligt und hielt nach Lexy Ausschau. Am Ende der Pressekonferenz traten Bobby und ich zu Lazare ins Scheinwerferlicht, wie wir es vorher vereinbart hatten, um in aller Öffentlichkeit zu weinen und zu flehen. Und das taten wir auch. Ich fand den Gedanken schrecklich, dass Julie uns so sehen würde, weil ich befürchtete, sie könnte sich an unserer Schwäche weiden, doch Lazare versicherte uns, das sei alles Teil des Plans. Wenn Soiffer sich endlich zeigte, würden auch wir wieder in Erscheinung treten, diesmal erleichtert und voller Hoffnung, dass der Mann Informationen hatte, die uns zu unserer Tochter führen würden. Wenn Lazares Berechnungen zutrafen, würde danach auch Julie im scheinbaren Schutz dieser falschen Fährte ein bisschen unvorsichtiger werden. Ob er damit wohl recht behielt? Die Julie, die ich kannte, neigte kaum zum Leichtsinn. Und die Julie, die ich nicht mehr kannte, war geradezu erschreckend berechnend.

Um zwei Uhr morgens traf Thomas Soiffer auf dem Polizeirevier in Great Barrington ein, getaucht in ein Meer aus künstlichem Licht. Es war ein sorgfältig inszenierter Auftritt:

Niemand sagte ein Wort, man sah nur Soiffer, der zwischen seinem Sohn und Detective Lazare das Revier betrat. Eine halbe Stunde später stellten Bobby und ich uns fast besinnungslos vor Müdigkeit dem versprengten Häufchen Reporter, das den weiten Weg bis zu Julies Haus auf sich genommen hatte.

»Ich bin ja so froh«, schluchzte ich in die Kameras, während Bobby mich an sich gedrückt hielt. »Jetzt ist Thomas Soiffer endlich in Gewahrsam. Wenn er weiß, wer Zara Moklas getötet hat, kann er uns vielleicht auch helfen, unser Kind wiederzufinden.«

So verging die Nacht, Stunde um Stunde. Detective Lazare hielt Thomas Soiffer in der unheilvollen Stille des Polizeireviers unter Verschluss. Draußen auf der Main Street campierten die Reporter und die Kamerateams der Fernsehsender und meldeten sich von Zeit zu Zeit mit sogenannten *Live-Schaltungen vom Schauplatz in Great Barrington, Massachusetts* zu Wort. Bobby und ich ließen überall im Haus die Fernseher laufen, um jede Neuigkeit sofort mitzubekommen, wo immer wir gerade waren. Die Bilder von Soiffers Eintreffen und unseren Bitten wurden ständig wiederholt, doch Neues gab es nicht. Ich überlegte, ob wir vielleicht ein paar Informationen aus »unseren« Reportern herauslocken konnten, dem kleinen Grüppchen, das draußen im Kamerawagen hockte oder auf Julies Rasen auf und ab wanderte, um sich die Beine zu vertreten. Aber ich hatte bereits zweimal vor laufender Kamera geweint, und Lazare hatte mir eingeschärft, es nicht zu übertreiben und auf keinen Fall zuzulassen, dass sie mich unvorbereitet erwischten. Er war ein Freund durchdachter, geordneter Presseauftritte. Alle halbe Stunde klopfte es so heftig an die Küchentür, als wäre dort ein Specht am Werk, aber wir achteten nicht darauf. Uns blieb nichts mehr zu sagen, bevor Lazare nicht das Ergebnis seiner Unterredung mit Soiffer verkündete oder Julie irgendwelche Schritte unternahm.

In den stockdunklen frühen Morgenstunden zogen Bobby und ich uns schließlich ins Gelbe Zimmer zurück – und ins Bett. Es war mehr als einen Monat her, seit ich das letzte Mal mit meinem – wie ich dachte – treulosen Ehemann geschlafen hatte, doch nun war seine Treue durch einen ganzen Berg schrecklicher Umstände bestätigt worden. Er hatte mich nicht betrogen, seine Beteuerungen des Gegenteils hatten tatsächlich der Wahrheit entsprochen. Stattdessen hatte Julie mich systematisch auseinandergenommen und uns zerstört. Ich verspürte einen zornigen Schmerz, wie ich ihn gar nicht von mir kannte, und hatte das Gefühl, dass etwas unwiederbringlich verloren war, ganz gleich, was noch passierte – selbst, wenn wir Lexy innerhalb der nächsten Stunde wohlbehalten zurückbekämen. Unsere Ehe würde nie wieder so unschuldig sein, wie sie einmal gewesen war. Ich schob die Hände unter Bobbys T-Shirt, zog es ihm über den Kopf, öffnete seinen Gürtel und den Reißverschluss seiner Hose, und er zog mir all den weißen Stoff vom Körper. Seine Haut war warm und vertraut, und doch lag etwas Getriebenes in der Art, wie wir übereinander herfielen, als wäre es das erste Mal, als würden wir nie wieder Gelegenheit dazu haben. Ich liebte ihn. Doch etwas war immer noch grundfalsch. Ich konnte meine Gedanken nicht von Lexy lösen. Nichts konnte ihr Fortsein auslöschen, das leere Bettchen in unserem Zimmer. Absolut gar nichts.

Die Dämmerung kam, umhüllte das Haus mit dem üblichen, kühlen Morgendunst, goss frisches, klares Licht über den Himmel.

Als ich im Gelben Zimmer aus dem Fenster schaute, sah ich einzelne Tautropfen auf den Grashalmen und musste gegen den Drang ankämpfen, barfuß nach draußen zu laufen, um diese Feuchtigkeit selbst zu spüren. Es war furchtbar für mich, auf diese Weise hier eingesperrt zu sein, immer wieder einzuschlafen, nur um mich beim Aufwachen der schrecklichen Erkenntnis gegenüberzusehen, dass mein Baby immer noch verschwunden war.

Bobby schlief tief und fest, und ich gab mir Mühe, ihn nicht zu stören, als ich meine Kamera holte und damit wieder ans Fenster trat. Ich fotografierte durch die Scheibe und das Fliegengitter hindurch, neugierig darauf, wie diese Hindernisse den Blick nach draußen wohl verändern, die offensichtliche Realität der Grashalme wohl verzerren würden. Und während der Fotoapparat surrte und klickte, stellte ich mir Lexy vor, ein kleines Mädchen, das ins Bild lief und dabei das feuchte Gras an den nackten Füßen spürte. Ich konnte sie förmlich fühlen in all ihrer Lebendigkeit. Falls es Julie tatsächlich gelingen sollte, sie bei sich zu behalten, würde ihre Erinnerung an mich, ihre richtige Mama, dann irgendwann verlöschen? Würden die beiden Mamas, dieses Doppel-Bildnis von Julie und mir in den Tiefen ihres Gedächtnisses, irgendwann zu einer werden? Ich machte ein gutes Dutzend Bilder, dann schraubte ich den Deckel zurück auf das Objektiv und steckte die Kamera wieder in ihre Tasche.

Ich zog mich an und lief in die stille Küche hinunter, machte mir einen Kaffee, ging mit der Tasse ins Wohnzimmer und schaltete den Fernseher ein. Als ich mich gerade aufs Sofa gesetzt hatte, klingelte das Telefon. So früh am Morgen, in dieser völligen Stille, erschreckte mich das schrille Geräusch fast so sehr wie ein ausgewachsener Fehlalarm, und ich sprang auf, schon halb in Panik, bis ich merkte, dass es nur das Telefon war. Auf dem Bildschirm erschien gerade eine hübsche Fernsehjournalistin, blond und im rosa Kostüm, die ich schon am Tag zuvor bei der Pressekonferenz gesehen hatte. Sie stand vor dem Polizeirevier in Great Barrington, ein Mikrophon in der Hand, und ich wusste im selben Moment, dass Lazare am Telefon sein musste, dessen frühzeitige Warnung diesmal allerdings zu spät kam. Das Telefon verstummte – wahrscheinlich hatte Bobby oben abgenommen –, und ich hörte, zusammen mit dem Rest der Welt, die neuesten Nachrichten über mein Kind.

»Offenbar wird gegen Julie Milliken, die wegen der Entführung ihrer Nichte, der kleinen Lexy, gesucht wird, auch in einem gerade aufgedeckten Fall von Identitätsdiebstahl ermittelt. Das Opfer: Annie Milliken-Goodman, Julies eineiige Zwillingsschwester und Mutter der kleinen Lexy. Vor dem Haus von Julie Milliken in der Division Street wurde vor fast zwei Wochen diese Frau…« Das Foto einer lächelnden Zara Moklas wurde eingeblendet. »…brutal ermordet. Vergangene Nacht hat sich Thomas Soiffer, der im Zusammenhang mit dem Mord gesucht wurde…« Eine weitere Wiederholung seines Eintreffens auf dem Revier. »…der Polizei gestellt. Im Augenblick ist die Polizei auf dem Weg nach Barton in Vermont, von wo sich heute Morgen der Besitzer eines Motels gemeldet hat. Er gibt an, ein Zimmer an eine Frau mit einem Baby vermietet zu haben. Der Beschreibung nach könnte es sich um Julie Milliken und Lexy Goodman handeln. Mitarbeiter des Polizeireviers Barton sind bereits vor Ort.«

In diesem Moment kam Bobby, bereits komplett angezogen, die Treppe hinunter ins Wohnzimmer gestürzt.

»Los«, rief er. »Wir treffen uns mit Lazare. Wenn wir nicht in zehn Minuten da sind, fährt er ohne uns los.«

Kapitel 11

Das Schild mit der Aufschrift NORTHWEST KING-DOM MOTEL & BUNGALOWS stand an einer Ausfahrt der Route 5 in Barton, Vermont. Bobby und ich saßen auf dem Rücksitz des Einsatzwagens, der uns bereits erwartet hatte, als unser Hubschrauber auf dem dortigen Flugplatz gelandet war. Lazare saß vorne auf dem Beifahrersitz. Staub umwirbelte den Wagen auf der Fahrt die lange Straße entlang, die zu beiden Seiten von riesigen Kiefern gesäumt wurde. Einen knappen Kilometer nach der Auffahrt mussten wir anhalten. Vier verschiedene Kamerateams versperrten uns den Weg mit ihren vier Vans, die viel zu klein für die darauf aufgebauten Satellitenantennen wirkten. Ein Stück vor uns sah ich ein schindelgedecktes Motel, daneben einige kleine Bungalows, jeweils mit eigener Veranda, die sich bis in den Wald hineinzogen. Lazare bedankte sich bei dem Polizisten, der uns hergefahren hatte, und stieg aus dem Wagen. Bobby und ich öffneten gleichzeitig die beiden hinteren Türen und stiegen ebenfalls aus. Dann rannten wir los.

Gut dreißig Meter vor uns standen zwei Männer im Gespräch, die schon allein dadurch auffielen, dass sie keine Uniform trugen. Der eine war mittleren Alters, hatte kurzgeschorenes rotes Haar und trug eine ausgebeulte Jeans und abgetragene Arbeiterstiefel, der andere war groß, hatte dichtes, weißes Haar und einen Vollbart und war ebenfalls in Jeans und Arbeiterstiefeln. Hinter ihnen, am äußersten Ende des asphaltierten Parkplatzes, sah ich vor dem letzten Bungalow meinen hellblauen Mietwagen stehen. Der Kofferraum und alle vier Türen standen sperrangelweit offen. Ein Zivilfahrzeug der Polizei parkte im rechten Winkel davor, irgendein Techniker in grünem Overall beugte sich über den Kofferraum.

Die beiden Männer drehten sich zu uns um, als wir auf sie zueilten. Aus der Nähe sah ich, dass der Rothaarige ein Funkgerät in der Hand hielt. Nach einer kurzen Bemerkung zu seinem Gesprächspartner kam er uns entgegen.

»Detective Lazare?« Vermutlich kannte er ihn aus dem Fernsehen.

»Genau«, erwiderte Lazare. Sie gaben sich die Hand.

»Detective Andy Phipps. Freut mich, Sie kennenzulernen.«

»Das sind die Eltern, Annie und Bobby Goodman«, stellte Lazare uns vor. »Ist die Kleine hier?«

»Nicht mehr, aber sie waren eindeutig hier«, gab Phipps zur Antwort. »Kommen Sie, ich stelle Ihnen Leo Brook vor, den Besitzer. Dann hören Sie alles aus erster Hand.«

Brook begrüßte uns mit einem kurzen Nicken seines bärtigen Kinns. Als ich vor ihm stand, sah ich seine Knollennase und die blutunterlaufenen Augen, die typischen Anzeichen nördlicher Einsamkeit. Ich kannte diesen Typ aus den Wintern meiner Collegezeit. Das waren die Einheimischen, Männer und Frauen, die es gewohnt waren, sich Jahr für Jahr vor der bitteren Kälte zu verschanzen, die viel zu viel Zeit allein verbrachten, vielleicht auch zu viel tranken und dann im Frühling wieder zum Vorschein kamen, um sehr viel mehr als nur ein halbes Jahr gealtert.

»Ich hab's dem Detective gerade schon erzählt.« Brooks Stimme war heiser, aber dennoch sanft. »Heute Morgen hat sie eingecheckt, Erin Garfield heißt sie, hat sie gesagt. Sie wollte den Bungalow, der am weitesten abseits liegt, sie sagte, sie will nicht, dass das Baby nachts irgendwen aufweckt. Ich hab ihr gesagt, dass im Moment eh sonst keiner hier ist, aber sie wollte das unbedingt. Und ich werd mich ja wohl nicht mit zahlenden Gästen anlegen. Hab mir auch nichts weiter dabei gedacht, bis ich dann beim Frühstück die Zeitung aufgeschlagen hab.«

»Und jetzt sind sie nicht mehr hier?« Das war das Einzige, was mich interessierte.

»Hab ich dem Detective schon erzählt. Sie sind vor 'ner Weile weg.« Brooks Stimme klang merklich gequält, als hätte er uns mit seiner mangelnden Wachsamkeit enttäuscht, obwohl er ja gar nicht gewusst hatte, dass es Grund zur Wachsamkeit gab. »Ich hab nicht mitgekriegt, wohin. Könnt mich deswegen in den Bauch beißen, das kann ich Ihnen flüstern.«

»Das konnten Sie doch nicht ahnen, Leo«, sagte Detective Phipps. »Sie haben uns immerhin angerufen, das zählt. Wir finden Sie ja im Büro, nicht wahr, falls wir noch weitere Fragen haben?«

Brook nickte, warf einen letzten Blick auf Bobby und mich und ging dann mit den langen, ausladenden Schritten eines großen Mannes davon, der mit jedem Schritt ein wenig einzuknicken schien.

»Die Sachen sind alle noch im Zimmer«, sagte Phipps. »Ich würde also mal vermuten, sie weiß nicht, dass sie hier so schmerzlich vermisst wird, und kommt bald zurück.«

»Aber das Auto …«, warf Bobby ein.

»Wahrscheinlich sind sie zu Fuß unterwegs. Leo sagt, heute Morgen stand ein Kinderwagen vor der Tür, den sehen wir jetzt aber nirgends. Sie sind wohl einfach spazieren gegangen.«

»Spazieren?« Ich schaute mich um. Das Motel-Grundstück war von Wald umgeben, die lange Einfahrt ging direkt in die Hauptstraße über. Kein allzu gutes Terrain für einen Spaziergang, vor allem nicht mit einem Kinderwagen, der nicht für unebenes Gelände gedacht war. Aber wahrscheinlich hatte Lexy nicht schlafen wollen, und Julie hatte versucht, sie mit einer Fahrt im Kinderwagen zu beruhigen. Ein bewährtes Mittel, wenn meine Brüste und ich nicht zur Verfügung standen.

»Leo stellt Ihnen eins der Häuschen zur Verfügung, da können Sie warten.« Phipps gab Lazare den Schlüssel. »Ich bin hier, falls Sie mich brauchen.«

Bobby und ich gingen hinter Gabe Lazare über den Parkplatz. Die Türen zweier direkt nebeneinanderliegender Bungalows standen offen. Der eine war wohl für uns, der andere, vor dem der blaue Mietwagen stand, musste der von Julie sein. Ein uniformierter Polizist hielt vor der Tür Wache, drinnen sah ich einen Schatten auf und ab gehen. Das Häuschen wurde durchsucht. Ich blieb stehen. Wie gern wäre ich eingetreten in die dunkle Kühle dieses Raumes, um den Ort zu sehen, zu spüren und zu riechen, wo meine Kleine zuletzt gewesen war, als könnte auch die kleinste Wahrnehmung von ihr all meine Sorgen auslöschen. Ich sah die abgerundeten Fußenden zweier Betten, senffarbene Tagesdecken mit braunen Streifen. Doch als ich auf den Bungalow zuging, schüttelte der Polizist den Kopf und untersagte mir damit, noch näher zu kommen.

Ich drehte mich zu Bobby um, weil ich wissen wollte, ob er ebenso frustriert war wie ich, ob auch er gern in den Bungalow gegangen wäre. Doch er hatte seine Aufmerksamkeit auf etwas anderes gerichtet, auf das Auto nämlich, genauer gesagt auf den Kofferraum des Autos, vor dem sich gerade der grüngewandete Techniker aufrichtete. In der einen behandschuhten Hand hielt er eine Papiertüte und in der anderen … Julies kunterbunte Wolljacke.

Lazare hielt inne, musterte die Jacke und nickte dem Kriminaltechniker zu, der sie daraufhin in die Tüte stopfte. Ich fragte mich, ob der Detective sich wohl erinnerte, dass ich diese Jacke bei meiner Ankunft in Julies Haus getragen hatte. Ich selbst wusste noch genau, wie erstaunt ich darüber gewesen war, dass er auf ein Kleidungsstück achtete, wo doch gerade eine Frau

263

ermordet worden war. Und ich wusste auch noch, dass ich mir in meiner grellfarbigen Jacke gedacht hatte, um wie viel greller noch Zaras Blut war. Ich wäre nie auf den Gedanken gekommen, wie frisches Blut leuchten konnte, wenn künstliches Licht darauf fiel. Seit jener Nacht hatte ich nicht mehr an die Jacke gedacht. Jetzt fragte ich mich, wie sie wohl in den Kofferraum gekommen war. Wahrscheinlich hatte Julie sie übergezogen, bevor sie mit Lexy verschwunden war. Ich sah sie direkt vor mir, wie sie vor dem Kleiderschrank stand und überlegte, was sie anziehen sollte, und stimmte ihr instinktiv zu, dass dieses auffällige Kleidungsstück ideal für eine Flucht war, gerade weil man sich darin unmöglich verstecken konnte. Als Kinder hatten wir immer »Umdreh-Spiel« dazu gesagt und uns daran gefreut, wie leicht es war, den Erwartungen der Leute zu widersprechen.

Bobby und ich sahen Detective Lazare an, doch er begegnete unseren stummen Fragen seinerseits mit geübtem Schweigen, legte mir die Hand auf den Rücken und schob uns in das Häuschen nebenan.

Es war ein rustikaler kleiner Bungalow, der sich auf die absolute Grundausstattung beschränkte: ein spärlich möblierter Wohnraum mit einem abgeschabten Sofa, einem gepolsterten Schaukelstuhl, einem Esstisch mit zwei Stühlen und einem Fernseher, dahinter ein kleines Schlafzimmer. Selbst an einem strahlenden Frühlingstag wie diesem war das Licht hier drinnen körnig und düster und fand nur mühsam seinen Weg durch die beiden winzigen, von Vorhängen verdeckten Fenster. Lazare setzte sich in den Schaukelstuhl und faltete die Hände vor dem Bauch. Bobby und ich setzten uns nebeneinander auf das Sofa. Erst jetzt fiel mir ein, dass wir den Detective (abgesehen von dem spontanen Hubschrauberflug heute Morgen, als wir nur daran gedacht hatten, zu Lexy zu kommen) nicht mehr gesehen hatten, seit er Thomas Soiffer mitten in der Nacht ins Polizeirevier eskortiert hatte.

»Was hat Soiffer Ihnen eigentlich erzählt?«, fragte ich. »Und wo ist er jetzt?«

»Wir halten ihn fest, weil er gegen seine Bewährungsauflagen verstoßen hat.« Draußen zog eine Wolke beiseite. Es wurde heller im Zimmer, man sah die leichten Fältchen in Lazares Gesicht.

»Wird er wegen des Mordes angeklagt?«, fragte ich weiter.

»Solange wir kein Bluttestergebnis und keine Mordwaffe haben, gibt es auch keinen Mordfall. Keine Beweise, keine Festnahme.«

»Aber …«, setzte ich an.

Lazare stützte die Hände auf die Knie und stand auf. »Belassen wir es doch für den Augenblick dabei.« Er ging durchs Zimmer, schaltete den Fernseher ein und setzte sich wieder in den Schaukelstuhl.

Ich fühlte mich so ungerecht behandelt wie ein zurechtgewiesenes Kind. Am liebsten hätte ich ihn angeschrien, ihn so lange drangsaliert, bis er uns endlich mehr erzählte. Es war nicht richtig von ihm, uns so viel zu verschweigen. Immerhin war unsere Tochter verschwunden. Und wir hatten eine Frau, eine Tote, vor dem Haus meiner Schwester gefunden. Plötzlich sah ich Zara Moklas wieder vor mir, wie sie so unheimlich reglos dalag, während ihr der letzte Lebenssaft aus der aufgeschlitzten Kehle rann. Ich sah zu Bobby hinüber, um bei ihm Verständnis für meine Verzweiflung zu suchen, doch er hatte sich genauso verschlossen wie Lazare. Er saß unbeteiligt da und tat, als würde es ihn brennend interessieren, wie Oprah Winfrey eine junge, ständig kichernde Schauspielerin interviewte.

Das Warten war unerträglich, fast noch schlimmer als die Stunden, die ich in der Zelle verbracht hatte. Da hatte ich bei allem Entsetzen und aller Demütigung zumindest Lexy in Sicherheit geglaubt. Ich war überzeugt gewesen, bald wieder bei ihr zu sein, ich hatte daran geglaubt, dass meine un-

265

rechtmäßige Verhaftung sich schnell als Irrtum herausstellen würde. Liz fiel mir ein. Nach unseren Telefonaten seit meiner Rückkehr nach Great Barrington war sie zweifelsfrei davon überzeugt, dass es kein Problem sein würde, den Vorwurf der Veruntreuung zu entkräften. Aber darum ging es ja längst nicht mehr. Jetzt ging es nur noch darum, dass ich mit einem einzigen, vernichtenden Hieb mein Kind und meine Schwester verloren hatte. Mein *Herz*. Was war ich denn ohne sie? Als ich bei dieser Frage angekommen war – bei dem Problem der Unterscheidung von Erleben und Sinn, von all dem, was ein *Ich* ausmacht, das nicht nur aus einer Reihe von Erfahrungen, sondern aus all den Wahrnehmungen, Überzeugungen und Gefühlen besteht, die wir meinen, wenn wir von der menschlichen Seele sprechen –, spürte ich, wie ich innerlich ins Schlingern geriet. Wer *war* ich überhaupt? Und wer war *Ich*?

Dann hörte ich mit einem Mal von draußen Julies Stimme: »Lassen Sie das. Finger weg von meinem Kind!«

Ich rannte zur Tür, und da war sie. Sie hielt einen Griff des Kinderwagens umklammert, während ein Polizist den anderen festhielt und ein weiterer versuchte, sie am Ellbogen wegzuziehen.

»*Dein* Kind?« Ich eilte die Stufen der Veranda hinunter. Als Julie mich sah, blieb ihr der Mund offen stehen. Sie sagte nichts mehr. Zum ersten Mal in meinem Leben war es mir gelungen, meine Zwillingsschwester sprachlos zu machen. Sie wusste keine Antwort auf meine rhetorische Frage, hatte keine Worte, um meinen Satz zu beenden. Sie wusste gar nichts mehr.

Ich stürzte sofort auf Lexy zu, *mein* Kind, das todmüde, aber wach in seinem Kinderwagen saß und von der ganzen Aufregung sichtlich verstört war. Kaum sah ich sie, begann meine Milch auch schon zu tropfen und durchnässte mein Oberteil. Bobby lief voraus und half dem Polizisten dabei, Julie von dem Kinderwagen wegzubringen. Ich kniete bereits vor Lexy und machte ihr, weinend und lachend zugleich, die Gurte los. Sie sah mich unverwandt an. Ich merkte, dass sie nicht wie sonst die Arme nach mir ausstreckte, also beugte ich mich näher zu ihr heran und flüsterte: »Ich bin's doch, deine Mama. Komm her zu mir, Engelchen.« Eine kleine Hand tastete nach meinem Gesicht, dann fing auch Lexy an zu weinen. Sie beugte sich vor, sah sich suchend nach Julie um, und das Weinen wurde heftiger.

»Du machst ihr Angst, Annie«, sagte Julie.

»*Ich* mache ihr Angst? Warum tust du uns das alles bloß an?«

»Was tue ich euch denn an? Ich habe dir doch gesagt, dass ich mit ihr zu dem Haus fahre. Hast du das etwa vergessen?«

»Was denn für ein Haus?«

»Das Haus in Maine«, sagte sie. »Das ich gemietet habe. Ich habe dir doch davon erzählt.«

»Lügnerin!« Bobby überließ Julie dem Polizisten, der ihr sofort Handschellen anlegte. »Elendes Miststück!«

Julie sah schockiert drein, und auch ich war schockiert. Instinktiv wollte ich die Ehre meiner Schwester verteidigen. Aber ich überwand den Impuls rasch.

»Veruntreuung von Staatsgeldern … sagt dir das was?«, fragte ich sie.

»Wovon redest du bloß?« Sie klang ungläubig. Ihr Blick – diese Augen, die ich so gut kannte – forderte mich förmlich heraus. Ich sah einen neuen Ausdruck darin, etwas wie ein Scherz, in den ich nicht eingeweiht war.

»Ich bin in Manhattan verhaftet worden«, sagte ich. »Ich habe fast einen ganzen Tag im Gefängnis verbracht.«

»Im Gefängnis?«

»Ach komm, Julie. Das FBI hat deinen Computer untersucht, du musst also gar nicht erst versuchen, es abzustreiten.«

Sie hielt einen Augenblick inne, dann wanderte ein Schatten über ihre Miene. Mit einem Mal sah sie richtig verängstigt aus. »Ich weiß beim besten Willen nicht, wovon du redest, Annie. Hilf mir doch. Bitte! Das ist alles ein großer Irrtum …«

Ein Irrtum? Und ich sollte ihr helfen? Ich traute meinen Ohren nicht.

Lexy brüllte inzwischen lauthals. Ich hob sie aus dem Kinderwagen, hielt sie im Arm, wiegte sie und liebte sie mit jeder Faser meines Seins. In dieser intimen Einheit, als ich mein Baby endlich wieder in den Armen hielt, nahm ich wie durch einen Nebel wahr, dass ringsum Fotoapparate aufblitzten, Journalisten in Fernsehkameras sprachen und jemand Julie ihre Rechte vorlas. Ohne mich noch einmal umzudrehen, trug ich Lexy in den Bungalow zurück.

Wir setzten uns auf das Sofa, ich spürte ihre weiche Haut an meiner. Sie wirkte gesund und sauber, und sie war endlich wieder in Sicherheit. Für mich war es die reine Freude, sie wieder bei mir zu haben, doch bei ihr spürte ich Unruhe und Verwirrung. Ich dachte, dass es uns beiden helfen könnte, wenn ich sie stillte, also schob ich mein Oberteil hoch, machte den BH auf und bot ihr meine Brust an. Sie drehte den Kopf weg. Mit Tränen in den Augen versuchte ich es noch einmal. Es dauerte eine ganze Weile, doch schließlich griff sie zögernd zu. Und dann trank sie.

Es war wunderbar still in dem kleinen Haus, während Lexy trank, ihre dicken, kleinen Händchen an meine geschwollenen Brüste drückte und endlich begriff (oder sich erinnerte), dass ich ihre echte, einzige Mama war. Ich hätte bis in alle Ewigkeit so mit ihr auf diesem Sofa sitzen können. Draußen wurden die Stimmen lauter, beruhigten sich ein wenig und schwollen dann von neuem an. Irgendwann hörte ich Autos wegfahren. Ich hatte das angenehme Gefühl, dass man mich vergessen hatte und mir dadurch diese lange, wundervolle Abgeschiedenheit mit meinem Kind vergönnt war.

Dann hörte ich zwei vertraute Stimmen: Bobby und Detective Lazare. Sie standen vor dem Haus und sprachen über Julie.

»Und was passiert jetzt?«, fragte Bobby. »Wird sie tatsächlich wieder freigelassen?«

»Wenn sie die Kaution zahlen kann, dann ja.«

»Sie wissen doch genau, dass sie die Kaution zahlen kann. Ich kann das alles überhaupt nicht glauben!«

»Wir haben genügend Beweise für eine Anklage wegen Computerbetrugs«, sagte Lazare. »Wohlgemerkt: eine Anklage. Das heißt noch nicht, dass sie auch verurteilt wird. Sobald sie offiziell verhaftet ist, läuft die Rechtsmaschinerie an. Und jeder hat ein Recht darauf, als unschuldig betrachtet zu werden, bis das Gegenteil bewiesen wurde.«

»Und die Entführung? Das ist doch eine Straftat.«

»Annie hat Lexy ihrer Schwester anvertraut. Julie hatte ihre Erlaubnis.«

»Julie hat das Navigationssystem ausgebaut und ihr Handy unter einer Steinplatte versteckt«, sagte Bobby. »Sie hat sich bewusst darum bemüht, nicht auffindbar zu sein.«

»Irgendwer hat diese Dinge getan, das ist wahr. Aber Sie werden doch begreifen, wie schwierig das ist. Ohne Zeugen können wir nicht glaubhaft belegen, dass es tatsächlich Julie war, die das Navigationssystem ausgebaut und das Handy versteckt hat. Aus Sicht eines Richters kann es jeder x-Beliebige gewesen sein.«

»Das ist doch absurd!«

»Sie haben gehört, was Julie sagt«, erwiderte Lazare. »Sie behauptet, diese Reise sei geplant gewesen. Falls sie eine Möglichkeit findet, das zu beweisen, ist der Tatbestand der Entführung rein technisch nicht erfüllt.«

»Annie weiß aber nichts von einem Haus in Maine. Das hat Julie sich nur ausgedacht.«

»Das müssen wir erst überprüfen.«

»Was für eine gottverdammte Scheiße!«

In der Stille, die auf Bobbys Ausbruch folgte, sah ich Lazare vor meinem inneren Auge mit seinem gezwungenen Halblächeln und seiner enervierenden Beherrschtheit.

»Gut, und was ist mit Thomas Soiffer?«, hörte ich Bobby fragen. »Wollen Sie mir erzählen, er hat nicht gesehen, dass Julie Zara Moklas umgebracht hat?«

»Im Augenblick erzähle ich Ihnen gar nichts.«

»Julie hat sie umgebracht, Detective. Ich würde Gift darauf nehmen, dass Soiffer Ihnen das erzählt hat. Das gehört doch alles zusammen, unsere Trennung, der Identitätsdiebstahl, Annies Festnahme, die Entführung… alles eben. Sagen Sie mir wenigstens das. Ich habe doch recht?«

»In Soiffers Wagen wurde eine erhebliche Menge Blut gefunden, das Zaras Blutgruppe entspricht.« Lazare sprach weiterhin ruhig und gelassen. »Falls sich herausstellt, dass es nicht von ihr stammt, können wir ihn ausklammern. Und wenn Sie mit Ihren Vermutungen über Julie recht haben, wird sich auch das bald erweisen.«

»Und wann ist bald? Sie wird uns entwischen, Detective. Ich kenne sie.«

»Ihre Tochter ist da drinnen«, sagte Lazare. »Wollen Sie nicht zu ihr?« Und als ich ihre Schritte auf den Stufen und auf der Veranda hörte, wusste ich plötzlich eines mit furchtbarer Gewissheit: Ich wusste, was Thomas Soiffer Detective Lazare erzählt hatte. Er hatte den Mord an Zara beobachtet, so viel war klar. Aber es war nur natürlich, dass Lazare noch seine Zweifel hatte. Deshalb hatten sie die Jacke als mögliches Beweisstück aus dem Kofferraum geholt. Und deshalb wollte er auch Julie nicht gleich wegen Mordes verhaften.

Soiffer musste ihm erzählt haben, dass er Julie dabei beobachtet hatte, wie sie Zara umbrachte. Aber das bedeutete ja, er konnte genauso gut mich gesehen haben.

Teil drei

Kapitel 12

Am Montagmorgen – inzwischen dauerte der Albtraum schon eine ganze Woche – war es kühl in der Detectives Unit des Polizeireviers von Great Barrington. Es war zu spät im Jahr, um noch zu heizen, aber noch zu früh am Tag, als dass die Sonne bereits durchs Fenster hereingeschienen und die ländliche Nachtkälte vertrieben hätte. Vor dem Fenster hinter Lazares Schreibtisch sah ich die Blätter des großen Ahorns schimmern. Sonnenlicht brach sich auf ihren Unterseiten, sie glitzerten wie achtlos hingeworfene Münzen. Lazare hatte mir eine Tasse heißen Kaffee gebracht, bevor er mich hier allein gelassen hatte. Eine nette Geste. Man hatte mich gebeten, für die Gegenüberstellung Jeans und ein einfarbiges, kurzärmeliges T-Shirt anzuziehen, und ich hatte bereits Gänsehaut an den Armen. Seit zehn Minuten saß ich hier. Lazare hatte nicht viel gesagt bis auf die üblichen Höflichkeitsfloskeln, doch heute wirkte seine übertriebene Gelassenheit alles andere als beruhigend auf mich. Er hatte alle meine Fragen an diesem Morgen mit einem schlichten Nein beantwortet. Nein, die Testergebnisse für das Blut in Thomas Soiffers Wagen waren noch nicht da. Nein, Soiffer wurde im Augenblick nicht wegen des Mordes an Zara festgehalten. Nein, die Mordwaffe hatten sie immer noch nicht gefunden.

Warum bloß wollte Lazare nicht mit mir reden, mir nicht einfach sagen, was los war? Es war schon empörend genug, dass ich überhaupt hier herumsitzen und warten musste, während er sich darum kümmerte, dass die anderen Annie-ähnlichen Frauen eintrafen und wir uns in einer Reihe aufstellen konnten, um dann vermutlich von Thomas Soiffer in Augenschein genommen zu werden. Thomas Soiffer, Verdächtiger, Ex-Häftling, Opfer und Zeuge. Dieser Mann war so vieles auf einmal, dass mir schier der Kopf brummte. Und ich sollte jetzt eine Gegenüberstellung über mich ergehen lassen, auf der Grundlage seiner Aussage? Natürlich nicht nur ich, auch Julie. Sie musste sich demselben Vorgang unterziehen, allerdings zu einem anderen Zeitpunkt, damit wir uns dabei nicht über den Weg liefen. Seit unserer Rückkehr aus Vermont war sie wegen Betrugs, schweren Diebstahls und einer ganzen Reihe weiterer Verbrechen im Zusammenhang mit dem Identitätsraub angeklagt worden. Sie hatte eine Kaution bezahlt und war wieder auf freiem Fuß. Und unerklärlicherweise hob ihre Anklage wegen schweren Diebstahls meine auch nicht auf, die ihren Weg durch das Rechtssystem munter fortsetzte. Wir hatten uns seitdem nicht mehr gesehen, und das würde auch noch eine ganze Weile so bleiben. Man hatte uns offiziell getrennt. Aber Julie... ach, Julie... ich vermisste sie so sehr! Ich konnte immer noch nicht fassen, dass das alles wirklich passierte, dass ich sie tatsächlich verloren hatte, oder zumindest das, was sie für mich gewesen war. Und nun sollten wir auch noch von der Polizei verglichen werden, im Licht dieser Anklage, dieser Unterstellung, dass eine von uns einen Mord begangen haben sollte. Ich wusste, dass ich es nicht gewesen war. Aber das hieß dann ja...

Nein. Daran wollte ich überhaupt nicht denken, diese böse Saat wollte ich gar nicht erst in meinem Herzen säen. Um zumindest für den Augenblick nicht wahnsinnig zu werden, würde ich einfach bei der Annahme bleiben, dass Thomas Soiffer Zara getötet hatte. Alles andere ergab doch keinen Sinn. Ich musste davon ausgehen, dass Soiffer log, wenn er behauptete, den Mord mit angesehen, aber nicht begangen zu haben, und dass diese Gegenüberstellung für Lazare reine Routine war, um uns auszuschließen und korrekt gehandelt zu haben, für den unwahrscheinlichen Fall, dass Soiffer doch die Wahrheit sagte. Den äußerst unwahrscheinlichen Fall. Im Grunde konnte eine Gegenüberstellung doch ohnehin nur ergeben, dass man Julie und mich nicht auseinanderhalten konnte. Wenn Soiffer mich identifizierte, würde das im schlimmsten Fall Zweifel an seiner Aussage schüren, dass tatsächlich Julie der armen Frau die Kehle durchgeschnitten hatte. (Falls er das überhaupt gesagt hatte. Es war doch sehr viel wahrscheinlicher, dass er den Verdacht auf jemand ganz anderen lenken wollte. Schließlich war sein Wagen voller Blut.) Vielleicht wollte Lazare ja eigentlich nur Soiffer diskreditieren. Etwas anderes wollte er allerdings auch noch: unser Blut. Er hatte Julie und mich zum Bluttest beordert. Meiner sollte später am Tag in einer örtlichen Klinik stattfinden.

Der Kaffee wärmte mich von innen, ich hätte gern noch mehr davon gehabt, nachdem ich die Tasse ausgetrunken hatte. Doch die Kaffeemaschine stand am anderen Ende des Zimmers. Ob ich aufstehen und mir selbst noch etwas holen durfte? Ich drehte mich mit dem Stuhl herum, um Detective Lazare zu suchen. Er war nicht mehr im Zimmer, doch ich sah, dass in der Zwischenzeit ein paar weitere Beamte eingetroffen waren und ihr Tagwerk begonnen hatten. Es waren drei, sie vermieden es alle, mich anzusehen, genau wie die Polizisten auf dem Revier in New York City. Wieder einmal waren sie das *Wir*, und ich stand auf der Gegenseite. Ich war verdächtig, wartete auf eine Gegenüberstellung. Dann entdeckte ich eine Polizistin, die etwa so groß war wie ich, dieselbe Haar- und Augenfarbe hatte und ebenfalls Jeans und ein einfarbiges T-Shirt trug. Ich versuchte, ihren Blick aufzufangen und sie anzulächeln, einfach nur, um zu sehen, was passieren würde. Sie stellte ihre Handtasche auf den Schreibtisch, nahm einen kleinen Terminkalender heraus, legte ihn neben das Telefon und schlug ihn auf. Ich schaute sie unverwandt an, doch sie sah nicht in meine Richtung, warf mir nicht einmal einen kurzen Blick zu. Dabei wusste ich doch genau, dass sie mich dort sitzen gesehen hatte.

Unsichtbar, wie ich war, stand ich auf und ging mit meiner leeren Tasse quer durch den Raum zur Kaffeemaschine. Als ich mir den dampfenden Kaffee einschenkte, sah ich, dass jemand eine Packung mit Blaubeermuffins mitgebracht hatte. Ich nahm mir einen, um zu testen, ob jetzt wohl jemand reagieren würde. Nichts. Gerade hatte ich eine Papierserviette auf Lazares Schreibtisch ausgebreitet, den Muffin darauf gelegt und ein kleines Stück davon abgebrochen, da ging die Tür auf, und Lazare winkte mich zu sich.

»Also«, sagte er. »Wir wären dann so weit.«

Ich steckte das Stück Muffin in den Mund und erhob mich kauend. Eine Blaubeere zerplatzte säuerlich auf meiner Zunge – köstlich. Ich lächelte. Jetzt sahen sie mich alle an, einen kurzen Augenblick lang. Doch dieses bisschen Aufmerksamkeit bereitete mir auch keine Genugtuung. Ich empfand es eher als Demütigung, als ich hinter Detective Lazare aus dem Zimmer ging.

Wir gingen einen hellerleuchteten, sauberen Flur entlang. Eine schmale Steintreppe hinauf. Und dann direkt in ein furchtbar weißes Zimmer, wo bereits drei andere Annie-und-Julie-Möchtegern-Doppelgängerinnen Schulter an Schulter vor einer nackten Wand standen. Gleich darauf erschien die Fünfte und Letzte, die Polizistin, die ich unten gesehen hatte. Sie stellte sich direkt neben mich. Hier war es noch um einiges kälter, und ich schlang die Arme um den Körper, bis Lazare, der sich umgedreht hatte, um die Tür zu schließen, zu mir sagte: »Arme bitte hängen lassen.« Beschämt ließ ich die Arme wieder sinken, und plötzlich war dieser kurze Befehl, sein knapper Ton, das Kälteste im Raum. Wie ich es hasste, hier zu sein!

Weiße Frauen, weiße Wände, grauer, blankgewienerter Linoleumboden, Neonröhren, die nichts verbargen, und eine breite, nur in eine Richtung durchsichtige Scheibe, in der ich mein Spiegelbild sah, vervielfacht durch diese Fremden neben mir, die mir nur ganz oberflächlich ähnelten. Was waren das wohl für Frauen, fragte ich mich. Ich kannte ja nur die Polizistin rechts von mir.

Etwa fünf Minuten lang standen wir dort, dann rief plötzlich eine körperlose Stimme Befehle in den Raum.

»Nummer zwei, bitte vortreten. Vielen Dank.«

»Nummer eins bitte. Danke.«

»Nummer vier.« Das war ich. »Nach rechts drehen, bitte. Danke. Jetzt nach links. Gut. Vielen Dank.«

Keine Minute später war alles vorbei. Detective Lazare öffnete die Tür und dankte uns einzeln, als wir an ihm vorbeimarschierten. Sein Ton verriet nichts. Ich konnte ihm nicht in die Augen sehen. Auf dem Weg über die Treppe und durch den Gang, der sich irgendwann gabelte, zerstreuten sich die Frauen nach und nach. In der Eingangshalle waren wir nur noch zu dritt, und auf dem Parkplatz war ich schließlich ganz allein.

Es war noch früh. Zeit genug, um noch einmal in unser neues Übergangszuhause in einem Gasthof in der Gegend zurückzukehren (wie hätte ich Julies Haus jemals wieder betreten sollen?). Den Termin im Krankenhaus hatte ich erst am Mittag, also konnte ich Lexy am Vormittag stillen, und Bobby würde ihr dann gegen eins, vor dem Mittagsschläfchen, etwas Brei und ein Fläschchen geben. Erst jetzt, nachdem die Gegenüberstellung vorbei war und ich mich auf dem Fahrersitz meines neuen silbergrauen Mietwagens wiederfand (den alten hatte die Polizei beschlagnahmt), den neuausgestellten Füh-

277

rerschein im Portemonnaie, merkte ich, wie groß die Anspannung vorher tatsächlich gewesen war. Anstatt loszufahren, stützte ich die Arme auf das Lenkrad und brach in Tränen aus. Es dauerte zehn lange Minuten, bis ich mich ausgeweint hatte. Dann machte ich mich auf den Weg zu unserem Gasthof.

Das Weathervane Inn lag ein paar Kilometer außerhalb. Es war die einzige Pension im Umkreis gewesen, die uns aufnehmen wollte. Alle anderen nahmen keine Kinder unter zwölf, vor allem keine lärmenden, stinkenden Babys. Aber das Weathervane Inn war perfekt: groß genug, um etwas Privatsphäre zu haben, und klein genug, um sich dort wohlzufühlen. Man bekam ein gutes und reichliches Frühstück, und zum Mittag- und Abendessen gaben sie einem Tipps für die vielen guten Restaurants in der Gegend, die ich noch nicht kannte, weil wir eigentlich immer bei Julie gegessen hatten. Die Wirtsleute, Mr. und Mrs. Boardman (ein altes Ehepaar, das in diesem Gasthof auch seine Kinder großgezogen hatte), stellten den Gästen auch zwei Wohnräume zur Verfügung, deren einer eine Mischung aus Familienstube und Spielzimmer war. Genau der richtige Ort für uns. Die Wochenendgäste waren alle schon am Abend zuvor oder früh am Morgen abgereist, und als ich vom Polizeirevier zurückkam, fand ich Bobby allein im Wohnraum vor. Lexy saß auf ihrer Spieldecke auf dem Boden.

Auf einem Beistelltisch neben dem Sofa stand ein Strauß Flieder. Die duftenden, lilafarbenen Blütentrauben neigten sich über den Rand eines mit Wasser gefüllten, gläsernen Cocktailshakers. Ich konnte nicht widerstehen: Ich beugte mich vor und drückte meine Nase tief zwischen die winzigen Blüten. Der betörende Duft füllte mich ganz aus, wärmte mich und ließ die Kälte des Polizeireviers verschwinden. Ich nahm noch einen tiefen Atemzug. Dann küsste ich Bobby und kuschelte mich neben ihn auf das Sofa. Gemeinsam betrachteten wir Lexy.

Auch nach zwei Tagen war es für uns noch wie ein Wunder, sie wiederzuhaben. Ich war mir nicht sicher, ob ich es jemals wieder schaffen würde, sie jemand anderem anzuvertrauen, bis auf Bobby natürlich. Vielleicht würde ich ja jetzt so eine Mutter werden, die sich nie einen Babysitter nahm und ihr Kind keine Sekunde aus den Augen ließ. Bobby und ich hatten bereits beschlossen, gemeinsam nach Kentucky zurückzukehren, sobald Detective Lazare hier mit mir fertig war, Liz den Vorwurf der Veruntreuung entkräftet hatte und wir die Kaution wieder auslösen konnten. Kent hatte zu unser aller Erstaunen klein beigegeben und aufgehört, sich über Bobbys lange Abwesenheit zu beschweren. (Eine weise Entscheidung, denn nach dem Family Leave Act stand es Bobby durchaus zu, sich in Notfällen über einen beträchtlichen Zeitraum hinweg um seine Familie zu kümmern, ohne dadurch seine Stelle zu gefährden. Hätte Kent seine Schikanen fortgesetzt, hätte das nur in einem Prozess geendet.) Wir würden also nach Hause zurückkehren. Aber ich wollte nicht mehr im Gefängnis arbeiten – nie wieder würde ich auch nur einen Fuß in eine solche Einrichtung setzen. Stattdessen würde ich zu Hause bleiben und mich ganz um Lexy kümmern, bis ich entschieden hatte, was ich als Nächstes tun wollte. Und in einem Jahr, wenn Bobby seinen Pensionsanspruch geltend machen konnte, würden wir irgendwohin ziehen, wo es uns beiden gefiel. Das war unser neuer Plan.

Nach einer Weile sagte Bobby: »Liz hat angerufen.«

»Und?«

»Sie erkundigt sich nach guten Strafverteidigern, hier in der Gegend oder auch in Boston.«

»Brauche ich denn wirklich noch einen weiteren Anwalt? Und warum Boston? Das ist doch so weit weg.«

»So weit nun auch wieder nicht. Und ja, Liz sagt, du brauchst einen weiteren Anwalt, der sich mit dem Strafrecht von Massachusetts auskennt.«

»Aber ich bin doch keine Straftäterin!«

»Ich weiß das.« Bobby küsste mich auf die Stirn. »Und Liz weiß es, und Thomas Soiffer vermutlich auch, und wenn wir ganz ehrlich sind, weiß es wohl auch Julie. Trotzdem sagt Liz, du brauchst einen Rechtsbeistand, da sie dich nun mal dieser ganzen Prozedur unterziehen. Nur für alle Fälle.«

»Für was für Fälle?«

»Keine Ahnung, Annie. Einfach für alle Fälle.«

»Und was ist mit Julie? Sie hat sich wahrscheinlich längst den besten Anwalt gesichert, den es gibt.«

»Anzunehmen.«

Lexy schien sich mit ihren Spielsachen auf dem Boden zu langweilen und wurde knatschig. Ich bückte mich, hob sie auf meinen Schoß, streichelte ihr die weichen Ärmchen und gab ihr einen Kuss auf den süßen, flaumigen Kopf.

»Hör mal, Annie.«

Bobby zog die Augenbrauen hoch und presste die Lippen zusammen, bevor er weitersprach. »Liz hat mir noch etwas anderes erzählt. Sie hat mit der Polizei in Lexington gesprochen. Dort hat man ihr gesagt, unser Computer zu Hause sei konfisziert worden.« Ich sah ihn fassungslos an.

»Sie haben ihn dem FBI in Boston übergeben.«

»Aber warum denn? Glauben die etwa, ich hätte das alles selbst in Gang gesetzt? Ich bin doch nicht so durchgeknallt, mich selbst zerstören zu wollen ...«

»Annie.« Bobby sprach mit fester Stimme. »Liz sagt, wir sollen uns darüber nicht unnötig aufregen. Und ich denke, sie hat recht. Wahrscheinlich will Rusty Smith nur überprüfen, was Julies Viren und das ganze Zeug mit unseren Dateien angestellt haben, weiter nichts. Wichtig ist nur, dass Liz glaubt, in den nächsten zwei Tagen so weit zu sein, dass die Anklage wegen Veruntreuung fallengelassen wird. Sobald das durch ist, dürfte es nicht mehr lange dauern, bis wir unsere Kaution wiederbekommen.«

»Zwei ganze Tage?«

»Spätestens am Donnerstag, hat sie gesagt.«

»Aber Donnerstag, das sind ja sogar noch drei Tage!«

»Ich bitte dich, Annie. Es ist wirklich nur in unserem Interesse, wenn wir uns kooperativ zeigen. Sobald die Ergebnisse der Blutuntersuchung da sind, klärt sich das mit der Straftat sowieso von selbst. Und du darfst nicht vergessen, dass Lazare sich jetzt auch mit Julie befassen muss. Vielleicht muss er ja noch ein paar Mal mit uns reden. Es ist also wichtig, dass wir verfügbar bleiben. Und insgesamt gesehen sind drei Tage doch gar nicht viel.«

»Gut, von mir aus«, sagte ich. »Dann bleiben wir also hier, reden mit ihm, und ich treffe mich mit meinem neuen Anwalt. Aber Ende dieser Woche will ich wirklich zurück nach Hause. Wenn es dann noch Fragen gibt, sollen die uns doch anrufen.«

Bobbys Lächeln wirkte fast ein wenig spitzbübisch. Obwohl er so diszipliniert war, erschien auch ihm der Gedanke verführerisch, die sich ständig vermehrenden Fesseln alle abzuschütteln und einfach zu gehen. Außerdem würde er bekommen, was er schon die ganze Zeit gewollt hatte: Ich würde mit ihm zurück nach Hause kommen. »Na«, sagte er, »dann versuchen wir doch mal, Freitag abzureisen… und wenn wir können, auch früher.«

Lexy zog an meinem Oberteil, ich legte sie für ihre Vormittagsmahlzeit an die Brust und schmiegte dann den Kopf an Bobbys Schulter. Er streckte einen Finger aus und strich seiner nuckelnden Tochter über die weiche Wange. Als sie fertig getrunken hatte, nahm er sie mir ab, ging mit ihr im Zimmer herum und klopfte ihr sanft auf den Rücken, damit sie ihr

Bäuerchen machen konnte. Ich beugte mich auf dem Sofa zur Seite und schnupperte noch einmal an dem Fliederstrauß, um noch ein wenig mehr von diesem wundervollen Duft in mich aufzunehmen. In Kentucky, wo es wärmer war als hier, hatte der Flieder schon vor Wochen geblüht. In gewisser Hinsicht hatte ich also auch Glück: In diesem Jahr bekam ich zweimal Flieder.

Die blaugrüne Vene trat durch den festgezurrten Stauschlauch dick hervor, die Nadel durchstach die Haut in meiner Armbeuge, und ich spürte, wie mein Blut nach draußen floss. Ich sah zu, wie die Krankenschwester, eine zierliche Koreanerin, ein Röhrchen verschloss und ein weiteres an der Spritze befestigte. Mein Leben lang hatte ich immer hingeschaut, wenn mir Blut abgenommen wurde, und heute verlieh es mir sogar ein Gefühl von Kraft zu sehen, wie mein Blut in das Glasröhrchen floss. Das war ein weiterer Unterschied zwischen Julie und mir: Sie war bei solchen medizinischen Eingriffen empfindlich und wandte immer den Blick ab. Ich nicht. Jedes Tröpfchen Blut, das meinen Körper verließ, hatte ich selbst dabei beobachtet. Julie und ich spendeten häufig Blut, seit wir erwachsen waren, das war uns wichtig. Und jedes Mal lief es auf dieselbe Weise ab: Ich beobachtete ganz genau, wie mein Blut aus der Vene durch den Schlauch in das Röhrchen floss, Julie schaute ganz woanders hin. Bei Lexys Geburt hatte ich geschrien und gekämpft, aber auch immer wieder hingeschaut, mit Hilfe eines Spiegels, den Bobby am Ende des Krankenhausbettes halten musste. Ich hatte darauf bestanden, dass er das tat, und ich weiß noch, wie entsetzt er über diese Bitte war. Er fand die Idee makaber, und ich musste ihm ausführlich erklären, dass ich als eineiiger Zwilling ein ganz spezielles Verhältnis zu Blut hatte. Es hatte mit der Wahrnehmung meines eigenen Körpers zu tun, damit, ein Gefühl dafür zu bekommen, wo seine

Grenzen verliefen. Blut, das aus meinem Körper kam, gehörte nur mir. Julie hatte ihr eigenes Blut und ihre eigene Art, damit umzugehen.

Meine Faszination für das Thema war schon entstanden, als wir noch Kinder waren und ein Lehrer uns erklärt hatte, dass manche Zwillinge sich eine Fruchtblase teilten, während andere in zwei Fruchtblasen heranwuchsen. Ebenso teilten sich manche Zwillinge eine Plazenta, andere nicht. Und um die ganze Sache noch weiter zu verkomplizieren, hatten Zwillinge, die sich eine Fruchtblase und eine Plazenta teilten, manchmal auch denselben Blutkreislauf – und damit dasselbe Blut. Das Blut des einen floss auch durch den Körper des anderen und wieder zurück. Das ging bis hin zu der Komplikation, dass zweigeschlechtliche Zwillinge die Hormone des anderen mitbekommen konnten, wodurch das geschlechtsspezifische Verhalten im weiteren Verlauf des Lebens verwischt wurde. Die Frage, ob ich nun mein ureigenes Blut besaß oder eine Art Mischung aus meinem und Julies Blut, war mir immer schon ganz entscheidend erschienen.

Gerade weil wir eineiige Zwillinge waren, fielen mir mögliche Unterschiede zwischen uns umso stärker auf. Als wir heranwuchsen, hatte ich immer das Gefühl gehabt, einfach mehr Mut mitbekommen zu haben als meine Schwester (unsere Mutter bezeichnete das gerne als *Spontaneität* und manchmal, wenn sie sich über mich geärgert hatte, auch als *Dummheit*). Doch inzwischen war mir klar, dass meine Neugier auf mein eigenes Blut dem Drang entsprang, eine Art Beweis meiner selbst zu finden. Julie und ich waren einander so ähnlich, dass man unmöglich wissen konnte, wie viel wir tatsächlich teilten – wo sie aufhörte, wo ich anfing. War das Blut, das aus meinem Körper kam, auch einmal durch ihren geflossen? *Waren* wir tatsächlich gleich, oder sahen wir einfach nur gleich aus? Das hatte ich mich insgeheim immer gefragt. Mehr war leider nicht möglich gewesen, weil unsere Eltern nicht einmal den Gedanken daran duldeten, dass wir eventuell nicht absolut und nachweisbar genetisch identisch waren. Wir sahen doch so niedlich aus in unseren gleichen Kleidchen, wir spielten so schön zusammen, alle Welt verwechselte uns miteinander. Brauchte man da noch mehr Beweise? Und was spielte das überhaupt für eine Rolle? Dann waren unsere Eltern gestorben, bevor wir alt genug waren, darauf zu beharren, dass sie es uns sagten (falls sie es überhaupt wussten).

Und nun floss mein Blut wieder einmal aus meinem Körper in ein Glasröhrchen.

Ich sah die Krankenschwester an. »Meine Zwillingsschwester und ich haben nie diesen Bluttest machen lassen, der zeigt, ob wir genetisch identisch sind.«

»Möchten Sie den gerne machen lassen?« – »Ja.«

»Dann nehme ich Ihnen noch ein bisschen mehr ab.«

Sie entfernte das volle Röhrchen, verschloss es und befestigte ein neues. Am Ende standen vier kleine Gefäße mit meinem Blut auf ihrem Tablett. Mir war ein wenig schwindlig, die Krankenschwester brachte mir ein Glas Orangensaft und einen Keks und empfahl mir, noch ein Weilchen sitzen zu bleiben. Ich trank den Saft und aß den Keks, wollte aber nicht länger bleiben.

Auf dem Weg nach Hause war mir immer noch etwas flau. Ich fuhr langsam weiter, und mit jedem Kilometer wurde es besser. Es war ein wunderschöner Frühlingsnachmittag, überall grünte und blühte es, und es war kaum ein anderes Auto unterwegs. Das friedliche Gefühl, das mir auf der Fahrt zur Klinik abhandengekommen war, kehrte langsam zurück, und als ich auf den kleinen, kiesbestreuten Parkplatz des Weathervane Inn einbog, war ich beinahe glücklich. Ich hatte die Gegenüberstellung hinter mich gebracht und den Bluttest – ich kam mir vor wie ein Kind im verhassten Sommercamp, das die Tage im Kalender ausstreicht. Ende der Woche würden wir endlich wieder zu Hause sein!

Noch ehe ich aus dem Wagen steigen konnte, klingelte mein Handy. Auf dem Display sah ich, dass es Bobby war.

»Wo bist du?«, fragte er.

»Direkt vor dem Haus. Ich bin gerade gekommen.«

Ich stieg aus, schloss die Tür und sah ihn schon. Er schob gerade das Handy in die Jeanstasche.

»Schläft Lexy noch?«, fragte ich.

»Schlechte Nachrichten, Annie.«

Ich erstarrte. Ich wusste nicht recht, ob ich noch viel mehr verkraften konnte. »Dann sag's mir lieber gleich.«

»Gabe Lazare hat angerufen«, sagte Bobby. »Wie sich herausstellt, hat Julie tatsächlich ein Ferienhaus in Maine gemietet. Es passt zu allem, was sie erzählt hat.«

»Aber sie hat mir kein Wort davon gesagt! Sie behauptet, ich hätte gewusst, dass sie mit Lexy dahin will, aber das habe ich nicht gewusst!«

»Sch-scht. Beruhige dich.« Bobby griff besänftigend nach meinem Arm, aber ich machte mich von ihm los.

»Ich kann mich aber nicht beruhigen. Sie lügt, Bobby! Heißt das, sie bekommt keine Strafe dafür, dass sie versucht hat, uns Lexy wegzunehmen?«

»Ja, ich glaube, das heißt es wohl. Aber ich weiß es nicht genau. Es war nicht gerade viel aus Lazare rauszuholen. Er sagt allerdings, wir müssen bleiben, bis die DNA-Analyse der Blutspuren da ist. Das kann wohl bis zu zwei Wochen dauern, aber er hat versprochen, er macht ihnen in diesem Fall Dampf.«

»Und warum können wir nicht einfach nach Hause, während er auf das Testergebnis wartet?«

»Ich weiß es nicht.«

Ich wappnete mich innerlich. »Was heißt ›Dampf machen‹? Wie lange wird es dauern?«

285

»Eine Woche. Er hat es mir versprochen.«

Dann saßen wir also noch eine ganze Woche hier fest, in einem Gasthof, wie ein paar Touristen, während meine Schwester als freie Frau in ihrem luxuriösen Haus lebte. Was, wenn wir ihr im Ort über den Weg liefen? Würden wir jetzt jeden Tag zum Essen in eine andere Gegend fahren müssen, um Julie auszuweichen?

»Vergiss es, Bobby. Wir fahren auf der Stelle nach Hause.«

»Annie…«

Ich ließ ihn einfach stehen, ging in unser Zimmer hinauf und packte unsere Sachen. Als Lexy aufwachte, wickelte und stillte ich sie. Inzwischen hatte auch Bobby seine letzten Habseligkeiten zusammengepackt. Er bezahlte die Rechnung, dann fuhren wir im Auto zum Flughafen nach Albany. Auf der Fahrt gestand mir Bobby, dass er noch zwei Anrufe getätigt hatte, bevor er zu mir ins Zimmer gekommen war, wo ich die Koffer packte.

»Lazare sagt, wenn du den Bundesstaat verlässt, verstößt du gegen die Kautionsvereinbarung. Da gibt es nichts zu diskutieren. Liz ist derselben Ansicht. Sie hat gesagt, sie wird versuchen, den Richter zu erreichen, und sehen, was sie tun kann, aber sie wollte für nichts garantieren.«

»Das ist doch Blödsinn, Bobby«, sagte ich. »Die können mich nicht zwingen hierzubleiben.«

»Doch, Annie, ich fürchte, das können sie.« Mehr sagte er nicht. Er hatte offenbar beschlossen, nicht weiter zu versuchen, mich aufzuhalten. Aber wollte er denn nicht selbst nach Hause? Wenn er absolut dagegen gewesen wäre, hätte er mir das doch gesagt. Und ich war viel zu aufgewühlt, um über mögliche Konsequenzen einer solchen Flucht nachzudenken.

Den Rest der Fahrt schwiegen wir. Selbst Lexy saß einigermaßen ruhig in ihrem Kindersitz auf der Rückbank. Ich schaute aus dem Fenster, sah den Highway zwischen Massachusetts und dem nördlichen New York draußen vorbeisausen, dieses Straßenband, das uns dem Flughafen und unserer Heimat in Kentucky immer näher brachte. Wahrscheinlich war es wirklich eine blöde Idee, einfach so nach Hause zu flüchten – aber wie hätte ich dieser Versuchung widerstehen sollen? Ich wollte einfach, dass das alles endlich aufhörte. Ich wollte wieder meine vertraute Luft atmen, meinen eigenen Boden unter den Füßen spüren, in meinem eigenen Bett schlafen. Jetzt wollte ich mindestens so verzweifelt nach Hause zurück, wie ich vor zwei Wochen von dort wegwollte. Ich konnte unmöglich noch eine Woche oder sogar noch länger warten.

Am Flughafen gaben wir den Mietwagen ab. Bobby trug das Gepäck zum Terminal, ich schob Lexy im Kinderwagen. Der nächste Flug ging drei Stunden später, und wir buchten unsere Plätze (mit unseren eigenen, neuen Kreditkarten, die nach und nach per Post eingetrudelt waren). Wir standen bereits in der Schlange, um das Gepäck aufzugeben, und ich fing bereits an, mich wieder fast normal zu fühlen, fast zu Hause... da drehte ich mich zufällig um und sah Detective Lazare durch die gläserne Drehtür kommen. Als er merkte, dass wir ihn gesehen hatten, lächelte er. Das konnte wohl kaum sein Ernst sein.

»Was für eine Überraschung, Sie hier zu treffen.« Es sollte wahrscheinlich witzig sein, aber niemand lachte. Also warf er uns einfach sein Lasso über. »Das mit dem Wegfahren wird nichts, meine Lieben.«

»Aber Sie brauchen mich doch wirklich nicht hier vor Ort«, sagte ich. Dann sah ich Bobbys nervöse Miene, und meine Zuversicht geriet ins Wanken. »Oder?«

»Ich habe mit Ihrer Anwältin telefoniert«, sagte Lazare. »Der Antrag auf Änderung der Kautionsbedingungen ist nach wie vor in Kraft, aber die Erlaubnis, den Staat New York zu verlassen, erstreckt sich nur bis Massachusetts.«

287

»Aber ich war doch auch in Vermont, da hat keiner was gesagt.«

»Da waren Sie in Begleitung eines Polizeibeamten – meiner Wenigkeit. Außerdem galten mildernde Umstände.«

»Dann kommen Sie doch einfach mit nach Kentucky«, sagte ich.

»Annie, Sie haben eine Immobilie als Kaution hinterlegt. Wenn Sie jetzt in dieses Flugzeug steigen, könnten Sie Ihr Haus verlieren. Ist es das wirklich wert?«

»Annie…« Bobbys Stirn glänzte feucht, ein Schweißtropfen zog seine schlingernde Bahn die Schläfe entlang. »Er hat recht.«

Ich wusste ja, dass er recht hatte. Sie hatten beide recht. Plötzlich kam es mir selbst wie eine Schnapsidee vor, hier darauf zu warten, unser Gepäck nach Kentucky zu schicken und selbst an Bord des Flugzeugs zu gehen. Über die meisten impulsiven Handlungen kam man irgendwann hinweg, aber diese hier konnte ernsthafte Auswirkungen haben, nicht nur auf mich, sondern auch auf Bobby. Am Ende konnte sogar Lexys künftiges Wohlergehen davon betroffen sein, wenn ich einfach abhaute und damit unser Haus aufs Spiel setzte. Ich fühlte mich wie ein gieriges Kind, das man dabei erwischt hat, wie es gerade in die Keksdose greift. Und nicht nur gierig, sondern auch dickköpfig. Ich würde von dem Plan ablassen, allerdings nicht ohne einen letzten Versuch, meine Würde zu wahren.

»Warum brauchen Sie mich denn unbedingt hier?«, fragte ich.

»Ich habe die Gegenüberstellung gemacht, ich habe mir Blut abzapfen lassen. Können Sie mich nicht einfach anrufen, wenn Sie noch etwas von mir brauchen? Dann komme ich wieder.«

»Das würde ich allerdings auch gern wissen, Detective.« Bobby ließ den Koffer los, den er bis dahin in der Schlange immer weiter nach vorn gerollt hatte. »Es ist wirklich schwer zu begreifen, warum wir hierbleiben müssen, wo doch offenbar die Möglichkeit besteht, die Kautionsbedingungen noch einmal zu ändern.« Ein Paar drängte sich an Detective Lazare vorbei, um das Flugzeug noch zu erwischen, und er trat näher an uns heran und sprach in leisem, vertraulichem Ton. »Gut, Annie, ich sage Ihnen, warum Sie hierbleiben müssen.«

»Das wird auch Zeit…«

»Bitte hören Sie mir einfach zu.« Er schwieg einen Augenblick, dann sagte er: »Thomas Soiffer hat gesehen, wie Julie Zara Moklas getötet hat. Es ging alles sehr schnell, aber er behauptet eisern, dass es Julie gewesen ist.«

Genau das hatte ich auch schon vermutet. Im Grunde kam es also nicht überraschend. Doch als ich es aus dem Mund des Detectives hörte, traf mich die Erkenntnis mit voller Wucht, was für eine furchtbare Wendung das alles noch nehmen konnte, falls der Bluttest Soiffer entlasten sollte. Falls Julie tatsächlich einen Mord begangen hatte. Soiffer musste ganz einfach schuldig sein, das war die einzige Erklärung, die mir wirklich und wahrhaftig einleuchten wollte. Die einzige, mit der ich weiterleben konnte.

»Aber er sagt doch, er hat Julie gesehen«, sagte ich. »Nicht mich.«

»Und genau da liegt das Problem, Annie«, sagte Lazare. »Wie soll er Sie beide denn auseinanderhalten?«

»Das kann er natürlich nicht.«

»Er hat Sie bei der Gegenüberstellung identifiziert. Und Julie auch.«

»Dann war die ganze Gegenüberstellung also sinnlos. Das hätte man sich auch vorher überlegen können. Jetzt weiß ich aber immer noch nicht, warum ich hierbleiben muss.«

»Ich möchte diese Ermittlungen sorgfältig führen«, sagte Lazare, »und möglichst wenig Zeit damit verschwenden, erst lange nach Ihnen suchen zu müssen.«

»Aber Sie wissen doch, wo Sie mich finden«, sagte ich. »Zu Hause. Wo sonst?«

»Es steht zu viel auf dem Spiel, um Sie einfach gehen zu lassen. Wir haben einen Zeugen, der behauptet...«

»Ich weiß überhaupt nicht, wieso Sie Thomas Soiffer auch nur ein Wort glauben«, unterbrach ich ihn. »Wahrscheinlich war er es doch ohnehin selbst. Solange Sie die Ergebnisse der DNA-Analyse noch nicht haben, brauchen wir gar nicht weiter über dieses Thema zu reden. Hier geht es doch nur um die DNA, Detective. Stimmt's?«

»Richtig, Annie.« Er sah mich mit völlig unbewegter Miene an, blinzelte nicht einmal. »Es geht nur um die DNA. Dann sage ich Ihnen am besten alles. Ich habe Soiffers Testergebnis heute Nachmittag bekommen.«

»Und?«, fragte Bobby, dessen Gesicht inzwischen ganz von einem Schweißfilm bedeckt war. »Thomas Soiffer hat Zara Moklas nicht getötet«, sagte Detective Lazare.

»Und das Blut in seinem Wagen?«, fragte Bobby.

»Natürlich hat er sie getötet!«, rief ich gleichzeitig.

»Jetzt seien Sie beide mal still. Und hören Sie mir ganz genau zu.« Lazare sprach nun so leise, dass man ihn kaum noch hörte, als könnte er durch Flüstern den Regelverstoß wettmachen, den es bedeutete, uns mitten auf einem belebten Flughafen Dienstgeheimnisse anzuvertrauen. »Er hat tatsächlich jemanden umgebracht, allerdings nicht Zara. Das Blut in seinem Wagen stammt von einer Prostituierten, die vor zwei Wochen tot im Beartown State Park in Monterey aufgefunden wurde.«

»Dann ist das fremde Blut, das bei Zara gefunden wurde...«, setzte Bobby an.

»...auch nicht von Thomas Soiffer«, beendete Lazare den Satz für ihn. »Und damit wird er als Zeuge deutlich wertvoller.«

»Aber er ist trotzdem ein Mörder!« Ich sprach so laut, dass Lexy zu weinen begann. Bobby nahm sie aus dem Wagen, ging ein paar Schritte mit ihr beiseite und ließ sie auf dem Arm auf und ab hüpfen. Ich senkte die Stimme wieder. »Wollen Sie mir wirklich weismachen, dass Richter und Geschworene einem Mörder glauben, was er über einen anderen Mörder erzählt?«

»Das wird sich zeigen«, sagte Lazare.

»Die Wolljacke, die dieser Mann in Vermont aus dem Kofferraum meines Mietwagens geholt hat«, sagte ich, als mir die bunte Jacke wieder einfiel, die ich am Tag meiner Ankunft bei Julie getragen hatte. »Da war nicht zufällig Blut dran ... von Zara, von mir, von Julie oder sonst wem? Hm?«

Lazare sah mich an, ohne eine Miene zu verziehen. Ich spürte erneut den Würgegriff der Verzweiflung und machte einfach weiter, obwohl er mir offensichtlich nicht antworten wollte.

»Überall, vom Flughafen in Lexington bis zum Flughafen in Albany und an sämtlichen Rastplätzen, wo ich auf der Fahrt mit dem Wagen angehalten habe, hat man mich mit dieser Jacke gesehen. Sie sagen, Soiffer hat gesehen, wie Zara ermordet wurde. Dann muss ihm doch auch die Jacke aufgefallen sein, Detective. Hat er davon gesprochen?«

Bevor Lazare antworten konnte, falls er das überhaupt vorgehabt hatte, kam Bobby mit Lexy zurück, die jetzt wieder friedlich war. Er selbst hatte sich den Schweiß abgewischt, sein Gesicht war wieder trocken. Und offensichtlich hatte er sich, während er Lexy tröstete, auch selbst halbwegs beruhigt.

»Wenn Sie bei diesem Fall einen Fehler machen«, sagte er in neuem, hartem Ton zu Lazare, »werden wir Sie persönlich dafür zur Rechenschaft ziehen. Haben Sie mich verstanden?«

Lazare nickte. »Hat er davon gesprochen?«, fragte ich noch einmal nach der Jacke.

»Sie hatten vorhin völlig recht, Annie«, sagte der Detective. »Wir können einzig und allein anhand der DNA feststellen, wer in dieser Nacht bei Zara war. Jetzt, wo Thomas Soiffer als

291

Verdächtiger ausscheidet, bleiben uns nur noch Ihre Blutproben… Ihre und die von Julie. Und Sie behaupten alle beide, unschuldig zu sein.« – »Und Sie glauben ihr mehr als mir, nach allem, was passiert ist?«

»Der Identitätsdiebstahl steht im Augenblick auf einem ganz anderen Blatt«, sagte Lazare.

»Aber das gehört doch zusammen«, rief ich. »Sehen Sie das denn nicht?«

»Wir werden alle Puzzleteile zusammensetzen, Annie, und dann werden wir es herausfinden. Bis dahin bleibt uns allen nichts anderes übrig, als zu warten.«

»Und wenn wir dasselbe Blut haben?«, fragte ich. »Was dann?«

Lazare bedachte mich mit seinem dünnen Halblächeln, das mich vollends zur Weißglut brachte, weil ich so viel mehr von ihm erwartete oder wollte. Dann sagte er: »Wir werden sehen.«

Wir mieteten ein neues Auto, und Detective Lazare fuhr uns bis zum Weathervane Inn hinterher. Zum Glück schlief wenigstens Lexy in ihrem Kindersitz ein. Ich war wirklich froh, dass sie sich an all das nicht mehr erinnern würde, wenn sie größer war, und ich fragte mich, was wir ihr später einmal davon erzählen sollten. Es war eine seltsame Vorstellung, dass wir das alles im Grunde einfach aus ihrer Biographie aussparen konnten. Dass sie Julie vielleicht nie richtig kennenlernen würde.

Ich erstickte fast an der Stille im Wagen, also machte ich das Fenster ein Stückchen auf, um Luft hereinzulassen. Als wir vom Highway auf die schmaleren Landstraßen abbogen, riefen mir die leuchtend bunten Azaleen, Forsythien, Rosen, Ringelblumen, Fliederbüsche und Stiefmütterchen und die frischgepflanzten Fleißigen Lieschen am Wegesrand mit ihren Rot-, Weiß-, Pink- und Orangetönen die Jacke in Erinnerung, ihre leuchtenden Farben, die allesamt verkündeten: *Hier bin ich.* Man konnte sie unmöglich übersehen – genau das hatte mir ja ursprünglich so gut daran gefallen. Jetzt hasste ich es. Immer wieder sah ich den Spurensicherungsbeamten mit seinen Gummihandschuhen vor mir, wie er sie aus dem Kofferraum meines Wagens geholt und in eine Papiertüte gestopft hatte. Was hatte Julie mit der Jacke gemacht, bevor sie sie in den Kofferraum gelegt hatte, wo die Polizei sie unweigerlich finden musste? War tatsächlich Blut daran? Und falls sich herausstellte, dass sich unser Blut so sehr glich wie unsere Gesichter, wie sollte ich dann noch beweisen, dass das Blut an der Jacke zwar unseres, aber nicht meines war?

Als wir auf den Parkplatz vor dem Gasthof fuhren – zuerst wir, dann Detective Lazare –, war es bereits später Nachmittag. Der Detective stieg nicht aus, er blieb einfach sitzen und sah zu, wie wir unser Baby und unser Gepäck den kurvigen Pfad zwischen den Pfingstrosenbüschen entlangschleppten und reumütig in den Gasthof zurückkehrten. Drinnen blieb ich stehen und lauschte, bis der Motor seines Wagens verklungen und die Straße draußen wieder leer und still war. Offenbar glaubte er uns wenigstens, dass wir hierbleiben würden. Als mir dieser Gedanke kam, sah ich zu Bobby hinüber, der bereits an der Tür des Frühstücksraums stand und nach den Wirtsleuten rief. Ich kam mir vor wie eine Fliege im klebrigen Spinnennetz, und weil ich plötzlich einen Ausweg zu sehen glaubte, brach es sofort aus mir heraus: »Warte, Bobby... lass uns einfach wieder fahren.«

Er sank sichtlich in sich zusammen.

»Ach, Annie.« Im selben Augenblick kam Mrs. Boardman aus der Küche, die gleich an den Frühstücksraum grenzte. »Da sind Sie ja wieder! Ich habe Ihnen Ihr Zimmer aufgehoben, für alle Fälle.« Sofort fragte ich mich, ob Bobby ihr vielleicht angedeutet hatte, dass wir wiederkommen, ob er vielleicht die ganze Zeit sicher gewesen war, dass wir nie in dieses Flugzeug steigen würden. Mrs. Boardman gab ihm den Schlüssel, und

293

ich marschierte an den beiden vorbei die Treppe hinauf und kämpfte gegen das unbehagliche Gefühl an, mitten auf einem Schießplatz zu stehen, ohne zu wissen, wer mit echten und wer mit Platzpatronen schoss. So sah sie aus, die absolute Isolation: Ich war mir nicht mehr sicher, ob mir überhaupt noch irgendwer vertraute. Ich dachte an mein Blut, an die DNA, aus der mein Körper bestand, und mir wurde klar, dass sie nun genauso für mich sprechen musste, wie Thomas Soiffers DNA für ihn gesprochen hatte.

In unserem Zimmer, das geputzt und aufgeräumt worden war, warf ich meine Handtasche auf die Chenille-Tagesdecke, küsste Lexy auf die Wange und legte sie dann in das geliehene Babybettchen, zu dem gelben Hasen, den sie von Julie bekommen hatte und seither heiß und innig liebte. Wir hatten ihn *Hasel* genannt. Die Spitzenvorhänge waren beiseitegezogen, Sonnenlicht fiel in den Raum. Nach ein paar Minuten kam auch Bobby nach oben und fing an, unsere Koffer auszupacken, während ich im Ohrensessel saß und mich mit einem Anflug von Sehnsucht an einen Winterurlaub vor langer Zeit erinnerte, als unsere Eltern mit Julie und mir nach Florida gefahren waren. Mom hatte in dem großen Hotelzimmer die Koffer ausgepackt, Dad stand im Bad und putzte sich die Zähne, und Julie und ich hatten Verstecken gespielt und uns in dem großen Wandschrank verkrochen, der nach Zigarettenqualm stank.

Wir hockten nebeneinander auf dem kratzigen Teppichboden, hielten den Atem an, hatten uns an den Händen gefasst und waren ganz aufgeregt bei dem Gedanken, dass unsere Eltern nicht wussten, wo wir waren.

Bobby klappte die leeren Koffer wieder zu und schob sie in unseren Wandschrank. Eine Woche verging.

Eine Woche, die aus Schlafen, Essen, kleineren Besorgungen, Lesen, Telefonieren und Reden bestand. Eine Woche, in der es Liz gelang, die Veruntreuungsvorwürfe gegen mich zu entkräften und meine Kaution zurückzuholen, sodass unser Haus und meine Zukunft wieder unbelastet waren. Eine Woche, in der ich, gerade erst wieder eine freie Frau, den ersten Termin mit meinem neuen Strafverteidiger wahrnehmen musste. Elias Stormier war ein drahtiger Mann mit einem Heiligenschein aus grauem Haar. Er hörte sich meine Geschichte mit ernster Miene an und glaubte mir, als ich ihm versicherte, ich hätte nichts mit Zara Moklas' Tod zu tun. Trotzdem erklärte er, Angriff sei nicht immer die beste Verteidigung, und stimmte in den Chor der Weisen ein, die mir rieten, einfach ruhig zu bleiben und abzuwarten, bis die Ergebnisse der Blutuntersuchung da waren, um nur ja nicht den Eindruck einer Fluchtgefahr zu erwecken. Und ich selbst jagte in dieser Woche mit zugekniffenen Augen durch eine wahre Achterbahnfahrt aus Sorgen, Erleichterung und Trauer. Ich vermisste Julie. Ich vermisste sie so sehr. Es war eine Woche voller grausamer Realitäten.

Doch wundersamerweise war es zugleich auch die Woche, in der Lexy zu krabbeln anfing, vorsichtig zunächst, dann immer wagemutiger, durch alle Räume. Sie war früh dran, und diese plötzliche, vergleichsweise Unabhängigkeit überraschte uns so sehr, wie sie sie stärkte. Es war großartig, ihr dabei zuzusehen, mit welcher Entschlossenheit sie ihre neue Beweglichkeit zu meistern versuchte, es lenkte uns ab von dieser furchtbaren Warterei. Die Ergebnisse der Bluttests hingen über uns wie ein Damoklesschwert, das seinen Schatten bereits überallhin warf. Doch Lexy wich ihm einfach blitzschnell aus. Und nach und nach begriff ich, dass sie sich trotzdem immer weiter entwickeln würde, ganz gleich, was mit mir, mit uns geschah. Sie war durch nichts aufzuhalten. Dieser Hoffnungsschimmer brachte ein ganz eigenes Glück mit sich, das keine noch so schlimme Neuigkeit ganz zu zerstören vermochte.

Wenn wir nicht gerade Lexy quer durch den Gasthof hinterherliefen, betätigten wir uns mehr oder weniger widerwillig als Touristen. Wir besichtigten The Mount, das Haus, in dem Edith Wharton vor fast hundert Jahren ein paar ihrer bekanntesten Romane geschrieben hatte, und ich kaufte mir im Souvenirladen die Novelle *Winter*. Den *Talentierten Mr. Ripley* hatte ich längst ausgelesen, jetzt brauchte ich ein neues Buch. Wir erforschten den Garten und erklommen die berühmte blaue Treppe in Naumkeag und besuchten auch das Norman-Rockwell-Museum in Stockbridge (allerdings ohne einen Abstecher zu dem grauenvollen Raupen-Spielplatz zu machen, obwohl Lexy ein sehnsüchtiges Quietschen ausstieß, als wir an den Babyschaukeln vorbeifuhren). Dann, am Montag, als das Warten schon eine ganze Woche dauerte und wir den regnerischen Morgen im Wagen verbracht hatten, weil wir es im Gasthof einfach nicht mehr aushielten, rief Gabe Lazare an, um uns mitzuteilen, die Testergebnisse seien da.

Wir hatten uns gerade an einem Tisch im rotsamtenen Hinterzimmer des Cafés Helsinki niedergelassen. Wir waren spät dran fürs Mittagessen, Lexy wurde bereits knatschig, und ich wollte, dass sie noch ein Gläschen Brei aß, bevor wir für ihr Nachmittagsschläfchen in den Gasthof zurückfuhren.

»Ich muss mit Ihnen reden«, sagte Lazare.

»Das tun Sie ja gerade.«

»Nein, Annie, ich muss Sie sehen und persönlich mit Ihnen reden.«

Die Kellnerin kam mit gezücktem Block und Stift an unseren Tisch, um die Bestellung aufzunehmen.

Während ich mit Lazare sprach, hörte ich mit halbem Ohr, wie Bobby für uns beide bestellte. Er wusste, wie gern ich die Falafel hier mochte.

»Dann hatte ich also recht. Sie war es.« Ich formulierte es nicht als Frage.

»Wo sind Sie gerade? Ich könnte vorbeikommen.«

»Wir sind in der Stadt, beim Mittagessen.« Das Café Helsinki war so nah am Polizeirevier, dass wir problemlos in fünf Minuten dort sein konnten. »Dann kommen Sie doch am besten her, wenn Sie fertig gegessen haben.« Er legte auf, ohne mir zu sagen, wo genau er war, weil er davon ausging, dass ich es wusste. Und natürlich wusste ich es auch. Er war bei der Arbeit, mit dem Fall beschäftigt, wie immer. Man konnte dem Mann wirklich nicht vorwerfen, dass er nicht sein Möglichstes tat.

»Das war Lazare«, sagte ich zu Bobby. »Er hat die Ergebnisse der Bluttests.«

Bobby verschüttete Wasser aus dem Glas, das er gerade zum Mund führen wollte. Dann stellte er es auf den Tisch zurück, ohne einen Schluck getrunken zu haben.

»Und?«

»Wir gehen nach dem Essen zu ihm.«

»Willst du nicht lieber gleich hin? Willst du es denn nicht wissen?«

»Natürlich will ich es wissen. Aber ich habe Hunger, und wir müssen auf jeden Fall Lexy füttern, bevor wir irgendetwas anderes tun.« Also fütterte ich sie, und wir aßen. Aber es schmeckte nicht: Der Adrenalinstoß hatte mir jeglichen Appetit genommen, und Bobby schien es genauso zu gehen. Als wir fertig waren, bezahlte er, während ich versuchte, Lexy auf der Toilette die Windel zu wechseln. Auf dem Weg zum Wagen sah ich, dass der wolkige, regnerische Tag inzwischen aufgeklart war. *Doch*: Es mussten gute Nachrichten sein. Das Blut würde seine Geschichte erzählen, es würde weder von mir noch von Julie stammen. Ein Wildfremder hatte Zara umgebracht, und Lazare würde seinen Suchradius erweitern müssen. Ich würde Liz Blumen und einen Scheck schicken, Elias würde eine gute Flasche Wein und ebenfalls einen Scheck bekommen, und dann würden Bobby, Lexy und ich nach Hause zurückkehren, nach Kentucky. Doch auf der Fahrt zum Revier kehrten die Wolken zurück, und mit dem Schwinden dieser Flut von Sonnenstrahlen war auch mein Optimismus dahin.

»Was ist, wenn . . .« Ich unterbrach mich.

»Wenn was?« Bobby fuhr in eine Parklücke auf dem Parkplatz vor dem Polizeirevier.

»Ach, nichts.« Danach schwiegen wir . . . Was gab es auch noch zu sagen? Lexy war praktisch sofort eingeschlafen, als wir das Café verlassen hatten, und Bobby blieb mit ihr im Wagen, während ich hineinging, um die Neuigkeiten zu erfahren.

Detective Lazare stand in der Eingangshalle des Reviers und schaute aus dem Fenster, beide Hände auf dem Rücken verschränkt. Er wirkte ruhig, fast nachdenklich. Als ich hereinkam, erhoben sich zwei bewaffnete Polizisten von einem kleinen Imbisstisch. Handschellen baumelten von ihren Gürteln.

»Es tut mir leid, Annie, das müssen Sie mir glauben«, sagte Lazare. »Aber jetzt haben wir einen Augenzeugen und dazu noch Beweise.«

Wahrscheinlich wusste ich es schon in diesem Moment, aber ich konnte es einfach nicht recht glauben.

Einer der beiden Polizisten kam auf mich zu und ließ die Handschellen aufschnappen. *Nein*, dachte ich, und ganz gegen meinen Willen kamen mir die Tränen.

»Ist das denn wirklich nötig?«, fragte ich.

»So sind die Vorschriften.« Damit fesselte der Polizist mir die Hände auf dem Rücken, und Lazare sagte:

»Anais Milliken-Goodman, ich verhafte Sie wegen Mordes an Zara Moklas. Alles, was Sie jetzt noch sagen, kann vor Gericht gegen Sie verwendet werden . . .« Das Weitere verschwamm zu einem Nebel, bis er endlich mit dem Rechtskatechismus fertig war, einen Augenblick schwieg und nach Worten suchten. »Hören Sie, Annie, es . . .«

»Sagen Sie jetzt bloß nicht, es tut Ihnen leid!«

Er seufzte und sagte es nicht.

»Der Bluttest«, sagte ich. »Sagen Sie es mir, ich kann nämlich gar nicht glauben, was hier gerade passiert. Los, sagen Sie es mir.«

»Es ist Ihr Blut.«

»Dann haben Julie und ich also nicht dasselbe Blut?« Das konnte ich ebenso wenig glauben – keine Sekunde hatte ich ernstlich an unserer tiefverwurzelten Gleichheit gezweifelt. »Reden Sie weiter, Detective. Sagen Sie es mir. Ich will es hören.«

»Julie und Sie haben durchaus dasselbe Blut. Aber Ihres unterscheidet sich ganz grundlegend in einem Punkt: Stillhormone.«

»Und Sie glauben also, Sie hätten mein Blut gefunden ...«

»Nein, Annie, wir *haben* Ihr Blut gefunden ... am Tatort und an der Jacke, zusammen mit Blutspuren von Zara. Es ist zweifelsfrei Ihr Blut.«

Meine Gedanken schossen durch ein Labyrinth, suchten verzweifelt nach Ein- und Ausgängen, nach einer Lösung dieses völlig unlogischen Knotens. Wie konnten sie Blut von mir am Tatort eines Verbrechens gefunden haben, das ich nicht begangen hatte? Wie kam mein Blut an die Jacke? Einen Augenblick lang schoss mir durch den Kopf, wie ich mir kurz vor der Abreise in Kentucky den Ellbogen angestoßen hatte ... aber das Glas an der Haustür war ja gar nicht zerbrochen ... daran konnte ich mich also nicht geschnitten haben. Das ergab alles keinen Sinn. Wie war das möglich?

»Einen Moment, Detective.«

Meine Stimme zitterte und klang fast eine Oktave höher als sonst – es war eine fremde Stimme, nicht meine. »Soiffer hat die Jacke doch nicht erwähnt, als er erzählt hat, er hätte gesehen, wie Julie Zara umgebracht hat?«

»Dann haben Sie sie eben kurz ausgezogen«, sagte Lazare. »Dafür gibt es genügend Erklärungsmöglichkeiten.«

»Ich habe Zara nicht umgebracht«, sagte ich. »Bitte, Sie müssen mir glauben: Ich habe sie nicht umgebracht.«

»Das sind nur Worte, Annie.«

»Und was, wenn Sie sich täuschen, Detective? Es sind schon Leute wegen eindeutiger Beweise zum Tode verurteilt worden, die am Ende dann gar nicht so eindeutig waren.«

»Hier ist kein Irrtum möglich. Es wurde zwei-, sogar dreimal gegengetestet. Ich wollte keinen Fehler riskieren.«

»Detective Lazare.« Die Handschellen brannten an meinen Handgelenken. »Bevor Sie das hier durchziehen, möchte ich, dass Sie noch einmal ganz ernsthaft über etwas nachdenken: Warum sollte ich Zara Moklas umbringen?« – »Gute Frage.« Das dünne Lächeln, der ruhige Blick. Dann bedeutete er den Polizisten mit einem Kopfnicken, mich abzuführen.

Kapitel 13

Als ich meine Zelle im Berkshire-Gefängnis in Pittsfield, Massachusetts, betrat, sah ich nur harte Oberflächen: Betonboden, Steinwände, eine niedrige Toilette aus Stahl ohne Toilettensitz, ein winziges Waschbecken, ebenfalls aus Stahl, Gitter vor einem Fensterschlitz, eine Betonpritsche mit einer dünnen, fleckigen Matratze, die mir als Bett dienen sollte. Doch dann, als ich anfing, mich auf die Details zu konzentrieren, war ich überrascht, was ich alles fand. Es waren andere Menschen hier gewesen, im Grunde war ich also gar nicht allein, und während die Stunden vergingen, leisteten ihre Geister mir Gesellschaft in dieser Zelle. Mit ihren Gerüchen: säuerlich, moschusartig, ein wenig süßlich auch. Mit den Flecken, die sie hinterlassen hatten, auf dem Boden vor dem Bett, in der Ecke neben der Toilette. Mit ihren Kratzspuren am Waschbecken, an den Rändern des Pritschenbetts, an jedem einzelnen der Gitterstäbe. Vor allem aber mit ihren Kritzeleien an den Wänden: *Wenn das hier vorbei ist, bin ich stärker. Ich bin wie ein Keschenk in einer Schachtel: Wen sie mich aufmachen, sehn sie, das ich schönn bin. Mama, verzeih mir.* Weswegen waren all diese anderen Frauen wohl angeklagt worden? Es war die Untersuchungszelle dieser Besserungsanstalt, so etwas wie die Zwischenablage im Computer, die den ausgeschnittenen Textteil speichert, bevor man ihn anderswo einfügt, oder wie ein Papierkorb vor der Leerung.

Besserung. Besserungsanstalt. Wer hatte sich so eine Bezeichnung überhaupt ausgedacht? Ich hatte mir nie zuvor Gedanken über dieses Wort gemacht: *Besserung*. Da hatte ich in einem Gefängnis gearbeitet und trotzdem nie darüber nachgedacht! Kein Mensch war perfekt, in jeder Gesellschaft gab es Fehler, Irrtümer, und diese Fehler – diese *Menschen* – mussten verbessert werden. Manchmal wurden auch die falschen Menschen verbessert. Und manche Unverbesserlichen wurden entlassen, obwohl sie immer noch zahllose Fehler hatten. Während ich dort saß, musste ich an die alte Schreibmaschine meines Vaters denken, wie die einzelnen Typen nach oben flogen, der Seite einen Schlag versetzten und den Abdruck eines Buchstabens darauf hinterließen. Das A hatte ein gebrochenes Beinchen gehabt, das P ein eingedrücktes Gesicht. Und das U hatte immer einen Schatten. Mein Vater korrigierte seine Artikel sorgfältig mit schwarzem Stift und einem Fläschchen Tipp-Ex. Seit Jahren hatte ich nicht mehr an diese Schreibmaschine gedacht. Jetzt fiel mir ein, wie Julie und ich sie mit allem anderen den Vertretern der Liquidationsfirma überlassen hatten, als das Haus für den bevorstehenden Verkauf ausgeräumt wurde. Wir hatten dieses Haus eines Tages einfach verlassen, ohne uns recht darüber klar zu sein, dass wir nie mehr dorthin zurückkehren würden. Von dort waren wir auf den Wellen der Zeit bis hierher getrieben. Jetzt hatte mich eine weitere Woge erfasst, die mich mit sich trug und noch unschlüssig war, wo sie mich an Land spülen sollte.

Das Warten hier im Gefängnis war ganz anders als das Warten der vergangenen Woche im Gasthof. Dieses Warten war bodenlos... *endlos*. Es war unglaublich, wie dick und schwer und lastend einzelne Minuten werden konnten. Man sank in sie hinein, war wie gefangen in dieser Wartehaltung. Man saß auf der Matratze. Oder man stand und spürte, wie die Kälte des Bodens durch die Sohlen der dünnen Plastiksandalen kroch. Man hatte mir alles genommen, sogar mein

Zeitgefühl: Ich hatte keine Uhr, es gab auch keine Uhr an der Wand, und die Wärter fanden es offenbar spaßig, uns in diesem zeitlichen Dunkel zu lassen. Als Orientierung hatte ich nur die Sonne, die vor dem Fensterschlitz auf- und unterging. Wenn das Licht aus war, hörte ich auf, die Stunden zu zählen. Was spielte das schon für eine Rolle: Zeit? An Zeit denken, über Zeit reden – ich konnte es nicht mehr.

Zu mir nehmen konnte ich auch nichts, weil das Essen so schlecht war. Jetzt verstand ich die Witzchen, die die Häftlinge zu Hause in Kentucky immer gemacht hatten, dass man das Gefängnisessen erst richtig zu schätzen wusste, nachdem man ein paar Nächte in Untersuchungshaft verbracht hatte, in Erwartung des Gerichtstermins. Dieses Essen war grauenvoll. Ich hatte gar nicht gewusst, wie zäh Fleisch tatsächlich sein konnte, wie gut ein menschliches Haar an einer noch halb rohen Kartoffel klebte. Nach vierundzwanzig Stunden spürte ich bereits, dass ich dünner geworden war, und meine Diätversuche der letzten Zeit kamen mir plötzlich absurd vor. Selbst die Milchproduktion ging in den Streik, sodass ich gar nicht erst versuchte, eine Milchpumpe zu bekommen.

Keine Schwester, kein Baby, keine Milch, kein Körper, keine Zeit. Kein Ich.

Am zweiten Tag, nach dem Mittagessen, kam Bobby mich besuchen und brachte zu meiner Erleichterung Lexy mit. Er musste geahnt haben, wie wichtig mir das war. Ich hatte wirklich Angst gehabt, dass er sie vielleicht von der Besserungsanstalt fernhalten wollte, damit sich nicht unversehens irgendwelche umherschwirrenden Fehler in ihre Psyche gruben und auf verschlungenen Wegen ihr Leben zerstörten. Als ob es nicht schon genug Narben in ihrer Seele hinterlassen würde, jetzt schon zum zweiten Mal von ihrer Mutter getrennt zu sein. Doch als er mit ihr kam, gewann ich zumindest die Zuversicht zurück, dass er tatsächlich das Beste für mich wollte.

Man wies uns einen separaten Besuchsraum zu. Ich wusste nicht genau, warum, aber ich konnte es mir in etwa vorstellen: Dieser Raum befand sich nämlich in einem Trakt mit Isolationszellen, die vermutlich für besonders gewalttätige Verbrecher gedacht waren. Für gemeingefährliche Leute wie mich. An einem runden Stahltisch waren vier Hocker befestigt, das ganze Zimmer war hell erleuchtet. Hinten an der Steinwand hing ein quadratisches Haustelefon.

Als der Wärter uns eingeschlossen hatte und verschwunden war, nahm ich Lexy in die Arme. Meine Brust bot ich ihr gar nicht erst an, und sie versuchte auch nicht, bei mir zu trinken. Wahrscheinlich war es die beste Entscheidung, sie jetzt ganz ans Fläschchen zu gewöhnen, da ich ja nicht wusste, wann ich hier wieder rauskommen würde. Selbst in dieser kurzen Zeit schien sie noch lebhafter geworden zu sein, sie hielt es nicht lange auf meinem Arm aus, also setzte ich sie auf den Boden, sah ihr beim Krabbeln zu und war froh, dass Bobby ihr eine lange Hose angezogen hatte, sodass sie sich auf dem harten Betonboden nicht die Knie aufschürfte.

Bobby war so aufmerksam gewesen, mir ein paar Familienfotos mitzubringen, die ich bei mir in der Zelle haben konnte (maximal zehn waren erlaubt): Fotos von uns dreien, die Julie gemacht hatte, und auch zwei von ihm und Lexy, die ich gemacht hatte. Er legte den Stapel auf den Tisch. Als ich sie durchsah, entdeckte ich, dass er auch eins von Lexy und mir mitgebracht hatte. Doch als ich genauer hinsah, stellte ich fest, dass es gar nicht ich war, sondern Julie. Schluchzend zerriss ich das Foto in viele kleine Fetzen.

»Entschuldige«, sagte Bobby. »Das war wirklich blöd von mir.«

»Kannst denn nicht mal du uns auseinanderhalten?«

»Doch, das kann ich.« Er beugte sich von seinem Hocker herüber und nahm mich in die Arme, und ich sog seinen wür-

304

zigen, warmen, vertrauten Geruch ein. »Du bist deprimiert, mein Schatz«, sagte er. Eine überflüssige Feststellung, aber ich nahm sie ihm nicht übel.

»Habe ich denn kein Recht dazu? Julie hat mich zerstört, Bobby. Jetzt hat sie es endgültig geschafft.«

»Du bist nicht mehr lange hier drin.«

»Keiner von uns hätte je gedacht, dass es so weit gehen würde«, sagte ich. »Was spielt es also für eine Rolle, was wir denken?«

»Elias legt sich wirklich ins Zeug.«

»Na, prima.«

»Ehrlich, Annie, das tut er. Aber diese Dinge brauchen nun mal ihre Zeit.«

»Weißt du noch, dieser Typ bei uns im Gefängnis... Ernesto, der lebenslänglich hatte? Er hat immer gesagt, er sei unschuldig. Aber kein Mensch hat ihm zugehört. Wir auch nicht.« Ernesto hatte kurzzeitig in der physiotherapeutischen Abteilung ausgeholfen, bis sein ständiges Gerede von seiner Unschuld uns allen so auf die Nerven ging, dass wir Ersatz für ihn beantragten.

»Ja, ich erinnere mich.« Bobby seufzte. »Das hier wird uns verändern. Wenn ich zurück bin, wird vieles anders werden.«

»Sagtest du: ›ich‹?«

»Wir natürlich. Aber ich meinte jetzt vor allem das Gefängnis... du hast doch gesagt, du willst dort nicht mehr arbeiten.«

»Ich setze nie wieder einen Fuß da rein.«

Da krabbelten plötzlich Lexys kleine, dicke Händchen an meinem Bein hinauf, sie hielt sich an meinem Knie fest und zog sich hoch, bis sie aufrecht stand.

»Na so was! Mein großes Mädchen!« Ich hob sie hoch in die Luft, und ihr kullerndes Lachen brachte auch mich zum Lächeln.

Die Schritte des Wärters kamen näher, dann hörte man eine bärbeißige Stimme raunzen: »Die Zeit ist um.«

Ich drückte Lexy an mich, sog sie in mich ein und flüsterte: »Kommst du Mami morgen wieder besuchen?« Dann sah ich Bobby an: »Ja? Bringst du sie mit?«

Er betrachtete uns lächelnd und gab mir einen Kuss. »Ja.«

Doch am nächsten Tag kam er allein.

»Mrs. Boardman hat sich bereit erklärt, auf Lexy aufzupassen.« Er gab mir die Edith-Wharton-Novelle, die ich in der Woche zuvor gekauft hatte. Dann sagte er: »Schlechte Nachrichten.« Er setzte sich mir gegenüber an den kalten Stahltisch und nahm meine beiden Hände. Seine Handflächen waren feucht, am liebsten hätte ich ihm die Hände wieder entzogen. Aber ich ließ es. »Ich weiß wirklich nicht, wie das passieren konnte«, sagte er. »Es kam einfach aus dem toten Winkel.«

»Was denn, Bobby? Du hast mir noch nicht gesagt, was los ist.«

»Ich habe mit Liz gesprochen…«

»Ich dachte, sie ist durch… die Anklage wegen Veruntreuung wurde doch fallengelassen. Bobby?«

»Sie wurde wieder aufgenommen.« Er entzog mir eine Hand und fuhr sich durchs Haar. Es kam mir vor wie eine Geste aus dem Fernsehen, nicht ganz aufrichtig, nicht *echt*. Mit der anderen Hand hielt er meine so fest umklammert, dass es weh tat. Instinktiv zog ich sie weg und legte beide Hände flach auf den Tisch. Die Panik bahnte sich ihren Weg in mein Rückenmark. Ich dachte nur noch: *Nein*. Ich musste das alles direkt bei den Hörnern packen.

»Warum?«, fragte ich.

»Das FBI hat unseren Computer von zu Hause überprüft. Dabei kam heraus, dass sämtliche Aktivitäten rund um den Identitätsdiebstahl auf Julies Computer nur vorgetäuscht waren – sie wurden von jemand anders generiert. Sie glauben, jemand hat versucht, ihr eine Falle zu stellen. Und sie sagen, losgegangen ist das alles auf unserem Computer, Annie. Bei uns.« Seine Pupillen schrumpften zu kleinen, schwarzen Punkten. Hatte er jetzt etwa Angst? Vor *mir*?

»Sag es, Bobby. Du willst es doch.«

»Also gut.« Er sah mich mit müden Augen an. »Bei…« Aber dann konnte er es doch nicht sagen, und zurück blieb nur Stille, Kälte, vier steinerne Wände, ein Stahltisch, ein Mann und eine Frau und ein einzelnes, unausgesprochenes Wort: *dir*. Er konnte es nicht aussprechen, und ich wollte es nicht aussprechen, weil ich einfach nicht glauben konnte, dass er das tatsächlich dachte. Wie konnte er bloß denken, ich hätte das alles in Gang gesetzt? Warum hätte ich das denn tun sollen? Dafür? Um ins Gefängnis zu kommen?

»Das ergibt keinen Sinn, Bobby.«

»Ja, das weiß ich doch. Das weiß ich.« Er ließ den Kopf auf die verschränkten Arme sinken. So klein hatte er noch nie auf mich gewirkt. Zitternd und schluchzend streckte ich die Hand aus und strich ihm über den Nacken. Sein Haar war verklebt, als hätte er es seit Tagen nicht gewaschen, der Schweißfilm schien schon fast mit seiner Haut verschmolzen zu sein. »Es tut mir so leid, dass dir das alles passiert. So weit hätte es niemals kommen dürfen.«

Natürlich nicht. Wir waren eine ganz normale, glückliche Familie, uns passierte nichts Schlimmes. Und dennoch war es passiert, eins nach dem anderen – und es war noch längst nicht vorbei. Während Bobby weinte, verflog mein Ärger. Ich war nicht die Einzige, die Julie mit ihren Lügen zerstört hatte. Ich musste hier sein, aber er nicht. Doch bevor ich ihn gehen ließ, musste ich es noch einmal genau wissen:

»Bist du auch wirklich völlig überzeugt davon, dass ich nichts von alledem getan habe, Bobby?«

»Natürlich.« Er hob den Kopf von den Armen und sah mich

307

an. Seine Augen lagen tief in den Höhlen, die trockene, faltige Haut ringsum schien nicht mehr zu ihm zu gehören. So erschöpft hatte ich ihn noch nie gesehen. »Aber der Computer ...«

»Computer können lügen«, sagte ich.

Bobby nickte. Das hatte unser Leben in den letzten paar Wochen deutlicher bewiesen, als sich irgendjemand vorstellen konnte.

»Hör zu, Bobby. Ich glaube, du solltest mit Lexy zurück nach Hause fahren. Du hattest recht, als du gesagt hast, dass solche Dinge ihre Zeit brauchen. Es ist keinem damit gedient, wenn du hier in diesem Gasthof herumsitzt. Lexy kann wieder zurück in die Krippe, die werden sie mit Sicherheit wieder aufnehmen, und du fängst wieder an zu arbeiten. Ein bisschen Normalität wird euch beiden guttun, da bin ich mir sicher.«

»Ich weiß nicht.« Er nickte, dann schüttelte er den Kopf und weinte noch heftiger. »Ich will dich hier nicht allein lassen.« Dann schwiegen wir wieder, und es blieb ungeklärt, ob Bobby und Lexy tatsächlich ohne mich nach Hause zurückkehren würden.

Eine Minute später, nachdem der Wärter uns mitgeteilt hatte, die Zeit sei um, küsste Bobby mich und ging, und ich kehrte in meine Zelle zurück, wo das Gefühl der Einsamkeit ins Unermessliche anwuchs. Schließlich, am späten Nachmittag, als die Sonne von draußen ein lebendiges Muster an meine Steinwand warf, schlug ich das Wharton-Buch auf. Als ich es gekauft hatte, war mir nicht aufgefallen, dass die Novelle *Winter*, die Geschichte von Ethan Frome, genau hier in den Berkshires spielte: Um die letzte Jahrhundertwende verliebt sich ein Bauer in eine Frau, die nicht seine Ehefrau ist, und der Konflikt, aus seiner traurigen Ehe auszubrechen oder nicht, treibt ihn und die Geliebte an den Rand des Selbstmords. Am Ende lebt er, inzwischen verkrüppelt, in

308

Armut mit beiden Frauen zusammen, von denen die eine zur Märtyrerin und die andere zur Invalidin geworden ist. Noch ein Dreiecksverhältnis, über das man nachdenken konnte. Oder auch nicht. Ich schloss die Augen, wünschte mir, diese Geschichte nie gelesen zu haben, und versuchte verzweifelt, endlich einzuschlafen.

Am nächsten Tag kam Elias Stormier. Er war groß und schlaksig, und um seinen blassen, birnenförmigen Kopf lag ein Kranz aus kurzem, grauem Haar. Er hatte eine ungewöhnlich hohe Stirn, was mich beruhigte. Schließlich galt das als Zeichen von Intelligenz, und wenn jemand einen brillanten Anwalt brauchte, dann doch wohl ich. Er trug eine kleine, runde Brille, deren Zweistärkengläser klar in der Mitte geteilt waren. Doch am besten gefiel mir an diesem unscheinbaren Mann, dass er eine Stimme hatte wie Burt Ives: eine sanfte Tenorstimme, die einfach so aus ihm herauszuplätschern schien.

»Die Wiederaufnahme der Anklage wegen schweren Diebstahls ist wahrhaftig eine ganz schlechte Nachricht«, sagte er. »Und ich muss Ihnen ehrlich sagen, dass das auch unserem Fall schaden kann.«

Unser Fall. Die Formulierung gefiel mir. Wir waren Partner auf diesem sinkenden Schiff.

»Andererseits«, fuhr er fort, »führt dieser Vorwurf unweigerlich zu der Schlussfolgerung, dass Sie sich selbst die Identität gestohlen haben ...« Seine ruhigen, bläulich-wässrigen Augen blickten mich lächelnd an. »... und das ist schon eine ganz schön harte Nuss.«

»Es ist absolut lächerlich!«

»Ja, da bin ich durchaus Ihrer Ansicht: Es ist absurd. Warum hätten Sie ein solches Verbrechen gegen sich selbst inszenieren sollen?«

»Das habe ich nicht getan«, sagte ich. »Julie muss etwas mit meinem Computer angestellt, ihn irgendwie manipuliert haben. Wahrscheinlich im März, als sie mich besucht hat.«

»Das FBI hält das für eine durchaus denkbare Möglichkeit«, sagte Elias. »Man wird es überprüfen. Und Sie sind ja nicht wegen Computerbetrugs angeklagt, insofern kann man Ihnen daraus auch keinen Strick drehen. Für uns macht es die Sache im Augenblick nur ein wenig schwieriger.« Er klappte seinen gelben Notizblock auf, um ein paar frühere Notizen zu konsultieren. »Aber heute bin ich vor allem hier, weil ich eine gute Nachricht für Sie habe.«

»Eine *gute* Nachricht?«

Er nickte und lächelte mich an.

»Soll man nicht immer mit der guten Nachricht anfangen?«

»Nicht, wenn ich Sie in optimistischer Stimmung hier zurücklassen möchte.«

»Nun machen Sie es doch bitte nicht so spannend«, sagte ich. »Was gibt es?«

»Ihr Blut am Tatort und an der Wolljacke ...«

Dieses Blut, das nicht meines sein konnte, weil ich Zara nicht umgebracht hatte.

»Das war tiefgefroren«, fuhr Elias fort.

»Wie bitte?«

»Es war tiefgefroren.«

»Dann bin ich also eine ganz besonders kaltblütige Mörderin?«

Er lachte. »Schön, dass Sie Ihren Humor noch nicht verloren haben.«

»Ich fürchte, ich habe ihn verloren«, sagte ich. »Was soll das heißen: Es war tiefgefroren?«

Doch schon während ich es aussprach und während Elias antwortete, wurde mir auf einmal alles klar. Warum hatte ich nicht früher daran gedacht? Als Julie im März bei mir gewesen

310

war, waren wir, wie so oft, zum Roten Kreuz in Lexington gegangen, um Blut zu spenden. Bobby war mit Lexy zu Hause geblieben, und Julie und ich hatten uns Blut abnehmen lassen: erst ich, dann sie. Anschließend waren wir Mittagessen gegangen.

Ich wandte meine Aufmerksamkeit wieder Elias zu, der schon mitten im Satz war: »… hat Bobby mich ans Rote Kreuz verwiesen, und es war nicht weiter schwierig herauszufinden, dass Julie zwei Röhrchen Blut gespendet hat und Sie nur eines.«

»Das stimmt nicht«, sagte ich. »Ich habe auch zwei gespendet.«

Er notierte sich das und sagte: »Das hatten wir auch bereits vermutet.«

Dann hatte Julie also an diesem Tag ein Röhrchen mit meinem Blut gestohlen. Und es bei mir zu Hause ins Tiefkühlfach getan. Und dann hatte sie es mit zu sich in die Berkshires genommen und es wahrscheinlich im Tiefkühlfach ihres eigenen Kühlschranks aufbewahrt (dort, wo ich selbst seit einem Monat eine weitere Körperflüssigkeit, meine Muttermilch, für Lexy einfror). Jetzt begriff ich auch, wieso mir eines der drei Kühltäschchen abhandengekommen war, in denen ich immer die Muttermilch für Lexy mit zur Krippe nahm: Julie musste es entwendet haben, um das Röhrchen mit meinem Blut auf dem Flug nach Hause kühl zu halten.

»So lange hat sie das also schon geplant«, sagte ich. Meine Stimme zitterte, mein Magen rumorte, mir drehte sich alles. »Seit März.«

»Mindestens seit März«, sagte Elias. »Offenbar hat sie jedes Detail bis ins Kleinste festgelegt. Außerdem mehren sich die Anzeichen, dass sie am Mordabend mit Zara verabredet war. Zara hat in einer Mail an eine Freundin geschrieben, sie habe noch einen Termin wegen einer neuen Putzstelle in der

Division Street, und danach müsse sie noch etwas in einem Laden erledigen, der um acht schließe. Sie schrieb ihre Mails auf Ungarisch, die mussten zuerst übersetzt werden. Sie sagt nichts Genaues zu dem Termin, kein Name, keine Anschrift, aber der Schluss liegt nahe…«

»Ich war erst kurz vor acht bei Julie, aber sie hatte früher mit mir gerechnet. Ich hatte ihr gesagt, ich komme gegen sieben…«

»Dann wären Sie zur Tatzeit am Tatort gewesen«, sagte Elias. »Zumindest fast.«

»Aber warum ausgerechnet Zara? Wieso musste sie eine Unschuldige mit hineinziehen?«

»Wahrscheinlich hat es für Julie irgendeine Rolle gespielt, dass Zara Ihnen beiden so ähnlich sah. Doppelgänger werden häufig an die Stelle des eigentlichen Hassobjekts gesetzt. Aber das ist nur Spekulation.«

Hassobjekt. Das Wort war wie ein tiefer, kalter, widerhallender Brunnenschacht. Und wie er es sagte: als wäre es eine Tatsache, kein Mysterium. Dabei konnte ich beim besten Willen nicht begreifen, wie gerade ich für Julie zum Hassobjekt hatte werden können.

»Habe ich Ihnen erzählt«, brach Elias das Schweigen, »dass sie sich freiwillig einer psychologischen Untersuchung unterzogen hat?«

»Nein«, sagte ich. »Von mir hat niemand so etwas verlangt.«

»Was dafür spricht, meine Liebe, dass Julies Anwalt der Ansicht ist, eine solche Untersuchung würde bei Ihnen nichts bringen.«

»Hat der eine Ahnung!«

Elias lächelte. »Solche psychologischen Diagnosen sind in der Regel relativ. Die von Julie – narzisstische Soziopathin – ließe sich auch auf die Hälfte der Leute in meinem

Bekanntenkreis anwenden. Trotzdem ist gerade ihr mentaler Gesundheitszustand der Grund dafür, dass sie sich dieser Untersuchung überhaupt unterzogen hat. Sie glaubt, sie sei in der Lage, alle an der Nase herumzuführen.«

»Aber das sind doch alles nur Indizienbeweise, oder? Psychologie kann ja nicht gerade als exakte Wissenschaft gelten.«

»Wohl wahr. Und Sie haben auch sonst recht: Es sind im Höchstfall Indizienbeweise. Trotzdem schwächt diese Diagnose die Unschuldsbeteuerungen Ihrer Schwester in Bezug auf den Mord an Zara. Falls das FBI tatsächlich zu dem Schluss kommen sollte, dass Julie im März Ihren Computer manipuliert hat, dann würde das, zusammen mit dem tiefgefrorenen Blut, dem verschwundenen Röhrchen, dem psychologischen Gutachten und Zaras Termin in der Division Street, den Fokus ganz klar von Ihnen zu Julie verschieben.«

»Ich begreife das alles einfach nicht«, sagte ich. »Nichts davon.«

»Ein Verbrechen ist niemals logisch, egal, wie gut es geplant wird. Und Verbrecher fügen sich selbst mindestens so viel Schaden zu wie anderen, wenn nicht sogar noch mehr.«

»Vorausgesetzt, sie werden geschnappt«, sagte ich.

»Richtig.«

»Julie wird mit dieser Sache durchkommen«, sagte ich. Ich spürte es, ich glaubte fest daran. Schließlich war sie bereits so weit gekommen, und ich saß hier im Gefängnis.

»Nein, meine Liebe, das wird sie nicht.« Elias trommelte beim Sprechen mit seinen langen, faltigen Fingern auf den gelben Notizblock. »Ich war in Lexington und habe eine eidesstattliche Aussage der Krankenschwester, die Ihnen im März Blut abgenommen hat. Sie hat bestätigt, dass sie Ihnen beiden zwei Röhrchen Blut abgenommen hat. Es war ihr ausgesprochen unangenehm, weil sie nicht gleich gemerkt hat, dass eins von Ihren fehlte, als sie sie zusammen mit den Röhrchen von fünf anderen Spendern ins Lager gebracht hat. Aber im Blutspendebericht ist ganz klar nur eines verzeichnet. Das ist also die erste Ungereimtheit.«

»Gibt es denn noch weitere?«

»Bisher noch nicht«, sagte er. »Aber früher oder später wird es noch weitere geben, wenn die Mordwaffe wieder auftaucht. Wenn Julies Fingerabdrücke auf dem Messer sind, war sie ganz klar am Tatort. Das tiefgefrorene Blut bringt Sie erst einmal aus dem Gefängnis heraus. Und wenn wir das Messer haben, ist Julie bald an Ihrer Stelle.«

»Aber es ist doch immer noch verschwunden«, sagte ich. »Sie haben überall danach gesucht. Vielleicht wird es ja niemals gefunden, Elias.«

»Das ist möglich. Aber ich hoffe sehr, dass es gefunden wird. Das würde sie vor Gericht noch mehr belasten.«

»Wird sie denn angeklagt?«, fragte ich.

»Die Polizei sichtet noch die Beweislage. Leider sind es, wie gesagt, nur Indizienbeweise. Niemand hat gesehen, wer die Blutkonserve beim Roten Kreuz gestohlen hat. Niemand hat gesehen, wer sie eingefroren, geschweige denn, wer sie am Tatort verspritzt hat. Wir haben keine Mordwaffe mit Fingerabdrücken, Fasern oder sonstigen sprechenden Beweisen. Wir haben noch nicht einmal das Röhrchen, in dem das Blut aufbewahrt wurde. Und der einzige Augenzeuge ist Mr. Soiffer, der nicht mit Sicherheit sagen kann, welche von Ihnen beiden er gesehen hat. Und selbst wenn er sich sicher wäre, würden die Geschworenen ihm bei einem so schwerwiegenden Fall wohl nicht ohne weiteres glauben. Das ist das Dilemma: Wenn die Polizei mit der jetzigen Beweislage Anklage gegen Julie erhebt, wird das vor Gericht keinen Bestand haben. Sie dürfen nicht vergessen, Annie, was für Voraussetzungen nach dem Recht dieses Staats für eine Mordanklage erfüllt sein müssen: durchdachter Vorsatz und äußerste Grausamkeit.«

Vorsatz und äußerste Grausamkeit. Nun ja. Ganz gleich, ob Julie jemals vor einem Richter stehen würde, ich wusste doch, dass sie diese furchtbaren Voraussetzungen erfüllte. Ich wusste es und würde es immer wissen. Die ganze Welt konnte sie endlos bestrafen, es würde doch nichts ändern, vor allem nicht an der Tatsache, dass wir bereits jetzt eine ganz entscheidende Strafe teilten: Wir hatten einander verloren. Und dennoch… Wenn ich ganz ehrlich zu mir war, spürte ich tief im Herzen kein Verlangen danach, sie für den Rest ihres Lebens hinter Gittern zu sehen. Selbst wenn sie es verdient hatte. Selbst wenn sie gefährlich war. Selbst wenn sie mich hasste. Und selbst wenn sie tatsächlich jemanden umgebracht hatte. Julie war meine Zwillingsschwester – das Wort *Liebe* reichte nicht aus, um das zu beschreiben. Wir waren unwiderruflich und unausweichlich miteinander verflochten, unsere Verbindung war so unabänderlich wie die Weltgeschichte. Dagegen konnten auch meine Gedanken nichts ausrichten. Es war eben einfach so. Detective Lazare und ich waren uns ja bereits einig gewesen: Es ging nur um die DNA.

»Und wie geht es jetzt weiter?«, fragte ich Elias.

»Morgen haben wir einen Termin mit dem Richter. Wir werden ihm die jüngsten Erkenntnisse präsentieren und beantragen, dass die Anklage gegen Sie im Licht dieser neuen Beweislage fallengelassen wird.« Er legte seine Unterlagen zusammen und stand auf. »Der Richter wird erkennen, wie sehr die Argumentationslinie der Staatsanwaltschaft damit erschüttert wird, angesichts der Tatsache, dass Sie eineiige Zwillinge sind.«

»Und warum erst morgen? Warum nicht heute?« Mein wehleidiger Tonfall hallte vergeblich durch den Raum mit seinen kalten, harten Oberflächen und gesellte sich zu den Geistern all der anderen Stimmen, die an diesem Ort genau dieselbe Frage gestellt hatten, jeden Tag, über Jahre hinweg.

»Das war terminlich einfach nicht zu machen«, sagte er. »Tut mir leid.«

Und damit war er verschwunden.

In den verbleibenden Stunden dieses Tages und der darauf folgenden Nacht verbrachte ich jede Minute damit, auf und ab zu gehen oder auf meiner Pritsche zu liegen und zu versuchen, das Rasen der Gedanken zu dämpfen, indem ich mich körperlich ruhig hielt. Julie: eine Mörderin. Ich erinnerte mich an die Fotos von Zaras immer schwächerem Umriss auf der Straße vor Julies Haus – dort hatte sie gelegen, ein letzter Schatten des Lebens einer Frau – und fragte mich, was Zara wohl in ihren letzten Augenblicken gedacht haben mochte. Sie war die Einzige, die ganz genau wusste, wie sie gestorben war, und gleichzeitig die Einzige, die man nicht mehr danach fragen konnte.

Am Morgen brachte mir die Wärterin wässriges graues Porridge zum Frühstück, von dem ich ein paar Bissen aß, und einen Plastikbecher mit etwas Orangensaft aus der Dose, der nach Ananas schmeckte. Ich trank ihn. Ich hatte Hunger. Als die Wärterin eine halbe Stunde später zurückkam, um das Tablett wieder abzuholen, teilte sie mir mit, dass mein Anwalt mich um elf abholen werde. Sie ließ mir eine Tasche mit den Kleidern da, die ich bei meiner Ankunft hier getragen hatte: Jeans, Turnschuhe, schwarzes T-Shirt. Alles roch, als hätte man es in einer modrigen, feuchten Höhle aufbewahrt. Ich wollte mir gar nicht vorstellen, was der Richter von mir denken würde, wenn ich in diesen stinkenden, verknitterten Klamotten vor ihm stand, aber ich hatte nun mal nichts anderes anzuziehen. Nie hätte ich gedacht, dass ich mich einmal nach dem beigefarbenen Kostüm sehnen würde, das noch in dem Studio in Manhattan hing. Doch genau das tat ich jetzt. Und dann, kurz vor elf, als ich schon ungeduldig darauf wartete, dass Elias endlich kam und mich *rausholte*, kam die Wärterin plötzlich mit einer Schachtel herein.

Es war ein Paket von einer Modeversandfirma, es war an Julie adressiert, und es war bereits geöffnet worden. Als ich das Seidenpapier beiseiteschob, fand ich einen eleganten Umschlag mit einer Karte darin: eine langgliedrige Frau an einem Cafétisch. Auf der Karte stand in Julies Handschrift: *Es tut mir leid.* Es tat ihr leid. Ich wusste, dass es stimmte. Mir traten die Tränen in die Augen, während ich sie immer und immer wieder las, diese paar Worte, ihre kurze, knappe Entschuldigung, die dem Versuch glich, mit einer Hand einen Deichbruch zu stoppen. *Es tut mir leid.* Es lag so viel in diesen vier Worten: Schuldgefühle, Trauer, Reue, Verlust... man konnte die Liste endlos fortführen.

Auch mir tat es leid.

Die Schachtel enthielt eine schokoladenbraune Leinenhose und eine hellrosa Bluse. Unter den Kleidern lag noch eine schmale Schachtel mit geschmiedeten silbernen Ohrsteckern und einer passenden Halskette. Und ganz zuunterst lagen, in Seidenpapier gewickelt, Julies Cowboystiefel. Sie hatte sogar noch einen BH, ein Höschen und ein Paar Socken dazugetan. *Einmal alles von Seite sieben, bitte.* Piratenbeute war das, nichts anderes. Würde ich mich nicht mit dem Feind verbünden, wenn ich diese Kleider anzog? Aber sie waren sauber, fast neu und sehr viel besser als das, was ich sonst zur Verfügung hatte. Und es waren ja nicht nur Kleider. Julie hatte sie mir geschickt – sie waren ihr Abschiedsgeschenk.

Ich steckte die alten, verschwitzten Kleider in die Schachtel und zog die neuen an. Gleich darauf kam Elias, pünktlich auf die Minute, und führte mich vor den Richter.

Der Gerichtssaal war ein nüchterner, gewölbeartiger Raum, ganz ohne Holzverkleidung oder irgendwelche anderen verschnörkelten Details, die tröstlich gewirkt, eine fühlbare Verbindung zur Geschichte oder auch nur zum Gerechtig-

317

keitsgedanken hergestellt hätten. Dieser Raum repräsentierte das Hier und Jetzt, er war ein geschäftsmäßiger Ort. Karger Linoleumboden, vergitterte Fenster, Neonröhren an der Decke – dieselbe grelle, kühle Atmosphäre wie in einem riesigen Supermarkt.

Ganz außen auf einer der Zuschauerbänke, neben einer schlanken Frau mit pechschwarzem Haarknoten und einem kahlköpfigen Mann in einem gebügelten Jeanshemd, das bis hoch zum Adamsapfel zugeknöpft war, saß Bobby. Als er mich sah, lächelte er so eifrig, dass ich ganz nervös wurde. Lexy hatte er wahrscheinlich wieder bei Mrs. Boardman im Gasthof gelassen. Ich wartete mit Elias in einem abgetrennten Bereich vorn im Gerichtssaal. Die Armlehnen des Metallstuhls, auf dem ich saß, waren klebrig von verschütteter Cola, und aus irgendeinem Grund roch es nach Rosen in diesem Raum. Ich sah zu, wie der Richter mit rasiermesserscharfer Effizienz das Urteil über einen Mann nach dem anderen, eine Frau nach der anderen fällte. Neun Angeklagte waren vor mir an der Reihe, und bis auf einen wurden sie alle an der Seite eines Aufsehers zurück ins Gefängnis geschickt. Als ein kaum zwanzigjähriger Junge mit Dreadlocks und einer tätowierten Schlange, die aus dem Hemdkragen hervorschaute, ebenfalls in seine Zelle zurückgeschickt wurde, verließ das biedere Paar neben Bobby tränenüberströmt den Gerichtssaal. Nach einer knappen Dreiviertelstunde wurde ich aufgerufen und folgte Elias vor den Richterstuhl.

Richter Leonard Hersey war noch jung, um die vierzig, mit schütterem, blondem Haar, einer Fliegerbrille und einem blonden Ziegenbärtchen. Er wirkte riesengroß hinter seinem breiten, erhöhten Schreibtisch. Ich hörte ihn mit ein paar Unterlagen rascheln, die er kurz durchlas – vermutlich handelte es sich um meine Akte. Dann hob er den Kopf und richtete seine meerblauen Augen auf mich.

»Anais Milliken-Goodman?« Er sprach meinen Namen richtig aus.

»Ja, Euer Ehren.«

»Guten Morgen, Mr. Stormier«, fuhr der Richter, an Elias gewandt, fort.

Es ist doch schon Mittag vorbei, dachte ich, zwang mich aber zum Schweigen, indem ich den Blick auf einen zackigen, gut fünfzehn Zentimeter langen Kratzer richtete, der sich horizontal über den hölzernen Richtertisch zog.

»Guten Morgen, Richter Hersey«, erwiderte Elias.

Der Richter warf einen Blick auf die Uhr. »Dann legen Sie mal los.«

Elias präsentierte ihm die einzelnen Fakten und steckte sie dann so geschickt zusammen wie die Teile eines Puzzles. Am Ende knipste er ein metaphorisches Licht an, damit man auch das Gesamtbild des Puzzles sehen konnte: »Theoretisch können also beide Schwestern des Mordes schuldig sein, und da es nur Indizienbeweise gibt, wird der Vorwurf gegen meine Klientin vor einem Geschworenengericht nicht haltbar sein. Das Gericht verschwendet nur seine Zeit und Staatsgelder noch dazu. Ich möchte Sie also bitten, Euer Ehren, die Anklage hiermit fallenzulassen.«

Richter Hersey schaute von Elias zu mir, dann warf er einen weiteren Blick in meine Akte und sah dann wieder mich an.

»Was haben Sie dazu zu sagen, Ms. Milliken-Goodman?«

»Ich bin unschuldig«, sagte ich. »In allen Punkten.«

»Dann halten Sie also Ihre Zwillingsschwester für schuldig… in allen Punkten?«

Ich suchte den sicheren, tiefen, tröstlichen Kratzer mit dem Blick, diese Einkerbung im Holz, die so zweifelsfrei vorhanden war. Dann zwang ich mich mit aller Kraft, dem Richter wieder in die blauen Augen zu sehen. Ich nickte.

319

»Für das Protokoll ist eine Wortäußerung nötig«, sagte der Richter.

»Ja.«

»Wären Sie bereit, im Falle einer Verhandlung gegen Ihre Schwester auszusagen, wenn Sie in den Zeugenstand gerufen werden?« An dieser Stelle log ich, das musste ich zugeben: »Ja.« Ich wusste schließlich: Wenn eine Anklage gegen *mich* aus Mangel an echten Beweisen nicht aufrechterhalten werden konnte, galt dasselbe auch für Julie. Im Grunde war ich mir keineswegs sicher, dass ich tatsächlich in der Lage sein würde, gegen sie auszusagen. Doch falls es so weit kommen sollte, falls ich es musste, würde ich es vermutlich auch schaffen.

»Na gut«, sagte Richter Hersey. »Die Klage ist abgewiesen. Der Nächste!«

Das Ganze hatte vielleicht vier Minuten gedauert. Und nun war ich frei.

Bobby empfing mich mit einer Umarmung und hielt mich an sich gedrückt, während er Elias die Hand schüttelte. »Vielen Dank. Vielen, vielen Dank.«

»Ich habe nichts weiter getan, als die Fakten zu sortieren«, sagte Elias. Trotzdem lächelte er triumphierend und auch ein wenig stolz. »Danken Sie mir nicht zu sehr. Meine Rechnung steht ja noch aus.«

Wir mussten alle lachen. Elias verabschiedete sich und ließ uns allein auf dem breiten Flur vor dem Gerichtssaal zurück. Oder nein: nicht ganz allein. Vor dem Fahrstuhl wartete Gabe Lazare auf uns. Ich hatte ihn im Gerichtssaal nicht gesehen. Wahrscheinlich war er unbemerkt hereingekommen und hinten bei der Tür stehen geblieben.

»Herzlichen Glückwunsch«, sagte er.

»Oh, vielen Dank.« Ich machte mich von Bobby los und drückte auf den Knopf, um den Aufzug zu rufen.

»Es tut mir leid«, sagte Lazare.

Ich drückte noch einmal energisch auf den Knopf, dann sah ich ihn an. Er war einfach nur ein Mann in einem billigen, blauen Anzug, mit schlecht gefärbtem Haar. Im Grunde konnte ich ihm keinen Vorwurf machen, weil er bei der Erfüllung seiner Pflicht etwas über das Ziel hinausgeschossen war.

»Das Blut und der Augenzeuge«, sagte er. »Ich hatte keine andere Wahl.«

»Warum haben Ihre Kriminaltechniker denn nicht früher gemerkt, dass das Blut tiefgefroren war?«, fragte ich. »Das will mir nicht in den Kopf.«

»Das frage ich mich auch«, sagte er. »Aber bei Ihnen bestand akute Fluchtgefahr, deshalb haben wir Sie so schnell wie möglich festgenommen. Dieser Fall ist einigermaßen kompliziert, weil Sie und Julie sich so …«

»Sagen Sie's nicht.« Ich ging näher an Lazare heran und küsste ihn auf die Wange. Es war das zweite Mal, dass ich ihn küsste, doch diesmal erstarrte er nicht, sondern bedachte mich nur mit seinem typischen, halbgaren Lächeln. »Ich nehme die Entschuldigung an«, sagte ich. »Leben Sie wohl.«

»Wir werden sie finden«, sagte er.

Ich drehte mich wieder um. »Soll das heißen, sie ist weg?«

»Wussten Sie das nicht?«

»Ich war im Gefängnis.« Ich sah Bobby an, doch er schaute genauso überrascht drein wie ich.

»Seit wann?«, fragte er.

»Offenbar seit heute früh«, antwortete Lazare. »Zuletzt wurde sie vor dem Gefängnis gesehen, wo sie eine Schachtel abgegeben hat … Steht Ihnen übrigens sehr gut, was Sie da anhaben. Und dann … nun ja …«

»Ist sie Ihnen entkommen, was, Detective?« Ich lächelte.

»Nicht direkt mir. Aber einem meiner Leute.«

Dann war Julie also fort. Sie musste wohl von der Sache mit dem gefrorenen Blut gehört haben. Offenbar hatte sie nicht gut genug recherchiert, sonst hätte sie diese Möglichkeit mit Sicherheit einkalkuliert. Jetzt blieb ihr tatsächlich nur noch die Flucht, wenn sie nicht zusätzlich zum Identitätsdiebstahl auch noch des Mordes angeklagt werden wollte. Und sobald sie sich jenseits der Staatsgrenzen befand, hatte sie gegen ihre Kautionsbedingungen verstoßen. Ich fragte mich, ob auch sie ihr Haus oder irgendetwas anderes als Sicherheit eingesetzt oder ob sie die Kaution gleich in bar bezahlt hatte. Ich vermutete, dass sie das Haus genommen hatte: Sie würde ohnehin nie mehr zurückkehren, und nach allem, was ich inzwischen über Julie wusste, vermutete ich stark, dass sie in aller Welt Bankkonten auf den Namen fremder Leute hatte. Wenn ich ganz ehrlich war, hätte ich an ihrer Stelle genau dasselbe getan: Ich wäre einfach geflohen. Sie war ganz auf sich allein gestellt, und tief im Herzen war ich überzeugt davon, dass sie wusste, was für einen Fehler sie gemacht hatte. Sie würde ihr Gefängnis immer in sich tragen.

»Sie wird damit nicht durchkommen, Annie«, sagte Detective Lazare. »Wir werden sie finden. Und wenn wir erst einmal das Messer haben ...«

»Falls Sie das jemals finden, Detective«, unterbrach ich ihn, als mir klar wurde, dass er jetzt wirklich nicht mehr glaubte, ich hätte Zara Moklas umgebracht. »Ich möchte Ihnen ja nicht zu nahe treten, aber Sie haben es bis jetzt nicht gefunden, und Sie haben doch längst überall das Unterste zuoberst gekehrt.«

»Wir werden es finden.«

»Das hoffe ich sehr«, sagte ich. »Ich wäre froh, wenn das alles endlich wirklich vorbei wäre.« Aber auch das war gelogen: Wenn es wirklich vorbei wäre, würde das auch Julies Ende bedeuten. Und das konnte ich niemals wollen.

Der Aufzug kam mit einem *Ping*, die Türen öffneten sich. Ich nickte Lazare zu, dann sah ich Bobby an und lächelte. »Lass uns nach Hause fahren.«

Kapitel 14

Unser Zuhause war so wunderbar gegenwärtig, auf so einfache und ehrliche Weise real, wie ich es vor einem Monat verlassen hatte. Zwar war das Haus ein klein wenig staubiger, sah ein klein wenig ungepflegter aus, aber das war nicht weiter wichtig. Der Unterschied, die eigentliche Veränderung, lag zwischen Bobby und mir. Ganz gleich, wie sehr man sich in den Gründen getäuscht haben mag: Man kann seinen Ehepartner einfach nicht verlassen, ohne dass etwas kaputtgeht. Es ist in jeder Ehe viel zu einfach, das Vertrauen zueinander zu zerstören – doch das, was wir durchlebt hatten, ging noch weit über solche emotionalen Feinheiten hinaus. Ich fühlte mich auf eine völlig neue Weise verloren und orientierungslos, und ich glaube, Bobby ging es genauso. Nach den ganzen Dramen, den Herausforderungen, der verzweifelten Suche nach der Wahrheit unter all den Anklagen hatten wir die Wahrheit tatsächlich gefunden, und nun standen wir plötzlich beide vor einer merkwürdigen Leere. In diesem unermesslichen Raum mussten wir einander erst wiederfinden, uns etwas Neues aufbauen. Und wir fingen umgehend an, daran zu arbeiten.

Als wir Anfang Juni nach Hause zurückkehrten, war es übermäßig heiß für die Jahreszeit. Wir stellten die Klimaanlage an, legten Lexy in ihrem eigenen Zimmer in ihr eigenes Bettchen und krochen dann nackt und erschöpft in unser Ehebett. Bobby schaltete das Licht aus, und wir wandten uns einander zu.

Er küsste mich und sagte: »Lass uns noch ein Baby machen.«

Ich wusste sofort, dass das eine gute Idee sein würde, sowohl für uns als auch für mich selbst. Ich wünschte mir nichts sehnlicher, als mit diesem Mann eine Familie zu gründen, mich mit Kindern zu umgeben, die mein Leben mit Liebe und Sinn erfüllen würden. So liebten wir uns in dieser Nacht, frei und ungehemmt, und anschließend weinte Bobby in meinen Armen. »Es ist vorbei«, flüsterte ich ihm ins Ohr. »Vorbei. Vorbei.« Doch er hörte nicht auf zu weinen, und ich begriff: Er war immer noch dabei, die Gefühlsgifte abzustoßen. Mir ging es ja nicht anders. Die Heilung würde Zeit brauchen.

Andere anfallende Aufbauarbeiten bezogen sich auf meinen guten Namen, den die missbrauchte Kreditwürdigkeit in den Schmutz getreten hatte. Dieses Trümmerfeld aufzuräumen war beinahe eine Vollzeitbeschäftigung: Ich telefonierte mich durch Callcenter-Labyrinthe, in denen ich häufig einfach wieder am Ausgangspunkt landete, schrieb Briefe, hakte endlos nach. Ich wurde zur wachsamen Bürokratin in eigener Sache. Die Disziplin, die das erforderte, tat mir aber auch gut, sie half mir, meine Gedanken aus den tiefen Abgründen des persönlichen Verlustes zurückzuholen, die sich in mir aufgetan hatten. Ich durfte mich da nicht einfach hineinfallen lassen. Ich musste weitermachen.

In der zweiten Juniwoche, während die Hitzewelle unvermindert anhielt, ging Bobby wieder zur Arbeit, und ich blieb mit Lexy in unserem kühlen Haus. Mit ihren fast sieben Monaten krabbelte sie wie eine Besessene und versuchte, überall hinzugelangen, wo sie nur irgendwie hinkam. Sie war mein erstes Kind, ich hatte keine Vergleichsmöglichkeiten, doch alles, was ich im Internet und in Büchern über die Entwicklungsphasen von Babys fand, sagte mir, sie sei noch viel zu jung zum Laufen, nur, um sich gleich anschließend mit Beispielen von Babys zu widersprechen, die bereits mit neun Monaten zu laufen anfingen. Frühes Laufen, spätes Sprechen und umgekehrt, das schien die generelle Faustregel zu sein. Lexy selbst war begeistert von ihren neuen körperlichen Fähigkeiten. Und ich war stolz auf sie, stolz und müde, während ich ihr durch alle Zimmer nachlief.

Anfang September wurde Julie in Rom verhaftet. Es wurden Verhandlungen über ihre Auslieferung geführt. Ich erlebte ihren Absturz aus leidenschaftlicher Distanz. Sie war immer noch ein Teil von mir, und selbst jetzt, nach allem, was geschehen war, schmerzte mich ihre Festnahme. Ich erzählte niemandem von diesen verborgenen Gefühlen, nicht einmal Bobby. Ich stellte mir Julie vor, sah und spürte sie in ihrer Gefängniszelle in Italien. Ausgerechnet Italien. Der Ort, wo wir den unvergesslichen Sommerurlaub mit unseren Eltern verbracht hatten, damals, als unsere Familie noch intakt war.

Mitte Oktober, als der Herbst unseren Garten mit den ersten Pinselstrichen von seiner Palette bevorstehender Änderungen versah, lief Lexy bereits wie eine Weltmeisterin, und ich musste immer weniger Zeit mit meinem Papierkram verbringen. Und ich stellte fest, dass ich schwanger war. Wir machten Pläne, die Zukunft begann, Konturen anzunehmen: Im Frühjahr würde Bobby sich mit vollem Pensionsanspruch zur Ruhe setzen, wir würden nach Nordkalifornien ziehen und dort die Geburt unseres zweiten Kindes erwarten. Irgendwann wollte ich dann wieder anfangen zu arbeiten, mich vielleicht mit einer eigenen Praxis niederlassen, und Bobby würde mit den Kindern zu Hause bleiben.

Doch dann, als der goldene Oktober in die ersten, übelkeitsverseuchten Wintertage überging (wer immer den Begriff *Morgenübelkeit* erfunden hat, war eindeutig niemals schwanger: Das dauert den ganzen Tag!), wurde plötzlich alles wieder anders. Wie lautet der Spruch noch gleich? *Das Leben findet statt, während man selbst gerade andere Pläne macht* oder so ähnlich. Und so nahm alles ein ganz unerwartetes Ende.

Es war ein Samstagmorgen. Wir hatten gerade gefrühstückt, ich lag auf dem Sofa und kämpfte gegen den aktuellen Übelkeitsanfall, Lexy saß auf dem Boden und spielte, und Bobby war oben, um ein widerspenstiges Scharnier an der Badezimmertür zu reparieren. Ich hörte die Tür bei seinen Testversuchen quietschen, hörte Lexys süßes Gebrabbel beim Spielen. Und dann, ganz plötzlich (zumindest kam es mir so vor), war es unheimlich still im Haus. Ich hatte nur eine Minute lang die Augen zugemacht. Als ich sie wieder öffnete, war Lexy verschwunden, und ich stellte entsetzt fest, dass ich offenbar eingeschlafen war. Ich stand auf, um nach ihr zu suchen, und rief ihren Namen dabei.

»Lexy! Schätzchen! Wo bist du?«

Die Stille, diese schreckliche Stille, die einem sagt, dass etwas nicht stimmt, hielt an. Ich fing an zu rennen, durchs ganze Haus.

»Bobby! Wo ist Lexy? Hast du sie gesehen?«

Keine Antwort, kein Laut, nur das immer stärkere Gefühl einer ganz und gar falschen Stille.

Durchs Wohnzimmerfenster sah ich Bobby draußen auf dem Rasen stehen und mit dem Nachbarn plaudern. Die Haustür war zu. Ich sah, dass er Lexy nicht bei sich hatte.

»Lexy?«, rief ich. »Lexy!«

Dann, erst dann, sah ich, dass die Kellertür offen stand. Normalerweise ließen wir die Tür immer verschlossen: Es war ein feuchtes Kellerloch, noch gar nicht ausgebaut, Bobby hatte sich dort eine improvisierte Werkstatt eingerichtet. Vor einer knappen halben Stunde war er nach unten gegangen, um einen Schraubenzieher zu holen. Wahrscheinlich hatte er vergessen, die Tür wieder hinter sich zuzumachen. Ich eilte die klapprige Holzstiege hinunter, hinein ins Dunkel.

»Lexy?«

Ich hörte ein abgehacktes Geräusch, ein rasches Huschen wie von einer verschreckten Maus.

»Schätzchen? Mama ist hier!«

Durch zwei hohe, schmale Fenster, die offenbar noch nie geputzt worden waren, fiel ein wenig düsteres Licht herein, und nachdem sich meine Augen an das Dämmerlicht gewöhnt hatten, sah ich sie. Sie saß in einer Ecke auf dem Boden, direkt unter der Keramikspüle. Ich sah das Weiße in ihren Augen leuchten. Sie blinzelte mich an.

»Kleines! Was machst du denn hier unten?«

Auf dem Weg zu ihr zog ich an der Schnur, die die nackte Glühbirne an der Decke entzündete, und der schmuddelige Kellerraum war jetzt besser zu sehen. Es war wirklich schauderhaft hier unten. Und dieser Geruch! Der säuerliche, leblose Gestank von altem Staub und festsitzendem Dreck.

Ich bückte mich, um Lexy einen Kuss zu geben, doch sie hielt die Lippen fest zusammengepresst. Als ich merkte, dass sie etwas im Mund hatte, war die Panik sofort wieder da. Was für ein ekelhaftes, heimtückisches Kellerding hatte sie da gerade verschlucken wollen?

»Gib das Mama, Lexy. Mach den Mund auf.« Ich steckte ihr einen Finger zwischen die Lippen, um ihr die Kiefer auseinanderzuschieben und ihr zu entreißen, was sie da im Mund hatte. Als ich es endlich zu fassen bekam, stellte ich fest, dass es ein klebriges Zehn-Cent-Stück war.

Ich nahm Lexy auf den Arm und schob die Münze in die Hosentasche. Dann fiel mein Blick auf die Spüle. Für eine alte Spüle, die keiner außer Bobby je benutzte, war sie erstaunlich sauber. Ich drehte den Wasserhahn auf, hielt die Hand unter das kalte Wasser, dann schob ich Lexy ein bisschen nach vorn und spritzte ihr ein paar Mal Wasser in den Mund. »Damit der fiese Dreck wieder rauskommt, Engelchen.«

Lexy lachte und sperrte den Mund weit auf. Ich ließ Wasser in die Handfläche laufen und träufelte es ihr in den Mund. Dann sah ich, dass das Spülbecken volllief. Der Abfluss war verstopft. Das war nicht weiter verwunderlich, das Ding war schließlich alt und wurde kaum benutzt. Doch dann kam aus dem Rohr plötzlich etwas Rotes nach oben. Scharlachrote Flüsschen durchzogen das Wasser im Becken. Und aus dem verstopften Rohr drückten sich immer neue, kleine, dunkel-rote Partikel nach oben.

Das musste Farbe sein. Rote Farbe. Aber was in unserem Haus war denn rot gestrichen? Ich ging im Geist die einzelnen Zimmer durch: Weiß, Lachs, Gelb, Grün – aber nirgends Rot. Ich drehte den Hahn ab, damit das Becken nicht überfloss. Hatte Bobby vielleicht eine seiner Schreinerarbeiten rot gestrichen? Ich schaute mich in dem düsteren Kellerraum um, sah den umgedrehten Stuhl, an dem er schon seit weit über einem Jahr herumwerkelte: nacktes, unlackiertes Holz. Und dann, als ich den Blick vom Boden zu der sorgfältig aufgeräumten Werkbank hob, sah ich es.

Es steckte im oberen Fach des geöffneten Werkzeugkas-tens, bei den Werkzeugen, seitlich eingeklemmt zwischen einem Hammer und einer Wasserwaage: mein langvermiss-tes Küchenmesser. Seit Monaten durchstöberte ich immer wieder den Messerblock und die Küchenschubladen, ohne zu begreifen, wohin mein bestes Schneidemesser verschwunden war. Auch jetzt war es kaum zu sehen, doch ich erkannte den Ebenholzgriff mit der runden Stahlschraube, die man ständig nachziehen musste. Von diesem unzuverlässigen Griff einmal abgesehen, war es mein bestes Küchenmesser: Die zwanzig Zentimeter lange Klinge ließ sich sehr viel besser schärfen als alle anderen. Gute Köche kommen mit jedem Messer zurecht,

328

aber irgendwie entwickelt man doch eine spezielle Bindung an ganz bestimmte, und dieses war eindeutig meines. Es ärgerte mich, dass Bobby es sich für seine Schreinerprojekte ausgeliehen und es dann noch nicht einmal wieder zurückgebracht hatte.

Mit Lexy auf dem Arm ging ich zum Werkzeugkasten hinüber und schob die Wasserwaage beiseite, um besser an den Messergriff zu kommen. Als ich es gerade herausziehen wollte, hörte ich Bobby oben nach mir rufen. Gleich darauf erklangen seine Schritte auf der Kellertreppe.

»Annie?« Er blieb auf halber Treppe stehen und schien beim Anblick des roten Wassers in der Spüle zu erstarren.

»Ich habe mein Messer wiedergefunden.« Ich zog es ganz heraus. Mein Messer. Seit mehr als zehn Jahren besaß ich es jetzt und hatte viele meiner besten Mahlzeiten damit zubereitet. »Das hättest du ja nicht unbedingt mit hier runter nehmen müssen«, sagte ich. Und dann sah ich den rötlichen Film an der Klinge.

Ich schaute zum Spülbecken hinüber. Das Messer. Das Rot. Dann sah ich Bobby an.

Schweißtropfen rannen ihm von der Stirn, er wischte sie mit dem Handrücken weg und kam ganz nach unten in den Kellerraum. Mit der anderen Hand hielt er den Schraubenzieher umklammert.

»Was ist das, Bobby?« Meine Stimme schien nicht mehr zu mir zu gehören. Mein Magen krampfte sich zusammen. Mein Atem stockte. Ich drückte Lexy fester an mich. Der Boden schien unter mir nachzugeben, ich konnte es richtig spüren. »Das ist doch Farbe?« Es war eine dumme, hoffnungsvolle, hoffnungslose Frage.

Er war nur noch einen knappen Meter von mir entfernt. Er zitterte. Alle Farbe war aus seinem Gesicht gewichen.

»Gib mir das«, sagte er.

Ich wich instinktiv zurück. Schüttelte den Kopf. Hielt Lexy von ihm weg, Richtung Wand. »Nein.«

»Wenn wir es einfach zurückstecken...«, fing er an, doch ich fiel ihm ins Wort.

»Ist das Blut?«

»Ich habe es abgewaschen«, sagte er. »Es war ganz sauber. Es muss noch etwas unter dem Griff herausgetropft sein.«

Meine Gedanken taumelten zurück zu dem Moment, als ich Zara inmitten dieses Sees aus dunklem Blut liegen sah, der immer größer wurde und immer wieder aufleuchtete, wenn die Lichter der Einsatzwagen darüber hinwegglitten. Ihr unnatürlich vom Körper weggebogener Kopf. Die unnatürlich verdrehten Gliedmaßen. Und ihre Augen, wie leere Bildschirme. Ihr rotes Blut, das sich um sie, aus ihr ergoss, sie ganz entleerte, bis das letzte bisschen Leben auf die Straße geflossen war.

Meine Finger wollten sich öffnen, das Messer fallen lassen, doch ich widersetzte mich dem Drang, einfach wegzulaufen. Er musste es mir sagen. Ich musste es einfach wissen.

»Du hast sie umgebracht«, sagte ich.

»Nein. Ich habe dich nicht belogen, Annie.«

Ich musste meine Stimme wiederfinden. Jetzt. Da stand ich, mein erstes Kind auf dem Arm, das zweite im Bauch. Unser Überleben war das Einzige, was zählte. *Wir mussten um jeden Preis raus aus diesem Keller.* Ich sah ihm direkt in die Augen: Ich musste dafür sorgen, dass er mit mir in Verbindung blieb, mit mir redete.

»Gut«, sagte ich. »Willst du mir dann nicht erzählen, was genau passiert ist?«

Die Worte brachen einfach aus ihm heraus, als hätte er kaum noch den Willen, sie zurückzuhalten: »Julie war's.«

»Aber warum...« Ich gab mir Mühe, meine Stimme ruhig zu halten. »...warum hast du dann das Messer?«

»Wenn wir den Abfluss reinigen, das Messer nochmal richtig abwaschen und es zurückstecken, braucht kein Mensch je davon zu erfahren.«

Draußen vor dem Kellerfenster fuhr ein Auto vorbei und warf einen Schatten auf Bobbys Gesicht, löschte ihn aus bis auf einen grauen Schein, der ihn wie ein Nebel umgab. Ich kannte ihn nicht mehr.

Sag ja, befahl ich mir. *Sag einfach ja.*

»Okay«, sagte ich.

»Annie …« Unvermittelt kam er einen Schritt näher. Lexy schob die Unterlippe vor und suchte in meinem Gesicht nach einem Zeichen. Ich gab ihr einen Kuss, legte meine Wange an ihre und strich ihr sanft über den Rücken. »Du musst das verstehen, Julie war einfach so …«

»Ich weiß, wie sie ist«, sagte ich. »Ich habe sie auch geliebt.«

Er kam noch näher, so nah, dass ich seinen Schweiß riechen konnte, den beißenden, erdigen Geruch seiner Panik. Falls er glaubte, er könnte mich auf seine Seite ziehen, mich dazu bringen, ihm wieder zu vertrauen, mich zum Bleiben bewegen, dann täuschte er sich gewaltig. Aber ich musste so tun, als wäre ich offen, als würde ich ihm so aufmerksam zuhören, dass ich meine Meinung vielleicht noch änderte.

»Als ich bei ihr ankam«, sagte er, »und Zara tot da liegen sah, da wusste ich, das Ganze ist Wahnsinn. Es war ein Albtraum, und ich bin plötzlich aufgewacht. Ich dachte, das bist du, nicht Zara. Da ist mir plötzlich klar geworden, wie sehr ich dich liebe und dass ich das alles nicht durchziehen kann.«

»Dann habt ihr das also gemeinsam geplant … du und Julie? Ihr wolltet mich umbringen?« War es tatsächlich noch so viel schlimmer, als ich geglaubt hatte? Hatten die beiden meinen Tod gewollt? Julie und Bobby? Alle beide?

»Niemand wollte dich umbringen«, sagte Bobby. Sein Ton klang so eindringlich wie eine Lokomotive, die um jeden Preis vorwärtsdrängt. Ich kannte diese brennende Beharrlichkeit aus meiner Kindheit, wenn ich versuchte, meine Eltern davon zu überzeugen, dass ich gar nichts angestellt hatte, obwohl ich es natürlich doch gewesen war. »Sie wollte, dass es so aussieht, als hättest du Zara umgebracht. Es war alles genauestens geplant. Du solltest ins Gefängnis kommen und aus dem Weg sein, damit wir…« Er sprach nicht weiter.

»Warum seid ihr denn nicht einfach durchgebrannt, Bobby?« Das schien mir das Offensichtlichste zu sein. »Wozu habt ihr euch so viel Mühe gemacht? Ihr hättet doch einfach gehen können.« Als ich sie stellte, diese simpelste aller Fragen, spürte ich, wie ich in Millionen winziger Scherben zersprang, die kaum noch den Umriss einer Frau erahnen ließen. Aber ich konnte, ich *durfte* nicht zusammenbrechen. Ich hatte Kinder. Und unter der zerborstenen äußeren Schicht, die einmal mein Leben gewesen war, hatte ich auch noch mich selbst.

»Darum ging es nie.« Bobby hielt den Blick starr auf den schmutzigen, pockennarbigen Betonboden gerichtet. »Im Grunde wollte sie nur Lexy. Nicht mich.« Er hob den Kopf, und ich sah in seine schwachen, trüben, nichtswürdigen Augen. »Das war alles ihre Idee«, sagte er. »Nicht meine. Das musst du mir glauben.«

»Ich glaube dir kein Wort!« Meine Stimme war so laut und hart wie ein Stein, der eine Scheibe durchschlägt, sie in tausend Stücke zerbricht. Jetzt war mir alles egal.

»Es stimmt aber.«

»Lügner!«

Er sah mich mit festerem Blick an. »Sie hasst dich.«

»Nein, das tut sie nicht.«

»O doch.«

»Aber warum denn?«

»Annie… wie soll ich dir das erklären?« Er runzelte die Stirn und suchte nach Worten. »Wenn Julie dich anschaut, sieht sie ihr besseres Ich. Das konnte sie nicht ertragen.«

»Und was ist mit dir? Hasst du mich auch?«

»Nein.«

»Und trotzdem hast du mitgemacht. Du hast ihr das Messer gegeben.«

»Sie hat es einfach genommen«, sagte er. »Im März, als sie hier war. Sie hat es eingesteckt, kurz nachdem du es benutzt hattest, damit deine Fingerabdrücke noch dran sind. Sie meinte, auch eineiige Zwillinge haben nicht dieselben ...«

»Du wusstest die ganze Zeit von ihrem Plan. Ihr habt das zusammen ausgeheckt!«

»Ich nicht. Sie. Ich habe versucht, ihr das auszureden, aber sie war nicht davon abzubringen. Trotzdem habe ich nie geglaubt, dass sie es tatsächlich durchzieht.«

Was konnte ich darauf noch sagen? Er war an allem beteiligt gewesen, was dazu geführt hatte, dass ich im Frühjahr fortgegangen war ... und trotzdem hatte er nicht daran geglaubt?

Er kam näher heran, immer näher, bis er ganz dicht vor uns stand. Lexy war still geworden, sie hatte offensichtlich Angst. Ich hielt sie mit dem linken Arm fest an mich gedrückt. Mit der rechten Hand hielt ich das Messer umklammert. Schweiß lag wie ein Ölfilm auf Bobbys Gesicht. Ich sah an seinen Augen, dass er verschiedene Möglichkeiten abwog.

»Ich habe sie überredet, mir das Messer zu geben, damit ich es mit nach Hause nehmen und sauber machen kann. Ich wollte dich schützen. Ich habe ihr gedroht, wenn sie mir das Messer nicht gibt, sage ich alles der Polizei.«

»Aber dann hättest du ja auch mit dringehangen, Bobby. Du wolltest dich selbst schützen, nicht mich.«

»Das stimmt nicht«, sagte er. »Ich liebe dich. Bitte, wasch das Messer mit mir ab und hilf mir, den Abfluss zu reinigen. Wir lassen einfach das Rohr austauschen. Dann ist alles vorbei.«

Ich würde es tun, wenn ich musste, wenn es mir half, die

nächste Stunde zu überleben. Aber eines musste ich vorher noch wissen: »Bobby, was erwartet Julie jetzt von dir?«

»Nichts. An dem Morgen, unter dem Baum, als du uns fotografiert hast, habe ich alles beendet. Deshalb ist sie auch mit Lexy abgehauen.«

Ich sah wieder seine verärgerte Miene, die die Kamera festgehalten hatte. Hatte sie da schon damit gedroht, uns Lexy wegzunehmen? Und er hatte sie nicht ernst genommen? Dieser Idiot.

»Gut«, sagte ich. »Ich helfe dir, das Messer sauber zu machen.« Schließlich war es voll mit meinen Fingerabdrücken. Mit den Fingerabdrücken und einem deutlich sichtbaren Schatten von Zaras und meinem Blut – tiefgefroren zwar, aber dennoch meins. »Am besten gehen wir nach oben und stecken es mit etwas Bleichmittel in einen Eimer.«

»Ja.« Er lächelte nachgiebig. »Gute Idee.«

Ich drängte mich an ihm vorbei und ging durch den düsteren, schmutzigen Kellerraum, obwohl ich es äußerst riskant fand, ihm den Rücken zuzudrehen. Ich hörte, wie er mir folgte. Erst, als wir die Treppe hinauf waren, wo es Luft und Licht gab, Türen und Fenster, Wege nach draußen, wagte ich wieder zu atmen.

Bobby schloss die Kellertür hinter uns, und ich setzte Lexy auf den Boden. Ohne das Messer loszulassen, bückte ich mich und öffnete den Schrank unter dem Spülbecken, holte den Eimer heraus und füllte ihn mit heißem Wasser. Meine Hände zitterten, als ich das Bleichmittel dazugab. Ich stellte die Flasche offen neben die Spüle und dachte: *Ich könnte ihm das jetzt einfach ins Gesicht schütten, dann sieht er nichts mehr, und ich kann verschwinden...* Aber da war ja noch Lexy, die zwischen Küche und Esszimmer herumkroch und ihren Nachziehhund an seiner Schnur klappernd über den Linoleumboden zog.

»Schraub die Flasche wieder zu«, sagte ich zu Bobby. Und

er tat es, einfach so. Da begriff ich, wie verängstigt er war. Er wollte einfach nur, dass ich ihm sagte, was er tun sollte. Dieses passive Verhalten war mir früher schon oft auf die Nerven gegangen, doch erst jetzt begriff ich, welche Gefahren darin schlummerten.

Ich ließ das Messer seitlich in den Eimer gleiten und schob es so zurecht, dass es ganz vom Wasser bedeckt war. Der hellrote Film an der Klinge löste sich ab. Ich wusch mir die Hände und trocknete sie an einem Geschirrtuch ab.

Dann drehte ich mich zu meinem Mann um, der sich auf einen Ellbogen stützte und in den Eimer schaute, als wäre es ein Brunnen, in dem man Geheimnisse versenken konnte. Doch das war nicht so. Jetzt kannte *ich* die Wahrheit, und dieses trockene Korn des Wissens würde für den Rest meines Lebens in meinem Kopf sprießen und blühen. Im Tageslicht, das die Küche erfüllte, sah Bobbys Teint wieder gesünder aus, er wirkte seltsam zuversichtlich, als wäre jetzt, da das Problem mit dem Messer aus der Welt war, alles wieder in Ordnung zwischen uns. Er sah fast attraktiv aus, fast liebevoll, fast echt … fast war er wieder mein Bobby. Aber er war es nicht. Und ich musste jetzt tun, was ich tun musste. Ich musste meine ganze Kraft zusammennehmen, um eine einfache Brücke für mich und meine Kinder zu bauen – eine Brücke hinaus in die Sicherheit.

»Ich werde dich jetzt noch um eines bitten«, sagte ich. »Eins musst du noch für mich tun. Und das ist wirklich sehr wichtig.«

»Alles, was du willst.« Er berührte mich am Arm. Es sollte wohl eine zärtliche Geste sein, doch für mich fühlte es sich an wie ein Angriff. Ich ließ mir nichts anmerken.

»Ich werde euch beide nicht verraten … wenn du mich jetzt einfach gehen lässt und nicht mehr versuchst, uns zu finden.«

Ein Schleier des Erstaunens, der Panik, der Enttäuschung

legte sich über seine Augen, ein ganzer Aufmarsch von Emotionen, viel zu wirr, um sie noch kontrollieren zu können. Einen Moment lang sah es aus, als würde er losheulen, doch er tat es nicht. Er nickte nur. Danach wechselten wir kein Wort mehr miteinander.

Wie schon im Frühjahr stand er in der Tür und sah zu, wie ich Lexy und meine Koffer in den Wagen lud und die Kleine in ihrem Kindersitz festschnallte. Sie hatte gar keine Lust, angeschnallt zu werden, sie wollte in jeder wachen Minute frei und ungebunden die Welt erforschen. Doch heute hatte sie keine Wahl. Ich ließ den Motor an und fuhr los und legte Meter um Meter, Kilometer um Kilometer auf der Straße zurück, die mich weg von ihm führte.

Jetzt war es tatsächlich vorbei. Endgültig. Und ich war endlich fort.